哈克歷險記

Adventures Of Huckleberry Finn

說明啟事

本書使用了數種方言，包含密蘇里州的黑鬼方言、西南偏遠地區極端粗鄙的方言、派克郡的普通方言，以及派克郡普通方言的四種變體。這些方言之間存在著細微的差異，但這些差異並非隨意捏造或憑空臆測得來，而是根據可靠的資料及個人對上述語言的了解悉心描繪的成果。假如沒有詳加解釋，許多讀者會以爲這些人物都試著用相似的口吻說話，卻仿效失眞，故特此說明。

作者筆

時空背景：

密西西比河谷

四十到五十年前

1

要是你沒有看過一本名叫《湯姆歷險記》的書，你就不曉得我是誰。不過這沒關係。那本書是馬克·吐溫先生寫的，他說的是眞人眞事，大部分都是。有些地方有點加油添醋，但絕大多數都是實話。其實是眞是假也沒什麼大不了。我從來沒見過有人不說謊，大家偶爾都會撒個一兩次謊，除了波莉姨媽、寡婦，或許還有瑪麗例外。波莉姨媽（就是湯姆的波莉姨媽）、瑪麗和道格拉斯寡婦都在《湯姆歷險記》裡面提過了。那本書有九成都是眞實故事，當然啦，就像我剛才說的，有些描述是有點誇張。

那本書的結尾是這樣：我和湯姆找到了強盜藏在洞穴裡的錢，這下子我們發財了，一人分到六千塊錢，全都是金幣喔！那麼多金幣堆在一起，看起來好驚人、好壯觀。柴契爾法官替我們把這筆錢拿去放債，接下來一整年我們每人每天都可以得到一塊錢利息，多到不曉得該怎麼花才好。道格拉斯寡婦收我當養子，說要好好教化我，可是這種從早到晚一直待在屋裡的日子眞不好受。寡婦的行爲舉止一板一眼、正經八百，什麼都要照她的規矩來；我一直忍，忍到有一天再也受不了，就蹺家溜走了。我穿回以前的破爛衣服，再次鑽進那個裝糖用的大木桶，這才覺得自由自在、心滿意足。但是湯姆·索耶又找上我，說他打算組一個強盜幫，如果我願意回寡婦家，讓自己變成一個體面又值得尊敬的人，他就讓我加入，所以我又乖乖回去了。

寡婦一看到我就放聲大哭，說我是可憐的迷途羔羊，還用一大堆有的沒的字眼臭罵我一頓，但我知道她絕對沒有惡意。她又把那些新衣服套在我身上，好像緊箍咒一樣，我完全沒轍，除了流汗還是流汗。接著又是那套老規矩。晚餐前，寡婦會先搖鈴提醒大家吃飯，她一搖，你就得及時趕到，可是到了餐桌前又不能馬上吃，要先等她低下頭，對著食物咕咕噥噥地囉嗦幾句。其實這些飯菜沒什麼問題，什麼毛病也沒有，只不過每一樣都是分開煮，要是所有雜七雜八的東西都放在大鍋子裡一起煮，味道就不同了。各式各樣的食材混成大雜燴，湯湯水水的，吃起來會更好吃。

晚飯後，寡婦拿出她的書，講摩西和蒲草人的故事[1]給我聽。我急著想知道關於摩西的一切，可是過了好久她才說摩西早就死了，於是我再也不想管他，也不想知道他的事，因為我對死人沒什麼興趣。

過沒多久，我想抽菸，便請求寡婦讓我抽，但她不准。她說抽菸是糟糕的壞習慣，又不衛生，叫我以後盡量別再抽了。有些人就是這樣，很愛批評自己不懂的事。就拿摩西來說吧，你看，一個早就死掉、對社會毫無用處的人，跟她又沒什麼親戚關係，她卻一直為他瞎操心，現在我想做一件明明有點好處的事，她就偏要找碴。再說她自己不也在吸鼻菸嗎？當然啦，吸鼻菸就合情合理，完全沒關係，因為吸的人是她嘛。

她的妹妹華森小姐，一個戴著眼鏡、瘦得皮包骨的老小姐，前不久才搬來和她一起住。

現在華森小姐拿著拼字課本逼我苦讀，過了將近一個鐘頭，寡婦才要她放輕鬆，不要盯這麼緊。我眞的快撐不住了。緊接著又是死氣沉沉的一小時，搞得我心浮氣躁，如坐針氈。華森小姐老是說：「不要把腳放在那上面，哈克貝利。」「不要彎腰駝背，哈克貝利——挺胸，坐直一點。」過沒多久又說：「不要那樣打呵欠伸懶腰，哈克貝利，有點規矩可以嗎？」然後她提到什麼地獄，又講了很多關於這個「壞地方」的事。我說我巴不得到那裡去。她聽了暴跳如雷。可是我沒有惡意啊，我只是想去什麼地方走走看看，想換個環境而已，至於去哪裡我倒無所謂。她說，我剛才說的那些話很缺德，她無論如何都不會說出那樣的話，她這輩子規規矩矩地活著就是爲了將來可以去天上那個「好地方」。好吧，我眞的看不出來她要去的那個地方有什麼好，所以我下定決心，絕對不會爲了這種事努力，但我從來沒說出口，因爲說了只會惹麻煩，一點好處也沒有。

話匣子一開，華森小姐便沒完沒了地說個不停，告訴我關於那個好地方的種種。她說，人在那邊什麼都不用做，只要整天走走逛逛，一邊彈豎琴一邊唱歌，直到永遠的永遠。我覺得那種生活沒什麼意思，但我也沒說出來。我問她，在她看來，湯姆會不會去那個地方？她說不太可能。我聽了好高興，因爲我希望能和湯姆在一起。

❶ 譯註：典故出自《舊約聖經．出埃及記》。當年埃及法老王擔心作為奴隸的以色列人造反，又聽信預言說以色列人中將有救世主誕生，於是便下令殺害所有以色列新生男嬰。嬰兒摩西被家人安置在蒲草編織的籃子裡，放進尼羅河中順水漂流，結果被法老王的女兒拾獲，收養了摩西。此處哈克口中的「蒲草人」就是以色列人。

華森小姐一直挑我毛病，我覺得好厭煩、好寂寞。過沒多久，她們把那些黑鬼叫進來一起禱告，接著大家各自上床睡覺。我拿著蠟燭走上樓，回到房間，把蠟燭放在桌上，在窗邊的椅子上坐下來，努力想點開心的事，可是無論怎麼想都沒有用。我覺得好孤單，巴不得死掉算了。天上的星星一閃一閃，林間的樹葉沙沙作響，聲音很淒涼。我聽見遠處有隻貓頭鷹正為某個死去的人嗚嗚低鳴，還有一隻夜鷹和一條狗在為瀕死的人哀嚎；風兒似乎想悄聲對我說些什麼，可是我聽不懂，只能全身打冷顫。接著我又聽見遙遠的樹林裡傳來某種聲響，是鬼魂想吐露心事的聲音，但又說不清楚，所以無法躺在墳墓裡安眠，非要每晚跑出來四處哭號遊蕩。我怕得要命，心情低落到極點，好希望有人跟我作伴。過沒幾分鐘，一隻蜘蛛爬上我的肩膀，我用手指把牠彈開，正好落在蠟燭上，我還來不及搶救，牠就燒成一團焦炭。不用說我也知道，這是天大的凶兆，一定會帶來什麼倒楣的厄運，嚇得我差點把身上的衣服全都抖下來。我站起來原地轉三圈，每轉一圈就在胸前畫一個十字，然後拔下一撮頭髮，用線綁起來，好趕走巫婆。其實我也不確定這個方法到底有沒有效。通常是撿到馬蹄鐵又沒有釘在門框上、反而弄丟的時候，才用這個法子消災解厄，但我從來沒聽說過弄死蜘蛛也能用這種方式避邪。

我坐回椅子上，從頭到腳不停發抖。我拿出菸斗抽了幾口。此時此刻，屋裡一片死寂，大家都在夢中酣睡，寡婦不會發現我抽菸。過了一會，我聽到遠處鎮上的大鐘「噹——噹——」地敲了十二下，天地萬物再度陷入沉默，比剛才還要安靜。緊接著，我聽見有根小樹枝啪的一聲折斷了，一定有什麼東西在幽暗的樹叢裡騷動。我靜靜坐著，豎起耳朵仔細聆聽，果然聽到下面隱約傳來「喵！喵！」太好了！我也盡量壓低聲音喵喵回應，然後把蠟燭吹熄，匆匆爬出窗口，翻到屋棚上，再溜下草地，慢慢爬進樹林裡。沒錯，湯姆正在那裡等著我呢！

2

我們踮著腳尖，沿著樹林小徑朝寡婦家後院花園的盡頭走去，而且一路上一直彎著腰，免得樹枝刮到腦袋。經過廚房外的時候，我被樹根絆了一跤，發出聲響。我們立刻蹲下來趴在地上，一動也不動。華森小姐那個身材高壯、名叫吉姆的大個子黑鬼正坐在廚房門口。他背後剛好掛著一盞燈，所以我們可以清楚看見他的一舉一動。只見他站了起來，伸長脖子環顧四周，仔細聽了一會。

「是誰？」他說。

他又聽了好一陣子，接著輕手輕腳地走過來，正好站在我和湯姆中間，差點就要碰到我們了。時間一分一秒過去，周遭半點聲音也沒有，我們三人都靜止不動，靠得好近好近。就在這個時候，我的腳踝突然一陣發癢，但是我不敢抓；接著我的耳朵也開始癢，後背也跟著癢，就是兩個肩膀中間那裡，要是不抓我真的會癢死。喔對了，我注意到從那之後有好幾次都是同樣的情況。每次有重要人物在場，或是參加葬禮，或是該睡卻又睡不著的時候——反正無論在哪裡，只要是不能隨便抓癢的場合，全身上下就會有成千上萬個地方發癢。不一會兒，吉姆在說：

「喂！你到底是誰？」吉姆再度開口。「你躲在哪裡？要是我沒聽到啥，那才是活見鬼哩！好啦，我知道該怎麼辦。我就坐在這裡等，等到那個聲音再次出現爲止。」

於是他席地而坐，就坐在我和湯姆中間。他背靠著一棵樹，雙腳直直往前伸，其中一條腿還差點碰到我的腳。我的鼻子開始發癢，癢得眼淚都流出來了，可是我不敢抓。接著我鼻孔裡也癢了起來，然後換成屁股癢，癢得我快撐不住了。這種慘狀持續了六、七分鐘，但感覺就像六、七個小時那麼久。我身上同時有十一個地方在癢，覺得自己一分鐘也熬不下去了，但我還是咬緊牙關，打算努力抗戰。就在這個時候，吉姆的呼吸聲逐漸濃濁，開始打呼，我才鬆了一口氣。

湯姆用嘴巴發出一點聲響向我打暗號，我們便手腳並用爬著離開。爬了大約三公尺後，湯姆低聲說，他想把吉姆綁在樹上，這樣一定很好玩。我說不行，他可能會醒過來，引發一場騷動，這樣寡婦她們就會發現我溜出來了。湯姆又說，他帶的蠟燭不夠用，想溜進廚房多拿幾根。我勸他別這麼做。我說，吉姆說不定會醒來回廚房去。但湯姆就是要冒這個險。於是我們溜進廚房拿了三根蠟燭，湯姆還掏出五分錢放在桌上，算是蠟燭的費用，然後才離開。我急得滿身大汗，想趕快溜走，可是湯姆說什麼都要爬到吉姆那邊捉弄他。我在旁邊等了好久好久，整個世界一片寧靜，滿是寂寞冷清。

湯姆一回來，我們就繞過花園圍籬，沿著小路走，沒多久就爬上房子對面那座陡峭的山丘頂峰。湯姆說，他剛才偷偷摘下吉姆的帽子，掛在他頭頂的樹枝上。吉姆動了一下，還好沒有醒。聽說這件事情過後，吉姆到處宣傳，說有女巫對他下咒，讓他進入催眠狀態，還騎著也飛遍整個密蘇里州，最後把他放回樹下，並將他的帽子掛在樹枝上，好讓他知道究竟是誰幹的好事。吉姆第二次講這個故事時又改口，說女巫騎著他一路飛到紐奧良；後來他每說一次就誇大一次，最後告訴人家，女巫騎在他身上飛越全世界，害他累得半死，整個背都磨到起水泡了。吉姆對這件事自豪到誇張的地步，甚至不把其他黑鬼放在眼裡。黑鬼會大老遠地跑過來聽他講述這段經歷，他也成了這個鄉下地區最受人尊敬的黑鬼。外地來的黑鬼會站著聽他說故事，同時張大嘴巴上下打量他，彷彿見到一個傳奇人物。黑鬼老是喜歡躲在廚房爐灶旁的暗處談論女巫之類的話題；只要有黑鬼聊起自己遇上這些怪事，表現得好像無所不知時，吉姆就會過來插嘴說：「哼！你懂啥女巫啊？」那個黑鬼就像被軟木塞堵住嘴巴一樣，默默退到後面的座位去。吉姆用細繩把那枚五分錢硬幣串起來掛在脖子上，說那是魔鬼親手交給他的護身符，還告訴他這個錢幣能治百病，只要對著它唸唸咒語，就能隨時召喚女巫；但吉姆從來不透露到底是什麼咒語。黑鬼會從四面八方來到這裡，把自己僅有的好東西送給他，只爲了看一眼那枚神奇的五分錢；不過他們不敢碰，因爲這枚硬幣被魔鬼的手摸過了。吉姆認爲自己曾見過魔鬼，又被女巫騎過，於是開始跩了起來，變得自以爲是，完全不是一個僕人應有的樣子。

湯姆和我來到山頂邊緣俯瞰村莊，只見遠處閃爍著三、四盞燈光，大概那些人家裡有人生病吧。天上的星星閃耀著燦爛的光芒，村子下方橫亙著寬約一點五公里的大河，既肅穆又壯觀，令人萬分敬畏。我們走下山丘，前往老舊的皮革廠，找到躲在那裡的喬．哈波和班．羅傑斯，還有另外兩三個男孩。於是，我們就解開一艘平底小船，順著河流划了四公里，來到山坡旁一處崎嶇的大礁岩，上了岸。

我們走進一片矮小的灌木叢，湯姆要每個人發誓保密，接著帶大家來到一個山洞口，洞口就隱身在樹叢中枝葉最濃密的地方。我們點上蠟燭，手腳並用地爬進去。爬了大約兩百公尺後，洞穴中豁然開朗，變得非常寬敞。湯姆在一條條隧道間摸索了一陣，突然低頭鑽到一面山壁底下，原來那裡有個洞口，平常不會注意到的那種。我們穿過一條狹窄的通道，走進一個類似房間的地方。那裡濕答答的，到處滲出小水珠，又冰又冷。我們停下腳步。

「現在，我們要組一個強盜幫，」湯姆說。「就叫湯姆．索耶幫。想加入的人都要立下重誓，用血簽下自己的名字。」

大家都願意參加。於是湯姆掏出一張紙，上面已經寫好了誓詞。他把誓詞唸給我們聽，內容是每個成員都要誓死效忠本幫，永遠不得洩漏祕密；若有人傷害本幫成員，不管指派誰去殺死那個人及其全家，他都得照辦，而且殺掉他們後還要在他們胸口劃下本幫的十字標記；除非完成任務，否則不准吃飯、不准睡覺。凡非本幫成員，一律不得使用這個標記；如果有人盜用，我們就要告他；再度盜用，就要殺了他。本幫成員若對外洩密，就要割斷他的喉嚨，燒毀他的屍體，到處亂撒他的骨灰，再用血把他的名字從名單上抹掉，幫裡從此不准再提起這個人，他的名字會被咒罵、遺忘，直到永永遠遠。

大家都說這個誓約寫得漂亮，問湯姆是不是自己動腦想出來的。湯姆說有些是他自己想的，其他則擷取自海盜故事書和強盜故事書，還說每個高水準的強盜幫都該有這樣的誓詞。

有人認為，若是洩漏祕密，就應該要把洩密者全家趕盡殺絕。湯姆說這個建議很好，便提筆把這一條加進去。

「那哈克．芬恩呢？」班說。「他又沒有家人，你們要拿他怎麼辦？」

「咦，他不是有爸爸嗎？」湯姆說。

「沒錯，他是有個父親。可是這段時間都沒有人看到他。他以前老是喝得爛醉，跑到皮革廠和豬睡在一起。但最近一年多來他都沒出現啊。」

他們七嘴八舌地開始討論，打算把我排除在外，理由是每個入幫成員都一定要有親人或家屬可以處死，不然對其他人不公平。唉，大家想了好久就是想不出辦法，所有人都被這個問題難倒，只能呆坐在原地動也不動。我急得快哭出來了。就在這瞬間，我想到了一個解決辦法。不是有華森小姐嗎？他們可以殺她啊！

「喔對耶，她可以，她可以。那就沒問題了。哈克能加入了。」大家紛紛同意。

我們各自用針刺破手指，擠出血來簽名，我還在紙上畫了一個自己的專屬標誌。

「那我們這個幫要走什麼路線？」班問道。

「就殺人和搶劫啊。」湯姆說。

「可是我們要搶什麼？打家劫舍？搶奪牲口？還是……」

「聽你在放屁！牛羊牲口根本不是搶劫，是偷竊，」湯姆反駁。「我們又不是小偷，當小偷太沒格調了。我是攔路行劫的俠盜，要戴著面具在大馬路上攔住公共驛車和私家馬車，把人殺了之後搶走他們的錢和手表。」

「我們一定要殺人嗎？」

「喔，當然啦。這樣最好。雖然有些老手不以爲然，但大多數都認爲最好全部殺光，除了少數幾個押回來山洞拘留的人之外。那些人要關在這裡等人來贖。」

「贖？那是什麼意思啊？」

「我也不知道，不過他們都是這樣做。我在書上看過。所以我們當然也要這樣做。」

「可是我們連那是什麼都搞不懂，要怎麼做啊？」

「少囉嗦，反正我們非這麼做不可。我不是說過了嗎，書上都是這樣寫啊。難道你們打算做得跟書上不一樣，把事情全都搞砸嗎？」

「喂，湯姆，你說得倒容易，要是我們根本不曉得贖人是怎麼回事，那要怎樣才能讓這些傢伙被贖？我要搞清楚的就是這個。在你看來，贖到底是什麼意思？」

「好啦，我也不知道。我猜大概是這樣，應該是我們扣留這些人，一直到他們被贖爲止，也就是說，扣留到他們死爲止。」

「嗯，聽起來有道理。好啦，問題解決啦！你之前爲什麼不早說呢？我們會扣留他們，直到他們被贖爲止。可是到時他們也會變成累贅耶，像是把糧食吃光，老是想逃跑之類的。」

「班，你在說什麼啊！有守衛看著，他們怎麼逃得掉？誰敢亂動，就殺了他們。」

「守衛！哇，還眞棒呢。所以要有人整夜值班不能睡覺，牢牢看守他們是吧？我覺得這樣好蠢。爲什麼不在他們被抓來時就拿根棒子贖了他們呢？」

「因爲書上不是這樣寫，這就是爲什麼。班，我問你，你到底要照規矩來還是不要？反王現在就是這樣啊。你想想，難道寫這些書的人會不曉得什麼才是對的嗎？你自以爲比他們更厲害是嗎？才怪！先生，我們只能照著規矩走，用老方式贖他們。」

「好吧，隨便啦。但我還是要說，不管怎樣，那個方法眞的很笨。喔對了，我們也殺女人嗎？」

「唉，班，就算無知也不要表現出來好不好？殺女人？才不呢！從來沒有人看過書上寫這種事。你把女人抓回山洞裡，客客氣氣地對待她們，過沒多久她們就會愛上你，再也不想回家啦。」

「好，這樣我就贊成。但我還是不信那一套。山洞裡很快就會擠滿女人和一大堆等著被贖的傢伙，我們這些強盜就沒地方活動了……算了，就這樣吧，我沒有什麼好說的了。」

這時，小湯米．巴恩斯已經睡著了。我們叫醒他的時候，他嚇得哭了起來，說要回家找媽媽，再也不想當什麼強盜了。

大家嘻嘻哈哈地取笑他，叫他愛哭鬼。他氣得不得了，還說他一回家就要把祕密全抖出來。湯姆趕緊塞了五分錢給他，當作封口費，然後要我們各自回家，下禮拜再見，開始動手搶劫殺人。

班說，他禮拜一到禮拜六不太能出門，因此他主張下禮拜天再聚，不過其他幫派成員都說禮拜天幹這種勾當太罪惡了，只好暫時取消。大家同意另外約時間，盡快敲定一個日子。接著我們推舉湯姆．索耶擔任本幫大幫主，喬．哈波爲二幫主。大家各自解散，踏上回家的路。

我趕在清晨破曉前爬上屋棚，鑽進窗戶回到房間。新衣服上沾滿了油汙和泥巴，我也累得跟狗一樣。

3

第二天早上，華森小姐因爲我一身髒衣服狠狠地訓了我一頓；寡婦倒是沒有罵我，只是幫我把衣服上的油汙和泥巴刷洗乾淨。她一臉難過的表情讓我很想乖乖守幾天規矩，如果我辦得到的話啦。接著，華森小姐帶我到儲藏室裡禱告，可是沒什麼用。她要我天天禱告，還說這樣就會得到我想要的東西。我試過了，根本沒這回事。有一次我弄到一根釣魚線，但沒有魚鉤。沒魚鉤的釣魚線對我來說一點用處也沒有。我爲了魚鉤禱告了三、四次，可是不知道怎麼搞的，一點也不靈。後來我拜託華森小姐幫我禱告試試看，她卻說我是傻瓜。她從來沒告訴我爲什麼，我也搞不懂到底哪裡出了問題。

有一次我坐在後院的樹林裡想這件事想了很久。我對自己說，如果只要禱告就能要什麼就有什麼，那教會執事溫恩爲什麼沒把他買賣豬肉虧掉的錢討回來？寡婦被偷的銀製鼻菸盒爲什麼找不回來？華森小姐爲什麼胖不起來？不，我對自己說，禱告根本沒意義。我把這個想法告訴寡婦，她說禱告得到的是「心靈上的恩賜」。我聽不太懂，但她解釋說，她的意思是我應該多幫助別人，盡可能爲他人付出、爲他人著想，隨時隨地照顧他們，不要只想到自己。根據我的理解，「他人」應該也包含華森小姐吧。我跑回樹林裡，翻來覆去地思考了半天，還是看不出來這麼做有什麼好處，就算有好處也是別人的好處。最後我決定放下苦惱，不要再為這件事煩心。有時寡婦會把我拉到旁邊講些有關上帝的事，說祂有多好有多好，好到讓人聽了口水直流；可是隔天華森小姐又會拉著我說她的版本，把寡婦說的那一套全部推翻。因此我斷定大概有兩個上帝，可憐人碰到寡婦的上帝就有福了，反之碰到華森小姐的上帝就慘了。我仔細考慮了一下，如果寡婦的上帝要我，我就跟著祂，雖然我也不知道祂要了我有什麼好處，因為我這個人既無知又有點下流，脾氣也很差，祂的日子不會比以前更好過。

老爹消失一年多了，這讓我覺得很自在。我一點也不想見到他。以前他沒喝醉時只要一逮到我，就會狠狠地揍我一頓。通常他一出現，我就會跑到樹林裡躲起來。嗯，這一次有人發現他淹死在河裡，據說是在距離小鎮大約十九公里的上游處，他們是這麼說的。總之，大家一口咬定是他沒錯，說這個淹死的人身材胖瘦正好跟他一樣，衣服破破爛爛，頭髮也特別長，一切的一切都很像我老爹，可是臉部特徵卻無法辨認，因為泡在水裡太久，那張臉看起來一點也不像臉。據說他是仰面漂浮在水上，他們把屍體撈起來，埋在河岸邊。但我心中那種自在的感覺並沒有持續太久，因為我突然想到一件事。我很清楚，淹死的男人不會臉朝上漂浮，應該是臉朝下才對。所以我知道那不是老爹，而是一個女扮男裝的女人。我又開始不自在了。我猜那個老傢伙遲早會出現在我眼前，雖然我不希望他出現。

我們三不五時就會玩強盜遊戲，大約玩了一個月後我就收手了，其他人也都不幹了。我們並沒有真的搶劫人家，也沒有殺過半個人，全都是假裝而已。我們常常從樹林裡跳出來衝向趕豬的人和用小推車載運蔬菜去市場的女人，沒有眞的打劫他們。湯姆把那些豬稱做「金塊」，青菜蘿蔔之類的是「珠寶」，事後我們會回到山洞裡大肆慶祝，吹噓本幫的功績；像是我們殺了多少人啦，劃下多少傷疤標記啦，可是我眞的看不出來這麼做到底有什麼好處。有一次，湯姆派一個男孩舉著一根燃燒的火把，到鎮上跑一圈，說那根火把是「口號」，也就是召集幫內成員的信號，還說他從密探那裡得到內線情報，明天會有一大群西班牙商隊和阿拉伯富商路過，去「山窪」那邊紮營，他們帶了兩百頭大象、六百隻駱駝和一千多匹「馱騾」，全都滿載著鑽石，而且只有四百名士兵貼身護送。因此，套用他的說法，我們可以埋伏突襲，把這些人殺光，搶走所有金銀財寶。他說，我們一定要擦亮刀槍，做好萬全準備。湯姆就是這樣，就算只是追一輛裝滿蘿蔔的小車，也一定要大家把刀槍打磨拋光。其實所謂的刀槍不過是一些木板條和掃帚棍而已，再怎麼用力擦，擦得要死要活，那些東西就跟原來一樣，還是一堆沒價值的廢物。我不相信我們能打敗這群西班牙人和阿拉伯人，但我很想親眼看看駱駝和大象長什麼樣子，所以隔天，禮拜六，我們就埋伏在那裡，等到命令一下，我們就衝出樹林，奔下山丘。結果眼前根本沒有什麼西班牙人和阿拉伯人，也沒有駱駝和大象，什麼都沒有，只有主日學校舉辦的野餐會，而且還是初級班的小學生。我們到處亂衝，把小孩趕進山窪裡，除了一些甜甜圈和果醬外什麼也沒搶到；班倒是搶到了一個破爛的洋娃娃，喬則搶到了一本讚美詩集和一本福音手冊。這時，主日學老師氣急敗壞地跑來，嚇得我們只能把到手的東西全都丟掉，落荒而逃。

我告訴湯姆，我根本沒看到什麼鑽石；他卻說，反正那邊就是有一堆又一堆的鑽石，還有阿拉伯人和大象什麼的。我問他，那為什麼我們看不見呢？他說，要是我沒那麼無知，又讀過一本叫做《唐吉訶德》的書，連問都不用問就知道是怎麼回事了。他說，這一切都是魔法在作怪，那裡確實有好幾百個士兵，還有大象和寶藏等等，但是有人跟我們過不去（他稱那些人為魔法師），他們存心搗亂，故意把這些變成主日學兒童野餐會。我說，好吧，既然這樣，我們就去找那些魔法師算帳。湯姆說我是個大笨蛋。

「不行啦，」他說。「魔法師會召喚一大群精靈，一下子就把你剁成肉醬。那些精靈全都長得像大樹一樣高，像教堂一樣大喔。」

「呃，」我說。「那我們也找幾個精靈來幫忙啊，這樣不就能打敗他們了嗎？」

「你打算怎麼找？」

「不知道。那魔法師又是怎麼把精靈弄來的？」

「那還用問？他們會用手摩擦舊油燈或鐵戒指，只要擦幾下，精靈就會伴隨著電閃雷鳴飛過來，在滾滾煙霧中現身，你吩咐他們做什麼，他們就做什麼，就算是把一座炮塔連根拔起，砸到主日學校校長頭上，或隨便一個人頭上，對他們來說都輕而易舉。」

「誰能叫他們這麼快飛過來？」

「當然是那個摩擦油燈或戒指的人啊。摩擦油燈或戒指的人就是精靈的主人，無論主人有什麼吩咐，精靈都得照辦，無論是要他們用鑽石建一座長達六十五公里的皇宮、裡面裝滿口香糖或任何你想要的東西，還是到中國把皇帝的女兒抓來給你當老婆都一樣，他們非做不可，而且第二天早上太陽出來前就得把事情辦好。除此之外，他們還會抬著皇宮跑遍全國各地，你愛去哪裡就去哪裡。懂吧？」

「好吧，我覺得精靈真是一群呆子，」我說。「不把皇宮留著自己享受，偏要浪費時間爲別人瞎忙。再說，我要是精靈，寧願下地獄也不要丟下自己的正事，跑去聽一個摩擦舊油燈的人的使喚呢。」

「哈克，你說的是什麼話！只要人家摩擦油燈，不管你願不願意，你一定要來。」

「拜託！像大樹一樣高、像教堂一樣大的我居然還要聽別人使喚？好啊，我會來，但我一定會把那個傢伙嚇得爬到全國最高的樹上去。」

「呸，哈克，跟你說話簡直是浪費口水。看來你什麼都不懂，你這個大笨蛋。」

我反覆思索這些有關精靈的事，想了兩三天，最後決定試試看到底有沒有用。我帶著一盞老舊的錫製油燈和一枚鐵戒指跑到樹林裡，摩擦了一遍又一遍，擦得滿身大汗，好像剛從印第安人的蒸氣浴小屋裡出來一樣。我打算蓋一座皇宮，然後把它賣掉，可是不管怎麼摩擦就是沒效果，一個精靈也沒出現。我猜這又是湯姆編出來的謊言吧。他真的相信有阿拉伯人和大象，但我的想法不一樣，那明明就是主日學野餐會啊。

4

就這樣，三、四個月匆匆過去，如今已進入隆冬季節。我一直有在上學，現在已經會拼字、會閱讀、會寫點東西，還會背九九乘法表，背到六七三十五。我不覺得自己有能力背完剩下的部分，大概一輩子都做不到。反正數學本來就不是我的強項。

起初我很討厭上學，可是上著上著也就撐過去了。真的受不了、覺得格外厭倦的時候，我就直接蹺課，隔天再挨一頓鞭子；挨打對我來說倒是有點益處，能讓我振作起來。上學上久了，也越來越簡單了。我漸漸習慣寡婦那套規矩和作風，她們也不那麼挑剔我了。住在屋裡，睡在床上，讓我覺得特別拘束。天氣還沒變冷前，我時常溜到樹林裡睡覺，對我來說，那樣才叫好好休息。我最喜歡以前那種老日子，不過現在我也慢慢習慣，甚至有點喜歡新的生活了。寡婦說我有進步，雖然學得慢，但是穩紮穩打，表現也令人滿意。她說我沒丟她的臉。

有天早上吃早餐的時候，我不小心打翻了鹽罐。我急忙用最快的速度伸手，想抓一些鹽往左肩後面撒，免得走霉運；不過華森小姐動作更快，她馬上在我面前畫了十字，一邊說：「哈克貝利，手拿開，你老是把事情搞得一團糟。」寡婦也替我說了祝福的話，但是我心裡有數，那些都沒用，完全擋不掉霉運。吃完早餐後我走出家門，一路上心驚膽顫，不知道何時會災難臨頭，也不知道會遇上什麼倒楣事。有些霉運是可以化解的，但這次偏偏不是那種霉運，所以我乾脆放棄，只能垂頭喪氣、提心吊膽地往前走。

我走到前院的花園，爬上台階，翻過高高的籬笆。地上覆蓋著一層新落的雪，足足有兩公分厚，上面有人踩過的足跡。那些腳印從採石場那邊過來，在台階附近逗留了一會，又沿著花園籬笆繞來繞去。奇怪的是，那些腳印雖然在附近晃了一陣子，可是並沒有走進庭院。我搞不清楚到底是怎麼回事，反正很奇怪就對了。我本來想順著足跡走過去，最後決定先彎下腰看看腳印。起先我沒注意到什麼，可是再仔細一看，就看出端倪了。腳印的左靴後跟有兩根大鐵釘釘成的十字架，用來驅鬼避邪的。

我立刻直起身體，飛也似的衝下山丘，還不時回頭向後張望，可是什麼人也沒看見。我拔腿狂奔，一口氣跑到柴契爾法官家。

「哎呀，孩子，看你跑得上氣不接下氣。是來拿利息嗎？」他說。

「不是，先生，」我說。「有我的利息嗎？」

「喔，有啊，昨天晚上剛收進半年的利息，有一百五十多塊錢，是很大一筆錢呢。最好還是讓我幫你把這筆錢連同那六千塊本金一起拿去放債，你要是拿走的話一定會花光的。」

「不，先生，」我說。「我不想花錢。我根本不想要這筆錢，連那六千元也不要了。我希望你收下這些錢——六千塊本金和其他利息，全都給你。」

柴契爾法官露出驚訝的表情，看起來一頭霧水。

「哎，孩子，你的意思是……？」他問道。

「拜託不要問我問題，你把錢拿去——好嗎？」

「唉，我都搞糊塗了。到底出了什麼事啊？」

「請你收下吧，」我說。「什麼都別問，這樣我就不用說謊了。」

他想了一下，接著說：

「喔！我明白了。你打算把所有財產賣給我，不是送給我。這樣說就合理了。」

他在紙上寫了一些字，然後唸給我聽。

「好啦，你看，上面寫著『作爲報酬』，意思是說，我從你手裡把這些財物買下來，報酬也付清了。這一塊錢給你。現在你簽個名吧。」

我簽完名就離開了。

華森小姐的黑鬼吉姆有一顆毛球，大小跟拳頭差不多，是從一頭公牛的第四個胃裡取出來的，他以前常用那顆毛球作法，他說裡面住著一位仙靈，無所不知，無所不曉。那天晚上我就跑去找他，說我老爹又回來了，我在雪地上發現了他的足跡。我要知道他到底想做什麼，會不會待在這裡？吉姆拿出毛球，口中唸唸有詞，接著舉起毛球，然後鬆手，讓它掉在地上。毛球扎扎實實地落地，滾了快三公分遠。吉姆又試了一次，然後再一次，毛球的反應都一樣。吉姆跪在地上，耳朵貼著球仔細聽，可是一點用也沒有；他說毛球不肯說話，還說有時它不講話是因爲沒給錢。我告訴他，我有一個二十五分的假銀幣，又舊又光滑，但表層的鍍銀落了一點漆，露出裡面的銅，瞞不過別人，所以沒什麼用處；其實就算沒露出銅也是一樣，因爲假幣摸起來太滑溜，感覺油膩膩的，每次想花掉都會被人家識破（我想還是不要提到法官給我的一塊錢比較好）。我說，這個僞造的銀幣確實很爛，不過毛球可能分不出眞假，或許會收下也說不定。吉姆接過錢聞一聞，咬一咬，又擦一擦，說他有辦法讓毛球相信這個是眞錢。他說，他會切開一顆生的愛爾蘭馬鈴薯，把硬幣夾在裡面放上一夜，第二天早上就看不見露出來的銅，摸起來也不會油油的，到時鎮上所有人都會毫不猶豫地收下這枚銀幣，更別說那顆毛球了。對喔！其實我早就知道馬鈴薯這個方法，只是當下沒想到❷。

吉姆把銀幣放在毛球底下，又趴下去仔細聆聽。這次毛球有回應了。他說如果我願意的話，它可以幫我算命。我說，那就算吧。於是毛球對吉姆說話，吉姆又轉述給我聽。他說：

「你老爹還不確定自己想幹啥。他一下子想走，一下子又想留下來。你最好不要輕舉妄動，讓那個老傢伙自己決定，他愛幹啥就幹啥。有兩個天使在他頭上盤旋，一個白亮亮，另一個黑漆漆的。白天使引領他走正道，走沒多久，黑天使又跑來搗亂，胡搞一通。最後哪一個天使會找上他，誰也說不準。至於你嘛，還好，沒什麼問題。你這輩子註定多災多難，但也多福多樂。有時會受點小傷，有時會生點小病，不過每次都能逢凶化吉。你人生有兩個女孩，一白一黑，白的富，黑的窮。你會先娶窮丫頭，再娶富千金。你命中忌水，盡量離水越遠越好。還有，不要冒險，因爲生死簿上寫說你將來會被吊死。」

那天晚上，我點著蠟燭上樓，走進房間，發現老爹就坐在那裡。眞的是他！

5

我關上門，轉過身。他就坐在那裡，眞的在那裡。我以前一直很怕他，他動不動就拿鞭子抽我，把我揍得鼻青臉腫。我以爲自己現在還是很怕他，但很快我就意識到自己錯了，應該說，一開始我嚇了一大跳，差點喘不過氣，因爲我沒想到他眞的會回來，可是我馬上就明白自己並不怕他，他沒有什麼好怕的。

老爹快五十歲了，外表看起來和實際年齡差不多。他的頭髮很長，糾結成團，油膩膩地披散下來；一雙眼睛在亂髮後方閃閃發光，彷彿躲在藤蔓後面往外窺探。他的頭髮非常烏黑，沒有一根白髮，就連那片雜亂的落腮鬍也是。他露出來的部分臉孔毫無血色，白是白，但和別人的白不一樣，他那種白白得讓人噁心、讓人起雞皮疙瘩，是一種像樹蛙的白、像魚肚的白。至於衣服，不過是一身破布罷了。他把一隻腳踝架在另一條腿的膝蓋上，那隻腳上的靴子裂了口，露出兩根腳趾，不時扭來扭去。他的帽子躺在地上，老舊的黑色帽簷軟趴趴

❷譯註：馬鈴薯裡的酶（即酵素）可以溶解、清除銅綠。

的，帽頂嚴重塌陷，看起來和鍋蓋沒兩樣。

我站在這裡看他，他坐在那裡看我，椅子微微往後翹。我放下蠟燭，注意到窗戶開著；原來他從屋棚外爬進來的。他從頭到腳細細打量我好一陣子，最後終於開口。

「衣服漿得真挺哪。不錯嘛，你覺得自己是個大人物了，對吧？」

「也許對，也許不對。」我說。

「不准給我頂嘴，」他說。「我不在的時候，你這小子就學會裝模作樣擺架子啦？看我先挫挫你的銳氣，再好好教訓你一頓。聽說你還去上學，會讀書寫字了。現在你自以為比你老子厲害，因爲他什麼都不會，對不對？我就是要讓你沒這些本事。誰叫你去瞎搞這些做作的蠢事啊？喂！是誰說你可以幹這些的？」

「是寡婦，她告訴我的。」

「啊，寡婦？那又是誰說寡婦可以插手管別人的家務事呀？」

「沒人叫她管。」

「好吧，我倒要教教她怎麼管閒事。你給我聽好——不准再去上學了，聽見沒有？我一定要好好教訓那些人，只會叫別人的兒子對他老子擺架子，好像比他老子強幾百倍似的。要是被我抓到你回學校鬼混，你就死定了，聽見沒有？你媽到死之前都不會讀書寫字，我們這一家子沒有一個會的，連我都不會。看你現在跩成這樣，很了不起嘛。告訴你，我可受不了這些，聽見沒有？喂，拿本書唸兩句給我聽聽。」

我抓起書，開始唸一些關於華盛頓將軍和獨立戰爭之類的事。我才唸了三十秒，他就猛地一巴掌把書抄過去，用力砸向房間另一頭。

「果然沒錯。你還眞行。」他說。「剛才聽你說的時候我還不太相信。現在你給我聽清楚，不准再擺什麼臭架子。老子看不順眼。你這個自以爲是的小兔崽子給我小心點，要是被我發現你在學校附近亂晃，一定好好賞你一頓鞭子。你要知道，上了學就會跟著信教。我可沒有這種兒子。」

他隨手拿起一張有藍色又有黃色的小圖片，上面畫著一個小男孩和幾隻乳牛。

「這是什麼？」他問。

「這是他們給我的獎品，因爲我有好好唸書。」

他把圖片撕得稀爛。

「我給你一樣更好的東西——賞你一頓牛皮鞭子！」

他坐在那裡，又是喃喃自語，又是低聲咕噥。

「你不就是個香噴噴的公子哥嗎？你有一張床，還有床單和棉被，又有鏡子，地板上還鋪著地毯——而你的親生老爸卻得到皮革廠裡跟豬睡在一起。我沒有你這種兒子。我非得砸爛你那自命不凡的臭架子，再跟你斷絕父子關係。哎喲，你的眼睛長在頭頂上，踋個沒完呢。對了，聽說你發財了。喂，怎麼回事啊？」

「他們亂講，就這麼回事。」

「你給我聽好，注意你說話的態度，我已經忍耐到極限了，不要再跟我頂嘴。我才回來鎮上兩天，別的沒聽說，只聽說你發財啦。在大河下游老遠的地方就聽說啦。我就是爲了這個才回來的。你明天就把那些錢拿來給我。我需要錢。」

「我沒錢。」

「騙誰啊！錢在柴契爾法官那裡。你去把錢拿來。我就是要錢。」

「我說了，我沒錢。不信就去問柴契爾法官，他也會這麼說。」

「好，我去問他，叫他把錢吐出來，不然就給我個理由。喂，你口袋裡有多少錢？拿出來給我。」

「我只剩一塊錢，打算用來——」

「你要用來做什麼不關我的事。給我就對了。」

他拿走硬幣，用牙齒咬一咬，看看是不是眞的錢，然後說他要去鎮上喝威士忌，他已經一整天沒沾酒精了。可是他才剛爬上屋棚，又探頭進來罵我幾句，說我擺架子，想比他強。後來我以爲他已經走遠了，沒想到他又折回來，把頭伸進窗戶，警告我不准去上學，說他會暗中監視我，要是我偷跑去學校，就要揍我一頓。

第二天，他喝醉了，跑到柴契爾法官家裡大吵大鬧、連吼帶罵，逼他交出錢來，可是沒有得逞，他就發誓一定要去法院告他，用公權力逼他吐錢。

柴契爾法官和寡婦兩人要求法院讓我們脫離父子關係，再由他們其中一人當我的監護人。可是這位法官才剛上任不久，根本不了解老爹的底細，還說法院除非萬不得已，否則不應該干涉別人的家務事，拆散人家的家庭，說他寧可不要硬把兒子帶離父親身邊。於是柴契爾法官和寡婦不得不放棄這件事。

這下子老傢伙可樂了，高興到停不下來。他說要是我不想辦法籌點錢給他，他就要用鞭子把我抽得青一塊、紫一塊。我跟柴契爾法官借了三塊錢，老爹全拿去買酒喝得爛醉，到處鬼吼鬼叫、亂喊亂罵，鬧個沒完沒了，還拿著一個錫鍋猛敲，走到哪敲到哪，一直吵到三更半夜。於是他們把他拘留起來，第二天送進法院，判他坐牢七天。可是他卻說他很滿意，因爲他兒子終於知道誰才是老大，他要好好教訓教訓他。

老爹出獄後，那位新上任的法官說要讓他洗心革面、重新做人，便把他帶回自己家裡，讓他換上乾淨體面的衣服，還邀請他和家人一起吃早餐、中餐和晚餐，對他可說是無微不至，好到極點。晚餐過後，新法官對他講了一套關於戒酒之類的大道理，老爹聽了眼淚直流，說他以前眞是個笨蛋，瞎混了一輩子光陰；現在他決心要改頭換面，做個正派的人，不再丟人現眼，希望法官能幫助他，不要瞧不起他。法官說，聽了這番眞心告白，眞想好好擁抱他，於是法官哭了，他老婆也哭了。老爹說，大家以前都誤會他了，法官說他相信他；老爹說，一個落魄的人最需要的就是同情，法官說確實如此，於是他們又哭成一團。到了睡覺時間，老爹便站起來伸出手說：

「各位先生，各位女士，請大家看看我的手，抓一抓、握一握吧。以前這隻手連豬腳都不如，現在可不一樣了。這隻手的主人決定改邪歸正，展開新生活，死都不走回頭路。請大家記住我說的話，別忘了我說過的話。現在這是一隻乾淨的手了。握握手吧，別害怕。」

於是在座的人一個接一個過來和他握手，大家紛紛感動落淚。法官夫人還親了一下他的手。接著老爹在保證書上簽字，也就是畫了個押。法官說這是有史以來最神聖的一刻之類的話。然後他們把老爹安置在一間漂亮的客房裡，可是半夜不曉得什麼時候，他的酒癮嚴重發作，就鑽出窗戶爬到門廊屋頂，沿著廊柱溜下來，把身上的新大衣拿去典當，換了一瓶「四十桿烈酒」❸，然後再爬回房間喝個痛快。天快亮的時候，爛醉如泥的他又爬到外面，結果不小心從門廊屋頂上跌下來，左手臂摔斷了兩處，還差點凍死，直到太陽出來後大家才發現他。他們去客房查看狀況，發現裡面一場糊塗，亂到得用水深探測器導航才走得進去。

法官心裡當然很難受。他說可能要用上獵槍才有辦法改造這個老傢伙，除此之外他想不出別的辦法了。

6

過沒多久，老爹養好傷，恢復了元氣，又開始到處走動。他跑到法院控告柴契爾法官，逼他把那筆錢交出來，還過來找我，怪我沒退學。我被他抓到兩次，挨了幾頓鞭子，但還是照樣去上學。我不是躲著他，就是跑得比他快，讓他追不上。以前我不太喜歡上學，現在去上學是故意要氣他。官司一打起來總是拖拖拉拉，好像他們根本不打算開庭一樣；所以我每隔幾天就得向法官借兩三塊錢來打發老爹，好躲掉一頓鞭打。他每次拿到錢就去喝個爛醉，每次喝醉就大吵大鬧，搞得全鎮雞飛狗跳，每次鬧完就被關進監獄。這種生活根本就是爲他量身打造。這些爛事他最拿手了。

他很喜歡跑到寡婦家附近晃來晃去，每次都逗留很久，最後寡婦對他說，如果他老是賴在她家門前不走，她就要給他點顏色瞧瞧。哇，這還得了，他不氣炸才怪。他說，他要讓大家看看誰才是哈克芬恩的老爸。於是他開始監視我。某一個春日，他終於逮到我，並帶我划

❸ 譯註：一種酒精濃度極高的劣質威士忌，喝了之後走「四十桿」（forty-rods，「桿」是長度單位，一桿約等於五公尺）就會醉倒或死亡。

著小船來到大河上游約莫五公里處，接著越過河面，抵達對岸的伊利諾州。那裡林木繁茂，沒有住家，只有一棟隱身在濃密樹叢裡的老舊小木屋，要是不認得路，一定找不到。

老爹把我看得很緊，要我隨時跟著他，我根本沒機會逃跑。我們住在那棟小木屋裡，每天晚上，他都會鎖上門，把鑰匙壓在枕頭底下。他有一把槍，我想應該是偷來的，我們就這樣釣魚打獵，靠著漁獲和獵物過活。每隔幾天，他就會把我鎖在小木屋裡，獨自走上五公里路，拿魚和獵物去渡船頭附近那家商店換威士忌，然後回來喝個爛醉，自己享受一番，然後再把我拖過去揍一頓。過沒多久，寡婦打聽到我在哪裡，派了一個人來接我，可是老爹用槍把他趕跑了。不久之後，我也習慣了當下的生活，而且還滿喜歡的。除了鞭子之外。

日子過得既懶散又快樂，整天悠哉悠哉地到處遊蕩，抽抽菸、釣釣魚、不用唸書、不用寫功課，兩個多月就這樣過去了。我的衣服變得又髒又破，我不懂自己之前爲什麼會喜歡寡婦家那種生活，每天都要洗澡，吃飯要用餐盤，頭髮要梳得整整齊齊，要準時睡覺、準時起床，老是要爲一本書[4]煩惱，還得整天聽聽華森小姐永無止境的嘮叨。我再也不想回去了。先前我戒掉了罵髒話的習慣，因爲寡婦不喜歡，可是現在我又重拾舊習，因爲老爹不反對。總體來說，樹林裡的生活還不錯，過得滿愜意的。

但是好景不常，老爹打我打得越來越凶，動不動就拿那根硬邦邦的木棍揍我，我眞的受不了了，全身上下遍體鱗傷。此外，他還老是把我鎖在小木屋裡，自己跑出去逍遙。有一次他把我鎖起來，一出去就是三天，我一個人孤零零的，只能跟可怕的寂寞作伴。我心想，搞不好他淹死了，這樣我就永遠出不去了。我嚇得要命，決意要想辦法離開這裡。我嘗試逃出小木屋很多次，每次都以失敗收場。這棟老房子連一個讓小狗鑽出去的窗戶都沒有，煙囪又太窄，我爬不上去，外加門是用厚厚的實心橡木板做的，老爹也很小心，外出時絕不把刀子之類的東西留在屋裡。我想我在屋子裡至少翻過一百遍，幾乎時時刻刻都在找，因爲唯有這樣才能打發時間。這一次，我總算找到一樣東西，一把生鏽、沒有把手的破爛鋸子，它正好夾在屋椽和屋頂的木板中間。我替鋸子抹點油，開始動工。小木屋另一頭有張桌子，桌子後方的圓木牆上釘著一張舊馬氈，以免冷風從圓木間的縫隙灌進來吹滅蠟燭。我鑽到桌子底下去掀起馬氈，打算鋸掉一截粗壯的牆腳圓木，弄個大小足以讓我鑽過去的洞。我費了很大的工夫，就在快要成功的那一刻，樹林裡傳來老爹的槍聲；我急忙把木屑清乾淨，放下馬氈，把鋸子藏好。過沒幾分鐘，老爹就進來了。

老爹的心情不太好。他的本性就是這樣。他說，他到鎮上走了一趟，事事都不順心。他的律師說，只要法院開庭審理這件案子，他就有把握打贏官司，把錢弄到手；相反的，對方也有辦法盡量拖下去，柴契爾法官就很懂這一套。他又說，很多人都認爲應該要有另一場審判，讓我跟他脫離父子關係，把我的監護權判給寡婦，而且根據他們的推測，這場官司寡婦應該會贏。我非常震驚，因爲我不想再回寡婦家受規矩束縛，還要像他們說的受管教、教化成所謂的文明人。接著老爹開始罵髒話，把他能想到的每一件事、每一個人都罵了一遍，然

❹ 譯註：這裡指的是《聖經》。

後又從頭到尾再罵一遍，唯恐遺漏了什麼，包括一大群他根本不知道名字的人都照罵不誤；罵到那些無法指名道姓的人時，他就用「那個叫什麼名字的來著」含糊帶過，然後繼續罵下去。

他說他倒要看看寡婦要怎麼把我搶到手，還說他要隨時提防，如果他們眞的要這種把戲，他知道十幾公里外有個地方可以把我藏起來，任憑他們怎麼找，就算找到累癱也找不到。我內心又開始忐忑不安，不過只焦慮了一下就沒事了。我想我應該不會待到那個時候，讓他有機會做些可怕的事。

老爹要我到小船上把他帶回來的東西搬下來，包含將近二十三公斤的玉米粉、一大塊培根、一些彈藥、一桶十五公升的威士忌、裝塡彈藥用的一本舊書和兩份報紙，還有幾捆粗麻繩。我搬了一趟後回到河邊，坐在船頭上休息。我從頭到尾仔細想了一遍，打算帶著那把槍和幾根釣魚線逃跑，躲進樹林裡。我不會在同一個地方待很久，我要浪跡天涯，走遍全國，當個晝伏夜出的旅人，靠釣魚和打獵維生，去到遙遠的地方，遠到老爹和寡婦都再也找不到我。我心想，如果老爹醉得不省人事，我就要澈底鋸斷那截木頭，弄出一個洞離開這裡。他一定會喝得酩酊大醉，我滿腦子都在想這件事，完全沒注意到自己待了多久，直到老爹大聲怒罵，問我是睡著了還是淹死了，我才回到現實。

等我把東西全都搬進小木屋裡，天也差不多黑了。我做晚飯的時候，老爹一口氣灌了好幾口威士忌，似乎有點醉意，又開始破口大罵。其實他在鎮上就已經喝醉了，還在臭水溝裡躺了一夜，那副狼狽樣眞是可笑至極。別人看到他滾了滿身泥巴，還以爲他是亞當[5]再世呢。每次他一發酒瘋就會狂罵政府。這次也不例外。

「這也配叫政府！」他大吼。「你看看，這什麼狗屁政府嘛，居然有條法律可以搶走別人的兒子，別人的親生骨肉耶，人家費了多少心力、擔了多少煩憂、花了多少金錢，好不容易才把兒子養大。是啊，正當人家把兒子拉拔長大，有能力工作來孝敬他老子，讓他老子喘一口氣，法律卻偏偏來攪局，插手刁難人家。他們還把那個叫做政府！這就算了，法律還給柴契爾法官那個老賊撐腰，幫他掠奪別人的財產，這就是法律幹的好事。法律搶走人家六千多塊的現金，把人家塞進這棟老舊的小木屋，逼人家穿著連豬都不屑穿的破爛衣服。他們還把這個叫做政府！這樣的政府無法讓人享受應有的權利。有時我真想乾脆永遠離開這個國家算了。真的，我就是這樣告訴他們的，我還當著柴契爾老法官的面這麼說，很多人都聽過我這麼說，也都知道我說了些什麼。我說啊，只要給我兩分錢，我就會離開這個該死的國家，一輩子都不回來。這就是我的原話，一字不差。我說啊，看看我這頂帽子——要是這也算帽子的話——帽頂高高的，帽簷垮垮的，一直垂到下巴，與其說我戴著帽子，倒不如說我把頭塞進火爐煙囪裡還比較像。我說啊，你看看——我這樣的人戴這樣的破帽子——要是真能享受應有的權利，我就會是鎮上最有錢的人之一呢。喔，對啊，這個政府還真是了不起、了不起喔！你知道嗎，有一個來自俄亥俄州的黑鬼，他是自由之身，一個黑白混血，但皮膚幾乎

❺ 譯註：據《舊約聖經．創世紀》記載，上帝用泥土塑造了第一個人類亞當，而老爹在水溝裡躺了一整夜，身上沾滿泥濘，哈克想像老爹的樣子看起來一定很像泥偶亞當。

跟白人一樣白。他穿著全世界最白的襯衫，戴著全世界最閃亮的帽子，那套衣服說多高級就有多高級，全鎮沒一個人比得上；他還有一只綴著金鍊條的金懷表和鑲銀頭的手杖，一頭銀髮經過歲月洗禮，是全州最氣派的大人物。還有，你猜怎麼樣？聽說他還是大學教授，上知天文，下知地理，還會說好幾種語言咧。這還不是最糟的。聽說他在家鄉還有投票權呢！我就搞不懂啦，我心裡想，這個國家終究會弄成個什麼樣兒呢？那天正好是選舉的日子，要不是醉得走不動的話，我自個兒也正打算去投票。可是我才一聽說咱們這個國家有一州，會讓那個黑鬼投票，我馬上就打消了投票的念頭。我說我再也不投票了。這就是我說的話，一個字兒都不差；他們都聽見了；我巴不得這個國家完蛋——反正我這輩子再也不投票了。你看那個黑鬼那副冷冰冰的神氣，啊，要不是我把他推到一邊兒去，他連路都不讓給我。我對大家說，怎麼沒有人把這個黑鬼給拍賣了呢？——這是我要知道的事。你猜他們說什麼？哈哈，他們說他來到本州要是不到六個月，就不能拍賣；他來到這兒還沒有那麼多日子。啊，你看，這眞是怪事。一個自由的黑鬼來到州裡不到六個月就不能拍賣，連這點兒事都辦不了，還配叫什麼政府？這是個自稱政府的政府、裝得像個政府、自己以爲是個政府，可是它非得乖乖地坐著等上六個月，才敢去對付一個鬼鬼祟祟、四處遊蕩、窮凶惡極、穿白襯衫的自由黑鬼，而且……」

爸爸就這樣罵下去，根本沒注意到他那兩條軟綿綿的老腿要把他帶到哪裡去，結果他一個踉蹌就跌進醃豬肉的木桶裡，兩條小腿都破皮了。他暴跳如雷，罵得更火爆、更難聽，多半還是一些反黑鬼和反政府的話，不時順便對著醃肉桶罵幾句。他繞著屋子亂跳了一陣，先用一隻腳跳，然後用另外一隻，先抱起一個膝蓋，又抱起另外一個，對準木桶啪的踢了一腳。不過這個辦法並不高明，因為他穿的正是那隻頭上裂開、露出兩個腳趾頭的靴子，於是他大吼一聲，簡直嚇得人頭髮直豎。他自己也摔倒在泥地裡，抱著腳趾頭打滾。這回他罵的比以往都凶。他自己後來也這麼說。他曾經聽過本村的老叟索貝利．哈根最得意的時候罵人，他說他剛才的惡罵超過了他；不過我想這也許有點兒吹牛。

晚飯後，爸爸抱起酒瓶子來，說那裡面還有不少燒酒，足夠他醉兩回，發一次酒瘋。這是他常說的一句話。我估計大約一個鐘頭以後，他一定會醉得人事不知，到那時我就把鑰匙偷到手，或是在牆上鋸開那個窟窿溜出去，怎麼做都行。他喝了又喝，不久的工夫，就一頭栽倒在毯子上了。可是我偏偏不走運。他並沒睡著，只是覺得十分難受。他一邊哼哼、一邊叫喚，把拳頭來回掄了好半天，最後我眞的很睏，無論如何再也睜不開眼睛，所以不知不覺就睡著了。蠟燭還在桌子上點著。

我也不知道睡了多久，忽然間我聽見一陣可怕的尖叫，我立刻爬了起來。爸爸在那裡像瘋了一樣，跳過來、跳過去，口口聲聲喊有蛇。他說牠們往他的腿上爬，然後他又跳一步、喊一聲，說有一條蛇咬住了他的臉——可是我並沒看見什麼蛇。他跳起來，繞著屋子轉了又轉，嘴裡喊：「快把牠打死！快把牠打死！牠咬我的脖子哪！」我從來沒見過一個人的眼神這麼狂亂。過了一會兒，他累得不行了，倒在地上直喘，接著他又打起滾來，滾得比什麼都快，他碰著什麼就踢什麼，還用手對空中亂抓亂打，使勁叫喚，說他讓小鬼抓住了。過了一會兒，他又累了，靜靜地躺在那裡哼。到後來他更安靜了，再沒發出一點聲音。我聽見老遠的樹林子裡，有貓頭鷹和狼的叫聲，周圍似乎靜得可怕。他在那邊角落裡躺著。不一會兒，他撐著身子起來了，歪著腦袋仔細聽。他輕輕地說：

「啪噠——啪噠——啪噠；那是死人的腳步聲；啪噠——啪噠——啪噠；他們來抓我了，我可不去呀——哎喲，他們就站在面前！別碰我！放開手——手眞涼呀——放了我吧——哎喲，別管我這窮鬼好不好！」

然後他手腳著地向一邊爬去，央求他們放了他；他又用毯子把他自己裹起來，滾到那張老橡木桌子底下去，嘴裡仍然央求著；然後他就哭了。雖然有毯子包著，我還是能夠聽見。

不久，他滾出來，一跳就站起來了，像個煞神似的。他看見我，就對我撲過來。他抄起一把大折刀，在屋裡來回地追趕我，管我叫追命鬼。他說他要殺掉我，我就沒法再追他的命了。我央求他，告訴他我是哈克，可是他尖聲地慘笑了一聲，跟著又大吼大罵，仍然繼續追我。有一回我突然一轉身，由他的胳膊底下鑽過去，他一把抓住我的皮夾克的後背，恰好在兩個肩膀的中間，我以爲這回可沒命了。可是我一下子像閃電似的把皮夾克褪下來，這才撿回了一條命。不久，他累垮了，倒在地上，背靠著門，說先歇一歇，再起來殺我。他把刀子放在身子底下，說他先睡一會兒，把力氣養足，然後他再看看誰更有能耐。

他很快就打起瞌睡來。我馬上搬過那把薄木板釘成的舊椅子，輕輕地爬到上面去，連一點兒響聲都不敢弄出來，就把那枝獵槍取下來。我用鐵條往槍筒裡探了一探，看看確實是裝好了彈藥，就把槍橫放在裝蘿蔔的桶上，我坐在槍托後面，槍口對準了爸爸，等他只要有動靜，我就馬上開槍。可是時間過得多麼慢，而且靜得要命，眞難熬啊。

7

「起來！你在幹什麼？」

我睜開眼睛，四周圍看了一下，想要知道我到底在什麼地方。天早已亮了，我一直睡得很香。爸爸站在旁邊，臉朝下望著我，顯出不耐煩的樣子——還帶著病容。他說：

「你拿槍幹什麼來著？」

我料想他根本不知道他自己昨天夜裡幹了些什麼，我就說：

「有人想要進屋來，所以我埋伏著等他。」

「你怎麼不把我叫醒？」

「我叫了半天也叫不醒；我又推不動你。」

「那麼，好吧。別整天站在那兒花言巧語地說個沒完。快出去看看鉤上有魚沒有，好預備早飯吃。我跟著就來。」

他用鑰匙打開房門，我就一溜煙跑到河岸上去。我注意到有幾根大樹枝和這類的東西從上游漂下來，另外還有一些樹皮。我知道河裡已經漲水了。我想如果現在我在鎮上的話，我一定會過得很快活。六月裡漲水對我一向是很好的運氣，因爲每逢漲水的日子，總有些大塊的木料沖下來，還有零散的木筏——有時候有十幾根大木材連在一起；你只要把木頭撈上來，賣給木料行和鋸木場就行了。

我沿著河岸往上游走，一邊留神看爸爸跟來沒有，一邊注意大水給我帶來了些什麼東西。突然間，有一隻獨木舟漂下來了，那還是一隻非常漂亮的小船，有十三四英尺長，像隻鴨子似的得意洋洋地向前漂。我由岸上一頭扎到河裡去，像一隻青蛙似的，隨身的衣裳也沒脫，就對著那隻小船游過去。我還以爲船裡面一定有人躺著哪——有些人常常那樣做，爲的是要騙騙人，專等人家划著船快把它追上了，他們就由船裡坐起來，對著人家哈哈大笑。可是這回並不是那樣。這是一隻沒主的獨木舟，一點兒也不錯，我爬上船去，把它划到岸邊。我心裡想，老頭子看見這隻船，一定很高興——它起碼值十塊錢。可是我上岸的時候，還沒看見爸爸過來。我正在把船划到一條類似水溝的小河裡去——河溝的兩岸到處都長滿了藤蘿和楊柳——這時候我又想起一個主意。我想我還是把船好好藏起來，那麼等我逃跑的時候，就不必跑到樹林子裡去，我可以順著河水划下五十多英里，永遠在一個地方住下，就省得徒步跋涉，受很大的折磨了。

這地方離那所木頭房子很近，我好像老是聽見老頭子走過來的聲音，可是我把船藏得很嚴密；然後跑出來繞著一叢柳樹張望了一下，只見老頭子一個人順著小道走過來，正用槍對著野鳥瞄準。所以他並沒看見什麼。

他走過來的時候，我正在用力往上拖「攔河鉤」繩。他怪我慢手慢腳，罵了我幾句。我告訴他，我掉在河裡了，所以才耽誤了這麼半天。我知道他看見我渾身都是濕的，一定會刨根問底。我們由攔河鉤上摘下來五條大鯰魚，就回家去了。

我們吃完早飯，就躺下來，想睡一會兒——我們兩個都累得幾乎不能動彈了——這時候，我想，如果我能夠想個法子，讓爸爸和寡婦再也不想找我回來，那可就比在他們還沒發覺我跑走了的時候，全憑運氣跑到遠處去讓他們找不著要保險得多。你知道，天下什麼事都可能發生。可是，我當時怎麼也想不出個法子來。不久，爸爸撐起身來，又喝了一罐水，說：

「下回再聽見有人到這兒偷偷地蹓躂，可千萬把我叫醒，聽見了沒有？那個人到這兒來，一定沒安著好心，我得用槍打死他。下回你可得把我叫醒，聽見了沒有？」

然後他就倒下去，又睡著了。但是他說的話，正好是替我出了個好主意。我心裡想，這件事只要安排得好，那麼今後誰都不會再來找我了。

十二點鐘左右，我們來到外面，沿著河岸往上走。河水漲得很快，有許多木材順著大水漂過去。跟著就漂過來一節木筏——九根木材緊緊地綁在一起。我們乘著小船追過去，把它拖到岸上來。然後我們就回去吃中飯。除了爸爸之外，不管是誰都會在這兒等上一天，好多撈些東西；可是，那不是爸爸的作風。一次撈九根木材，已經足夠了；他想馬上運到鎮上去賣。於是他就把我鎖在屋裡，大約在下午三點半鐘就乘著小船，拖著木筏，動身走了。我猜他那天晚上絕不會回來。我在屋裡等著，等到我想他已經划得起勁兒了，就拿出鋸子來，繼續鋸那根木頭。所以他還沒有划到對岸，我已經由那個窟窿裡爬出來了。遠遠望過去，他和他的木筏不過是漂在水面上的一個黑點兒罷了。

我把那袋玉米粉拖到藏獨木舟的地點，撥開藤蘿和樹枝，把它放在小船上。我又把那醃好的半隻鹹豬扛來，然後再抱那個酒瓶；我把所有的咖啡和白糖都拿來了，還加上所有的彈藥；我拿了裝塡火藥用的舊書舊報，還有水桶和水瓢；拿了一把杓子和一個白鐵杯、那把舊鋸和兩條毯子，還有平底鍋和咖啡壺。我還拿了魚繩和火柴，和許多別的東西——凡是有點兒用處的東西都拿來了——我把那個地方給搬空了。我需要一把斧頭，可是屋裡沒有，只有外面劈柴堆那兒放著的那把，但是我要把它留下來是有用意的。我把槍也拿出來，現在我算是全準備好了。

我由那個窟窿爬進爬出，拖出來那麼許多東西，把洞口外面的地面磨平了一大片。我就從外面好好收拾了一遍：在地上撒了些浮土，把平滑的地方和鋸末都蓋起來。然後我把鋸下來的那節木頭，又安在原來的地方，再搬兩塊石頭墊在底下，另外再搬一塊頂住那節木頭，不讓它掉下來，因爲那節木頭在那個地方有點兒彎，沒緊貼著地面。這時候，如果你站在四五英尺遠的地方，並不知道有人把它鋸掉了，那麼你絕不會看出什麼毛病來。再說，這地方正在屋子背後，也不見得有人逛蕩到這裡來。

由這間屋子到獨木舟的路上，是一片草地，所以我並沒有留下什麼腳印。我到處看了一下。我站在岸上，向河上望過去。一切安全。我就拿起槍來，走進樹林，找來找去，想要打幾隻鳥兒，這時候，忽然迎面來了一隻野豬。由草原上農莊裡跑出來的豬，不久就在那一帶窪地裡變野了。我把這傢伙一槍打死，就把牠拖回住處去了。

我舉起斧頭，砍破了房門，亂砸亂劈了一陣。我把野豬拖到屋子裡，幾乎弄到桌子前面，然後一斧頭砍在牠的脖子上，讓牠躺在地上流血——我說地上，是因爲那確實是地——是壓得很硬的土地，上面沒鋪地板。緊跟著，我拿過一條舊麻袋，裡面裝上許多大石頭——我拖得動多少就裝多少——我就由豬身子旁邊開始，拖著口袋，走出房門，穿過樹林，來到河邊，把牠一下子丟到河裡，牠立刻沉下去，看不見了。你能夠很容易地看出有什麼東西在地上拖過的痕跡。我非常希望湯姆・索耶當時在場，我知道他對這類的事很感興趣，他會另外想出一些很精采的花樣。遇到這樣的事情，誰也不如湯姆・索耶那樣肯下工夫。

最後，我由頭上揪下幾根頭髮，在斧頭上塗滿了豬血，把頭髮黏在斧頭背上，就把它扔在角落裡。然後我抱起那隻豬來，用衣服兜住，摟在懷裡（爲的是不讓牠滴血），一直等到離開屋子很遠了，才把牠扔到河裡去。現在我又想起來另一個主意。我跑到獨木舟那裡，把那袋玉米粉和那把舊鋸都拿回屋裡來。我把袋子放在原來的地方，用鋸子在袋子底下開了個小洞，因爲這裡沒有吃飯用的刀子和叉子——爸爸做飯的時候，無論切什麼都用那把大折刀。然後我就揹著那個口袋，通過草地，穿過房子東邊的柳樹林，走了一百碼左右，來到一個五英里寬的淺湖邊，那裡面一片汪洋，滿是燈芯草——在那個季節，你也可以說，那裡面滿滿都是野鴨子哩。有一個爛泥塘，也可以叫做小河溝，由淺湖的那一邊，通到好幾英里地以外的地方——究竟通到哪兒，我也說不清楚，反正沒有通到河裡來。玉米粉從口袋裡漏出來，由木屋子撒到淺湖旁邊，一路上留下一道小小的痕跡。我還把爸爸的磨刀石丟在這裡，讓人看起來好像是不經意扔下的。然後我用繩子把袋子上的洞紮好，使它不再漏出來，又把袋子和鋸子放回獨木舟裡。

現在，天快要黑了；我就讓獨木舟漂到那籠罩著河岸的柳樹底下，等著月亮上來。我把獨木舟拴在一棵柳樹上，然後吃了口東西。不久，我又躺在獨木舟裡抽了袋菸，心裡盤算著。我心裡想，他們一定會跟著那一袋子石頭的痕跡，找到河邊上去，然後就會沿河打撈我的屍首。他們還會隨著玉米粉的印子，找到湖裡去，再順著湖口小河溝像牛吃草似的前去找那害了我的性命、搶了那些東西的強盜。他們到大河裡除了找我的屍首之外，絕不會再找別的什麼了。他們對這件事不久就會厭倦，不再爲我操心了。那麼我就可以隨便待在什麼地方了。就我說來，傑克森島倒是個好地方；我對那個島知道得很清楚，並且從來沒有人到過那個地方。此外，我在夜裡還可以划船過河到鎭上去蹓躂蹓躂，買些我需要的東西，傑克森島眞是個好地方。

我累得很，不知不覺就睡著了。我醒來的時候，一時不知道自己身在哪裡。我坐起來，四周圍看了一看，心裡有點兒害怕。然後我才想起來。這條河望過去似乎有好多好多英里寬。月亮非常亮，我連水上漂下來的木材都能夠數得出來；它們離河岸有幾百碼遠，黑黑的，靜靜的。一切都安靜得很，看光景，知道時間已經不早了，聞氣味，也可以知道不早了。我想你一定懂我的意思——我不知道該用個什麼字眼兒較合適。

我打了個呵欠，伸了伸懶腰，剛準備解開繩子走的時候，就聽見遠處水上有個聲音。我仔細聽了一下，馬上就聽出來了。那是靜夜裡搖槳時所發出的一種單調有規律的聲音。我隔著柳枝向外偷看，原來那裡有一隻小船，漂在水那邊遠遠的地方。我沒法知道船上有多少人。它越走越近；等到它來到我的面前，我看見船上原來只有一個人。我想那個人也許是爸爸，雖然我並沒想到他會回來。他打我面前順流而下，可是不久就搖搖擺擺地把船划到水流和緩的地方上了岸。他由離我很近的地方漂過去，我如果伸出槍去，簡直就可以碰著他。嘿，那人正是爸爸，一點兒也不錯——而且並沒喝醉，由他划槳的姿勢，我可以看得出來。

我一點兒也不耽擱。一轉眼，我已經通過岸旁的樹蔭，向下游一直衝去，動作很輕，但是划得很快。我一口氣划了二英里半，然後偏過船頭，向河流中間划了四五百碼，因爲一會兒就要經過渡口，我恐怕有人看見我，對我打招呼。我駕著船鑽到漂流的木材中間去，平平地躺在船底上，讓它隨便漂著。我躺在那裡，抽著菸斗，好好地休息了一陣；我看著天上，沒有一片雲彩。如果你在月光裡仰臥著向天上看的話，天空就顯得特別深遠，這是我從來不知道的。還有，在這樣的夜裡躺在水面上，你可以聽得多麼遠呀！我聽見有人在渡口碼頭上閒談。我還聽得見他們說的話，句句話都聽得很清楚。一個人說，現在白天越來越長，黑夜越來越短了。另一個說，照他看，這一夜可實在是不算短呀——他們一聽這話，就都笑了，他跟著又說了一遍，他們又都笑了；然後他們叫醒了另外一個人，把這話告訴了他，又都笑了起來，可是這個人並沒有笑，只是氣哼哼地罵了一句，說別來惹他。第一個人說他打算回去把這話告訴他的老婆——她會覺得挺有意思的；不過他說他當年說的話，比這種話還要俏皮得多呢。我聽見有一個人說快到三點鐘了，他說他希望白天可別等一個多禮拜才來到。在這以後，談話的聲音就越來越遠，我也就再也聽不清楚他們的話了，可是我還能聽見一些嘰嘰咕咕的聲音，偶爾還有一兩聲笑聲，不過像是很遠很遠了。

我現在已經遠遠漂到了渡口的下游。我站起來，看見傑克森島就在前面，大概在下游二英里半的地方——島上長滿了大樹，像是由大河中間鑽出來似的。它那樣子又大又黑又結實，活像一艘不帶燈的大輪船。島頭的前面看不到半點沙洲的痕跡——都讓大水給淹沒了。

我沒費多大的工夫就到了那兒。我飛快地穿過島旁邊——那裡的水流得太急了——然後來到一個靜水灣裡，在靠近伊利諾州的這邊靠了岸。我把獨木舟划到我所知道的一個岸邊深灣裡去。我必須把柳枝撥開，才鑽得進去；等我把船拴好之後，不管是誰從外面都看不見它。

我上了岸，坐在島頭的一根圓木頭上，向著汪洋大河一直望過去，看見水上漂著黑忽忽的木材，還看見三英里以外的那個鎮，那裡有三四盞燈，穿過島頭旁邊，一閃一閃地發光。一個大得可怕的木筏在上游一英里多的水面上出現了，它慢慢地漂過來，正中間點著個燈籠。我站起來看著它慢慢地漂過來，等它快由我前面經過的時候，我聽見一個人喊著說：「喂，搖尾槳啊，船頭向右！」我聽得清清楚楚，彷彿說話的人就在我身邊一樣。

這時候，天空已經有點兒發白。我走到樹林裡躺下，想在吃早飯以前先睡一下。

8

我一覺醒來，太陽已經很高了，我猜想一定過了八點鐘了。我躺在陰涼的草地上，想想這個，想想那個，身體已經休息過了，很舒服、很滿意。透過一兩處樹葉的空隙，可以看見外面的太陽。陽光通過樹葉間篩下來，照得地上斑斑點點，這些斑點有時候稍微搖晃幾下，就知道樹梢上颳過一陣微風。有一對松鼠蹲在樹枝上，對我嘰嘰喳喳地叫，顯得很親熱。

我覺得懶洋洋的舒服極了——簡直不想起來做早飯。當我又要打個瞌睡的時候，忽然間我好像是聽見了「轟」的一聲，聲音十分沉悶，似乎是由上游遠處傳來的。我連忙爬起來聽，用一隻胳膊肘支著身子。一會兒，我又聽見了一聲。我一下跳起來，跑過去從樹葉中間一個空洞往外看，看見上游遠處水面上有一股白煙——那地方跟渡口併排著。我還看見那隻渡船，載著滿滿一船人，朝著下游漂過來。現在我可明白那是怎麼回事了。「轟！」我看見一股白煙由渡船旁邊噴上來。你瞧，他們正在向水上開炮，打算讓我的屍首浮到水面上來。

我餓得很，但是現在生火對我可不合適——因爲他們會看見煙。所以我就坐在那裡，看著大炮冒出的煙，聽著轟隆隆的炮聲。那一段河面有一英里寬，在夏天的早晨，那一帶的景致總是非常好看，所以只要我能有一口東西吃，我坐著看他們找我的死屍，也眞夠快活的。

我偶然想起，他們常常把水銀灌在麵包裡，再讓它們漂在水上，因為這種麵包往往一直漂到水底下淹死的人那裡，就會停住不動。我就說，我非得留神不可，假如有這樣的麵包漂下來找我，我一定要照顧照顧它們。我就換了個地方，來到小島靠近伊利諾州的這一邊，看看我的運氣如何，結果我並沒有失望。一個比普通麵包大一倍的麵包漂過來了，我用一根長棍子去撈，差一點撈到了，可是我腳底下一滑，它又漂遠了。當然，我是站在急流離岸最近的地方——這一點我太清楚了。不久，又漂過來了一個，這一回我可成功了。我拔出上面的塞子，抖出那一點兒水銀，就咬了一口。那還是「麵包房的麵包」——是高貴人家吃的麵包——絕不是那種難吃得要命的粗玉米餅。

我在樹葉當中找了個好地方，在一根木頭上坐下，一邊啃著麵包，一邊看那隻渡船，覺得眞是心滿意足。我忽然又想起一件事。我想，現在寡婦或是牧師或是別人一定正在禱告，盼望這些麵包能夠找到我，如今它們果然來到這裡找到我了。所以毫無問題，這種事也的確有點兒用處。這就是說，像寡婦或者牧師那樣的人禱告，是有點兒用處的，但是對我卻一點兒也不靈；大概是誰要是眞正需要它靈，它就偏偏不靈吧。

我點上一袋菸，足足地抽了好長一陣，又接著看熱鬧。渡船順水漂來，我料想等它漂過來的時候，一定有機會看見有誰站在船上，因為渡船也會像麵包一樣打我面前經過。那隻船眼看就要過來了，我就弄滅了菸斗，來到我剛才撈麵包的地方附近，趴在岸上一小塊空地上的一根大樹幹後面。由樹幹分岔的地方，我可以偷偷往外看。

過了不久，船眞過來了，它漂得離我很近：他們只要搭上一塊板子，就可以走上岸來。

差不多所有的人都在船上。爸爸，柴契爾法官，貝琪．柴契爾，喬．哈波，湯姆．索耶，和他的波莉姨媽，還有席德和瑪麗，還有許多別的人。人人都在談論這件凶殺案，可是船長忽然喊著說：

「現在千萬要留神哪。這地方的水流得太急了，也許他讓水給沖到岸上去，掛在水邊上的矮樹裡了。但願如此吧！」

我可不希望如此。他們都向這邊擠過來，靠著欄杆往外探身，幾乎就在我的眼前；他們一聲不響，非常注意地看著。我能一目瞭然地看見他們，可是他們看不見我。緊跟著，船長拖著腔喊了一聲：

「站開！」就在我眼前響了一聲大炮，震得我耳朵都快要聾了，煙把我的眼睛也快要燻瞎了，我以爲這一回我可眞完了。他們要是裝上了炮彈，我想他們還眞會把他們要找的屍首弄到手哪。可是，謝天謝地，我總算一點兒也沒受傷。船繼續向前漂過去，走到小島的肩部旁邊，一拐彎就看不見了。我偶爾還能聽見放炮的聲音，可是越來越遠，過了一個鐘頭以後，就再也聽不見了。這個島有三英里長。我猜想他們已經走到島尾去了，一定不再找了。可是他們還不肯一下子就死心。他們由島尾轉過頭來，順著靠近密蘇里那邊的河道，開足馬力駛往上游，一邊走一邊不斷地放炮。我又跑到這邊來看。他們來到島頭就不再放了，就在密蘇里那邊的岸上下船，回到鎮上去了。

我知道我現在可以安心了。絕不會再有人來找我了。我由獨木舟裡拿出我帶的東西，在密林裡搭了個很好的宿營地。我用毯子湊合著搭了一個帳篷，把東西都放在底下，免得下起雨來打濕了。我捉了一條大鯰魚，用鋸剖開牠的肚子，等到太陽快下山的時候，我就生起露天火堆，弄了頓晚飯吃。接著我又放下線去，打算捉幾條魚當第二天的早飯。

天黑的時候，我坐在火堆旁邊抽菸，覺得滿意極了；可是過了一會兒，就覺得有點兒悶得慌。我就跑到岸上去坐著，聽聽河流沖刷的聲音，一邊數數天上的星星，數數河裡漂下來的木材和木筏，然後就回去睡覺；在你煩悶的時候，這是消磨時間最好的方法，你絕不會老是那麼悶悶不樂，你過一會兒就會好的。

三天三夜的時間就這樣過去了。沒有一點兒變化，天天都是這樣。可是到了第四天我就穿過整個小島，到各處去看地形。我如今是小島的主人；整個島可以說都是屬於我的；所以我打算知道島上的一切情形，但是主要還是想消磨時間。我找到許多楊梅，果子長得又熟又好；還有許多青的夏季葡萄、青的草莓、剛長出來的黑莓子。我想它們不久都會熟透，可以隨手摘下來吃了。

我在這森林裡亂跑了一陣，到後來我猜想大概離島尾不遠了。我一直帶著我那枝槍，但是什麼都沒打——那是爲了防身用的；我想走到離家不遠的地方，可以打幾隻野鳥。這時候，我差一點兒踩著一條大蛇，那條蛇穿過花草間逃跑了，我就跟在後面追，打算給牠一槍。我正在向前飛跑，忽然間我一下子踩在一堆還在冒煙的營火灰上。

我的心幾乎由嘴裡跳出來。我並沒有等著仔細看，就把槍上的扳機拉下來，偷偷地踮著腳飛快地往回跑，每隔一會兒就停一下，在稠密的葉子裡聽一聽；可是我喘得太厲害，什麼也聽不見。我又跑了一段路，然後又聽了一陣；我就這樣聽了又走、走了又聽；假如我看見一棵枯樹樁，就把它當成一個人；假如我踩折了一根樹枝，就覺得好像有人把我的呼吸截成了兩段，我只喘了上一段，而且還是短的那一段。

等我回到露營的地方，我不再覺得急躁了，我肚子裡的勇氣差不多全都嚇跑了，但是我想，這可不是鬧著玩的時候。我就把東西又都收拾到獨木舟上去，爲的是不讓人看見。我把火弄滅，把灰撒開，讓這地方看起來好像是去年有人露營的樣子，然後我就爬到一棵樹上去了。

我估計我在樹上待了有兩個鐘頭，可是什麼東西都沒看見，什麼聲音也沒聽見——我只是自以爲看見了、聽見了成千上萬的東西。不過，我絕不能在樹上坐一輩子，所以最後我就下來了，可是我老是躲在密林裡，隨時警惕著。我能弄到的吃的，只是一些水果，和早飯吃剩下的東西。

到了晚上，我餓極了。所以等到很黑的時候，我就趁著月亮還沒出來以前離開小島，划船過河，來到伊利諾的岸上——這一段大約有四五百碼的路程。我到樹林裡做了一頓晚飯。我剛要決定在這裡過夜的時候，就聽見「踢踢、踏，踢踢、踏」的聲音，我心裡想：「馬來了。」緊接著我又聽見有人說話。我趕快把東西搬上小船，然後偷偷穿過樹林，看看是怎麼回事。我還沒走多遠，就聽見一個人說：

「假使能找著個好地方的話，咱們最好在這兒露營；馬兒都快累壞了。咱們先到四周圍看看吧。」

我一會兒也沒耽擱，抄起槳，撐開船，輕輕地划走了。我把船拴在老地方，打算睡在小船裡。

我沒怎麼睡著。因爲心裡有事，我老睡不踏實。我每回醒過來，都以爲有人掐住了我的脖子。所以說睡覺對我並沒有好處。到後來我想我絕不能這樣活下去；我要去看看到底是誰跟我一起藏在島上；我非把這件事弄清楚不可。這樣一來，我馬上覺得輕鬆多了。

我抄起槳來，把船撐到離岸一兩步遠的地方，就坐著小船在陰影裡順流而下。月亮在天空照著，陰影以外的地方，都照得像白天一樣明亮。我偷偷摸摸地走了差不多一個鐘頭，所有的東西都像岩石一樣安靜，都睡得很香。這時候，我幾乎來到了島尾。一陣微微的涼風颳起來了，這就等於說黑夜差不多就要結束了。我用槳掉過船身，讓船頭碰到岸上；然後提槍下船，來到樹林的邊上。我坐在那裡一根大木頭上，從樹葉子縫裡往外看。月亮已經落下了，黑暗漸漸籠罩了河面。可是，過了一會兒，我看見樹梢上出現了一抹灰白，知道天就要亮了。於是我拿起槍來，輕輕地朝著我碰見火灰的那個地方前進，每走一兩分鐘總要停下來聽一下。可是我的運氣並不太好；我好像總也找不著那個地方。但是過了不久，果然看見樹林那面有火光閃了一下。我就提心吊膽地、一步一停地摸了過去。過了一會兒，我來到火堆的跟前，看見那邊地上躺著一個人；這一下嚇得我眞是手忙腳亂。那個人頭上蒙著一條毯子，頭幾乎伸在火裡，我坐在一叢矮樹後面，離他大概有六英尺多遠，目不轉睛地瞪著他。這時候，天已經濛濛亮了。又過了一會兒，那個人打了個呵欠，伸了伸懶腰，一伸手拉開了毯子，原來是華森小姐的吉姆！說老實話，我看見他，眞是高興極了。

「喂，吉姆！」我就竄出來了。

他一下子跳起來，發瘋似的瞪著我。然後他就跪下去，合著雙手對我說：

「千萬可別害我呀！我向來沒有得罪過鬼魂呀。我向來喜歡死人，我替死人什麼活兒都幹過。您最好還是回到您的河裡去吧。您可別跟我老吉姆過不去，他永遠是您的朋友呀。」

我並沒有費很大的工夫就讓他明白了我並沒死。我非常高興見到吉姆。現在我不覺得悶得慌了。我對他說，我並不怕他去告訴他們我的下落。我滔滔地說下去，可是他只坐在那裡，眼望著我，一言不發。後來我說：

「天已經大亮了。咱們弄點早飯吃吧。把你的火好好地生起來。」

「生起火來煮楊梅那一類的東西吃，能管什麼用？你不是有桿槍嗎？咱們可以弄點兒比楊梅更好的東西吃呀。」

「楊梅那一類的東西，」我說，「你難道專靠那種東西過日子嗎？」

「我弄不著別的東西呀。」他說。

「啊呀，你來到這個島上有多久啦，吉姆？」

「我是在你被人殺死的那天晚上跑來的。」

「怎麼，那麼多天了嗎？」

「是呀，眞的。」

「難道你除了那些亂七八糟的東西之外，沒有別的東西吃嗎？」

「沒有，先生——別的什麼都沒有。」

「那麼，我想你一定快要餓死了吧？」

「我大概連一匹馬都吃得下去。我想一定吃得下去。你來到這個島上有多少天啦？」

「自從我被人殺了的那天晚上就來啦。」

「啊！你吃什麼東西活著呢？你不是有槍嗎？哦，不錯，你有一桿槍。那好極了。那麼你去打點什麼東西來，我去把火生上。」

我們來到獨木舟停泊的地方。他在樹林裡一塊空曠的草地上生起火來，我就搬過來玉米粉、鹹肉、咖啡、咖啡壺、平底鍋、白糖和洋鐵杯，把這個黑鬼嚇了一大跳，因為他以為這些東西都是魔術變出來的。我還捉到了一條很大的鯰魚，吉姆用他的刀子把牠收拾乾淨，放在鍋裡煎了。

早飯做好了，我們歪在草地上，趁熱吃了一頓。吉姆使勁兒往肚子裡裝，因為他簡直是快要餓死了。等我們把肚子塞滿了以後，就懶洋洋地待著，什麼活也不幹。

過了不久，吉姆說：

「可是，我問你，哈克，在那間小屋裡讓人殺了的，要不是你，到底是誰呢？」

我就把整個事情都講給他聽，他說這一手要得真叫漂亮。他說湯姆．索耶也想不出比這更好的主意了。於是我說：

「你怎麼跑到這兒來啦，吉姆？你怎麼會到這兒來呢？」

他那樣子很窘，停了一會兒沒答話。後來他說：

「也許還是不說好些吧。」

「為什麼，吉姆？」

「自然有緣故。可是，我要是對你說了，你不會告訴別人吧，哈克？」

「吉姆，我要是告訴別人，讓我不得好死。」

「好了，我相信你的話，哈克。我……我逃跑了。」

「吉姆！」

「可是，記住，你說你不告訴別人——你知道你答應我絕不告訴別人，哈克。」

「是的，我答應過。我說絕不告訴人，就不告訴人，絕不失信。說老實話，絕不失信。人家常常管我叫贊成解放黑奴的蠢貨，並且因為我老不做聲就看不起我——可是那沒有關係。你放心吧，我絕不說，我根本不打算回去了。所以，你現在從頭到尾一五一十都告訴我吧。」

「好吧，你看，就是這麼回事。那位老小姐——我說的是華森小姐——她從早到晚地罵我，她待我非常野蠻，可是她老說她絕不會把我賣到奧爾良去。不過近來我看見一個黑奴販子，老到咱們家裡來，我就覺得不放心。有一天晚上，我偷偷地溜到門口，那時候已經很晚了，可是門沒關緊，我聽見老小姐對寡婦說，她打算把我賣到奧爾良去，她說她本來不願意這麼做，可是她賣掉我就能弄到八百塊錢，那麼一大堆錢叫她不得不賣我。寡婦勸她千萬不要那麼做，可是後來說的話，我都沒有等著聽下去。我告訴你吧，我溜得可快啦。

「我溜出家門，跑下山去，打算到鎮上頭幾里以外的岸邊偷一隻小船，可是來來往往還有許多人，我就躲在岸上那家東倒西歪的老木桶鋪裡，打算等人都走完了再出來。我在那兒待了一夜。那地方老是有人走來走去。大約到了早晨六點鐘，有好些小船都過去了，等到八九點鐘的時候，每逢過來一隻船，都說你爸爸怎麼上鎮去，說你怎麼讓人給殺了。後來的幾隻船載滿了男男女女，都到那出事的地方去看熱鬧。有時候，他們停在岸旁休息一下，然後再過河去，所以由他們說的話裡我知道了這件凶殺案的前前後後。哈克，我聽說你讓人殺死了，眞是難受極了，可是現在我不難受了。

「我在刨花堆裡躺了一整天。我肚子裡很餓，但是並不害怕，因爲我知道老小姐跟寡婦，吃完早飯，就要到鄉下去開布道會，從早到晚不在家，她們知道我天一亮就出來放牛，自然是不會待在家裡的，她們不到晚上不會找我。別的傭人更不會找我：他們一看那兩個老傢伙都不在家，早跑到外面逍遙自在去了。

「等到天黑了，我順著河岸往上游跑大約三公里路，到了沒有人家的地方。我下了決心，一定要那麼幹下去。你瞧，假如我還是走著往前逃，那些狗就會追上我；我要是偷一條小船過河去，人家會發現小船不見了，他們也就會知道我會在對面什麼地方上岸，知道到什麼地方去找我。所以，我想，我最好還是找個木筏吧；這種東西留不下什麼痕跡。

「一會兒工夫，我看見一個燈光拐過尖岬到這個地方來，我就跳下水去，推著一根木材往前游，等到游過了河心的時候，就鑽到漂著的木頭中間去，我把頭低在水裡，稍微頂著水流游去。到後來，有一排木筏過來了。我就浮到筏子後面，緊緊抓住它的尾巴。這時候月亮讓雲彩遮住，河面上黑了一會兒。我就爬上那個筏子，躺在木板上。筏子上的人都在中間有燈亮的地方。河水又漲了，水流得特別急；我算計著等到早晨四點鐘，我一定已經順著河走了四十公里，然後我打算在天亮以前，跳下河去，游到岸上，再鑽到伊利諾那邊的樹林子裡去。

「可是我的運氣壞透了。等我們的木筏快來到島頭的時候，有一個人提著燈籠，到木筏的後尾來了。我知道不能再等了，馬上就滑到水裡去，對著小島游過來。我本來想隨便找個地方上岸，可是總辦不到——岸太陡了。等到我快要游到島尾的時候，才找著個上岸的好地方。我來到樹林子裡，我心想別再到木筏上去胡鬧了，他們老愛拿著燈籠到處亂照。我把我的菸斗和一塊板菸，還有一盒火柴都放在我的帽子裡，所以那些東西並沒打濕。這麼一來，我就好了。」

「那麼你這麼多天連一點兒肉和麵包都沒吃嗎？你怎麼不捉幾隻烏龜吃呢？」

「你怎麼捉呀？你也不能偷偷地摸過去，用手去捉牠們呀；並且，你用石頭哪兒打得著呢？一個人在黑夜裡怎麼辦得到？我白天又不敢跑到岸邊來露臉。」

「哦，原來是這麼回事兒。不錯，你非得老待在樹林子裡不可。你聽見他們放炮了嗎？」

「當然聽見了。我知道他們在那兒找你哪。我看見他們打這兒過去了，我是趴在矮樹後頭看的。」

有幾隻小鳥飛過來了，一次飛一兩碼遠，落了下來。吉姆說那是要下雨的兆頭。他說小雞這樣飛就要下雨，他認爲小鳥這樣飛也是一樣的道理。我正打算捉幾隻小鳥，可是吉姆把我攔住了。他說誰捉小鳥，誰就得死。他說他父親有一次病得非常厲害，那時候有人捉了一隻小鳥，他的老祖母就說他的父親一定會死，結果他眞的死了。

吉姆還說，你不許數那些放在鍋裡煮著吃的東西，假如你數一數，你就會倒楣。太陽下山以後抖桌布也不吉利。他還說，如果有人養著一窩蜜蜂，後來那個人死了，那麼一定要在第二天早晨出太陽以前，去給蜜蜂送個信兒，不然，那些蜜蜂就都會病倒，也不幹活，還都得死。吉姆說蜜蜂不螫大傻子，可是我不信，因爲我自己試驗了好幾回，一回也沒被螫上。

我以前也聽說過幾件這類的事，可是聽得不完全。吉姆懂得各式各樣的兆頭。他說他差不多什麼都懂。我說，我看所有的兆頭，都是說人家要倒楣的，我就問他，是不是也有走好運的兆頭呢。他說：

「那實在不多——那種兆頭對人也沒有用啊。你何必要知道你馬上就要走好運呢？難道你還想躲一躲嗎？」他又說：「你的胳膊跟胸口上要是長著毛的話，那就是要發財的兆頭。這種兆頭還算是有點兒用，因爲那是多少年以後的事。你瞧，也許你先得窮上幾十年，你假如不知道你終究有一天會要發財，那麼你可能灰心喪氣，自己尋了短見。」

「吉姆，你的胳膊跟胸口上有毛嗎？」

「你又何必問呢？你還看不見我有嗎？」

「那麼，你發財了嗎？」

「沒有，可是我從前發過財，將來還會再發財。有一回我手裡有十四塊錢，我就用我的錢做買賣，結果都賠光了。」

「你做什麼買賣來著，吉姆？」

「我起先買了一頭賺錢貨。」

「一頭什麼賺錢貨？」

「唉，一頭賺錢的牲口。我說的是牛啊，你知道。我花了十塊錢買了一頭牛。但是我絕不再冒險去買牲口了。那頭牛才買停當，就死在我手裡了。」

「那麼你就賠了十塊錢啦。」

「不，我並沒有全賠掉。我大約賠了九成。我把牛皮跟牛油賣了一塊一毛錢。」

「那麼你還剩下五塊一毛錢。後來你又做過什麼投機生意沒有？」

「做過。你知道老布魯狄西先生家裡的那個一條腿的黑鬼嗎？你知道，他開過一個銀行，他說，無論是誰，在他的銀行裡存上一塊錢，到了年底連本帶利就能得四塊多錢。於是所有的黑鬼都來存，可是他們沒有多少錢。只有我一個人有錢。所以我非要比四塊錢還多的利錢不可，我還說，我要是得不著那麼多，我自己就也開個銀行。當然了，那個黑鬼不願意我來搶他的買賣，他說沒有那麼多生意可做，不需要開兩個銀行，所以他讓我把五塊錢都存上，說是到年底給我三十五塊。

「我就聽了他的話。隨後我想應該把這三十五塊本錢馬上投出去，也好活動活動。有一個叫巴布的黑鬼，他打河裡撈著了一隻平底船，他的主人並不知道。我就從他手裡買過那隻船來，告訴他到年底去取那三十五塊錢。可是，當天晚上那隻船讓人偷去了，第二天那個一條腿的黑鬼說銀行也倒閉了。所以我們兩個人誰也沒得著錢。」

「吉姆，你那一毛錢是怎麼花的？」

「咳，我本來想把它花掉，可是我做了個夢，那個夢告訴我把錢交給一個叫巴蘭的黑鬼——人家為了方便管他叫『巴蘭的驢』，他是個大傻瓜，你知道。可是他們說他的運氣很好，而我知道我的運氣不好。夢裡說，讓巴蘭把這一毛錢投出去，他會給我賺很多錢。到後來，巴蘭把錢拿去了，可是他在教堂裡聽見牧師說，把錢捐給窮人就等於把錢借給上帝，做這事的人，一定會得到一百倍的錢。所以巴蘭把一毛錢給了窮人，光等著看有什麼結果。」

「結果怎麼樣呢，吉姆？」

「什麼結果也沒有。我沒法把錢收回來，巴蘭也是一樣。下次我要是看不見抵押，我決計不把錢放出去了。那個牧師還說什麼一定會得一百倍的錢呢！只要把那一毛錢弄回來，那就算是公平了，那我就高興了。」

「吉姆，反正將來有一天你會發財的，這一毛錢也算不了什麼。」

「是呀——你仔細看看，我現在不是發了嗎？我歸我自己了，我值八百元呢。我要是能有那麼多錢就好啦，我不想再多要啦。」

9

我打算到小島的中央去看一個地方，那是我探險的時候發現的。我們動身不久就到了那裡，因爲這個島只有大約五公里長，三百五十到四百五十公尺寬。

這塊地方是一個很長的陡坡或是山脊，大約有四十英尺高。我們費了半天勁才爬到頂上，因爲山坡非常陡，樹林又特別密。我們圍著這個地方很吃力地爬上爬下，後來在岩石裡找到了一個很好的大山洞，幾乎就在山頂上，對著伊利諾那一邊。這個山洞有兩三間屋子加在一起那麼大，吉姆可以直著身子站在裡面。洞裡邊非常涼快。吉姆主張馬上把我們的東西都放在裡面，可是我說我們老是得爬上爬下，很不方便。

吉姆說，如果我們把獨木舟找個好地方藏起來，再把一切東西都搬到洞裡，那麼假如有人來到這個島上，我們就可以跑到洞裡去躲著，他們要是不帶狗的話，就永遠也找不著我們。此外，他說那些小鳥已經告訴我們快要下雨了，難道我想讓東西都給淋濕嗎？

於是我們回去找著那隻獨木舟，把它划到離洞不遠的地方，費了許多力才把東西都搬上去放在洞裡。然後我們在附近找了一個地方，把小船藏在密密的柳樹林裡。我們從釣魚線上取下幾條魚來，再把魚線放下去，就開始預備晚飯。

洞口很大，足足能夠滾進去一個大酒桶；門口外面一邊的地有點兒向外突出，並且很平坦，是一個很好的生火的地方。我們就在那裡生火做飯。

我們把毯子鋪在洞裡，當作地毯，就坐在毯子上吃了晚飯。我們把所有別的東西都放在洞內靠裡邊順手的地方。一會兒，天變得陰沉沉的，緊跟著就打雷閃電，那些小鳥果然看對了。隨後就下起雨來，下起猛烈的大雨，還颳起我從來沒看見過的大風。那是一場夏季常見的暴風雨。這時候，天變得那樣黑暗，外面的景致就顯得又青、又黑、又好看，雨是那麼又緊又密地向前打過去，附近的樹木都顯得分外黯淡，像蒙著一層蜘蛛網似的；有時候颳過一陣狂風，把樹木吹得彎下腰去，把樹葉慘白的底面都翻上來；然後一陣驚天動地的狂風跟了過來，颳得所有的樹枝亂舞胳膊，好像是瘋了似的；最後，正在最青、最黑的時候——唰！馬上像閃出一道神光似的那麼明亮，你就可以看見遠遠一片樹梢，在風雨裡猛烈搖晃，你能看到比以前遠幾百碼以外的地方；可是過一秒鐘，又是一團漆黑，這時候，你就聽見一聲霹靂，驚心動魄地打下來，接著，轟隆隆、轟隆隆從天上一直滾到地下去，好像幾個空木桶由樓梯上往下滾似的，並且這個樓梯還特別長，木桶一邊滾還一邊跳。

「吉姆，這可眞有意思啊，」我說，「我就愛在這兒待著，哪兒也不想去了。再遞給我一塊魚，還要一點兒熱玉米餅。」

「要是沒有我吉姆的話，你就不會跑到這兒來。你一定還在那邊樹林裡，飯也吃不上，還得給淹個半死，準會那樣的，老弟。小雞知道什麼時候下雨，小鳥也知道，孩子。」

河裡一連漲了十一二天水，最後大水把岸都淹沒了。在島上窪下的地方和伊利諾河邊低地上都有將近一公尺深的水。在這一邊，河面已經有好幾公尺寬了；可是在密蘇里那一邊，距離對岸還是跟原來一樣遠——半英里多地——因爲密蘇里的沿岸是像一堵高牆似的峭壁。

在白天，我們乘著獨木舟在小島上到處划來划去。雖然外面的太陽像火燒似的晒著，在深林裡卻非常陰涼。我們在樹林中繞來繞去；有時候藤蔓長得太密了，我們只得退回來，另走別的路。在每一棵倒下的老樹上面，你能看見兔子和蛇那類的動物；小島被淹了一兩天以後，牠們都變得非常馴順，因爲牠們都很餓，你可以把船划到牠們面前，如果你想的話就可以伸手去摸牠們；這當然不是說蛇和鱉——你一過去牠們就會溜到水裡去。我們那個洞上面的山脊上，到處都是這類的東西。假如我們想要捉的話，我們可以捉到許多好玩的小動物。

一天晚上，我們撈著了一小節木筏——都是很好的松木板。這節筏子有十二英尺寬、十五六英尺長，筏面露出水面有六七英寸高，好像一大塊很平滑、很結實的地板。我們白天常常看見鋸好的木材漂過去，可是我們不去理它們，我們白天一向是不露面的。

又有一天夜裡，恰好在天亮以前，我們來到島頭上，看見從西邊河裡漂過來一所木房子。那是一所兩層的小樓房，歪歪倒倒地浮在水面上。我們划到它的旁邊爬上去——由樓上的一個窗戶爬進去。但是那時候天還很黑，看不出什麼，我們就把獨木舟拴在上面，坐在船裡，等著天亮。

我們快要漂到島尾的時候，天已經有點兒亮光了。我們就由窗戶往裡看。我們能夠看清楚一張床鋪，一張桌子，兩把舊椅子，地板上各處還有許許多多的東西，還有幾件衣服掛在牆上。在離我們最遠的那個角落裡，有個東西躺在那裡，好像個人似的。吉姆就說：

「嘿，你這傢伙！」

可是它一點兒也不動彈。我又喊了一聲，然後吉姆就說：

「這個人並不是睡著了——他死了。你在這兒等一等，我鑽進去看一看。」

他鑽進去彎下腰看了看，說：

「是個死人啊。眞的。身上連衣裳都沒穿。是給人從背後打死的。我想他死了總有兩三天啦。進來，哈克，可是千萬別看他的臉——太可怕了。」

我根本沒有看他。吉姆扔了幾塊破布把他蓋上了，其實他大可不必那麼做，我根本不想去看他。有許多油膩膩的舊紙牌，這兒一堆、那兒一堆地撇在地板上，幾個裝威士忌的舊瓶子，還有兩個黑布做的假面具，四周圍的牆上都用木炭塗滿了最無聊的字和畫。有兩件又舊又髒的花洋布長袍，一頂女遮陽帽，還有幾件女人穿的內衣，都在牆上掛著，另外還有幾件男人的衣服。我們把這一大堆東西都抱到獨木舟上，說不定會有點兒用處。地板上有一頂男孩子戴的、帶花點兒的草帽，我也拿了。還有一個裝過牛奶的空瓶子，上面有個布奶頭，是小娃娃吸奶用的。我們本來想把這瓶子也帶走，可是發現它破了。有一個破舊的木櫃，一個粗毛布舊衣箱，上面的合葉已經斷開了。箱子和櫃子都是敞開的，可是裡面並沒有留下什麼值錢的東西。看這些東西亂丟在這裡的情形，我們猜想一定是那些人匆匆忙忙走開了，沒來得及把東西全帶走。

我們找著一個白鐵做的舊提燈，還有一把沒有把兒的殺豬刀，一把嶄新的「巴洛牌」大折刀——這把刀無論在哪個鋪子裡買，也得花上兩毛五——還有許多牛油蠟燭，一盞白鐵蠟台，一把葫蘆瓢，一個白鐵杯，一條破爛的舊被子丟在床邊，一個手提包，裡面裝著針線、黃蠟、鈕扣等等東西，還有一把斧頭和一些釘子，一條和我的小手指一樣粗的釣魚繩，上面帶著幾個大得可怕的魚鉤，還有一捲鹿皮，一個牛皮狗項圈，一塊馬蹄鐵，幾個沒貼標籤的藥瓶子。我們正要離開的時候，我又找著了一把相當好的馬梳，吉姆找著了一把破舊的提琴弓和一條木頭做的假腿。假腿上的皮帶都斷了，雖然如此，那的確是一條很好的假腿，不過給我安上嫌太長，給吉姆安上又嫌短，並且我們到處翻了半天，也找不著另外那一隻。

所以整個算起來，我們眞弄到了不少東西。等我們準備划走的時候，我們已經來到小島下游四五百碼的地方，這時候天已經大亮了；我就讓吉姆躺在船裡，用被子蒙上，因爲他要是坐起來，人們由老遠就能看出他是個黑鬼。我朝著伊利諾一邊的河岸划過去，划的時候還順流漂下去半英里地。我沿著岸邊靜水往上划，幸虧沒出什麼事，也沒撞著什麼人。我們平平安安地回來了。

10

早飯以後，我打算聊聊那個死人，猜猜他是怎麼被人弄死的，可是吉姆不願意談。他說那樣會招來壞運氣；此外，他說那個鬼還可能來纏我們；他說一個死了沒埋的人很可能到處找人胡纏，一個已經入土的死人就會舒舒服服、老實地躺在那裡。這話聽起來很有道理，所以我也就不再多說了，可是我不能不琢磨一下這件事情，我願意知道是誰把他打死的，打死他又爲了什麼。

我們把弄來的衣服翻了一陣，發現有八塊銀元縫在一件舊呢大衣的裡子裡。吉姆說他認爲那件大衣是那個屋子裡的人偷來的，因爲他們要是知道衣服裡面有現錢，絕不會把它扔在那兒。我說我認爲打死他的也是他們；可是吉姆不願意談那些事情。我就說：

「你說談一談就會倒楣，可是我把前天在山頂上拾的那條蛇皮拿回家來，你說什麼來著？你不是說用手摸蛇皮是世界上最倒楣的事嗎？好了，眼前就是咱們的倒楣事啊！咱們搬進來這麼些東西，外加八塊現錢。咱們要是能夠天天這樣倒楣，可就不錯了，吉姆。」

「別著急，老弟，別急。你先別太高興吧。眼看就來到啦。記住我的話吧，眼看倒楣事就要來到啦。」

倒楣的事果然來到了。我們是星期二說的那些話。到了星期五吃完晚飯以後，我們正在山脊上比較高的那頭的草地上躺著，這時候菸葉子抽光了。我就回到洞裡去取菸，可巧發現裡面有一條響尾蛇。我立刻把牠打死，然後把牠很自然地盤起來，放在吉姆的被窩的腳底下，想讓吉姆發現那裡有蛇，跟他開個玩笑。到了夜裡，我把那條蛇完全忘掉了。這時候，吉姆一側身躺在被窩上，我剛剛劃了一根火柴，那條死蛇的老伴兒正在那兒哪，牠對準他咬了一口。

吉姆大喊一聲，跳了起來；我在火光裡一眼看見那條可惡的東西又昂起頭來，準備再竄一次。我抄起一根棍子，一下把牠打扁，吉姆抱起爸爸的燒酒瓶子就往嘴裡灌。

他光著腳，那條蛇恰好咬在他的腳後跟上。你無論把一條死蛇丟在哪裡，牠的老伴兒總會找來把牠盤上；這樣的事我居然忘記了，眞是蠢到極點。吉姆叫我把蛇頭砍下來丟出去，然後把皮剝掉，切一片肉烤一烤。我趕緊照辦。他吃完了蛇肉，說是以毒攻毒，可以幫他治好他的傷。他還叫我把蛇尾巴上的響鱗弄下來，拴在他的手腕子上。他說這也可以治蛇咬。然後我就悄悄地溜出去，把兩條蛇都扔到矮樹林子裡去；因爲我不打算讓吉姆知道那都是我的錯，我能瞞過去就瞞過去。

吉姆對著酒瓶啜了一口又一口，他偶爾醉了過去，就左右撞頭，怪聲喊叫，可是每逢他醒過來的時候，他總是就著瓶子喝酒。他的腳腫得很高，連腿也腫了。可是不久以後，酒力慢慢地見效了，所以我認爲他快要好了；但是，我寧可讓毒蛇咬我一口，也不願讓爸爸的燒酒害我一生。

吉姆躺了四天四夜。然後腫都消了，人也好了。我既然看見這種事情的結果，就下決心再不用手摸蛇皮了。吉姆說他認爲我下回一定會信他的話。他說玩弄蛇皮能讓人倒很大的楣。也許這回的倒楣事還沒完呢。他說他寧可向左邊回頭看一千回月牙兒，也不願意用手拿一次蛇皮。我自己也漸漸地以爲如此了，雖然我一向認爲向左回頭看月牙兒，在一個人的所作所爲當中，要算是最大意、最愚蠢的事情了。老漢克・邦克曾經幹過一次，就誇下海口；可是不到兩年的工夫，他喝醉了酒，由製彈塔的頂上一頭栽下來，摔得可以說像一張薄餅似的攤在地上，他們就用兩扇穀倉的門板疊在一起，當作棺材，把他的屍首從上下板間的縫隙裡塞進去，然後把他埋掉；聽人說是這樣，可是我沒看見。是爸爸告訴我的。但是，這都是那麼傻呵呵地看月亮惹出來的禍呀。

哎，日子一天一天地過去，氾濫的河水又回到兩岸當中，滔滔往下流。我們幹的頭一件事，大概就是把一隻兔子的皮剝掉，把兔子肉掛在一個大鉤子上當作魚餌，然後放到河裡去。我們釣到了一條跟人一樣大的鯰魚，足有六英尺二英寸長，二百多磅重。我們當然沒法把牠弄上岸來——弄不好牠就會一下子把我們甩到伊利諾那邊去。我們只坐在旁邊，看著牠亂跳亂撞，一直掙扎到死了爲止。我們從牠肚子裡找到一個銅鈕釦、一個圓球，還有許多亂七八糟的東西。我們用斧頭砍開那個圓球，看見裡面有個線軸兒。吉姆說看那線軸兒外面裹上那麼多東西，慢慢成了一個球的樣子，就知道牠把線軸兒吞進去已經好久了。我想這是由密西西比河裡打上來的最大的魚了。吉姆說他從來沒見過一條比這還大的魚。如果把牠運到那邊村子裡去，一定能賣好多錢。他們在市場上把這樣的魚論磅零賣，無論是誰都要買上幾磅；牠的肉白得像雪一樣，用油炸熟了，比什麼都好吃。

隔天早晨，我說有點兒閒得無聊，打算想個辦法熱鬧一下。我說我打算偷偷地渡過河去，探聽探聽近來的情形。吉姆很喜歡這個主意；可是他說我一定要等到天黑再去，並且要特別小心。他考慮了一會兒，就問我爲什麼不把撿來的舊衣服穿上一兩件，扮成一個女孩子呢？這倒也是個好主意。於是我們就先把一件花布袍子弄短了，把我的褲腿捲到膝蓋上，然後穿在身上。吉姆替我用鉤子在背後鉤起來，這件衣服就顯得非常合適了。我戴上那頂遮太陽的大草帽，把帶子繫在下巴底下，誰要是想通過帽子底下看我的臉，就像通過火爐煙筒的接口向下看一樣。吉姆說誰也不會認出是我，哪怕是在白天也辦不到。我扭來扭去地練習了大半天，想要摸索出扮成大姑娘的訣竅，不久我就能裝得很像了，只是吉姆說我走起路來還不像個女孩子；他說我那種撩起袍子去摸索褲子口袋的毛病，應當去掉才好。我注意了一下，很快就改過來了。

天剛黑，我就划著獨木舟向上游伊利諾的河岸出發。

我由渡船碼頭下游不遠的地方過河，激流把我沖到鎮的尾端去了。我拴好了船，順著河岸走。在一間久已沒人住的小草房裡，點著一盞燈，我納悶究竟是誰住在那兒。我走上前去，由窗戶往裡偷看，有個四十來歲的女人，坐在一張松木桌子上放著的蠟燭光下面打毛線哪。我不認識她的臉；她是個外鄉人，因爲在這個鎮上，你絕找不出來一副我不認識的面孔。這可眞叫走運，因爲我來了以後，漸漸有點兒膽怯、有點兒害怕，後悔不該來；人家也許會聽出我的聲音，認出我是誰來。可是，假如這個女人，在這樣的小鎮上過了兩天，一定能把我想知道的事情都告訴我，我就在門上敲了一下，心裡想，一定不能忘了我是個女孩子。

11

「進來，」那個女人說。我進去後，她說：「坐下吧。」

我坐下了。她用她那又小又亮的眼睛，從頭到腳打量了我一遍，就說：

「妳叫什麼名字呀？」

「莎拉·威廉斯。」

「妳住在哪兒呀？在這附近住嗎？」

「不，大娘。我住在胡克維，從這兒往下游走七英里。我是一路走著來的，我累極了。」

「我想妳也餓了吧。我來給妳找點兒東西吃吧。」

「別麻煩，大娘，我不餓。我剛才餓得很，就在離這兒二英里的一個農場上停了一下，所以我現在不餓了。就因爲這我才這麼晚到這裡。我媽在家裡病倒了，手裡又缺錢，什麼都沒有，我這才跑來告訴我的舅舅阿伯勒·穆爾這事的。我媽說他住在這個鎮的上頭。我以前沒到這兒來過。您認識他嗎？」

「不認識。這兒的人我一個也不認識哪。我住在這兒還不到兩個禮拜。到鎮的上頭還遠得很哪。妳今晚就在我這兒過夜吧。把帽子摘下來。」

「不，」我說，「我想歇會兒就趕路，我不怕天黑。」

她說她不想讓我自己一個人走，她的丈夫過一會兒就回來，也許只要一個半鐘頭，她想打發他跟我一塊兒走。然後她就談起她的丈夫，又談到她那些住在河上游的親戚，和那些住在河下游的親戚，她說他們從前的日子多麼好過，他們不知道他們不在老地方好好住著，偏要搬到我們這個鎮上來，是不是打錯了算盤了等等；她嘮嘮叨叨講得我心裡害怕起來。擔心我找她打聽鎮上的消息也是個錯誤。可是一會兒，她就扯到我爸爸和那件謀殺案上面去了，這時候，我倒挺樂意讓她咕咕呱呱談下去。她談到我和湯姆．索耶怎樣發現了那一萬二千塊錢（只不過她把那筆錢說成了兩萬），她把爸爸的情況都說了，說他是個很難對付的傢伙，我也是個難對付的傢伙。最後她說到了我被害的事。我就說：

「是誰幹的呢？我們在胡克維就聽見了許多這類的傳說，可是我們不知道究竟是誰把哈克．芬恩弄死的。」

「啊，我看就是在這兒也有不少人想要知道是誰弄死了他。有人以為是他老頭子自己幹的事。」

「不會吧——是他幹的嗎？」

「一上來幾乎誰都那麼想。他還一直蒙在鼓裡哪：他差一點兒就讓他們給私下裡幹掉了。可是，還沒到夜裡，他們又變卦了，認為是一個逃跑的黑奴幹的事，他的名字叫吉姆。」

「什麼，他……」

我又停下了。我想我還是少說爲妙。她滔滔不絕地講下去，根本沒有理會我插了一句嘴。

「那個黑奴正好是在哈克．芬恩被殺的那天晚上跑掉的。所以他們就懸賞捉拿他——出了三百塊大洋。還有一個懸賞是捉拿芬恩老頭子的——二百塊大洋。妳看，他在出事的第二天早晨上鎮來，對人說了這樁事，又跟他們坐著渡船出去找屍首，可是一完事他一下就不見了。還沒到晚上，他們就想私自幹掉他，可是他已經跑了，妳瞧。等到第二天，他們發現那個黑奴也跑了；他們發現他在出事那天晚上十點鐘以後就沒影兒了。所以他們才把罪名加在他身上。可是，他們嚷嚷得正熱鬧的時候，芬恩老頭子第二天又跑回來了，連哭帶喊地去找柴契爾法官，跟他要錢，爲的是到伊利諾各處去找那個黑奴。法官給了他一點兒錢，他就在當天晚上喝了個醉，有人看見他到了半夜還跟兩個賊眉鼠眼的生人打交道，後來就跟他們一塊兒離開了。自從那回以後，他一直沒回來；大家認爲要等這事大夥兒淡忘一些的時候，他才會回來，因爲現在有人揣摸著是他殺了自己的兒子，擺了個疑陣，讓人猜想是土匪幹的事，他好把哈克的錢弄到手，不必再成年累月地費事打官司了。人家都說憑他那副德性，這種事他幹得出來的。哦，我想他可眞夠刁的。他要是一年不回來，那就沒有他的事了。妳能抓著他什麼證據呀，妳說是不是；到那時候，一切事情就會平息下去了，他也就能夠很容易地把哈克的錢弄到手了。」

「是的，大娘，我也是這麼想。我看不出那費什麼事。是不是大家都不再疑心是那個黑奴幹的了呢？」

「不，還不是人人都那麼想。還有好些人認爲是他幹的。反正他們很快就會捉住那個黑奴，也許能夠逼著他招出來。」

「怎麼，他們還要捉他嗎？」

「唉，妳可眞是不懂是啊！難道天天有三百塊錢擺在大街上讓人撿的嗎？有人猜想那個黑奴絕不會離這兒很遠。我就是那麼想——可是我並沒到處去說。前幾天，我跟住在隔壁木房子裡的老夫妻倆聊天兒，他們提起那邊那個傑克森島，說大概還沒有人到那兒去過哪。我就問，那上面有人住嗎？他們說，沒人住。我就沒再往下問，可是我心裡在琢磨。在出事以前一兩天，我看見那上頭直冒煙，差不多就在島頭上，我想我大概沒看錯。我想說不定那個黑奴就藏在那個地方；我就說不管怎樣，總値得麻煩一趟，到那兒去搜查一次。可是，後來我再也沒看見冒煙，我心想假如眞是他的話，也許他又跑了。可是我丈夫還是打算過去看一看——他跟另外一個人一塊兒去。他到上游去了些日子；他今天回來了，兩個鐘頭以前他一到家我就對他說了。」

我心裡七上八下，簡直坐不住了。我的手也不知放在哪兒才好，好像不幹點什麼就不行。我就從桌上拿起一根針，想要給它穿上線。可是我的手直發抖，穿了半天也穿不上。等到這個女人的話頭兒一停，我就抬起頭來瞧了瞧，她正在帶著好奇的眼光望著我笑哪。我放下針線，裝出聽得入神的樣子——其實我也實在是聽得入神——就說：

「三百塊，好一大筆錢啊。要是給了我媽，有多麼好。您的丈夫打算今天晚上就過去嗎？」

「嗯，不錯。他跟我剛才說的那個人一塊兒到鎮上去找船，還想看看能不能再借一桿槍。他們等到後半夜就要過去啦。」

「他們要是等到天亮再去，不是看得更清楚嗎？」

「不錯。可是那個黑奴不也就能看得更清楚嗎？到了後半夜，他多半睡著了，他們就可以偷偷地穿過樹林，去找他生的那堆火。假如他生了火，不是天越黑越容易找嗎？」

「我倒沒想到這一層。」

這個女人老是用好奇的眼光望著我，叫我感到非常不舒服。不大一會兒，她說：

「大姑娘，妳剛才說妳的名字叫什麼來著？」

「瑪——瑪麗．威廉斯。」

我覺得我剛才說的名字，似乎不是瑪麗，所以我就沒敢抬頭，我覺得我剛才說的好像是莎拉；所以我心裡就覺得有點兒窘，我又恐怕我臉上露出那種神氣來。我眞希望這女人再多說些話；她越是坐著不出聲，我越是覺得不好受。可是後來她說：

「大姑娘，我還以爲妳起先進屋的時候，說的是莎拉哪？」

「是的，大娘，我是那麼說的。莎拉．瑪麗．威廉斯。莎拉是我的頭一個名字。有人管我叫莎拉，有人管我叫瑪麗。」

「哦，原來是這麼回事兒嗎？」

「是的，大娘。」

這時候，我心裡覺得舒服了一點兒；可是，儘管如此，我總希望離開這兒。我還是不敢抬起頭來看看她。

這個女人就談起這年頭兒多麼不好過，他們的日子過得有多苦，還說到老鼠在這塊地方怎樣自由自在地跑，彷彿這所房子是牠們的等等，於是我又覺得放心了。她所說的耗子當家，的確是一句實話。你隔一會兒就看見一隻老鼠由牆角洞裡，探出頭來。她說她一個人待在屋裡的時候，必須在順手的地方放些東西，準備隨時扔牠們，不然牠們就不讓她安靜。她拿起一條擰成一團的鉛條給我看，說她平常用它打得非常準，可是一兩天之前，她扭傷了胳膊，不知道現在還打得著打不著了。她等著了一個機會，對著一隻老鼠打過去，但是離目標太遠了，沒打著，她喊了一聲「哎喲！」說她的胳膊很痛。然後她要我下回打一下試試。我本來想不等她丈夫回來就離開這裡，可是我故意裝作不慌不忙的樣子。我拿起那塊鉛，剛看見一隻老鼠露出頭來，就一下打過去，牠要不是躲開了原來的地方，牠就會被我打慘了。她說我打得好極了，她猜想第二隻耗子一露頭，我準能夠打著牠。她走過去，撿起那塊鉛，拿了回來，還捎過來一絞毛線，叫我幫她繞好。我就抬起兩隻手來，她把那絞線套在我手上，就繼續談她自己和她丈夫的許多事情。可是她突然停下來說：

「妳可要留神那些老鼠啊。最好把這塊鉛放在大腿上，好隨時打牠們。」

她在說這話的時候，把那塊鉛丟過來，我把兩腿一併就接住了，她就接著往下談。但是只談了不久的工夫。隨後她取下那絞線，睜大著眼，帶著快活的樣子望著我，說：

「算了吧，你眞正的名字叫什麼？」

「什……什麼，大娘？」

「你眞正的名字叫什麼？是比爾呢，是湯姆呢，還是鮑伯呢？——還是別的什麼呢？」

我渾身像篩糠似的抖起來，幾乎不知道怎麼辦才好。可是我說：

「請您別逗弄我這個可憐的女孩子吧，大娘。如果我在這兒礙您的事，我可以……」

「哪有的事。你給我坐下，好好待一會兒。我也不會害你，也不會告你。你儘管把你的祕密告訴我，還要相信我。我會替你瞞著；更要緊的是：我還會幫你的忙。我的老頭子也會幫你的忙，假若你用得著他的話。你瞧，你一定是個逃跑的學徒——也不過就是這麼回事。沒有關係。這也沒有什麼不對呀。你受了人家的虐待，你就下決心逃跑。放心吧，好孩子，我不會告你的。把話都告訴我吧——啊，那才是個乖孩子哪。」

於是我說我再要裝下去也沒有用了，我願意坦白地把心裡的事都告訴她，但是她不可以說話不算話。然後我就告訴她說，我的爹媽都死了，法院把我判給一個住在離河三十英里鄉下的莊稼漢，他爲人刻薄，待我很壞，我再也不能忍受下去了，他出外去了，得過兩三天才能回來，我就趁這個機會，偷了他女兒幾件舊衣服跑出來了。這三十英里地，我走了三個夜晚；我都是在夜裡走路，白天藏起來睡覺，我由家裡帶來的那一袋麵包和乾肉，足夠在路上吃的，現在還剩下好多。我說我相信我的舅舅阿伯勒·穆爾一定會照顧我，因此我才投奔這個深溝鎭來了。

「深溝鎭嗎，孩子？這兒可不是深溝鎭。這是聖彼得堡。到深溝鎭還得順著河往上走十英里地哪。誰告訴你這是深溝鎭呀？」

「咦，今天早晨天剛亮的時候，我正要鑽到樹林子裡去睡上一覺，就遇見一個人，是他告訴我的。他對我說，走到岔路口就往右拐，再走五英里就到深溝鎮了。」

「那他準是喝醉了，我想。他對你正好說錯了。」

「對了，看他的舉動，確實像是喝醉了，可是現在沒有關係了。我可得動身了。我想在天亮以前趕到深溝鎮。」

「再等一會兒。我給你預備點兒吃的帶著。你也許用得著它。」

於是她就給我弄了點兒吃的，並且說：

「你聽著——趴在地上的牛想要站起來，哪一端先離地？馬上給我答出來——不許你停下仔細想。哪一端先離地？」

「牛屁股先離地，大娘。」

「那麼，一匹馬呢？」

「胸口先離地，大娘。」

「樹幹的哪面長青苔？」

「北面。」

「假如有十五頭牛在山坡上吃草，有幾頭是衝著一個方向吃？」

「十五頭全衝著一個方向，大娘。」

「好吧，我想你果眞在鄉下住過。我還以爲你又想要哄我呢。說了半天，你眞正的名字叫什麼呀？」

「喬治・彼得斯，大娘。」

「得了，你可千萬記住了，喬治。可別忘了，別在你出門以前又告訴我你叫亞歷山大，等出了門讓我抓住的時候，又說你叫喬治・亞歷山大。還有，別再穿著這件破花布袍子，在女人面前扭來扭去了。你裝女孩子，眞夠蹩腳的，要是去騙男人，也許還過得去。唉，孩子，你想要穿針的時候，別拿著線頭不動彈，硬拿針鼻湊上去；好好地拿定了那根針，再用線頭往針孔裡穿——這才是女人家的通常穿法；男子漢總是把它倒過來。你打老鼠或是打別的什麼的時候，應當踮著腳尖把身子往上提，高高地舉起你的胳膊，越是笨手笨腳，就越像眞的；打過去之後，至少要離那隻老鼠六七英尺遠。挺直了胳膊，用肩膀的力量扔出去，肩膀就好比一個軸，胳膊就在它上面轉——這才像一個女孩子扔東西的姿勢；不要用手腕子和胳膊肘的力量，把胳膊向外伸開，那就像個男孩子的樣兒了。你還要記住，一個坐著的女孩子用裙兜接東西的時候，她老是把兩個膝蓋分開，她絕不像你剛才接那塊鉛的樣子，把膝蓋併攏。咳，對你說吧，你穿針的時候，我就看出你是個男孩子了；我又想出別的那些法子，爲的是把事情弄得清楚些。現在你跑去找你的舅舅去吧，莎拉・瑪麗・威廉斯・喬治・亞歷山大・彼得斯。假如你碰上什麼麻煩的事，你就派人送個信給茱蒂絲・羅福特斯太太，那就是我，我就會盡我的力量，把你救出來。順著大河一直走。下回再要是走遠道兒，千萬要帶著襪子跟鞋。沿河都是石頭路，我想，等你走到了深溝鎮，你的兩隻腳也就遭了殃了。」

我沿著河岸往上游走了大約五十碼，然後又折回來，趕快溜到我停船的地方，那裡離那所房子相當遠。我跳上船去，匆匆忙忙地划走了。我頂著水划了很遠，估計划過去可以在島頭靠岸，然後就橫著划過去。我把大草帽摘下來，因爲這時候我用不著再戴障人眼目的東西了。我快要來到河心的時候，聽見鐘聲響起來了；我就停下來聽了聽；鐘聲由水面飄過，非常微細，但是十分清晰——敲了十一下。當我的船靠上島頭的時候，我雖然累得上氣不接下氣，但是沒敢停下來喘一口氣，就直奔林中我原來露營的地方，找了一塊乾燥的高地，燒起了一堆大火。

然後我跳上獨木舟，用盡了力氣，對著我們的住處——下游一英里半的地方——拼命地划過去。我跳到岸上，竄過樹林，爬上山脊，跑到洞裡。吉姆躺在地上睡得正香，我連推帶喊地弄醒了他，說：

「吉姆，快爬起來幹活吧！一會兒也不能等了。他們追咱們來了！」

吉姆什麼也沒問，一句話也沒說；但是看他後來半個鐘頭幹活的神情，就知道他確實是嚇壞了。到這時候，我們所有的家當，都搬到木筏上面了，我們準備由這柳樹灣子——木筏隱藏的地方——把它撐出去。我們先把洞口的營火堆弄滅了，以後連一個蠟燭也沒敢拿到外面來。

我把獨木舟划到離河岸不遠的地方，往四下裡看了看，可是即使附近有船我也沒法看見，因爲在星光和樹影裡什麼都看不清楚。然後我們就把木筏撐出來，在陰影中順流漂下去，靜悄悄地溜過了島尾，一句話也沒說。

12

我們最後來到島下游的時候，已經將近一點鐘了，木筏走得似乎太慢了。如果有船開過來的話，我們打算坐上獨木舟，向伊利諾岸上衝過去；幸好沒有船來，因爲我們根本沒有想到把槍帶到獨木舟上去，我們連一條魚繩、一點兒吃的東西都沒想到帶過去。我們實在是太急了，一時想不到那麼多的事情。把所有的東西都留在木筏上，的確不是個很高明的打算。

如果那些人到島上去搜，我很希望他們發現我生的那一堆火，並且在附近看上一夜，等著吉姆回來。不管怎樣，我們總算把他們調開了，要是我點起來的火，並沒能騙了他們，那就不是我的過錯了。我對他們要的這個手腕，也眞是夠缺德的了。

第一道亮光剛剛在天空出現的時候，我們就在靠伊利諾這邊一個大灣的旁邊，找了個沙洲靠了岸，用斧頭砍下許多白楊枝子，把木筏蓋上，看上去好像岸上這塊地方窪下去了。沙洲就是水流積成的一片沙地，上面長滿了白楊，密得像耙齒一樣。

密蘇里那邊河岸有許多高山，伊利諾這邊是一片大森林，這一段河的主流正好靠近密蘇里那邊河岸，所以我們並不怕碰到人。我們在那裡躺了一整天，看著木筏和汽船沿著密蘇里那邊的河岸，飛快地往下開，還有上行的汽船在中流跟大河搏鬥。我把我跟那個女人瞎聊的整個經過都告訴了吉姆。吉姆說她可眞夠機靈的，他說，假使是她自己過河去找我們，她絕不會坐在那裡守著那堆火——她絕不會的，老兄；她一定會帶上一條狗。我說：那麼她不會告訴她丈夫帶條狗去嗎？吉姆說，他敢賭咒，那兩個男人臨走的時候，她的確是想到了，他相信他們一定是上鎮找狗去了，這才耽誤了那麼大的工夫，不然的話，我們絕不會來到下游這個沙洲上，離村子十六七英里遠——絕對辦不到，我們一定會又回到那個老鎭上去了。我就說，只要他們沒追上我們就行了，我才不管是爲什麼沒追上哪。

天快要黑的時候，我們從白楊叢裡伸出頭來，向上下游和眼前河面望了一陣，什麼也沒看見；於是吉姆就把筏子上層的木板掀起來幾塊，搭了個很舒服的小窩棚，爲的是在大太陽的晴天或是下大雨的時候好鑽進去躲著，還可以不讓東西被雨淋濕。吉姆還在窩棚底下安上地板，把它墊得比木筏的表面高出一英尺多，這麼一來，那些毯子等等東西就不會讓輪船沖起的波浪給打濕了。在窩棚的正中間，我們鋪了一層五六英寸厚的土，四面圍上了框子，把土圈住；這是爲了遇到颳風下雨的天氣，好在上面生火用的；窩棚可以把火光擋住，不讓人家看見。我們還另外做了一根掌舵的槳，因爲原有的那些可能有一根會在暗礁或其他東西上碰斷。我們豎起一根帶杈的短樹枝，來掛那個破燈籠；因爲每逢我們看見上游來的輪船，就得點亮燈籠來，免得讓它把木筏撞翻了；但是我們不必爲向上游開的船點燈籠，除非我們發現我們漂到人家叫做「通道」的水流當中。因爲河水還是漲得很高，低的河岸仍然有點兒淹在水裡，所以往上游開的船不一定都順著主航道向前開，有時候也挑著水流平緩的水道走。

第二天夜裡，我們漂了七八個鐘頭，這時候的水流一個鐘頭大約走四英里多地。我們一邊捉魚，一邊談話，有時跳下去游游泳，免得老想睡覺。在靜靜的大河上往下漂，仰臥在筏子上看星星，倒是有幾分莊嚴的感覺。我們這時候從來都不大聲說話，大笑的時候也很少，只不過偶爾輕輕地咯咯兩聲罷了。那幾日天氣非常好，那天晚上什麼事情也沒有發生，第二天、第三天兩個夜晚也沒出什麼事。

每天夜裡，我們總要經過一些市鎮，有的在遠處黑忽忽的山坡上，那裡除了一片燈火，連一間房屋也看不見。第五天夜裡，我們路過聖路易，望過去好像是全世界的燈都亮了似的。我們在聖彼得堡的時候，常聽見人家說聖路易有兩三萬人口，這話我從來不信，一直等到這安靜的夜裡，大約是兩點鐘的光景，我看見這一片奇妙的燈海，才知道那話果然不錯。在那裡，一點兒聲音也沒有，家家戶戶都睡著了。

現在每天晚上，快到十點鐘的時候，我總要在一個小村莊附近溜上岸去，買一毛到一毛五分錢的麵餅或是鹹肉，或是別的吃的東西；有的時候，我把一隻不好好蹲在籠裡的小雞，順手抄起，帶了回來。爸爸常說，遇到好機會，就抄一隻雞，因為如果你自己用不著牠，你很容易找到一個要牠的人，你對人家做了好事，人家總忘不了你。我從來沒見過爸爸哪回把雞弄來自己不要，可是他總愛說那樣的話。

早晨天亮以前，我常常溜進玉米地裡去，借上一個西瓜或是甜瓜，或是南瓜，或是幾穗新長成的玉米，或是這一類的東西。爸爸常說，借點兒東西是沒有關係的，只要你將來打算還的話；但是寡婦說，那不過是比偷稍微好聽一點兒就是了，沒有一個正派人會做那樣的事。吉姆說，他認為寡婦有一部分道理，爸爸也有一部分道理；所以我們最好是由各種東西裡面挑出兩三樣來，先借到手，然後就說我們再也不借了——那麼他以爲以後再借別的那些東西就沒關係了。我們這樣商量了一整夜，一邊隨著河水往下漂，一邊想要決定到底是放棄西瓜呢，還是香瓜，還是甜瓜，還是什麼。但是商量到天快亮的時候，我們共同得到一個讓人滿意的解決的辦法，決定放棄山楂和柿子。在沒這樣決定以前，我們覺得有些不對勁，可是現在我們心裡很踏實。我也很喜歡這個辦法，因爲山楂根本不好吃，柿子還得過兩三個月以後才熟。

我們有時候用槍打一隻早晨起得太早、或是晚上睡得太晚的水鳥。整個說起來，我們過得非常快活。

第五天的後半夜裡，我們在聖路易下游遇到一陣猛烈的暴風雨，又打雷又閃電，白茫茫的大雨像水柱似的倒下來。我們待在窩棚裡，讓木筏隨意向前漂。一片閃電打起來的時候，我們能夠看見一條很直的大河，在我們面前展開，兩邊是高聳的岩壁。過了一會兒，我喊著說：「喂，喂，吉姆，瞧瞧那邊！」那是一條撞毀在暗礁上的小輪船。我們正朝著它漂過去。閃電把它照得非常清楚。它向一邊歪著，上甲板的一部分露在水面上，閃電的時候，你能清清楚楚地看見一根根固定煙囪的小鐵鏈；大鐘旁邊還有一把椅子，椅子背上還掛著一頂軟邊的舊呢帽。

這時候已經到了深夜，在暴風雨裡，一切顯得非常神祕，我看見這隻破船淒慘慘、孤零零地躺在河心，我也跟別的孩子有同樣的想法：我想要爬上船去，到處偷偷地走一走，看看上面都有些什麼東西。所以我說：

「咱們上船去看看吧，吉姆。」

可是吉姆起初死也不肯。他說：

「我才不到一隻破船上去胡鬧呢。直到現在，咱們過得總算不錯，咱們最好就這麼過下去，就像《聖經》上所說的那樣，人要知足。說不定這隻破船上還有看守哪。」

「看你的頭啦！」我說，「上面除了甲板艙跟駕駛室之外，還有什麼可看守的？在這樣的黑夜裡，這條破船隨時都會碎成好幾片，順著大水沖下去，你還以爲有人在那兒賣命地守著甲板艙跟駕駛室嗎？」吉姆對我這個問題，沒話可說，所以他也就不打算再說了。「還有，」我說，「我們可以到船長的臥室裡去借些有用的東西來。雪茄菸，我敢說一定有——並且是五分錢一根的。輪船的船長總是有錢的，一個月掙六十塊，你知道，他們這種人要是想買一件什麼東西，根本不管那東西得花多少錢呢。拿根蠟燭塞在你的口袋裡吧；我要是不上去痛痛快快地搜一遍，我就覺得不踏實，吉姆。你以爲湯姆．索耶會把這樣的事情輕易放過去嗎？沒那麼簡單的事，他才不會哪。他會管這個叫歷險——他一定會那麼說。儘管他上去之後，馬上就死，他也非上這艘破船不可。並且他幹的時候，還一定會耍出許多花樣來——他要是不大顯身手賣弄一下，那才怪呢。哼，你準會覺得那跟克里斯多福．哥倫布發現天國一樣的有意思。要是湯姆．索耶就在咱們眼前就好了。」

吉姆抱怨了一兩句，可是後來他讓步了。他說我們盡量要少說話，並且要小聲說。閃電恰好又照亮了這隻破船，我們就抓住了右舷的吊貨架，把我們的筏子拴在上面。

這裡的甲板高高地露出水面。我們在黑暗裡偷偷地向左舷走下甲板上的斜坡，再向最高的甲板艙走去，我們一邊用腳慢慢地試著走，一邊伸著手摸，不讓那些吊貨的繩索碰著我們，因爲天太黑了，我們一點兒也看不見它們。不一會兒，我們來到頂艙天窗的前端，就爬了上去；再往前邁一步就來到船長室的門口，看見門是開著的，可是，天哪，我們看見甲板艙過道的那一頭有一道亮光！也就在同一秒鐘之內，我們好像聽見那邊發出很低的說話聲！

吉姆悄聲說他實在支持不住了，讓我跟他一塊兒走開。我說，好吧！就準備回到筏子上去；可是就在這時候，我聽見有人哭著說：

「哦，我求求你們，千萬別動手啊，好哥們：我起誓絕不說出去呀！」

另外一個大聲說：

「吉姆．特納，你不老實。你以前就是這麼幹的！每逢分油水的時候，你老想在你應得的一份之外，再多得一點兒，並且你哪回都多得了，因爲你總是起誓說，如果不多給你，你就要把事情說出去。可是這回你算是白說了。你是全國最下流、最狡猾的狗東西。」

這時候，吉姆已經往木筏那邊去了。我簡直沒法把我的好奇心壓下去，我心裡想，要是叫湯姆．索耶遇到這種事情，他絕不會縮回去，所以我也絕不能走開；我得去看看這兒到底出了什麼事。我就在那條小過道裡跪下去，用手和膝蓋摸著黑向船尾爬，直到在我和甲板艙的過道之間，差不多只剩下一間特等艙了。在這個地方我看見有一個人，直挺挺地躺在地板上，手腳都被捆上了，另外有兩個人站在旁邊，臉朝下看著他，一個手裡提著個燈籠，燈光很暗，另外一個人拿著一隻手槍。這個人不斷地用手槍指著地板上那個人的腦袋，說：

「我想這麼幹！我也應該這麼幹，你這該死的混帳東西！」

地板上躺著的那個人嚇得縮成一團，說：「千萬別打我呀，比爾——我絕不對人說呀。」

他每次這樣說一回，提著燈籠的那個人就笑一聲，說：

「你確實不會說出去了！你這回說的話比過去哪一回都靠得住，一點也不假。」有一次他說：「你聽聽，他在求咱們呢！咱們要是沒有把他打倒了、捆起來的話，他早把咱們兩個人都幹掉了。可是，爲的是什麼呢？不爲什麼，就因爲我們想要我們應得的份兒——就是因爲這個。可是，吉姆．特納，我量你再也沒法嚇唬誰了。把手槍先收起來，比爾。」

比爾說：

「不行，傑克．帕卡。我非斃了他不可——難道他沒有把老哈菲爾德照這樣子給斃了嗎——難道還會冤枉了他嗎？」

「可是我不想弄死他，我也有我的理由。」

「你這樣說，老天爺會保佑你的，傑克．帕卡！我一輩子也忘不了你的好處啊！」躺在地板上的人帶著些哭聲說。

傑克．帕卡並沒有理會這些話，只是把燈籠掛在一個釘子上，朝著我藏身的那個黑暗的地方走過來，還對比爾招招手，叫他也過來。我趕快倒退著爬，爬了大約有兩碼，可是船身斜得太厲害，我不能爬得很遠；爲了不讓他踩在我身上，不讓他把我捉住，我就爬到較高的這面一間艙房裡面。那個人在黑暗裡用腳擦著地板走，等到帕卡走到我躲著的這間艙房門外的時候，他說：

「就在這兒——到這兒來吧。」

他進來了，比爾也跟著進來。可是在他們進來之前，我早爬到上鋪了，我陷入兩難的絕境，後悔不應該進來。他們就站在那裡，手扶著床沿談話。我看不見他們，但是由他們那種噴人的酒氣，我聞得出他們站在哪兒。幸虧我沒有喝酒；可是喝不喝也不會有多大關係——他們絕不至於捉住我，因爲我多半時間不敢大聲呼吸，我實在是嚇壞了。此外，一個人如果想要聽這種談話，根本就不能大聲出氣。他們談話的聲音很低，但是非常認眞。比爾想要打死特納，他說：

「他說他要對人去說，他就一定做得出來。咱們跟他吵了一架，又這麼收拾了他一頓，咱們現在即使把咱們這兩份都給了他，那也不會有什麼用處。他一定會跑去自首，把咱們都供出來；你現在還是聽我的話吧。我主張斬草除根，不留後患。」

「我也這麼想，」帕卡非常沉靜地說。

「媽的，我還以爲你不想這樣幹呢。那麼，這下子沒問題了。咱們就去動手吧。」

「再等一會兒；我還沒說完哪。你聽我說，槍斃他固然很好，可是如果必得這樣幹的話，還有另外許多神不知、鬼不覺的法子。我的意思是這樣的：如果能夠用別的好辦法，也能一樣達到目的，同時還不至於惹什麼禍的話，那麼，你最好還是用別的辦法，何必那麼傻，硬把自個兒的脖子往絞索套裡伸呢。不是這麼回事嗎？」

「一點兒也不錯。可是這回你打算怎麼辦呢？」

「我的主意是這樣的；咱們趕快動手，到各間艙房去把咱們忘了拿走的東西都收拾起來，搬到岸上去藏起來。然後咱們就等著。現在我看用不了兩個鐘頭，這隻破船就會碎成幾塊，順流沖下去。你明白嗎？他會淹死的，並且他誰也不能怪，只有怪他自個兒。我看這比弄死他可好得多。只要有別的法子可想，我絕不主張殺人；那不是個聰明的辦法，那是虧心的事情。我說得不對嗎？」

「對，對，我想你說得很對。可是，假如船老不散掉，也沖不走，那該怎麼辦？」

「咱們先等上兩個鐘頭再說，不好嗎？」

「那麼，也好，咱們走吧。」

於是他們走開了，我也就溜了出來，出了一身冷汗。我又向前爬過去。那裡是一片漆黑，但是我啞著嗓音輕輕地喊：「吉姆！」誰知他正好就在我的身旁，好像是哼哼似的答應了一聲，我就說：

「趕快呀，吉姆，這已經不是到處胡鬧、哼哼哎喲的時候了，那邊有一幫殺人的凶手，假使咱們不找到他們的船，把它順流漂下去，讓他們沒法離開這條破船，那麼他們中間就會有一個人陷在這兒。可是如果咱們把他們的小船放走，那麼他們這一夥人都會陷在這兒——等著讓警察來捉住他們。快——趕快！我順著左邊找，你順著右邊找。你由木筏那兒找起，我……」

「哎喲！我的天啊，老天爺呀！筏子呢？連筏子的影子也沒有了，它已經掙脫綁扣漂走了！——把咱們給丟在這兒了！」

13

我緊張得連氣都不敢出，差點兒昏了過去。跟這麼一幫人一同困在一條破船裡！這可不是動感情的時候。我們現在必須去找他們那隻小船——找來給我們自己用。於是我們就戰戰兢兢地順著右舷走過去，我們走得很慢——好像是過了一個禮拜才來到船尾。連小船的影子也沒有。吉姆說他再也不能往前走一步——他說他怕得要命，連一點兒力氣也沒有了。可是我說，往前走吧，假如我們留在這條破船上，我們一定會遭殃。我們又偷偷摸摸向前走。我們朝著最高甲板艙的後部走過去，然後攀著天窗的護窗板，身體懸空，一塊一塊向前挪去，因爲天窗的邊兒已經歪在水裡了。等我們快走到穿堂門口的時候，發現原來那條小船就在那兒，一點兒也不錯！我剛好勉強能夠看見它。眞是謝天謝地。我本來可以立刻跳上小船去。可巧這時候那扇門開了，有一個人探出頭來，離我只不過兩英尺，我以爲這下子可完了。可是他又把頭縮回去，說：

「把那個該死的燈籠拿開吧，別讓人看見，比爾！」

他把一口袋東西丟到小船裡面，然後他自己就跳上船去坐下了。這個人正是帕卡。然後比爾也出來上了船。帕卡悄聲地說：

「都預備好了——撐開吧！」

我在護窗板上幾乎掛不住了，我一點力氣都沒有了。可是比爾說：

「等一等——你搜過他了嗎？」

「沒有。你沒有搜他嗎？」

「沒有。那麼他那份兒現款還在他身上哪。」

「那麼，來吧——把東西拿走，反倒把錢留下了，那有什麼用？」

「喂，那麼一來，他會不會猜著咱們要幹什麼呀？」

「也許不至於。可是咱們無論如何也得把錢弄到手。走啊。」

於是他們又跳出小船，鑽到艙裡去了。

門砰的一聲關上了，因爲它是在破船朝上傾斜的那一側；我飛也似的跳上了這隻小船，吉姆也一步一跌地跟著上來了。我掏出小刀，割斷繩子，駛離了破船。

我們沒敢動槳，沒說話，連悄聲說話都不敢，幾乎連呼吸都停住了。我們很快地順流漂下，周圍死一般安靜，我們經過外輪蓋的尖頂，溜過了船尾；又過了一兩秒鐘以後，我們就漂到破船下面一百碼的地方，這時候，黑暗把它籠罩起來，連一點影子都看不見了，我們清楚地知道我們已經脫離了危險。

我們漂到下游三四百碼的地方，看見那個燈籠在頂艙的門口露出來，像一個小火花似的閃了一下，我們知道那兩個流氓找不著他們的小船，已經慢慢明白他們自己也和吉姆·特納一樣要遭滅頂之災了。

於是吉姆搖起槳來，我們就去追我們的木筏。現在我才開始爲那些人擔心——我想我剛才是沒時間顧到他們。我漸漸覺得雖然他們是凶手，陷入這樣的絕境，也是很可怕的。我心裡想，說不定我自己有一天也會變成殺人凶手，那時候我也走到這步田地，難道會高興嗎？於是我對吉姆說：

「咱們只要一遇見燈光，就在它的上游或下游一百碼的地方靠岸，找個好地方把你和小船都藏起來，然後我再編上一套瞎話，好讓人去找那夥強盜，把他們先從這條絕路上救出來，等到他們該死的時候，他們自然會受絞刑。」

但是這個主意落空了，因爲不久大風大雨又來了，並且比任何一次都厲害。大雨由天上往下倒，一點兒亮光也看不見；我想，所有的人都已經睡下了。我們順著河一直往下游衝去，一邊注意燈光，一邊找我們的木筏。過了好久，雨才停了，可是雲還留在天空中，雷聲還是隱隱地轟隆著。不久，電光一閃，我們看見一個漆黑的東西，在我們前方漂蕩，我們就朝著它划過去。

那正是我們的木筏，我們能夠再爬到那上面去，覺得非常高興。這時候我們看見有個燈光，在下游靠右邊的岸上，於是我就說我要到那邊去。這隻小船裡裝著半船賊贓，都是那夥強盜由破船上偷來的。我們把這些東西胡亂堆在木筏上，我叫吉姆順水漂下去，等他算計著他已經漂了二英里地的時候，就點起燈來讓我看，一直點到我來到的時候爲止，然後我就搖起槳來，對著燈光划過去。我一路向前划的時候，又瞧見三四個燈光——在一個小山坡上。原來那是一個村子。我在那岸上的燈光上面一點靠岸，就停住了槳向下漂去。我打那兒漂過的時候，看見那是個燈籠掛在一隻雙體渡輪的旗杆上。我圍著渡輪很快地繞了一圈，打算找到那個看船的人，我想知道他究竟睡在什麼地方；不久我發現他坐在船頭的繫纜樁上，他的頭垂在兩個膝蓋當中。我輕輕推了他的肩膀兩三下，接著我就哭起來了。

他好像有點兒吃驚似的動了一動，可是他一看不過是我這麼個小孩時，就打了個呵欠，伸了伸懶腰，然後說：

「喂，喂，怎麼回事呀？別哭呀，小傢伙。你有什麼傷心的事呀？」

我說：

「爸爸，媽媽，姊姊，還有……」

於是我就不自禁地放聲大哭。他說：

「嘿，眞討厭，得啦，別這麼傷心吧，誰都不免要遇到些麻煩事，你這回遇到的事早晚總會過去的。他們到底怎麼啦？」

「他們……他們……你是看船的嗎？」

「是啊，」他說，像是挺得意的樣子。「我又是船長，又是船主，又是大副，又是領港，又是看船的，又是水手頭兒；有的時候，我還是貨物和乘客。我沒有老吉姆．霍恩那麼有錢，我對待湯姆、狄克、哈利也就不能像他那樣周到、那樣大方，不能像他那樣把錢亂花一通。可是我已經對他說了不只一次，我絕不願意跟他調換地方。因爲我說我命裡註定要當一輩子水手，要是讓我住到鎭外兩英里的地方去，那兒冷冷清清，什麼動靜也沒有，我就完蛋了。別說把他的錢都給我，就是再加上一大堆我也不會幹的。我那回說……」

我插嘴說：

「他們遭了一連串大難，並且……」

「誰遭難啦？」

「唉，爸爸，媽媽，姊姊，還有胡克小姐；假如你肯開船到那邊去……」

「到哪邊去呀？他們在哪兒呀？」

「在那隻破船上。」

「什麼破船呀？」

「怎麼，不是只有那麼一隻破船嗎？」

「什麼，你難道是指那隻『華爾特．司各特』嗎？」

「是呀。」

「哎呀，我的天，他們跑到那上頭去幹什麼？」

「他們不是故意上去的。」

「當然不是故意的！可是，天老爺，他們要是不趕快離開那兒，可就沒有活命了！可是，他們到底怎麼會鑽到那麼個要命的地方去了呢？」

「要去還不容易。胡克小姐從上游那兒到鎮上去找人……」

「對了，布斯渡口……往下說吧。」

「她去找人，在布斯渡口那兒，快要天黑的時候，她跟她的黑女傭人坐在運騾馬的渡船上過河，打算到她的朋友家裡去住一晚。她的朋友叫什麼什麼小姐，我忘記她的名字了。她們一不小心把掌舵的槳給弄丟了，馬上船就調過來，於是船尾朝前，往下漂了二英里多地，一下子就在那條破船上撞翻了。那個船伕跟黑女傭人，還有幾頭騾馬全都沖走了，可是胡克小姐一把抓住了破船，就爬上去了。天黑了一個多鐘頭以後，我們坐著我們做生意的平底船由上游漂過來，那時候天黑得厲害，我們一直等到撞上了，才發覺那隻破船，所以我們的船也撞翻了；可是我們大家都僥倖沒淹死，除了比爾．威普一個人——啊，他實在是個頂呱呱的好人啊！——怎麼淹死的偏偏不是我呢，我眞想跟他對調一下呀。」

「眞糟糕！這可眞是從來沒遇見過的傷心事。那麼後來你們大家怎麼辦呢？」

「我們大聲地喊救命，亂哄哄地鬧了半天，可是那一帶的河面太寬，我們嚷了半天人家也聽不見。爸爸就說，總得打發個人到岸上去，找人來救救才行。那些人當中，只有我一個人會游泳，於是我就自告奮勇，過來找人。胡克小姐說，如果我一時碰不著人來救，就到這兒來找她舅舅，他自然會有辦法。我在下游一英里地的地方上了岸，白費了半天勁，求人家想辦法，可是人家說：『什麼，在這樣的深更半夜，頂著這麼急的河水？那簡直是胡鬧；快去找那隻渡輪去吧。』現在如果您願意去的話……」

「我倒是願意去，我要是不願意去那才怪呢。可是，到底誰花這筆錢呢？你想想你爸爸能不能……」

「喔，那太好了。胡克小姐特別囑咐我，說她的舅舅吉姆．霍恩……」

「好傢伙，我的天！原來他就是她的舅舅呀？你聽我說，你對著那邊的燈亮跑過去，到了那兒再往西拐，大約走上四五百碼，你就會到一個小酒鋪，你叫他們趕快領你到吉姆．霍恩的公館，他準會拿出這筆錢來。你可別東遊西逛了，因爲他一定想知道這個消息。告訴他，還不等他來到鎭上，我就已經把他的外甥女平平安安地救出來了。好吧，你就憋足勁兒跑吧。我馬上到這邊轉角那兒去把我的輪機師叫醒。」

我朝著燈光走過去，可是他剛一拐過彎兒去，我就跑了回來，跳上我的小船，把船裡的雨水舀光，然後在離這裡六百碼左右的靜水裡靠了岸，鑽到幾隻木船當中去；因爲我不看著這隻渡輪開走，我就不能安心。整個說起來，我爲了那夥強盜自找了這麼多麻煩，我心裡倒覺得很舒服，因爲絕沒有多少人肯這樣做。我希望寡婦能夠知道這件事才好。我猜想她一定會因爲我幫助了這些無賴漢，而覺得光榮，因爲無賴漢和騙子正是寡婦和別的心腸好的人們最感興趣的一種人。

過了不久，那隻破船就過來了，黑忽忽的一片，一直向下游漂蕩！我身上似乎打了個冷顫，接著，我就跟過去。它深深地陷在水裡，我立刻看出船裡頭要是有人，也絕不會僥倖地活著。我圍著它划了一圈，還大聲地喊了幾聲，可是沒有人答話；四下裡靜得要命。我爲了那夥強盜心裡覺得不大好受，可是我並不太難過，因爲我想，假如他們禁受得住，我也禁受得住。

然後那隻渡輪也過來了；我就偏過船頭，向下游衝去，斜著走了很長的一段路，來到大河的中央。等我算計著人家已經看不見我了，我就把槳停住，轉過頭來往後看，看見那條渡輪貼著破船來回地轉，想要找著胡克小姐的屍首，因爲這個船長知道她的舅舅吉姆・霍恩一定想要它。不久以後，這隻渡輪也丟開不管了，它朝著河岸開過去，我就用力划槳，順著大河直衝下去。

好像過了很長很長時間，吉姆的燈光才露出來；而且它露出來的時候，又像是離我一千英里似的。等我划到他那裡，東邊的天空已經有點兒發白了；我們就對著一個小島划過去，把木筏藏起來，把小船弄沉了，躺在窩棚裡，睡得像死人一樣。

14

不久後，我們醒過來了，把那些強盜由破船上偷來的東西翻了一遍，找出些靴子、毯子、衣服，和各式各樣別的東西，還有許多書，一架望遠鏡，三匣雪茄菸。我們兩個人這一輩子誰也沒有這麼闊氣過。這些雪茄菸眞是好極了。我們整個下午都在樹林子裡躺著談天，我還看看那些書，足足逍遙了好一陣子。我還把破船裡和渡輪上碰見的事情，告訴了吉姆；我說這類的事就叫歷險；可是他說他不打算再歷險了。他說起初我走進頂層甲板艙，他爬回來找木筏，結果發現木筏不見了，那時候他差點兒就急死了，因爲他以爲無論有什麼結果，他反正是完蛋了：因爲假如沒人來救他，他就得淹死；假如有人來救他，那麼救他的這個人，不管是誰，一定會把他押送回家，好得那筆賞錢，那麼華森小姐就會把他賣到南方去，這是毫無問題的。是的，他想得的確很對；他想得差不多老是對的，就一個黑鬼講起來，他的頭腦實在是清楚極了。

我唸了許多關於皇帝、公爵、伯爵等等的故事給吉姆聽，還談到他們穿得多麼華麗，派頭多麼神氣，他們怎樣互相稱呼陛下、閣下、大人等等，從來不稱先生；吉姆瞪著大眼，聽得津津有味。

「我還不知道有這麼許多貴人哪。除了老所羅門王之外，我幾乎壓根兒沒聽說過別的國王，除非你把撲克牌裡的王牌都叫做國王，那是另一回事。請問國王掙多少錢呀？」

「掙多少錢？」我說。「拜託，他們一個月想拿一千塊錢，就拿一千塊錢；他們想要多少就有多少，什麼東西都是他們的。」

「那他們不快活死了？可是，哈克，他們都幹些什麼呢？」

「他們什麼都不幹！哼，你怎麼說這樣的傻話。他們只是這兒坐坐，那兒坐坐。」

「不會吧——眞的嗎？」

「當然是眞的。他們只坐在那兒待著。也許打仗的時候是例外，到那時候他們得去打仗。可是平時他們只是懶洋洋地待著，或者是騎著馬、架著鷹去打獵——只是架著鷹、騎——噓！——你聽那是什麼聲音！」

我們跳出來張望了一下，那不過是遠處一隻汽船的輪子打水的聲音，那隻船正由下游朝這邊拐過來，於是我們又回來了。

「是呀，」我說，「平時他們閒得無聊，就跟國會胡搗亂；假若有人不照著他的想法辦事，他就把他的腦袋砍下來。可是大部分時間，他們總是待在後宮裡鬼混。」

「什麼地方？」

「後宮。」

「什麼叫後宮呀？」

「那就是他那群老婆住的地方。你連後宮都不懂嗎？所羅門就有一個，他大概有一百萬個老婆呢。」

「啊，對了，是這麼回事；我……我把它給忘了。我想後宮就是個管吃管住的大公寓。大概在那些孩子們住的屋子裡也一定吵吵鬧鬧。我看他那些老婆準是天天吵架，那可就更熱鬧了。可是人家都說所羅門是自古以來最聰明的人。但是我可不信那一套。因爲什麼：一個聰明人難道甘心整天住在那麼個亂糟糟的鬼地方嗎？不——他才不會哪。一個聰明人會蓋一座大鍋爐工廠，他想要歇著的時候，可以把這鍋爐工廠關了。」

「可是反正他是個頂聰明的人，因爲寡婦親口對我這麼說過。」

「我不管寡婦怎麼說，反正他絕不是個聰明人。他幹過好些我從來沒見過的混帳事。你聽說過他打算把一個孩子劈成兩半的故事嗎？」

「聽說過。那件事兒寡婦對我統統說過了。」

「那麼，好啦！那還不是世界上最糟糕的主意嗎？我給你比劃比劃，你只要看一看就明白了。那邊有個樹樁，那……那就算是一個女人吧；你在這兒——只當你是另外那個女人；我是所羅門；這一張一塊錢的鈔票算是那個孩子。你們兩個人都說這張票子是自己的。我該怎麼辦呢？我不是應該到街坊四鄰去走一走，打聽打聽這張票子到底是誰的，然後把它原封不動地交給那個原主嗎？一個稍微有點兒腦筋的人不是應該這麼辦嗎？可是我偏不那麼辦——我拿過票子來，一下子撕成兩半，一半交給你，另一半交給那個女人。那就是所羅門想要處置那個孩子的辦法。現在我要問問你：你拿那半張票子有什麼用？——你能用它買什麼嗎？那麼你要那半個死孩子幹什麼？你就是給我一百萬個那樣的孩子，我也不要哪。」

「見鬼，吉姆，你根本就沒抓住要點——眞該死，你簡直扯到十萬八千里外去了。」

「你說誰？說我嗎？滾你一邊兒去。別跟我說你的那些要點了。我想凡是有道理的事，我都看得出個道理來，像那樣的做法，根本就沒道理。人家爭的並不是半個死孩子，人家爭的是整個的活孩子，人家爲了整個的孩子爭吵，他拿半個孩子來調停，這種人淋著雨都不懂得跑到屋裡來躲一躲。哈克，你別再跟我談那個所羅門了，我早把他看透了。」

「可是我對你說，你根本沒弄明白要點。」

「什麼要點！我看我要明白的事，我都明白。你應該知道，眞正的要點，還得往深裡看——它在事情的骨子裡頭。要看所羅門生長在什麼樣的人家。譬如有一個人，他只有一兩個孩子；這個人會不會拿著孩子胡糟蹋？他絕不會；他根本糟蹋不起。他知道拿自己的孩子當寶貝。可是，你找一個人來，他有五百多萬個孩子，在家裡亂蹦亂跳，那就大不相同了。他豁出去把一個孩子一劈兩半，像宰隻貓似的。他還有得是哪。在所羅門的眼裡，多一兩個孩子，少一兩個孩子，都不要緊，眞他媽的不是東西！」

我從來沒見過這樣的黑鬼。他的腦袋裡只要起了個什麼念頭，你就再也沒法把它打消。在我所見過的黑鬼當中，他是最反對所羅門的一個。所以我就對他談些別的國王，把所羅門撇開不管。我告訴他很久以前法國的路易十六怎樣讓人家把頭砍掉了；還談到他的小兒子——那個皇太子，他本來應該當皇帝，可是他們把他抓起來，關在監獄裡，還有人說他就死在那兒了。

「可憐的小東西。」

「可是也有些人說他逃出監獄，到美國來了。」

「那就好了！可是他會悶得很——咱們這兒沒有國王吧，有嗎，哈克？」

「沒有。」

「那麼恐怕他沒法找差事吧。他打算做些什麼呢？」

「那我也不知道。他們有些人跑去當警察，有些人教人說法國話。」

「怎麼，哈克，法國人說話不跟咱們一樣嗎？」

「不一樣，吉姆，他們說的話，你一點兒也聽不懂——連一個字都聽不懂。」

「啊，眞是太奇怪了！那是怎麼回事？」

「我也不知道；可是的確是這樣。我由一本書上，學了他們幾句怪話。假如有個人走過來，跟你說：『波利—烏—瘋浪子』——那你覺得怎麼樣？」

「我覺得不怎麼樣。我就抓過他來，把他的腦袋敲碎。這就是說，假如他不是個白人的話。我可不準一個黑鬼這麼叫我。」

「胡扯，人家並沒有叫你呀。那不過是問你會不會說法國話呀。」

「那麼他爲什麼不好好地說呢？」

「他是好好地說呀。法國人就是那麼個說法。」

「那可眞他媽的可笑，我不想再聽那種鬼話了。根本就是胡扯。」

「吉姆，我問你：貓跟咱們說一樣的話嗎？」

「不，貓說話跟咱們不一樣。」

「好了，那麼牛呢？」

「不，牛說話也不一樣。」

「貓跟牛說話一樣嗎，或者說牛跟貓說話一樣嗎？」

「都不一樣。」

「牠們說話誰跟誰都不一樣，是自然而然的事，是理所當然的事，不是嗎？」

「那是當然，那還用問？」

「那麼貓和牛說話跟咱們不一樣，不也是自然而然、理所當然的事嗎？」

「那自然是一點兒也不錯。」

「那麼，好了，一個法國人說話跟咱們說話不一樣，爲什麼就不是自然而然、理所當然的事呢？你說說我聽。」

「貓是人嗎，哈克？」

「不是。」

「那麼，好了，貓要是跟人說話一樣，那就是胡鬧。牛是人嗎？——還是牛是貓呢？」

「牛也不是人，也不是貓。」

「那麼，好了，牠就沒有理由跟人或是貓說話一樣。一個法國人是人不是？」

「當然是人。」

「這不就結啦！那他媽的他爲什麼不說人話呢？你給我解釋解釋！」

我知道跟他多費口舌一點兒用處也沒有——你根本沒法跟一個黑鬼講理。所以我就算了。

15

我們估計著再過三個晚上就要來到伊利諾州南端的開羅，俄亥俄河就在那兒和這條河匯合在一起，那就是我們想要到的地方。我們到了那兒就打算把木筏賣掉，坐上輪船，到俄亥俄上游的那些不買賣黑奴的自由州去，以後就不會再有麻煩了。

可是第二天夜裡河上起了霧，我們向一個沙洲划去，想把木筏拴起來，因為木筏在大霧裡漂是不行的；我坐著獨木舟往前划，帶著一條繩子，想找個地方拴木筏，但是那兒只有一些小樹，沒有任何別的東西可拴。我就把繩子繫在那陡岸邊的一棵小樹上，但是因為這裡的河水流得特別急，沖得木筏轟隆轟隆地往下跑，勁頭太猛，一下子把那棵小樹連根拔起，於是木筏就順水漂下去了。我眼看著大霧從四面八方聚攏起來，心裡覺得又難過、又害怕，弄得我呆了至少有半分鐘，一點兒也不能動彈——然後那個木筏就看不見了：二十碼以外的地方，你根本就看不清楚。我跳到獨木舟上，跑到船尾，抄起槳來，用力划了一下。可是它不往前走。原來是我忙手忙腳地上了船，忘記把繩子解開了。我又站起來，想要解開它，可是我心裡著急，兩手發抖，忙亂了半天，幾乎什麼事也幹不了。

船一撐開，我就順著沙洲，拼命地去追木筏。這一段路走得還算順當，可是這個沙洲還不到六十碼長，我剛竄過沙洲的末尾，就衝到白茫茫的濃霧當中來了，我像個死人一樣，連東西南北都分不清了。

我心裡想，這樣划下去，可不是辦法，首先我知道我會撞在岸上，或是碰上一個沙洲或是什麼東西；我必須坐著不動讓它漂，然而在這樣緊要的關頭，兩手一動也不動，實在是件焦心的事，我喊了一聲，聽了一下。在下游老遠的地方，我聽見一個輕微的呼聲，我的精神立刻振作起來。我飛快地趕過去，伸著脖子仔細聽，看看還有沒有聲音。等我又聽見一聲的時候，我才知道我並不是正對著它前進，而是朝著它的右面走哪。等到那個聲音再來的時候，我又正在它的左面走——並且也沒追上多少，因爲我一會兒向左拐、一會兒向右拐地亂闖；不過那個聲音始終是走在我的前方。

我眞是希望那個傻傢伙能想起找個白鐵鍋敲敲，一直不停地敲下去，可是他偏不那麼幹，他老是喊一聲又停一下，喊喊停停，當中那不出聲的時候，我感到最頭痛。我又拼命地划了一陣，忽然間，我聽見他的喊聲跑到我的背後去了。這下子我可讓它給弄迷糊了。那一定是另外一個人的喊聲，要不然就是我轉過頭來了。

我把槳丟下。我又聽見一聲喊叫；還是在我的後面，可是並不在原來的地方，那聲音不斷地飄過來，不斷地換地方，我也就不斷地答應著，不久以後，它又來到我的前面，我就知道急流已經把我的船頭向下游順過來了，只要那果眞是吉姆的聲音，不是別的撐木筏的人在喊叫，那我就算是走對了。我在霧裡聽不出來是什麼人的聲音，因爲在大霧裡，無論什麼東西，看上去、聽起來，都和原來不一樣。

那喊叫的聲音還是可以聽到。又過了一分鐘的樣子，我就一下子撞在陸岸上，那上面長著許多大樹，好像是些渾身冒煙的妖怪似的；河水把我沖到左邊來，由我身旁流過去，穿過許多蹲在水裡的半截樹幹，嘩啦嘩啦地直響，因爲急流從樹幹當中像箭似的沖過去，所以才發出這種聲音來。

又過了一兩秒鐘，又是白茫茫的一片，一點兒聲音也聽不見了，這時候，我一動也不動地坐著，仔細聽我心跳的聲音，我覺得我的心跳了一百下，我也沒有吸一口氣。

這時候，我只得放手了。我知道是怎麼回事了。那陸岸是一個島，吉姆一定是衝到島那面去了。這絕不是一個十分鐘就可以從旁邊漂過去的沙洲。那上面有許多大樹，是一個大島上才有的，這個島也許有五六英里長，半英里多寬。

我一聲不響地豎著耳朵聽了大約一刻鐘。當然我還一直向前漂，大約一點鐘走四五英里；但是你並沒想到你在漂。你只覺得好像是在水面上一動也不動似的；假如你偶爾看見一棵伸出水面的樹樁子，你萬想不到是你自己像飛似的向前漂，你會倒吸一口氣，心裡想：哎呀，那個樁子跑得多麼快呀！假如你以爲半夜裡下著大霧一個人孤零零在水上這麼漂著，並不算是一件又淒慘、又寂寞的事，那麼請你試一試，你就會明白了。

後來又過了大約半點鐘，我過一會兒就喊幾聲，最後，我聽見在很遠很遠的地方，有人答應了一聲，我就想跟著聲音往前走，可是根本辦不到。我猜想一定是來到一大群沙洲當中，因爲我渺渺茫茫地看見兩旁有些沙洲的影子，有時候只隔著當中一條很窄的河道；還有許多沙洲我根本看不見，可是我知道是有的，因爲我聽見河水嘩嘩地沖刷著那些掛在岸上的枯樹枝和亂七八糟的東西。我在這些沙洲當中不久又聽不見那個喊聲了，我只好隨便地追了一會兒，因爲這比追鬼火還要吃力。我從來沒聽見過一個聲音這麼一會兒東、一會兒西的躲著你，這麼疾速地、這麼不斷地換地方。

有三四次我得忙手忙腳地由岸旁撐開，免得撞上這些冒出河面的小島；我想那個木筏一定也屢次撞在河岸上，不然它早就衝到老遠的地方去，一點兒聲音也聽不見了——它漂得比我稍微快一點兒。

沒多久，我好像又來到開闊的河面上，可是這回我哪兒也聽不見一點兒喊叫的聲音，我想吉姆也許是撞在一個樹樁子上，一下子他就完了。我已經累極了，就躺在獨木舟裡，心想我再也不去操心了。我當然並不打算就睡，可是我睏得實在沒辦法，所以我想我先打個盹兒再說吧。

不過，我看那不只是打了一個盹兒，因爲等我醒過來的時候，天上的星星亮晶晶的，霧已經完全不見了，我的船尾朝前，飛快地順著一個大河灣向前漂。起初我不知道我在什麼地方，我還以爲是做夢呢；等我慢慢想起來的時候，剛才的事情似乎都是些模糊的影子，好像是上個禮拜的事情一樣。

這一段河實在是大得可怕，兩旁岸上都是些又高又密的大森林，我藉著星光望過去，那簡直像是一堵厚厚實實的大牆。我向下游遠遠的望了一下，看見水面上漂著一個黑點。我就追了過去；但是等我追上了它，那原來是捆在一起的兩塊大木材。隨後我又看見一個黑點，又追了過去；後來又有另外一個，這一回我可找對了。那正是我們的木筏。

我來到木筏前面的時候，吉姆正在那兒坐著，他把頭夾在兩個膝蓋當中睡著了，右胳膊還在掌舵的槳上耷拉著。另外那根槳已經撞掉了，木筏上面亂七八糟地蓋滿了許多枯枝、爛葉和泥土。可見這個筏子也吃了不少苦頭。

我拴好小船，跳上筏子，就在吉姆眼前一躺，打了個呵欠，伸出拳頭頂了吉姆一下，說：

「喂，喂，吉姆，我睡著了嗎？你怎麼不把我叫醒呢？」

「哎呀，我的天，是你嗎，哈克？你原來沒有死啊——你並沒有淹死啊——你又回來了嗎？這實在太好了，老弟，這實在太好了。讓我來看看你，孩子，讓我來摸摸你吧。啊呀，你並沒有死啊！你又活蹦亂跳地、平平安安地回來啦，還是咱們原來的老哈克——還是原來的老哈克，眞是謝天謝地！」

「吉姆，你是怎麼回事兒呀？你喝醉了嗎？」

「喝醉了？我喝醉了嗎？我哪兒來的工夫喝酒呀？」

「那麼，你爲什麼說話這麼不著邊際呀？」

「我怎麼說話不著邊際啦？」

「怎麼不著邊際？你不是說我又回來了嗎？亂七八糟的一大套，好像我眞離開過這兒似的？」

「哈克……哈克．芬恩，你好好地看著我，好好地看著我。你眞沒有離開過這兒嗎？」

「離開這兒？嘿，你到底是什麼意思啊？我哪兒也沒有去呀。你說我會上哪兒去呢？」

「好了，你聽我說吧，老弟，這可是有點兒不對勁，的確。我還是我嗎，不然我是誰呢？我是在這兒嗎，不然我是在哪兒呢？我要把這些弄個清楚明白。」

「哼，我看你是在這兒，這倒沒錯，可是，吉姆，我認爲你是個昏頭昏腦的老傻瓜。」

「我是吧，我是嗎？我先問問你吧，你沒有坐著小船，拉著繩子，想要把筏子拴在沙洲上嗎？」

「我沒有。什麼沙洲啊？我根本就沒看見什麼沙洲。」

「你敢說你沒看見沙洲？你聽著——那根繩子不是拉鬆了嗎？木筏不是順水嗚嗚地衝下來，把你跟小船都丟在大霧裡了嗎？」

「什麼大霧呀？」

「怎麼，那一陣大霧。那一陣整整一夜都沒散的大霧。再說，難道你沒有喊嗎？難道我沒有喊嗎？喊到後來咱們就讓那些小島弄得暈頭轉向，咱們兩個人有一個走丟了，另外一個也就等於走丟了，因爲誰也不知道誰走到哪兒去了，你說是不是？我不是還在那些小島上撞來撞去，受了那麼些罪，還差點兒沒淹死嗎？是不是這麼回事，先生——是不是這麼回事？你告訴告訴我好不好？」

「啊，你可把我給弄糊塗了，吉姆。我根本不知道有什麼大霧，也沒看見什麼小島，也沒遇見什麼麻煩，什麼也沒瞧見。我整夜一直坐在這兒跟你聊天兒，一直聊到十分鐘以前，你就睡著了，我看我也睡著了。這麼一會兒的工夫，你絕不會喝醉了，你一定是做夢來著。」

「活見鬼，我怎麼會在十分鐘裡夢見那麼多事呢？」

「唉，你一定是做夢啦，因爲根本沒有出過什麼事。」

「可是，哈克，我覺得那些事都清清楚楚地擺在眼前，好像……」

「清楚不清楚，根本是一樣，反正沒啥事。我知道，因爲我一直在這裡待著。」

吉姆大概有五分鐘沒說話，只是坐在那裡仔細想。後來他說：

「那麼，好了，我想我眞是做夢來著，哈克；但是，這可眞是一場大惡夢，我這輩子也沒遇見過。我從前做的夢向來沒有叫我這麼累過。」

「哦，那倒沒有什麼，有時候做夢是會讓人累得要命的。可是，這一場大夢眞是了不起——你給我從頭到尾說一遍吧，吉姆。」

於是吉姆就說起來了，他把整個的事一五一十地對我說了一遍，他說的都是實情，不過他還添枝添葉地扯上了許多。他說他要想法子把這個夢「解析」一下，因爲這是天上降下來的一個預兆。他說第一個沙洲指的是想要對我們做些好事的好人，可是那流得很急的河水是打算把我們拖開的壞人。那些喊叫的聲音都是我們偶爾能夠聽到的警告，假如我們不盡力把這些警告的意思弄清楚，它們就會讓我們倒楣，而不會幫我們逢凶化吉，那一群沙洲指的是我們得跟愛吵架的傢伙和卑鄙的壞人惹些煩惱是非，可是假如我們只顧自己的事，不跟他們吵嘴，不惹他們生氣，我們就會逢凶化吉，走出大霧，來到開朗的大河裡——這就是說，我們會走到自由州去，再也不會有什麼麻煩了。

我剛爬上木筏的時候，天色陰得很黑，可是現在又變得非常晴朗。

「對了，很好，吉姆，到現在爲止，你解夢解得總算不錯，」我說，「可是這些東西又指的是什麼呢？」

我說的是木筏上的那些碎枝爛葉，和七零八碎的骯髒東西，還有那根撞斷了的槳。這時候可以看得清清楚楚了。

吉姆看看那堆骯髒的東西，然後又看看我，又回過頭去看看那堆東西。夢在他腦子裡牢牢地紮了根，他好像一時不能把它甩開，讓事實重新回到它原來的地方去。可是等他一下子明白過來以後，他就瞪著眼睛瞧著我，一點兒笑容也沒有，說：

「它們指的是些什麼嗎？我來告訴你吧。我因爲拼命地划木筏，又使勁地喊你，累得我簡直快要死了。後來我睡著了的時候，我的心差不多已經碎了，因爲把你丟掉了，我眞是傷心透了，我就不再管我自己和木筏會遇到什麼危險了。等我醒過來的時候，看見你又回來了，平平安安地回來了，我的眼淚都流出來了。我心裡有說不出來的感激，我恨不得跪下去用嘴親親你的腳。可是你卻想方設法，編出一套瞎話來騙我老吉姆。那邊那一堆是些骯髒的東西；骯髒的東西就是那些往朋友腦袋上抹屎、讓人家覺得難爲情的人。」

他說完就慢慢站起來，走到窩棚那兒去，除了這幾句之外，別的什麼都沒說，就鑽進去了。可是這已經夠我受的了。這下子眞叫我覺得自己太卑鄙，我恨不得要過去用嘴親親他的腳，好讓他把那些話收回去。

我待了足足有一刻鐘，才鼓起了勇氣，跑到一個黑鬼面前低頭認錯——我到底那麼做了，以後也從來沒有後悔過。我再也不去出壞主意騙他了，其實，我事先要是知道他會那麼難過的話，我根本就不會耍出那麼一套無聊的把戲來。

16

我們幾乎睡了一整天，到了夜裡才動身離開，有一排長長的木筏，宛如一大隊遊行人馬般在我們前面漂浮。它前後各有兩枝長槳，我們猜想那上面恐怕至少載著三十個人。筏子上搭著五個大棚子，彼此離得很遠，木筏當中還生著一個露天的大火堆，每一頭還有一根大旗杆，非常氣派。在這樣的筏子上當船夫一定很神氣。

我們順水漂到一個大河灣裡，這時候，黑夜的天空布滿了烏雲，悶熱得很。這一段河面很寬，有長得很密的大樹林子，像城牆似的立在兩岸；你難得看見樹林子上有什麼缺口，也瞧不出一點兒光來。我們談到開羅，可是不知道到了那兒能不能認識那個地方。我說我們恐怕不認識，因爲我聽說那兒只有十幾戶人家，假如他們恰巧沒有點燈，那我們怎麼會知道正在路過一個市鎭呢？吉姆說，那兩條大河在那兒匯合，一定看得出來。可是我說，也許我們會以爲那是路過一個島尾，仍然又回到原來的大河裡來。這件事弄得吉姆非常著急——我也是一樣。所以問題就出來了：究竟該怎麼辦呢？我說，只要看見有燈光，立刻划到岸上去，就對人家說爸爸在後面坐著商船馬上過來，他做生意還是個生手，想要打聽一下到開羅去還有多遠。吉姆覺得這是個好主意，於是我們就一邊抽菸想，一邊等。

現在沒有別的事好幹，只要切實小心在意，別過了那個小鎮還不知道。吉姆說他一定看得見，因爲他一看見那個鎮，他就成了自由人，可是他如果錯過了，他就又到了販賣奴隸的地方，再也沒有自由的機會了。每隔一小會兒，他就跳起來說：

「是不是那兒？」

但是那並不是。那不過是些鬼火，或是螢火蟲罷了；於是他又坐下來，照舊眼巴巴地望著。吉姆說他離自由越來越近了，弄得他渾身發熱、打哆嗦。老實說，我聽見他這樣說，也弄得我渾身上下又發抖、又發熱，因爲我腦子裡也漸漸想起他已經差不多要自由了——這究竟怪誰呢？當然是怪我。不管用什麼辦法，我都不能使自己不感到內疚。這件事擾得我心煩意亂，簡直沒法好好地在一個地方待著。我從來沒想到我幹的究竟是件什麼事。可是現在我想起來了；這個想法老在我心裡盤旋，讓我越來越覺得心焦。我想盡方法對我自己解釋，說這並不是我的錯，因爲我並沒有叫吉姆由他那合法的主人那兒逃走，但這沒有用，我的良心每回都對我說：「可是你明明知道他是爲找自由而逃跑的呀，你本來可以划到岸上去告發他呀。」事情就是這樣——我怎麼也推脫不開。難處也就在這兒。良心還對我說：「可憐的華森小姐怎麼虐待了你，叫你親眼看著她的黑奴逃跑，連一句話都不說？那個可憐的老太婆有哪點兒對不起你，叫你用這麼壞的手段去對付她？她盡力教你唸書，她盡力教你做人，她想盡種種辦法對你好。她就是那樣對待你的呀。」

我漸漸覺得我實在是太卑鄙、太不要臉了，眞是恨不得死掉才好。我在筏子上不耐煩地走去走來，心裡暗暗地罵我自己，吉姆也在我的旁邊不耐煩地走來走去。我們兩個誰也沉不仨氣。每逢他手舞足蹈地喊著說：「那不就是開羅嗎！」我一聽這話，就覺得好像挨了一槍似的，我想假如那真是開羅的話，我大概會難受得死去。

吉姆一直在那兒大聲說話，可是我老是在暗自盤算。他說的是到了自由州以後，他要做的第一件事，就是拼命地存錢，一分錢也不花，等到存夠了的時候，他打算到華森小姐家附近的那個莊子上去，把他的老婆贖回來；然後他們夫妻兩個做工掙錢，再把那兩個孩子也贖回來，假如他們的主人不肯賣的話，他們就找個反對奴隸制度的人去把他們偷回來。

他這一套話弄得我幾乎涼了半截。他以前從來也不敢說這種話。你看他剛一認爲他快要自由了，就跟以前大不相同了。有句老話說得好：「黑奴不知足，得寸就進尺。」我心裡想。這都是我做事不用腦筋惹出來的。眼前擺著這個黑鬼，他差不多要算是我幫著逃出來的，現在他理直氣壯地說要去把他的孩子偷回來——那些孩子的主人，我根本就不認識，人家從來也沒得罪過我。

我聽見吉姆說的這些話，心裡也替他很難受，他這樣說，實在是叫人看不起。我的良心又把我鼓動起來，叫我覺得忍無可忍，後來我就對我的良心說：「請你饒了我吧——現在還不算晚呀——等我一看見燈光，我就划到岸上去告他。」這麼一來，我立刻覺得又安心、又高興，心裡輕快得像根鵝毛似的。我的煩惱都沒有了。我仔細望著岸上，看看有沒有燈光，心裡像是在唱歌似的。不久就有一個燈光露出來。吉姆高興地喊著說：

「咱們平安無事了，哈克，咱們平安無事了！快跳起來立個正、行個禮吧！咱們可來到老開羅這個好地方了，這回準錯不了！」

我說：「等我先坐著小船過去看看，吉姆。你要知道，那也許還不是哪。」

他跳過去把船準備妥當，拿他的舊大衣墊在底下，讓我坐在上面，然後把槳交給我；我剛撐開船的時候，他說：

「再等一會兒，我就要高興得使勁兒喊了，我就說，這都是哈克的功勞！我成了自由人了，要是沒有哈克，我永遠也得不著自由，這都是哈克做的好事。我吉姆一輩子也忘不了你的好處，哈克，你是我吉姆最好的朋友，你也是我老吉姆獨一無二的朋友。」

我剛把船划開，急著想去告發他；可是一聽他說的這些話，我那股衝勁就不知道到哪兒去了。我就慢慢地往前划，並不十分清楚我是高興還是不高興。等我划開了五十碼的時候，吉姆說：「你走啦，你這忠實的老哈克；在白人裡頭，只有你對我老吉姆講信用。」

我簡直難受得要命。可是我非把這件事辦了不可——我沒有法子避免。正在這時候，打那邊過來了一隻小船，上面坐著兩個拿槍的人，他們停下了，我也停下了。其中有一個人說：

「嘿，那邊是什麼？」

「是一節木筏。」我說。

「你是那個筏子上的人嗎？」

「是啊，先生。」

「那上面還有人嗎？」

「只有一個，先生。」

「今天晚上，上頭那邊河灣口上跑了五個黑奴。你那個人是白人，還是黑鬼？」

我沒有立刻回答。我本打算回答，可是話總是說不出口。我遲疑了一兩秒鐘，想要一鼓作氣地說出來，可是我沒有那麼大的勇氣——我連一隻兔子的勇氣都沒有。我知道我已經洩氣了；我就放棄了原來的想法，直接了當地說：

「他是白人。」

「我看咱們得親自過去看看。」

「我也希望你們能過去看看，」我說，「因爲那邊是我爸爸，也許你們能夠幫個忙，把木筏拖到那邊有燈光的地方去。他病了——媽媽跟瑪麗．安也都病了。」

「啊，眞討厭！我們忙得很，你這孩子。可是我看我們還是得走一趟。走啊——用點兒力氣搖你的槳，咱們一塊兒過去看。」

我就用力搖我的槳，他們也使勁兒地划他們的船。我們才划了一兩下，我就說：

「我敢說爸爸會從心裡感激你們。我每回求人家幫我把筏子拖到岸上去，不管是誰都趕快走開，我自己一個人又拖不動。」

「那些人可眞太狠心了。也太奇怪了啊。我問你這孩子，你爸爸得的是什麼病呀？」

「他得的是……那個……唉，沒什麼大不了的病啦。」

他們就停下不划了。這時候離木筏已經不遠了。有一個人說：

「孩子，你說的都是瞎話。你爸爸到底得了什麼病啦？現在你給我乖乖地說出來，那樣對你也會有好處。」

「我一定說，先生，我一定老老實實地說——可是千萬別離開我們。那種病是……是……諸位先生，只要你們把船划過去，等我把筏子頭上的繩子交給你們，你們根本不必划到木筏跟前去——千萬幫個忙吧。」

「把船退回去，約翰，把船退回去！」一個人說。他們立刻往後退。「快躲開點兒，孩子——快躲到下風去。該死的，我算計著那陣風已經把它颳到我們身上來了。你爸爸得的是天花，你知道得比誰都清楚。可是你爲什麼不痛痛快快說呢？難道你打算讓大家都傳染上嗎？」

「哼，」我哭哭啼啼地說，「我以前見著誰就對誰說實話，可是他們馬上就走開，不管我們了。」

「你這可憐的小鬼頭，原來你也有苦衷。我們也替你難過，可是我們……對了，見鬼，我們絕不想得天花，你明白啦。你聽著，我來給你想個辦法。你一個人可千萬別靠岸，否則你可就壞了事。你往下游再漂上二十幾英里，你就會走到大河左邊岸上的一個鎮。到那時候，太陽早已出來了，你再求人家幫你的忙，對他們說你家裡的人都病倒了。別再那麼不知好歹，讓人家猜著是怎麼回事。我們這是想幫你的忙，所以你一定要離開我們二十英里，那才是個好孩子哪。你要是在有燈的那邊上岸，根本也沒有什麼好處——那不過是個堆木廠。嗐，我想你爸爸一定很窮，我準知道他的運氣也一定夠壞的。你看——我把這塊值二十塊錢的金幣，放在這塊板子上，等它漂過去的時候，你把它撿起來。我覺得把你丟開不管，實在是太不像話，可是，我的天！傳染上天花可不是鬧著玩兒的，你明白不明白？」

「先別撒手，帕克，」另一個人說，「替我把這二十塊錢也放在板子上，是我給的。再見吧，孩子，你就照著帕克先生對你說的話去做，什麼問題都解決了。」

「對啦，我的好孩子——再見，再見。假如你看見有跑掉的黑奴，你就找人幫你把他們抓住，你還可以掙點兒錢哪。」

「再見，先生，」我說，「只要我辦得到，我絕不會放走一個逃跑的黑奴。」

他們走開了，我也回到木筏上來，無精打采，非常難過，因爲我知道明明是做了一件錯事，我知道我就是想學好也辦不到：一個人從小時候起就不好，後來也絕不會有好的機會——等到他遇見了難辦的事，就沒有一股力量支持著他，讓他繼續幹下去，結果他就敗下陣來了。然後我又想了一分鐘，心裡這樣地盤算著：先別忙，假若你做對了，把吉姆一下子交給人家，那麼你會比現在覺得好受些嗎？我說，不會的，我也會覺得難過，我會覺得跟現在一樣的難過。我說，那麼，好了，做對的事反而要惹麻煩，做錯的事根本就不費勁兒，而且代價都是一樣，那麼你又何必要學著做對的事情呢？我可讓它給難住了。我沒法回答這個問題，所以我想我再也不爲它操心了；從此以後乾脆就看當時的情形，怎麼方便就怎麼做吧。

我鑽到窩棚裡去，吉姆並沒在那兒。我各處找了一遍，哪兒也找不著他。我就喊了一聲：

「吉姆！」

「我在這兒哪，哈克。他們已經走遠了嗎？可別大聲說話呀。」

他原來是泡在河裡面，躲在筏尾的槳底下，只把鼻子露在外面。我告訴他說，他們已經走遠了，於是他就爬上來了。他說：

「我聽見了你們說的話，我就溜到河裡去，假如他們走上來，我打算游到岸上去。等他們走了以後，我再回到筏子上來。可是，我的天，你可把他們騙苦了，哈克！你這一手兒耍得眞叫漂亮啊！我告訴你，好孩子，我想這就救了我老吉姆了——老吉姆絕對忘不了你的，老弟。」

然後我們就談到那些錢。這下子可眞撈了不少——每人二十塊錢。吉姆說我們現在能夠到輪船上去打統艙票，這些錢足夠我們在那些自由州裡到處走，愛跑多遠就跑多遠。他說乘著筏子再走二十英里，並不算太遠，可是他恨不得我們已經到了那邊。

天快亮的時候，我們靠了岸，吉姆特別小心地把筏子藏得好好的。然後他忙了整整一天，把東西一包包都捆紮好，一切都準備好了，只等離開木筏。

那天晚上十點鐘左右，我們在下游靠左手的河灣一帶，看見一座燈光點點的小鎭。

我把小船搖過去，想要打聽一下。不一會兒，我在河裡遇見一個人坐著小船，正在下一條攔河鉤繩。我划過去問他：

「先生，那個鎭是開羅嗎？」

「開羅？不是。哈，你一定是個大傻子。」

「那是個什麼鎭啊，先生？」

「你要是打算知道，就自己過去看看。你假如在我這兒再打攪我半分鐘的話，我就要對你不客氣啦。」

我又划到木筏上來，吉姆覺得大失所望，可是我說不要緊，我看下一個地方就要到開羅了。

我們在天亮以前，經過了另一個鎮，我本想再過去看看；但是因爲那一帶是高地，所以我沒有去。吉姆說，開羅附近沒有高地。我起初把它忘了。我們在離左邊河岸很近的一個沙洲上，躲著混過這一天。我漸漸疑惑起來。吉姆也是一樣。我說：

「也許咱們在起霧的那天夜裡，已過了開羅了吧。」

他說：「別再說了，哈克。可憐的黑鬼是交不了好運的。我一直疑惑那條蛇皮給我帶來的晦氣，還沒有完呢。」

「吉姆，我要是根本沒遇見那條蛇皮，有多麼好——我眞希望我根本就沒看見它。」

「哈克，那並不是你的錯；你事前根本不知道。你千萬別怪你自己。」

天光大亮的時候，岸這邊果然是俄亥俄河湛清的河水，靠外面那一邊還照舊是那條黃澄澄的老泥河！原來開羅確實早就過去了。

我們把事情從頭到尾談了一遍。由岸上走是辦不到的；我們當然也沒法把木筏划到上游去。唯一的辦法是等到天黑，再坐獨木舟回去碰碰運氣。所以我們在白楊叢裡睡了一整天，爲的是幹起活來有精神，可是天快黑的時候，我們回到木筏這裡一看，那隻獨木舟不見了！

我們好半天沒說一句話，根本也沒什麼可說的了。我們兩個明明知道這又是那條蛇皮在作祟，那還談它幹什麼呢？那彷彿是我們還在抱怨，結果一定還會碰上倒楣的事——照這樣一直碰下去，最後受夠了教訓，只好不聲不響。

隨後我們又商量究竟怎麼辦才好，我們覺得沒有別的辦法，只有坐著木筏往下漂，等有機會買一條小船再往回走。我們雖然偶爾看見周圍沒有人，可是並不打算去借一隻，像爸爸常常幹的那樣，因爲那樣幹就會惹人家來追。

所以，天黑了以後，我們就坐著木筏走開了。

玩弄蛇皮是一樁蠢事；如果有人知道了那條蛇皮給我們帶來這麼些霉運以後，仍然不肯相信的話，那麼就請他繼續往下看，看看它又讓我們遇見了什麼，他就會相信了。

由停泊在岸邊的木筏上，經常可以買到獨木舟。可是我們並沒看見有木筏停在岸邊，所以我們就一直往前漂了三個多鐘頭。這時候，晚上變得黑暗而陰沉，這種天氣跟起霧差不多是一樣討厭。你既說不清河上的情形，也看不出距離的遠近。大約到了夜深人靜的時候，忽然有一條輪船由下游開過來。我們馬上點起燈籠，以爲它一定能夠看見。往上游去的船通常不靠近我們；它們總是閃到一旁，沿著沙洲，挑選礁石下面水流平緩的地方走，可是在這樣的黑夜裡，它們就來到大河的當中，不顧一切地頂著逆流往上走，好像是跟整條大河作對似的。

我們聽見它轟隆隆地開過來，可是一直等它走到跟前才看清楚。它對準了我們衝過來。有時候，他們這樣走，是想看看能不能由我們旁邊擦過，而不把我們撞翻；有時候，汽船的明輪把我們的一根長槳截掉了，船上的領航員就會探出頭來哈哈大笑，自以爲這一手兒要得很漂亮。現在，它朝著我們開過來了，我們還說它又想要「刮我們的鬍子」了；但是它並沒有往旁邊轉舵。它是一條大船，又來勢洶洶，看上去好像是一朵烏雲，周圍有一排一排像螢火蟲似的亮光；但是，它突然現了原形，大得叫人害怕，一排敞開的鍋爐門發出火光，彷彿是燒紅了的牙齒似的，它那大得要命的船頭和防護欄，已經伸到我們的頭頂上了。船上有人對我們喊了一聲，跟著叮叮噹噹地一陣鈴響，是打算把機器停住，又聽見一片亂喊亂罵和放汽的聲音——這時候，吉姆從那一邊、我從這一邊剛跳下水去，它就一下子把木筏從正當中撞了個粉碎。

我猛扎了下去——想到一沉入河底，因爲船上有一個三十英尺的擊水輪子要由我頭上轉過去，所以我打算躲它遠一點兒。我平常在水裡能待一分鐘；這回我估計我在水裡待了一分半鐘。然後我急忙竄到水面，因爲我簡直快要憋死了。我一下子伸出頭來，水齊著我的胳肢窩那兒，一邊由嘴裡往外吐水，一邊由鼻子往外噴水。

當然，這一帶的河水流得很急；這隻船停了十秒鐘之後，就又開動機器，照樣前進，因爲那些人對於筏工的死活從來不關心。現在它正向上游衝過去，雖然我還能聽見它的聲音，可是它已經在陰暗的夜裡消失了。

我大聲喊了吉姆十幾次，可是一聲回答也聽不見，正當我「踩水」的時候，有一塊木板碰了我一下，我就推著這塊板子往岸上游過去。但是我發現這一帶河水是向左邊岸上流的，這就是說，我來到一條橫流裡；所以我就改變了方向，對著那面游過去。

那是一條足有兩英里長的斜斜的橫流，所以我費了很大的勁才游過去。我找了個妥當的地方爬上岸。我沒法看得很遠，只好在那坑坑窪窪的地上摸索著往前走了四五百碼，然後無意之中來到一所帶有廂房的舊式大木房子跟前。我正要快步走過去，離開這地方，可是有好幾條狗由門裡跳出來，對我汪汪亂叫，所以我認爲還是站住不動爲妙。

17

大約過了一分鐘，窗下有個什麼人在說話。他並沒有探出頭來，只是說：

「別叫了，小傢伙！外邊是誰？」

我說：

「是我。」

「『我』是誰啊？」

「喬治．傑克森，先生。」

「你想要什麼？」

「我什麼都不要，先生。我只想從這兒通過，可是狗不讓我過去。」

「這麼晚了，你在這兒偷偷摸摸轉來轉去幹什麼？」

「我沒有偷偷摸摸轉來轉去呀，先生，我是在輪船上失足落了水。」

「哦，是麼，眞的嗎？你們哪一個在那邊點個火。你剛才說你的姓名是什麼來著？」

「喬治．傑克森，先生。我還是個孩子。」

「聽我說，你要是說的眞話，那你就不用害怕——沒有人會傷害你。不過你不要動，就站在你那個地方。你們哪一個去把鮑伯和湯姆給叫起來，再把槍帶來。喬治・傑克森，還有什麼人跟你在一起？」

「沒有，先生，沒有什麼人。」

這時我聽見屋子裡人們在走動，還看到亮了一根蠟燭。那個人喊道：

「快把那個蠟燭拿開，貝西，妳這老傻瓜——妳還有點兒頭腦嗎？把它放在前門後邊的地板上。鮑伯，要是你跟湯姆準備好了，就站到你們的位置上去。」

「準備好了。」

「嗯，喬治・傑克森，你知道傑佛遜家的人嗎？」

「不知道，先生——我從沒有聽說過他們。」

「嗯，也許是這樣，也許又並非是這樣。好，都準備好。喬治・傑克森，往前走一步。要注意啦——千萬別急——要慢慢地慢慢地走過來。要是有什麼人跟你在一起，叫他靠後——要是他一露面，就得挨槍。好，走過來。慢慢地走，把門給推開，你自己開——不要開太大，夠擠進來就行了，聽見了嗎？」

我沒有著急，著急也沒有用。我慢慢地一次走一步。什麼聲音都沒有，只聽得見自己心怦怦地跳。狗靜得跟人一樣，不過緊盯在我的後面。等到我走到了由三根圓木搭的台階時，我聽到了開鎖、拉開門閂、去插銷的聲音。我把一隻手按住了大門，輕輕推了一點點兒，再一點點兒，到後來有人在說話了，「好，夠了，把你的腦袋伸進來。」我照著做了，可是我還擔心人家會把我的腦袋「摘」下來呢。

蠟燭放在地板上，他們的人全都在場 他們望著我，我望著他們，這樣有十幾秒鐘。三個大漢用槍對著我，老實說，嚇得我直往後縮。年紀最長的一個，頭髮灰白，六十歲左右。另外兩個三十多歲——全都長得一表人才——還有一位非常慈祥的頭髮染霜的老太太，背後還有兩位年輕婦女，我看不大清楚。老紳士說：

「好吧，我看沒問題了，進來吧。」

我剛一邁進屋裡，老紳士就鎖了大門，把門閂上，把插銷插好。他招呼那些帶著槍的年輕人往裡邊去，他們就全聚齊在一間大廳裡，地板上鋪著碎布拼成的地毯。他們都擠在一個轉角上，那裡，從前面窗口朝裡開槍是打不到的——那一邊沒有窗戶。他們舉著蠟燭，對我著實打量了一番，異口同聲地說：「哈，他不是傑佛遜家的人啊——不是的，他身上一點兒也沒有傑佛遜家人的味道。」接下來，老人說，要搜一搜身，看有沒有武器，希望不用介意，他並沒有什麼惡意——不過是要弄一弄清楚罷了。所以他沒有搜我的口袋，只是用手在外面摸了一摸，然後說沒有什麼問題。他要我別拘束，一切像在自己家裡一樣，把自己的身世全都講一講。可是那位老太太說：

「噯，你呀，索爾，這個可憐的孩子全身濕透啦。再說，你沒想到他可能餓壞了吧？」

「你說得對，蘿拉——我把這事給忘了。」

老太太就說：

「貝西（這是女黑鬼的名字），妳趕快給他弄點吃的，這個可憐的孩子。妳們哪位姑娘去把布克給叫醒了，告訴他說——哦，他來了。布克，把這個小客人帶去，把他身上的濕衣服脫下來，把你自己的乾衣服給他穿上。」

布克看樣子跟我差不多大——大約十三四歲，但是比我長得塊頭大一點兒。他身上只披著一件襯衫，頭髮蓬蓬鬆鬆的。他打著呵欠走進來，一個拳頭揉著眼睛，另一隻手裡拖著一枝槍。他說：

「沒有傑佛遜家的人來吧？」

大家說沒有。說是一場虛驚。

「好啊，」他說，「要是有的話，我看我準能打中一個。」

大家都齊聲笑了起來。鮑伯說：

「哈，布克，像你這樣慢慢吞吞出來，人家說不定早把我們的頭皮都剝下來了。」

「啊，根本沒有人來叫我啊，這也不對吧。我老是被落下，沒有表現一下的機會。」

「別擔心，布克，我的孩子，」老人說，「你遲早總會有機會表現表現的，急什麼。現在你去吧，照你媽說的去做。」

我們上樓進了他的房間，他給了我一件粗布襯衫和一件短夾克，還有他的一條褲子。我穿上了身。我正換衣服的時候，他問我叫什麼名字，可是我還沒有來得及回答他，他就急著跟我說，他前兩天在林子裡捉到一隻藍喜鵲和一隻小兔子。他還問我，蠟燭熄滅的時候，摩西在哪裡？我說，我不知道，過去也從沒有聽人說起過。

「那你猜一猜嘛。」他說。

「我怎麼猜得著？」我說，「過去都沒有聽說過呢。」

「不過你能猜啊，不是嗎？很容易猜啊。」

「哪一根蠟燭滅了？」我說。

「怎麼啦，隨便哪一根啊。」他說。

「我不知道他在哪裡啊，」我說，「他在哪裡呢？」

「這也不知道，他在黑暗中呀！那就是他待著的地方。」

「既然你知道他在哪裡，你又問我幹什麼？」

「啊，眞是的，這是一個謎語嘛，你不知道嗎？聽我說，你在這裡打算待多久？你在這兒一直待下去好了。我們可以玩個痛快——現今也不用上學了。你有一條狗嗎？我有一條狗——這條狗能衝進河裡，把你扔進河裡的小木片給叼回來。你喜歡在星期天把頭髮梳得整整齊齊之類的蠢事嗎？跟你說，我是不喜歡的，可是我媽逼我這麼做。這條舊褲子眞討厭！我看我最好還是把它穿上吧，但是天氣這麼熱，我眞不願意穿。你都穿好了嗎？好——來吧，老夥計。」

冷的玉米餅，冷的醃牛肉，黃油和乳酪——他們給我吃的就是這一些。我吃過的東西，從來沒有比這些更好吃的了。布克，他媽，其他所有的人，全都抽棒子芯菸斗，除了那個女黑奴，她走開了，還有那兩位年輕婦女。他們全都一邊抽菸，一邊說話。我則是一邊吃，一邊說話。那兩個年輕婦女都披著棉斗篷，頭髮披在背後。他們問我一些問題。我告訴他們說，我爸爸、我和一家人是怎樣在阿肯色州南端一個小農莊上生活的；我姊姊瑪麗．安怎樣出走，結了婚，從此杳無音訊；比爾怎樣出去四處尋找他們，連自己也從此沒有下落；湯姆和摩爾怎樣也死了；除了我和我爸爸，我們這一家就沒有留下別的人了；爸爸遇到這麼多煩心的事，身體完全垮了，所以他一死，我就把剩下的東西都帶走了，因爲這個農場不是我們的。我買了統艙票，坐船往上游去，後來又掉到了河裡，這才來到了這裡。他們就說，我可以把這裡當作自己的家，愛住多久就住多久。這時天快亮了，大家一個個去睡覺了，我和布克睡同一張床。早晨一覺醒來，糟了，我把我自己的名字給忘了。我躺著想了一個鐘頭。布克醒來時，我說：

「你會拼字嗎，布克？」

「會啊。」他說。

「我認爲你才不會拼我名字的字母呢。」我說。

「我敢說，你會的我都會。」他說。

「好吧，」我說，「那你拼拼看。」

「喬──治──傑──克──森──怎麼樣？」他說。

「不錯，」我說，「拼出來了，我原本以爲你不行呢。不過這名字不難拼──不用想就能拼得出來。」

我私下裡把名字記了下來，因爲下一回可能會有人要我拼出來，我得記熟了，一張嘴就能很快地說出來，彷彿說慣了似的。

這是挺可愛的一家人，屋子也是挺可愛的屋子。以前在鄉下從沒見到這麼可愛、這麼有氣派的。大門上並沒有安裝鐵門閂，也不裝帶鹿皮繩子的門閂，用的是可以轉動的銅把手，鎭上的人家也都是這樣的。客廳裡沒有床，也沒有鋪過床的模樣。可是在一些鎭子上，大廳裡鋪著床的可還多得是哩。有一個大壁爐，底下鋪了磚的，這些磚上面可以澆水，用另一塊磚在上面磨，就擦得乾乾淨淨，紅紅的。有時候，他們像城裡人一樣，用一種叫羊肝色的紅色顏料在磚上塗抹。壁爐的銅架大得可以放一根待鋸的圓木。爐台中間放著一座鐘，鐘的玻璃罩下半部畫著一個小城鎭，玻璃罩的中間部位，畫著一個圓輪，那就算是太陽了。在這個後邊，你看得見鐘擺在擺動。那座鐘滴答滴答的響，聲音很好聽。有時會有走鄉串鎭的工匠來擦洗一遍，整理得像模像樣的，它就能一口氣敲響一百五十下，這才累得停下來。這樣的一座鐘，不管你願出多少價錢，他們也不肯賣。

鐘的兩旁各立著一隻有點兒怪模怪樣的大鸚鵡，是用白堊土之類的東西塑成的，顏色塗得紅紅綠綠的。在一隻鸚鵡的旁邊，有一隻瓷貓；另一隻鸚鵡的旁邊，有一隻瓷狗；在這些東西的身上一按，就會哇哇地叫起來，只是嘴並沒有張開，也不變樣，也沒有什麼表情，是從肚子裡發出聲的。在這一系列東西的後邊，正放著兩把展開的野火雞翅膀做成的大扇子。屋子中間有一只討人喜歡的陶瓷籃子，裡邊堆滿了蘋果、橘子、桃子、櫻桃，顏色比眞的還要來得更紅、更黃，好看得多。但是它們不是眞的，因爲從碰破的地方露出了裡面的白堊土或是別的什麼東西。

這張桌子鋪著一張美麗的桌布，上面畫著紅藍兩色展翅翱翔的老鷹，四周圍還印著許多花花草草。他們說，這是從老遠的費城運來的。還有一些書，堆得整整齊齊，放在桌子的四角上。有一本是大開本的家用《聖經》，附有很多的圖畫。一本叫做《天路歷程》，是講一個人離家出走，至於爲什麼原因離家，上面沒有說。我有時拿來讀讀，已經讀了不少。書上的句子難懂，但是還算有趣。另一本叫做《友誼的奉獻》，盡是美麗的文字和詩歌，不過詩歌我沒有讀。還有一本是亨利・克萊的演講集。另一本是昆恩博士的《家庭醫藥大全》，是講一個人生了病或死了該怎麼辦的事的。還有一本《讚美詩集》以及其他別的一些書。屋子裡有幾張柳條編底的椅子，還挺好的，並沒有像舊籃子那樣中間陷下去或者裂開了。

牆上掛了一些畫──大多是華盛頓和拉法葉的畫像，描繪戰爭的圖畫；還有「高原上的瑪麗」，和一幅題爲「簽署獨立宣言」的畫。還有幾張他們所說的炭筆畫，是他們一個已故的女兒親手畫的。她死的時候才只十五歲。她這些畫跟我過去見過的不一樣，大多比一般的要黑一些。其中一張畫的是一個婦女，穿著窄小的黑衣裳，腋窩下用帶子綁得緊緊的，兩隻衣袖鼓鼓囊囊，像兩棵捲心菜。她頭上戴著一頂捲邊大黑帽，帽子上垂下一塊黑面紗，又白又細的腳踝上纏著黑絲帶，腳上穿著一雙極小的黑拖鞋，看起來像兩把鑿子。她站在一棵低垂的柳樹下，右肘支著身子，神情憂鬱地靠在一塊墓碑上，另一隻手垂在身邊，手中拿著一塊白手帕和一個網袋，圖下寫著：「莫非永無與汝重逢之日乎。」另一幅畫畫的是一位年輕的女郎，她的頭髮一直往上梳到頭頂，然後用一把梳子把頭髮往前捲過去，挽成一個髮髻，好像一把椅子的靠背。她正用手帕捂住臉在哭，另一隻手上仰躺著一隻兩腳朝天的死鳥，圖下面的題詞是：「婉轉鳴啼，竟成絕唱。」在另一幅畫上，一位年輕的姑娘正憑窗仰望著月亮，眼淚沿著腮幫往下淌，一手拿著一封已經打開的信，信封的一頭還有黑色的火漆。她用力把帶鍊子、裝照片的心形飾品盒子貼在嘴上。畫下面寫著：「汝竟去乎！嗚呼！汝已去矣！」據我看，這些畫都畫得很好。不過，我似乎不大喜歡這些畫，因爲每當我心裡不痛快的時候，這些畫總叫我更加心神不定。每個人都爲她的死而惋惜，因爲她已經打算好要畫更多的畫；從她已完成的畫來看，她的死對大夥兒來說是個很大的損失。不過我猜，以她的脾氣來說，在墳墓裡也許還開心些。人家說，她病倒的時候正在畫她那幅最了不起的傑作，她每天每晚禱告上帝，給她寬限時日，讓她完成這幅畫，可惜的是沒能如願以償。畫上是一位年輕的姑娘，身穿一件白色長袍，站在一處橋頭欄杆上，已經準備好要縱身一躍。她秀髮披肩，仰望明月，淚流滿面。她兩隻胳臂抱在胸前，另有兩隻胳臂朝前張開，又另有兩隻胳臂伸向明月——作者原來的想法是先看看哪一對胳臂的樣子最好看，然後再把其餘的胳臂擦掉，可是，正如我剛才說的，她還沒有來得及做出決定就死了，現在他們把這幅畫掛在她房間裡的床頭上，每逢她的生日，就在畫上掛一些花兒，平時就用一幅小小的簾子遮起來。畫上的那個年輕婦女長相還可以，但是胳臂太多了，看上去好像一隻蜘蛛似的。

這位年輕姑娘生前有一本剪貼簿，把《長老會觀察報》上的訃告、傷亡事故和某些人默默地忍受煎熬的事跡保留下來，還訴說自己的胸懷，寫下了詩篇。這些詩寫得很好。有一首詩是爲一個名叫史蒂芬·道林·博茨的男孩不幸墜井而死寫的：

悼史蒂芬·道林·博茨君

難道年少的史蒂芬病了？

難道年少的史蒂芬死了？
難怪悲傷的人啊，正愈加哀痛？
難怪吊唁的人啊，在哭泣失聲？
不，年少的史蒂芬·道林·博茨君，
他並沒有遭到這樣的命運，
周圍的人雖然哀傷得越來越深，
他可不是因爲病痛而喪生。
並非他的身子被百日咳所折磨，
並非他被可怕的麻疹害得斑斑點點布滿周身，
並非是因爲這些病痛啊，奪走了史蒂芬·道林·博茨君的英名。
並非單相思啊，折磨了這長著鬢髮的年輕人，
並非腸胃的什麼病痛啊，害得史蒂芬·道林·博茨險些一命歸陰。
哦，都不是的，讓我收起熱淚傾訴。
當你聽到我把他的命運訴說，
他的靈魂已從這冰冷的世界逝去，
只因他可憐掉入了井中。
雖撈起了，還擠出了肚子裡的水，
可是慟哭吧，都只爲遲了一步，

他的靈魂已經飛逝遠方，
在那至善至純的聖境。

如果說艾美琳．格倫其福在不滿十四歲時便能寫出這樣好的詩，她要是不死，會寫出怎麼樣的好詩，那就可想而知了。布克說，她能出口成詩，不用費勁。她不需停下來想啊想的。他說，她筆頭隨便一動就是一行詩。這時，如果她找不到能爲下一句押韻的，她便把那一句抹掉，重新開頭。她題目不限，不論你挑了什麼題目要她寫，她就能寫。只要是寫悲哀的便行。每當一個男人死了，或是一個女人死了，或是一個孩子死了，屍體未寒，她便已把「輓詩」送來了。她把這些詩稱做輓詩。鄰居們都說，最先到場的是醫生，然後是艾美琳，再後面是殯儀館裡的人——殯儀館裡的人從沒有能趕在艾美琳前邊的，除了一回，因爲押死者惠斯勒這個名字的韻，多耽誤了些時間，這才來遲了。從這以後，她大不如前了。她從來沒有怨天尤人，只是從此消瘦了下去，不久便死了。可憐的人，我曾多少次下了決心，到她那生前的小房間去，找出她那本叫人傷心的剪貼簿來閱讀啊。那是在她的那些畫使我感到心裡發悶，甚至對她有些情緒的時候。我喜歡他們全家人，死了的，活著的，絕不讓我們之間有什麼隔閡。可憐的艾美琳活著的時候曾爲所有的死者寫下詩篇，如今她走了，卻沒有什麼人爲了她寫詩。這也許是件憾事吧。因此，我曾絞盡腦汁，要爲她寫一首輓詩，可是，不知道怎麼搞的，詩總是寫不成。艾美琳的這間房間，家裡人總是整理得乾乾淨淨、清清爽爽，所有的東西都按她生前喜歡的樣子擺好，而且也沒人在這兒睡覺。家裡雖然有許多黑奴可使噢，但是那位老太太還是親自照管著這間房間。她往往在這裡做針線，閱讀那本《聖經》。

至於說到那間大廳，一扇扇窗上都掛著漂亮的窗簾，顏色是白色的，上面印著圖畫：有牆上爬滿藤蔓的城堡和到水邊飲水的牛群等等。大廳裡還有一架小小的舊鋼琴。我猜，鋼琴的裡面準有不少的白鐵盤子。年輕的姑娘們唱著〈最後一環斷了〉和彈奏〈布拉格之戰〉，那是再悅耳也沒有了。各間房間裡的牆壁都塗過灰泥，地板上多半鋪了地毯，房子的外牆一律粉刷得雪白。

這是一座帶廂房的大屋子，兩幢房子當中有一塊寬敞的空地，上面有屋頂，下面也有地板，有時候在中午時分在那裡擺開一張桌子，委實是個陰涼、舒適的去處，沒法子再找到比它更好的地方了。飯食既美味，又盡你吃個飽哩！

18

你知道，格倫其福上校是位紳士。他從頭到腳都是個紳士。他全家也一樣。正像俗話說的，他出身好。這一點無論對一個人或對一匹馬來說都是最有價值的。道格拉斯寡婦就是這麼說的。至於這位寡婦，誰也沒有否認過她是我們鎮上第一家貴族人家。我爸爸也總是這麼個說法，儘管他自己的身分，比一條大鯰魚好不了多少。格倫其福上校個子很高，身材細長，臉上黑裡透著蒼白，哪兒也找不到一點兒血色。每天早上，總把那瘦瘦的臉刮得乾乾淨淨。他是薄嘴唇，薄鼻翼，高鼻子，濃眉毛。眼睛漆黑，深深地陷在眼眶裡，看著你時，不妨說如同從山洞裡朝外望著你。額骨高高的，頭髮又黑又直，一直拖到肩上。雙手又長又細。他這一輩子，每天穿著一件乾淨襯衫，從頭到腳的一套服式是細帆布做的白色西裝，白得簡直刺眼。每逢星期天，總是穿一身藍色的燕尾服，鈕釦是黃銅的。他手提一根鑲銀的紅木手杖。他身上沒有輕浮的氣息，絲毫也沒有；也從來沒有高聲說話。爲人和藹可親——你知道吧，人們可以感覺到這一點。因此，你會信賴他。他有時候微微一笑，那樣子挺動人的。可是一旦他把腰板子那麼一挺，如同一根旗竿站立在那裡，再加兩道濃眉下目光一閃一閃，那你就一心想往樹上爬，然後再看看究竟出了什麼事。他不用提醒人家注意自己的行爲舉止——不論他在哪裡，在他的面前，一個個都規規矩矩的。誰都喜歡和他在一起；他幾乎永遠是一片陽光——我的意思是說，他神態總像個好天氣。一旦他變成了一團烏雲，那只需半分鐘就夠了，保證一個星期之內不會再出什麼亂子了。

早上，每當他和老夫人下樓來，全家人從椅子上站起身來，向他們說一聲早安。在他們兩位就坐以前，其他人是不會坐下的。然後由湯姆和鮑伯走到櫥櫃那兒，取出酒瓶，配好一杯苦味藥酒遞給他，他就在手裡拿著，等到湯姆和鮑伯的也摻好了，並彎了腰，說一聲，「敬兩位老人家一杯」，

他們稍稍欠一下身子，說聲謝謝你們，於是三個人就把酒全都喝了。鮑伯和湯姆把一調羹水，倒在他們的杯子裡，和剩下的一點兒白糖和威士忌，或者蘋果白蘭地摻和起來，遞給我和布克，由我們向兩位老人家舉杯致敬，喝下了肚。

鮑伯年紀最長，湯姆是老二——都是高大、漂亮的男子漢。他們肩膀寬闊、面孔黝黑，頭髮又長又黑，眼睛也是烏黑的。他們像那位老先生一樣，從頭到腳穿著白色亞麻布衣褲，頭上戴著寬邊巴拿馬草帽。

接下來說說夏洛蒂小姐。她二十五歲，個子很高，樣子挺傲慢的。不過只要不是在她生氣的時候，她簡直好得不得了。但只要她一生氣，那就像她父親一樣，立刻叫你蔫了下去。她長得很美。她的妹妹蘇菲亞小姐也長得很美，不過那是另一種類型的美。她又文靜又可愛，像隻小鴿子。她才二十歲。

每一個人都有貼身黑奴侍候——布克也有。我的貼身黑奴悠閒得很，因爲我不習慣叫人

家服侍我。不過，布克的黑奴整天跑東跑西，忙個不停。

全家人的情況都在這裡了。不過，原來還有人的——他們還有三個兒子，都讓人家給殺死了；另外艾美琳也死了。

老紳士擁有好幾處農莊，超過一百名的黑奴。有些日子裡，會有許多人匯聚到這裡，是騎了馬從十英里或者十五英里以外的地方來的，一住就是五六天，他們在附近各處遊山玩水。白天在林子裡跳舞、野餐，夜晚在屋裡舉行舞會。他們大多是這家人的親戚。男人身上都帶著槍。我對你說吧，這些人可都是有身分的人哩。

附近還有一個貴族人家——一共五六戶人家吧——大多姓傑佛遜的。跟格倫其福家族相比，一樣格調高，系出名門，又有錢，又氣派。傑佛遜家和格倫其福家使用同一個輪船碼頭，離我們這座大屋兩英里多路。所以我有時候和大夥兒上那兒去，在那裡見到過不少傑佛遜家的人，一個個騎著駿馬。

有一天，布克和我兩人出了門，到林子裡打獵。我們聽到了朝我們走來的馬聲。我們正要穿過大路。布克說：

「快！朝林子裡跳！」

我們跳進了林子，透過林子裡一簇簇樹葉叢朝外張望。不一會兒，一個挺漂亮的小夥子騎著馬沿大道飛奔而來。他騎在馬上，態度從容，神態像個軍人。他把槍平放在鞍韉上。這人我過去見過的，他是哈尼．傑佛遜。突然間我聽到布克的槍在我耳邊響了，哈尼頭上戴的帽子滾落在地。他握緊了槍，徑直朝我們藏身的地方衝過來。不過我們可沒有在那兒等著挨打。我們在林子裡奔跑開了。這兒林子長得不密，我邊跑邊回頭看，好躲避他的子彈。我看到哈尼兩次瞄準了布克。接著他又騎馬順原路返回——我猜想是去找帽子吧，不過我看不到。我們一路直跑到家才停下來喘一口氣。那位老紳士的眼睛亮了一會兒——據我判斷，這往往是欣慰的表示——隨後，臉色平和下來，語氣柔和地說：

「我不喜歡躲在矮樹叢裡從背後開槍。我的孩子，爲什麼不到大路上去打呢？」

「爸爸，傑佛遜家的人可不來明的，他們總是乘人不備打黑槍。」

布克講這件事的時候，夏洛蒂小姐昂著頭聽著，那神氣簡直像個女王，她的鼻翼張開，眼睛氣得發亮。那兩個小夥子陰沉著臉，但是從頭到尾沒說一句話。蘇菲亞小姐起初臉變得蒼白，可是後來聽說那個年輕人沒受傷，臉上又有了血色。

等到我把布克帶到樹底下玉米倉房的旁邊，光只是我們兩人時，我說：

「你眞的想殺死他嗎，布克？」

「嗯，當然是囉。」

「他幹了什麼對不起你的事？」

「他嗎？他從沒有害過我啊。」

「既然這麼說，那你又爲了什麼要殺死他呢？」

「啊，沒有什麼——這只不過是世仇。」

「什麼叫世仇？」

「哈，你是在哪兒長大的？你不知道什麼叫世仇？」

「從沒有聽說過啊——說給我聽聽。」

「啊，」布克說，「世仇是這麼一回事：一個人跟另一個人吵了架，把他殺了。另一個人的弟兄便殺了他。接下來，其他弟兄們，這是指雙方的，就我打你，你打我。再下來，堂兄弟表兄弟，參加了進來——到後來，一個個都給殺死了，就沒有世仇了。不過這事緩慢得很，得花很長的時間。」

「這一回打了很久了嗎，布克？」

「嗯，我想是吧！三十年前開始的。或者說，大致是這麼久以前吧。爲了什麼事發生了糾葛，然後是上法庭求得解決。判決對一方不利，他一激動就把勝訴的一方給槍殺了——他當然會這麼幹。換了任何哪一位，都會這麼幹。」

「那麼是什麼糾葛呢，布克？是爭田產嗎？」

「我看也許是吧——我不清楚。」

「啊，那麼，先開槍的是誰呢？——是一個格倫其福家的人還是一個傑佛遜家的人？」

「老天爺，我怎麼知道？是老早的事啦。」

「會有人知道嗎？」

「哦，那是的，據我看，我爸爸知道，有些老一輩人知道。不過到如今啊，一開頭，最早是怎麼鬧起來的，連他們也不知道了。」

「死了很多人嗎，布克？」

「是啊，出殯的機會有得是。不過嘛，也並非總是死人的。我爸爸身上就有幾顆子彈，不過他可並不在乎，因爲反正他的身子秤起來也不怎麼重。鮑伯給人家用長獵刀砍了幾下，湯姆也受過一兩次傷。」

「今年打死過人沒有，布克？」

「打死過。我們死了一個，他們那邊也死了一個。大概三個月前，我的堂兄弟、十四歲的巴德騎著馬，穿過河對面的林子。他身邊沒有帶武器，這眞是蠢到家了。在一處偏僻的地方，他聽到身後有馬聲。一看，是巴第．傑佛遜那老頭兒，手裡拿著槍正飛快趕來，一頭白髮迎風翻飛。巴德並沒有跳下馬來，躲到樹叢裡，反倒讓對方趕上來。於是，兩人賽開了，一個在前飛奔，一個在後緊追，足足奔了五英里多路，老頭兒越追越近。到最後，巴德眼見自己沒有希望了，便勒住了馬，轉過身來，正面朝著人家，於是一槍打進了胸膛。你知道吧，老頭兒趕上前來，把他打倒在地。不過呢，老頭兒也並沒有多少時間慶祝自己的好運氣。一星期之內，我們這邊的人把他給撂倒了。」

「我看啊，那個老頭兒準是個儒夫，布克。」

「我看他可不是個儒夫。怎麼說也不是。傑佛遜家的人沒有儒夫——一個也沒有。格倫其福家的人呢，也一個儒夫都沒有。是啊，就是那個老頭兒有一天跟三個格倫其福家的人，三對一幹了一仗，打了半個鐘頭，結果他是贏家。他們這幾個人都是騎了馬的。他下了馬，躲在一小堆木材後面，把他的馬推到前邊擋子彈。可是格倫其福家的人呢，還是騎在馬上，圍著老頭兒，竄來竄去，槍彈雨點般的對他打去，他的子彈也雨點般朝著他們猛擊。他和他的那匹馬淌著血，一瘸一拐地回了家，可格倫其福家的是給抬回家的——其中一個死了，另一個第二三人死了。不，老弟，要是有人要尋找懦夫的話，他大可不必在傑佛遜家的人身上白白浪費時間，因爲他們從沒有這樣的孬種。」

下一個星期天，我們都去了教堂。有三英里路遠。全都是騎了馬去的。男的都帶上了槍，布克也帶了。他們把槍插在兩腿當中，或者放在靠牆隨手可拿的地方。傑佛遜家的人，也是這般架勢。牧師布的道很乏味，說的沒有什麼意思——盡是兄弟般的友愛這類叫人聽了厭煩的話，可是人家一個個都說布道布得好，回家的一路上說個不停，大談什麼信仰啦、積德啦、普濟衆生啦、前世註定的天命啦，等等，還有許多我不懂的東西。總之，在我看來，這可說是我一生中最難受的星期天啦。

吃過中飯大約一個小時後，大家一個個在打瞌睡，有坐在椅子上的，有在臥室裡的，總之，氣氛很沉悶。布克帶著一條狗在草地上大模大樣在日光下躺著，睡得很香。我往我們那間臥室走去，心想不妨睡個午覺。我見到蘇菲亞小姐站在她臥室的門口。她的臥室就在我們那一間的緊隔壁。她把我帶進她的房間，輕輕把門關上，問我喜歡不喜歡她。我說喜歡。她問我肯不肯替她做件事，並且不告訴別的人。我說我願意。她就說，她忘了帶她的《聖經》回來了，是放在教堂裡的位子上了，這位子在另外兩本書的中間。問我能不能一聲不響地溜出去，到那邊把書給她帶回來，並且對任何人也不說。我說願意。於是我一溜煙似的走出了家門，走到大路上。教堂裡沒有人，只有一兩頭豬在那裡；因爲教堂門上沒有上鎖，豬在夏天喜歡到刨平的圓木料鋪的地板上圖個涼快。你要是留心注意的話，便可以知道大多數的人總是不得不去的時候才上教堂，可是豬就不同了。

我心裡想這事有些蹊蹺，一個女孩子爲了一本《聖經》急成那樣兒，實在不近情理。所以我就把這本書抖了抖，一張小紙條掉出來了，上面用鉛筆寫著「兩點半」，我又把書細細地翻了翻，沒有發現別的東西，我眞是莫名其妙，於是又把紙條夾回書裡。我回到家裡上樓的時候，蘇菲亞小姐正在門口等著我。她把我一把拉了進去，關上了門，然後往《聖經》裡找，終於找到了那片紙。她看到了上面寫的，就顯得很高興。她冷不防一下就抱住了我，緊緊地摟了摟，還說我是世上最好的孩子，還要我不跟任何人說。一時間，她滿臉紅通通的，眼睛閃著亮光，看起來可眞是絕色美人。我倒是吃了一驚。不過，我喘過氣來，便問她紙片是怎麼一回事。她問我看了沒有，我說沒有。她問我認得不認得寫的字。我告訴她，「不，只認得印刷字體。」接著她說，這片紙只是一張書籤，沒有什麼別的意思。隨後她就打發我出去玩。

我走到了河邊，把這件事思量了一番。一會兒注意到我那個黑奴跟在我的後面。我們走到了後面那間大屋子裡的人看不到我們身影的地方，他回頭看看後面，又四下裡張望了一下，然後走過來說：

「喬治少爺，你要是到下邊沼地那裡去，我指給你看，有那麼一大堆黑水蛇。」

我想，這好怪啊，他昨天也這麼說過啊。照理他應該知道人家不會那麼喜愛黑水蛇，不會到處去找啊。他究竟在搞什麼名堂？所以我說：

「好吧，你走在前面。」

我跟在後面走半英里多路，他就蹚著沼地，泥水沒到膝蓋。又走了半英里路，我們就走到了一小片平地，地勢乾燥，密密長滿了大樹、矮樹叢和藤蘿。他說：

「喬治少爺，你往前走，只要幾步路，就可以看見黑水蛇啦。我以前看過，不想再看了。」

隨後，他蹚著泥水馬上走開了，才不一會兒，樹木把他給遮住，看不見他人了。我摸索著往裡走，到了一小塊開闊地段，才只像一間臥室那麼大，四周滿是青藤，有一個人正在那裡睡著了——天啊，這正是我那老吉姆啊！

我把他叫醒了。我原以爲，又見到了我，他準定會大吃一驚，可是並非如此。他差點兒哭了起來，他高興得非同一般，不過並沒有吃驚。他說，那天晚上落水以後，他跟在我後邊泅水。我每喊一聲，他都聽到了的，不過沒有回答，因爲他不想讓人家把他逮住，再一次淪爲奴隸。他說：

「我受了點傷，游不快了，到最後，我掉在你後邊相當一段路了。你上岸的時候，我原想，我能趕上來。我正想朝你叫喊，但是我看到了那座大屋子，我便放慢了。我離你離得遠了些，人家對你說了些什麼，我沒有聽清楚——我很怕那些狗——不過，當一切靜了下來，我知道你是進了屋裡去了，我便走到了樹林子裡，等候白天來到。拂曉時分，你們家的幾個黑奴走過來，到田裡去幹活。他們把我領到這兒來，指點給我這個地方，因爲有水，狗追蹤不到我。每晚上，他們給我東西吃。說說看，你過得怎麼樣。」

「啊，你爲什麼沒有早一點叫我的傑克把我帶到這兒來呢，吉姆？」

「唉，哈克，在我們還沒有想好辦法之前，去打攪你有什麼用呢？——不過，如今我們一切太平了。一有機會，我總去買些盆、碗、口糧，晚上我就修補木筏。」

「什麼木筏，吉姆？」

「我們原來那個木筏啊。」

「你是說我們原來那個木筏沒有撞成碎片？」

「沒有，沒有撞成碎片。撞壞了不少——有一頭損壞得可厲害——不過還礙不了大事，只是我們那些東西可全完了。要不是我們往水裡潛得那麼深，游得又那麼遠，加上天又那麼黑，我們又給嚇得那麼暈頭轉向，我們原本是可以看到我們的木筏的。不過，看到也好，沒有看到也好，如今是無所謂了，因爲如今木筏已經整修得跟原來那個樣子差不多了，原來損失掉的東西也給補上了。」

「啊，你究竟怎樣又把那個木筏給弄回來的呢——是你一把抓住了它的嗎？」

「我已經躲到那邊林子裡了，怎麼能抓住？是這兒幾個黑鬼發現木筏給一塊礁石擋住了，就在這兒河灣裡，他們就把它藏在小河灣裡，在柳樹的深處。他們爲了爭木筏歸誰所有，爭得不可開交，很快就給我聽到了。我跟他們說，木筏本不是他們中間哪一個人的，原本屬於你和我的。我還說，你們難道是想從一個白人少爺手裡，把他的財產給奪過去，藏起來？這樣，才把他們間的糾葛給解決了。我還給他們每人一角，他們這才歡天喜地，但願以後還有木筏漂來，好叫他們發財。他們對待我可好哩。凡是我要他們爲我幹些什麼，從來不需要我說第二遍，老弟。那個傑克可是個很好的黑鬼，爲人很機靈。」

「是啊，他很機靈。他沒有對我說你在這裡。他要我到這兒來，說是要給我看黑水蛇。

要是出了什麼事啊，與他可毫不相干。他可以說他自己從沒有看見我們兩個在一起，這倒也是實情。」

關於第二天的事，我簡直不願意多說啦。我看還是長話短說吧。我清早醒來，本想翻個身，再睡一會兒，發現一片寂靜——沒有任何人走動的聲音，這可是異常的事。第二件事我注意到的，是布克也已經起來出去了。想到這裡，我馬上起了身，心裡疑疑惑惑的，一邊走下樓梯——四周寂無一人，四下裡一片靜悄悄。門外邊也是一樣。我心想，這是怎麼一回事啊？到了堆木場那兒，我遇到了傑克，我說：

「怎麼一回事啊？」

他說：「你不知道嗎，喬治少爺？」

「不，」我說，「不知道。」

「啊，蘇菲亞小姐出走啦！她確實出走啦。她是晚上一個什麼時候出走的——究竟是一個什麼時間，誰也不知道——是出走去和年輕的哈尼．傑佛遜結婚去的，知道吧——至少人家是這麼個說法，是家裡給發現的，大約是在半個鐘頭以前——也許還更早一些——我告訴你吧，他們可真是沒有耽誤一點兒時間。那麼樣急急忙忙立刻帶槍上馬，真是恐怕你從來也沒有見識過。那些婦女也出動了去鼓動她們的親戚們。咱們老爺和兒輩們拿了槍，上了馬，沿著河邊大道追，要想方設法在那個年輕人帶著蘇菲亞小姐過河以前抓住他，打死他。我看啊，前途凶多吉少啊。」

「布克沒有叫醒我就出去了？」

「是啊，我料想他是沒有叫醒你。他們不想把你捲進去。布克少爺把槍裝好子彈，說要逮住一個傑佛遜家的人押回家來，要不然，就是他自個兒完蛋。我看啊，傑佛遜家的人在那邊有得是，他只要有機會，準會逮一個回來。」

我沿著河邊的路拼命往上游趕去。一會兒聽到稍遠處傳來了槍聲。等到我能望見堆木場和輪船停靠的木材堆那邊，我撥開樹枝和灌木叢使勁往前走，後來找到了一個理想的處所。我爬上了一棵白楊樹，躲在樹杈上去看。子彈打不到這兒來，我就在那裡張望。不遠處，在這棵大樹的前邊，有一排四英尺高的木頭堆在那裡。我本想躲到木垛後邊去的，後來沒有去，也許幸好沒那麼做。

有四五個人在木場前一片空地上騎著馬來回走動，一邊咒罵吼叫，想要把沿輪船碼頭木垛後邊的一對年輕人打死——可就是不能得手。他們這夥人中，每次有人在河邊木垛那兒一露面，就會遭到槍擊。那一對年輕人在木垛後邊背靠著背，因此對兩邊都把守得牢牢的。

隔了一會兒，那些人不再騎著馬一邊到處轉一邊吼叫了。他們騎著馬往木場衝過來。就有一個孩子站了起來，把槍擱在木頭上面瞄準，一開槍，就有一人翻身落馬。其他的人紛紛跳下了馬，抓住受傷的人，抬著往木場那邊走過去。正是在這一個時刻，那兩個孩子撒腿就跑。他們跑到了離我這棵樹有一半路的時候，對方還沒有發現。等到他們一發現，就立刻跳上馬在後緊追。眼看著越追越近，可是仍然無濟於事，因為那兩個孩子起步早，這時已經趕到木垛後邊躲了起來，又占了上風。這木垛就在我那棵樹的前邊。兩個孩子中，有一個就是布克，另一個是瘦䠷個兒的年輕人，大約十八九歲左右。

這些馬上的人亂闖了一陣，然後騎著馬走開了。等到望不見他們的影子了，我便朝布克大叫一聲，告訴他我在這裡。他起初還弄不清楚我是從樹上發出的聲音，被嚇了一大跳。他叮囑我仔細瞭望，一見那些人重新出現，立刻告訴他。還說他們準定是在玩弄花招——不會走遠的。我原來想要從樹上爬下來，可是沒有下去。這時布克就一邊大哭、一邊跳腳，說他和他的堂兄喬（就是那另一個年輕人）發誓要報今日之仇。說他父親和兩個哥哥給打死了；敵人方面，也死了兩三個人。說傑佛遜家的人設了埋伏。布克說，他的父親和他的哥哥們本應等候他們的親戚來增援以後再行動的——傑佛遜家的人太多了，他們不好對付。我問他，那個年輕的哈尼和蘇菲亞小姐的情況怎麼樣。他說，他們已經過了河，平安無事。聽到這麼說，我是高興的。可是布克又氣又恨，因爲那天他朝哈尼開了槍，可是沒有打死他，他那氣得像要發瘋的樣子，我這一輩子還眞沒見過。

突然之間，砰！砰！砰！響起了三四響槍聲。那邊的人沒有騎馬，偷偷穿過林子，繞到他們後邊，衝了過來。那兩個孩子往河裡跳——兩人都受了傷——正當他們順著水往下游的時候，對方在岸上對著他們一邊射擊，一邊大叫，「打死他們，打死他們！」我當時是多麼難受啊！幾乎從樹上栽下來。這種種全部的經過，我也不想敘說了——要是這樣做的話，只會叫我更難受。我但願，當初那個夜晚，我根本沒有爬上岸來，以致親眼目擊這次的慘禍。我的腦子裡，將永遠趕不掉這種種的一切——有好多回，我在夢裡還夢見了這種種的一切啊。

我躲在樹上，一直躲到天黑才敢爬下樹來。我偶爾聽到遠處林子裡有槍聲。有兩回，我看到有一小夥的人騎著馬、帶著槍，馳過木材場，因此我估計著衝突還沒有完。我心裡萬分沉重，因此打定主意，從此絕不再走近那座房子。因爲我尋思，這全是我闖的禍啊！我推想，那張紙片是蘇菲亞小姐要和哈尼．傑佛遜在晚上兩點半鐘一起出奔。我尋思起來，我原本應該把這張紙片的事以及她行動的怪異之處告訴她父親的。這樣，她父親也許會把她關在房間裡不許出來。這麼一來，這麼多可怕的災禍就根本不會發生了。

我從樹上下來以後，就沿著河岸下游偷偷走了一段路。我發現河邊躺著兩具屍體。我把他們一步步拖上岸來，然後蓋住了他們的臉。隨後我就趕快離開。把布克的臉蓋起來的時候，我不禁哭了一會兒，因爲他對我多麼好啊。

這時天剛剛黑下來，我壓根兒就沒靠近那幢房子，只是穿過樹林，向沼地走去。吉姆不在他那片小島上。我急忙往小河灣那邊趕，一路撥開了柳樹叢，火燒火燎地只想跳上木筏，遠離這片可怕的土地——可是木筏不見了！我的天啊！我多麼驚慌啊！我幾乎有一分鐘時間喘不過氣來。我使勁吼叫了一聲。離我二十五英尺，響起了一個聲音：

「天啊，難道是你嗎，老弟？別作聲。」

是吉姆的聲音——這樣美妙的聲音，過去可從來沒有聽到過啊。我在岸邊跑了一段路，登上了木筏，吉姆一把抱住了我。見了我，他眞高興極了。他說：

「上帝保佑你，乖乖。我還以爲你又死啦。傑克來過。他說他料想你已經中彈死了，因爲你再也沒有回家。所以我這會兒正要把木筏划到小河灣口去。我已經做好準備工作，只要傑克回來告訴我你已經死了，我就把木筏划出去。天啊，見你又回來了，我多麼高興啊，乖乖。」

我說：

「好……好極啦。他們再也找不到我啦。他們會以爲我已經被打死了，屍體往下游漂走了——那邊確實有些東西會叫他們有這樣的想法——所以別再耽誤時間了，趕快朝大河划去，越快越好。」

木筏向下游走了兩英里多路，到了密西西比河的河中間了，我這才放下了心。然後我們掛起了信號燈，斷定我們如今又自由、又平安無事了。從昨天起，我一口東西也沒有吃過，因此，吉姆拿出一些玉米餅、乳酪、豬肉、白菜和青菜——味道又燒得可口，世上沒有更好吃的了——我一邊吃晚飯，一邊和他談起來，高興得什麼似的。能夠從那些仇殺中脫身，我十分高興。吉姆呢，能離開那片沼地，也十分高興。我們說，說來說去全世界沒有一個家能趕得上木筏的。別的地方總是那麼彆扭、那麼憋死人，只有木筏是另一個天地。在一隻木筏上，你感覺到的，就是自由，就是舒坦，就是輕鬆愉快。

19

兩三個白天和夜晚就這麼過去了。我看我不妨說是漂過去了，那麼寧靜、那麼順當、那麼甜美地滑過去了。我們是這樣消磨時光的：一到河流下游那邊，只見一條大得嚇人的大河——有的地方河面有一英里半寬。我們在夜晚行駛；白天，便躲起來。當天快亮的時候，我們便停止航行，把筏子靠岸——總是靠在一處沙洲水流平靜的地段，然後砍下白楊和柳樹的嫩枝，把木筏給遮蓋起來。隨後我們放好釣魚竿。接下來我們溜下水去，游它一下，提提神，涼快涼快。然後我們在沙灘上坐下來，在那裡，水只有膝蓋深。我們就迎接白天的到來。到處沒有一點兒聲音——萬籟俱寂——彷彿整個世界沉沉入睡了，只是偶然有牛蛙叫幾聲。往水面上望去，首先看到的是灰濛濛的一條線——那是河對岸的樹林子，別的便什麼也看不清——接著是天空中有一點兒魚肚白；然後魚肚白多了些，逐漸朝四周散開去；接下來，遠處河水的顏色淡了些，不是那麼黑了，而是灰灰的了。更遠處，可以看到有小小的黑點在漂過來——那是些載貨的駁船之類。還有黑黑的一長條——那是木筏。有時能聽到長槳吱吱地響，或者一些雜音。四周這麼寂靜，聲音又來自很遠的遠方。過了一會兒，你看到一道水紋。憑了水紋的模樣，你知道那裡有一塊礁石，急流朝著它沖過去，就形成了那樣一條紋路。你還可以看見霧氣裊裊上升，離開水面，東方紅了起來，河面也紅了起來。你能看清楚對岸很遠的樹林邊上一處原木搭成的小屋，那可能是一個木材場吧，是幾個偷工減料的木工胡亂搭起來的，你隨便從哪兒都能扔進一條狗去。突然微風輕拂，從河上一陣陣吹來，那麼涼爽，那麼清新，聞起來那麼甜美，這是因爲有那些樹林和鮮花的緣故。可有時候也並非全是如此美妙。因爲人們把死魚扔得到處都是，像尖嘴魚之類的，弄得臭不可聞，然後是大白天來到了，萬物在陽光下微笑，百鳥在爭鳴。

到這時，有點兒炊煙不會惹人注意，我們便從魚鉤上取下幾條魚，煮一頓熱呼呼的早飯。吃過飯後我們就望著冷冷清清的河面出神，渾身有些懶洋洋的，打不起精神，不久就睡著了。等到慢慢醒來，看看情況，也許會看到一艘輪船一路喘著氣，往上游開去。只因爲是在對岸老遠的地方，所以除了它的明輪是裝在船兩旁或是在船尾之外，什麼也看不清。然後大約有一個鐘頭，聽不見什麼聲音，也沒什麼東西可看——剩下的只是一片冷清。再隔一些時候，你也許會看到一隻木筏老遠地滑過水面。也許上面會有一個楞頭楞腦的小夥子在劈木柴，因爲木筏上總有人幹這個活。你會看到斧頭一閃，朝下一劈——你聽不到任何聲響。你馬上又見斧頭往上舉起，等它舉過那人頭頂時，你才聽到「喀嚓」一聲——聲音從水面上傳過來就要這麼長的時間。我們在白天裡就是這麼懶洋洋，這麼懶懶散散，在一片寂靜之中凝聽著。有一回起了大霧，來往的木筏、小船之類，一路上敲打著白鐵鍋，免得自己被輪船撞翻了。有時候一隻駁船或者一隻木筏貼近我們開過去，離我們這麼近，說話聲、笑罵聲——聽得一清二楚，就只是看不見人影。這叫人渾身寒毛直豎，就好像半空中在鬧鬼似的。吉姆說，他肯定那就是鬼，不過我說：

「不，鬼不會說什麼『該死的霧』啊什麼的。」

一到天黑，我們就立刻把木筏撐出來，等差不多漂到河心的時候，就聽任它自然地漂，由它隨水漂到哪兒就是哪兒。我們點燃了菸斗，兩腳泡到水裡面，談天說地——不論白天、黑夜，只要沒有蚊子咬，我們通常總是光著身子——布克家的人給我做的新衣服，做得太講究了，穿起來渾身不自在。再說，對衣服，我可從來不講究。

有的時候，很長一段時間裡，大河上只有我們兩個人。遠處是河岸和一些小島，與我們隔著一片水。也許會有一點微光閃閃——那小木屋窗口燃著的一根燭光——有的時候，你會在河面上見到一兩處閃光——那是木筏上的，或是駁船上的。也許你還能聽到一處船上傳來提琴聲或者歌聲。生活在木筏上日子可快活著哩。我們頭上布滿著一閃一閃的星星，我們朝天躺著，仰望著星空。我們議論著這些星星是人造出來的呢，還是天生就有——吉姆認為是人造出來的，我呢，認為是天生的。我斷定，要造這麼多星星，該要多長的時間啊，費的時間太長啦。吉姆說，這些是月亮下的蛋。啊，這彷彿也有道理，因此我沒有說什麼反對的意見。因為我見到過一隻青蛙便能下好多好多的卵，因此這也是做得到的。我們也留心看著星星掉下來，看著它劃過天空。吉姆認為，這些星星是壞了的，這才從窩裡被扔了出來。

每天晚上，我們總有一兩回看到一隻輪船輕輕地在暗地裡開過去，從煙囪裡噴出一大簇火花來，像雨點般的落在水面上，煞是好看。然後它轉過一個彎，燈光消失了，嘈雜聲停下來了，河上又安靜下來。輪船捲起的水浪，在它開走以後好久才傳到我們的面前，把木筏輕輕搖動幾下。在這以後，有好長一段時間裡一片寂然，只偶然傳來青蛙等什麼小動物的叫聲。

半夜過後，岸上的人都上床了。有兩三個鐘頭，岸上一片漆黑——木屋的窗內也看不見燈光了。這些燈光就是我們的鐘表——第一個重新亮起來的燈光表示早晨正在來臨。這樣，我們就會馬上尋找一處地方，好躲藏起來，並且把木筏繫好。

有一天拂曉時分，我發現了一隻獨木舟，便把它划過了一道狹窄的急流靠到岸邊——只有兩百碼遠——然後順著一條兩岸長滿柏樹的小河溝，往上游划了大約一英里，想去看看能不能找到一些漿果。當我正要經過小河溝與一條像是牛踩出來的路交叉的地方時，忽然有兩個人順著小路拼命地飛跑過來。我想這下子我可完蛋啦。因爲每逢有人追什麼人，我總以爲追的是我——要不然，就是吉姆。我正想趕快溜，可是他們已經逼近我了，還喊出了聲，苦苦哀求我救他們一命——還說他們並沒有幹什麼壞事，可人家卻要追捕他們——後面正有一夥人帶著狗追來。他們想要馬上跳上木筏，不過我說：

「別跳，我還沒有聽到後邊的狗和馬的聲音嘛，你們還有時間鑽過灌木林，再順著河溝往上游走一小段路，然後下到水裡，再蹚到我這裡來爬上木筏——這樣，狗就聞不到氣味啦。」

他們就照我的話做了。他們一上筏子，我就連忙向我們停靠的沙洲逃去。三五分鐘後，我們聽到遠處狗啊，人啊，吵做一團。從聲音聽來，他們是往小河溝來的，不過我們沒有看到他們。彷彿他們在那裡停了下來，轉了一會兒。在這個時間裡，我們越走越遠，後來就根本聽不見他們的聲音了。等到我們離林子一英里多路，駛進了大河，一切平靜了下來。我們划到了沙洲那邊，躲到了白楊樹叢裡，就平安無事了。

兩人中有一個七十歲光景，也許更大些，禿頭，鬍子快白了。頭戴一頂寬邊軟呢帽，身穿一件油膩膩的藍色羊毛襯衣，一條破破爛爛的藍斜紋布舊褲子，褲腳塞在靴筒裡，背上用兩條背帶吊著——不，只剩了一條了。他胳膊上搭著一件藍斜紋布舊燕尾服，釘著上等的銅釦子，下襬好長。兩人各提著一隻用氈子做的又大又肥的舊提包。

另一個人呢，大約三十歲上下，一樣的窮酸打扮。早飯過後，我們躺下來閒聊。接下來首先發現的事，卻是這兩個傢伙誰也不認識誰。

「你遇到了什麼麻煩啦？」禿頭問另一個人。

「我在推銷一種去牙垢的藥水——這藥水確實能去掉牙垢，並且往往連牙齒也一塊兒給弄下來——不過，錯就錯在我不該多住了一個夜晚。我正要溜走的時候，半路上在鎮上的這一頭碰到了你。你對我說，人家正在追你，要我幫你一把，擺脫他們。我就對你說，我正遇到麻煩，自身難保，那就跟你一道溜之大吉吧。事情的全部經過便是這樣……你是怎麼回事？」

「啊，我正在那邊做點兒重振戒酒運動的事，大致做了一個禮拜。告訴你吧，娘兒們，不論大的小的，都挺喜歡我，因爲我把那些酒鬼整得夠他們受的。一個晚上，我能得五六塊錢——一人一毛，兒童、黑奴免收——生意好興隆。不料，昨晚上，有人到處散布一個小小的謠言，說我私下裡藏著一罐酒，自個兒偷偷地喝。今早上，一個黑奴叫醒了我，說人家正在暗中集合，他們騎著馬、牽著狗，說先讓我跑半個鐘頭，然後他們再追趕我。追上以後，肯定要給我塗柏油，黏雞毛，再叫我騎木杠遊街。我沒有等到吃早飯就溜啦——反正我不餓。」

「老頭子，」那個年輕的說，「我看，我們兩個不妨來一搭一檔，你看如何？」

「我不反對。你是幹哪一行的——哪一行爲主？」

「就職業來說，是個打零工的印刷工人。還賣點兒成藥，上台演戲——你知道吧，演悲劇。有機會時，也搞點兒催眠術和給人看骨相。有時爲了換換口味，也曾在學堂教幾天歌唱和地理；偶爾也來一次演講——哦，我能幹的事可多著哩——多半是什麼方便就幹什麼，所以也算不上什麼職業。你幹的是哪一行？」

「我年輕的時候給人治病，還眞幹了不少年頭哩。我最拿手的是按摩——專治癌症、半身不遂之類的頑症。要是我能找到人先替我摸清底細，我給人算命也算得挺靈驗的。講道我也在行，主持個野外布道會啦、到處傳教啦，都在行。」

大家沉默了一會兒，後來那個年輕人嘆了一口氣，說道：

「可嘆啊！」

「你嘆些什麼啊？」禿頭說。

「想不到我落得如此一個下場，墮落得跟這種人混在一起。」他說著就用一塊破布抹抹眼角。

「他媽的，咱們有哪一點配不上你？」禿頭毫不客氣地說。

「是啊，是配得上我，我也只配交你這號人物。想當年我何等高貴，是誰把我弄成這麼低賤？還不是我自己。我不責怪你們，先生們——不光如此，我誰也不怪，是我自作自受。任憑這冷酷的世界怎麼胡鬧，有一件事我心中是有數的——這世上總得有我的一塊墳地。世人以前怎麼對待我，現在照樣可以怎樣對待我，把我的一切都搶走——我的親人、財產、所有的東西；但是我的墳地他們可搶不走。總有一天，我會躺在裡面，把一切都忘掉，那麼我這顆可憐破碎的心也就安息了。」他繼續擦眼睛。

「收起你那可憐破碎的心吧！」禿頭說，「你那顆可憐破碎的心朝著我們唏噓悲嘆幹什麼呀？我們可沒有害過你啊。」

「是的，我知道你們沒有害過我。先生們，我不是在責怪你們。我自己把自己的身價降了下來的——是的，我咎由自取。我理當受難——完全活該——我絕不哼一聲。」

「從多高的身價降下來的？你原來的身價有多高？」

「啊，說來你們也不會相信。全世界也永遠不會相信——隨它去吧——一切無關緊要。我出身的祕密……」

「你出身的祕密？你的意思是說……」

「先生們，」那個年輕人非常莊嚴地說，「我現在向你們透露，因爲我覺得我對你們是信任的。按理說，我是一個公爵。」

一聽見這話，吉姆的眼睛都鼓出來了。我看啊，我自己也如此。隨後，禿頭說：「哪有這樣的事！你在開玩笑吧？」

「是的。我的曾祖父、布里奇沃特公爵的長子，他爲了呼吸純淨的自由空氣，大約在上個世紀末就逃到了這個國家。他在這兒成了家，死後留下了一個兒子，而他自己的父親呢，也差不多在同一個時候逝世的。已故公爵的次子奪取了爵位和財產——可那個眞正的公爵、那個嬰兒，卻被拋在一邊。我就是那個嬰兒的直系後代——我才是名正言順的布里奇沃特公爵。如今我就在這裡，形單影隻，被剝奪了高位的尊榮，遭到人家的追捕，冷酷的世界白眼相加，衣衫襤褸，心靈破碎，落難到與木筏上的惡人爲伍！」

吉姆對他無限同情，我也如此。我們試圖安慰安慰他。不過他說，這於事無補，他不可能得到多大安慰。他說，要是我們有心認可他是公爵，那就會比任何其他的事更有價值了。我們就說我們有心，並且問他該怎麼一個做法。他說，我們該在對他說話的時候對他鞠躬，並且稱他爲「大人」，或者說「我的爵爺」，或者「爵爺大人」——還說，如果我們光稱他爲「布里奇沃特」，他也不會介意。他說，那反正是一個封號，而不是一個人的姓名。還說，在吃飯的時候，我們應該有一個人在他邊上侍候他，還做些他希望他們幹的零星小事。

啊，這好辦，我們就照辦了。吃飯的時候，吉姆自始至終站在邊上，侍候著他，還說：「大人，你來點這個，或者來點那個？」如此等等。旁人一看就知道他對這樣做挺滿意。

可是沒過多久，那老頭不大吭氣了——他說話不多，而且見到我們圍著公爵團團轉，對他百般寵愛，他神情顯得不大痛快。他好像有什麼心事。所以到了下午他說話了：

「聽我說，畢奇華特，」他說，「我眞是爲你難過極了，不過嘛，像你那樣落難的，你可並非是唯一的一個。」

「不是唯一的一個？」

「不是的。你不是唯一的一個。像你這樣從高位給人家違反正義，一口咬住，拖下來的，可並不是唯一的一個。」

「可嘆啊！」

「不，懷有出身的祕密的，你並非是唯一的一個。」眞糟糕，他竟哭了起來。

「等一等！你這是什麼意思？」

「畢奇華特，我能信得過你嗎？」那老頭兒說，一邊還不停地嗚嗚咽咽。

「我要是靠不住，天誅地滅。」他握住了老頭兒的手，緊緊握著，並且說，「把你的來歷的祕密說出來吧！」

「畢奇華特，我是當年的法國皇太子！」

你準能猜得到，這一回啊，吉姆和我可嚇了一大跳。隨後公爵說：

「你是什麼啊？」

「是的，我的朋友——這可是千眞萬確——你的眼睛現今這一刻看到的是可憐的、失蹤的路埃十七，路埃十六和瑪麗．安東奈特的兒子。」

「你呀！就憑你這個歲數！沒有那麼回事！你莫非要說你是當年的查理曼吧？那麼你現在至少有六七百歲了。」

「都怨我遭的劫難啊，畢奇華特。劫難招來了這一切。劫難叫我頭髮白了，額頭未老先禿。是啊，先生們，你們看到了，在你們面前，是身穿藍布褲子，身陷災禍、漂泊、流亡、被糟蹋、受苦受難的合法的法國國王。」

啊，他一邊說，一邊傷心痛哭，叫我和吉姆簡直不知道怎麼辦才好。我們非常難過——又非常高興，非常驕傲，因爲能有他和我們在一起。於是我們就湊上前來，像剛才對待公爵那樣，試圖安慰安慰他。不過他說，這於事無補，除非人死了，一了百了。不過他又說，要是人家按他的名分對待他，對他說話時，雙膝跪下，並且總是稱呼他「皇上」，吃飯時第一件事是侍奉他，在他面前非經面諭，不敢坐下。如果那樣的話，他總會感覺到舒服一些，好過一些。因此，吉姆和我就稱呼他爲皇上，爲了侍候他，做這做那，當他的面站得直挺挺的，一直要等到他發了話。叫我們坐下爲止。這樣百般地侍候他，他就變得高興起來，舒坦起來了。不過公爵對他還有點兒酸溜溜的，對這般光景彷彿有所不滿。可國王還是主動對他表示眞情實意的友好。國王說，公爵的曾祖父和其他的畢奇華特公爵曾經得到他先父的恩寵，經常被召入宮內。只是公爵還是有好長時間在賭氣。後來國王說：

「畢奇華特，說不定我們得在這個木筏上，耽在一起一個相當長的時光，你這樣酸溜溜的有什麼用呢？只能叫大家心裡不痛快。我並非生來就是一個公爵，這不是我的過錯；你並非生來就是一個國王，這也不是你的過錯——因此，幹嘛要煩那個心？我說啊，隨遇而安——這是我的座右銘。我們碰巧在這裡相聚，這也並非是件壞事——吃得還豐富，活得還清閒——好，把你的手給我，公爵，讓我們交個朋友。」

公爵依著他的話做了。吉姆和我眼見這一切，心裡很高興。種種不快，一掃而光，我們都覺得高高興興的。如果在木筏上彼此不和，這該多麼倒楣，在木筏上，人家圖的便是能一個個感到心滿意足，對別人合情合理，和和氣氣。

我無需多長時間，就在心裡斷定了：根本不是什麼國王、公爵，而是下三濫、騙子手。不過我從沒有說出口來，從沒有露出口風，只是自個兒心裡明白。還是這樣最好，免得爭吵，也不致招來麻煩。要是他們要我們稱呼他們皇上、公爵什麼的，我們也不反對，只要這一家子能保個太平。再說，把實情告訴吉姆，也沒有什麼好處，所以我就沒有告訴他。也許從我爸爸那裡我從沒有學到什麼有益的東西，只是除了一件，那就是，和這麼一類人相處，最好的辦法是：他們愛幹什麼，就隨他們幹什麼，千萬別去招惹他們。

20

他們給我們提出了很多問題。他們想要知道，爲什麼我們要把木筏這樣遮蓋起來；爲什麼要白天躺下，不把木筏開出去——吉姆是一個逃亡的黑奴嗎？我說：

「看在老天爺分上別瞎說！逃亡的黑奴會朝南方跑嗎？」

不會的。他們也認爲不會的。

我得把事情原委說出個道理來，就說：

「我老家的人住在密蘇里州派克縣。我就出生在那裡。後來他們一個個死了，只留下了我和我爸爸和我的兄弟艾克。我爸爸認爲應該離開那個地方，到南方去和我叔叔朋思一起過。我叔叔在離奧爾良四十四英里的河邊上有一塊巴掌大的地。我爸爸窮得很，還欠下債。因此還清債以後，就所剩無幾了，只有十六塊錢和黑奴吉姆。靠這點兒錢，要走一千四百英里地，不論是買輪船的統艙票，或是別的什麼辦法，都是辦不到的。嗯，在大河漲水的時間裡，爸爸交上了好運，有一天撈到了這個木筏。我們就認爲，不妨坐這個木筏前往奧爾良去。爸爸的好運不長。有一晚，一隻輪船撞到了木筏前邊的一隻角，我們都落了水，都鑽到機輪底下去。吉姆和我游了上來，平安無事。可爸爸是喝醉了酒的，艾克是才只四歲的孩子，他們就再也沒有上來。後來一兩天裡，我們遇到過不少麻煩，因爲總有人坐了小船追過來，想要從我手裡奪走吉姆，說他們確信他是個逃亡的黑奴。從此，我們白天就不走。在夜晚，沒有人給我們找麻煩。」

公爵說：「讓我獨個兒想出個主意來，好叫我們高興的時候，白天也能趕路。讓我仔細考慮一番吧——我會設計出一個辦法來，把事情弄得穩穩當當的。今天我們暫時不去管它，因爲我們當然不想在大白天走過下邊那個鎮子——那不太穩妥。」

黃昏時分，天黑起來了，像要下雨的樣子，天氣悶熱，閃電在天際四周迸射，樹葉兒也開始抖動起來——一看就知道，天氣將變得十分險惡。所以公爵和國王便去檢查一下我們的窩棚，看看床鋪是什麼一個樣子。我那張床，鋪的是一床草墊——比吉姆的要好一些，他鋪的是玉米棒墊子。這種墊子裡面到處都有玉米的穗軸，它們扎得你渾身不舒服，你如果在上面翻翻身，玉米棒就會沙沙響，就好像你在一堆乾樹葉上打滾似的，那沙沙聲還不小，你準會被它吵醒。公爵表示要睡我那張床，可是國王不同意。他說：

「依我看，地位的差異會讓你想到，一張塞了玉米棒的床不適合我睡的。還是由閣下去睡那張塞玉米棒的床吧。」

吉姆和我一時間再一次急得直汗冒，生怕他們中間又生出更多的糾葛來。等到公爵說出了下面的話，我們眞是太高興了——

「老是給壓迫的鐵蹄在泥地裡踩，這可是我的宿命。我當年高傲的勁頭，已經給不幸的命運打得粉碎啦。我屈服，我順從，這是我的宿命嘛。我在這世界上孤零零只一個人——讓我受苦受難吧，我受得了這種種的一切。」

等到天完全黑下來，我們就馬上離開。國王囑咐我們要盡量朝大河的中央走，等過了那個小鎮，往下游走遠了再點燈。不久，我們就看見了一小串燈光——你知道，那就是小鎮——我們悄悄從旁邊漂過，大約又走了半英里，沒出什麼問題。等我們走到小鎮下游四分之三英里時，我們掛起了信號燈。十點鐘光景，又是大雨傾盆，又是雷電交加，凶猛得不得了。所以國王交代我們兩人都要留心看守好，一直要等到天氣好轉。隨後，國王和公爵爬進窩棚睡覺。下面這段時間是吉姆值班，我要由十二點鐘開始值班。不過，即使我有一張床，反正我也不會去睡的，因爲這樣的暴風雨，並不是一週之內天天能見到的。不，簡直就很少見到。天啊，這風嗚嗚地颳得眞緊！每隔一兩秒鐘，電光一閃，半英里內的白浪一下子都照亮了。你會見到，在大雨中，一處處小島全都灰濛濛的，大樹被大風吹得前仰後合。然後喀嚓一聲，轟，轟！轟隆隆、轟隆隆、轟——雷聲在滾動，一直滾向遠處，才逐步消失——緊接著，唰的一下又出現一道閃光和一陣震天動地的炸雷。有幾回我差點被大浪沖下了木筏。但是我全身反正一絲不掛，也就無所謂了。對水上露出的樹幹、木樁，我們不難對付。既然電光老在四下裡閃來閃去，我們就能對水面上的情況看得清清楚楚，及時將筏子拐來拐去，避開它們。

你知道，我該值下半夜的班。不過，我到那時實在睏得不行，所以吉姆就說，開頭一半的時間，由他替我代值吧。他就是這樣體貼人。吉姆一向這樣。我爬進了窩棚，不過國王和公爵在鋪上攤開了手腳，就沒有我容身之地了。我就睡到了外邊去。我不在乎下雨，因爲天氣很暖和，現在浪頭也不那麼高了。到兩點鐘，風浪又大了起來，吉姆本想叫醒我，後來一想，便改變了主意。因爲依他看來，浪不至於掀得太高，造成危害。但是這回他想錯了，不一會兒，突然劈頭蓋腦打來一個大浪，把我沖下了木筏。這一下差點把吉姆笑死了。他是個很愛笑的黑鬼，誰也沒有他那麼容易發笑。

我接過了班。吉姆躺了下來，一會兒就打起呼嚕來了。暴風雨慢慢過去了，天轉晴了。一見到岸上木屋裡有燈光，我就把他叫醒，把木筏藏進隱蔽的地方，好過白天。

國王在早飯後拿出一副又舊又髒的紙牌。他和公爵玩了一會兒「七點」，每局賭五分錢的輸贏。玩膩了以後，他們就說要——用他們的話說——「制定作戰計畫。」公爵從他的旅行包裡掏出許多印著字的小傳單，並且高聲唸著上面的字。

有一張小傳單上寫道：「巴黎大名鼎鼎的阿芒・德・蒙塔班博士，定於某日某地作『骨相學演講』，門票每人一角。」「備有骨相圖表，每張二角五分。」公爵說，那就是他自己。在另一張傳單上，他又成了「倫敦屈利港劇院著名的莎士比亞悲劇演員小加里克」。在別的傳單上，他還有許多別的名字，幹了許多別的可驚可歎的事情，比如用「魔杖」找水和黃金，「驅妖辟邪」等等，過了一會兒，他說：

「演戲是我最最心愛的了。陛下，你登過台沒有？」

「沒有。」國王說。

「那麼，不出三天，下台的皇上，你將要登台演出。」公爵說，「到了下面第一個市鎮，我們就租下一個會場，演出《理查三世》中的鬥劍一場和《羅密歐與茱麗葉》中『陽台會』那一場。你看怎麼樣？」

「畢奇華特，我是倒楣透頂了，只要能進錢，我都贊成。不過嘛，演戲我實在一竅不通，看得也不多。我爸爸把戲班子抬進宮的時候，我年紀還太小。你看，你能教會我嗎？」

「那容易！」

「那好，我正急著要幹些什麼新鮮的事兒呢。咱們馬上開始吧。」

公爵就對他講了羅密歐是怎樣一個人，茱麗葉又是怎樣一個人。他說，他通常演羅密歐，所以國王可以演茱麗葉。

「公爵，既然茱麗葉是那麼年輕的一位姑娘，拿我的禿腦袋和滿臉的白鬍子，恐怕會把她演成個怪物吧。」

「不，不用擔心——那些鄉巴佬不會想到這一些。再說，你得穿上戲裝啊，一化裝就大不一樣了。茱麗葉是在陽台上，在睡覺以前，賞賞月。她穿著睡衣，戴著有褶的睡帽。這些就是角色穿的行頭。」

他拿出了兩三件窗簾花布做的戲裝。據他說，這是理查三世和另一個角色穿的中古時代的戰袍。還配上一件白布做的長睡衣和一頂有褶的睡帽。國王感到滿意了。公爵就拿來他的戲本，唸角色的台詞，唸時雙手一伸一伸，極盡裝腔作勢的能事。一邊跳來跳去，作示範的動作，表演了該怎麼個演法。隨後他把那本書交給了國王，要他把他那個角色的台詞背熟。

離河灣下游三英里路，有一處巴掌大的小鎮。吃過飯後，公爵說，他已經琢磨出了一個主意，能叫木筏在白天行駛，又不致叫吉姆遭到危險。他說他要到那個鎮上去親自安排一切。國王表示他也要去，看能不能碰上什麼好運氣。我們的咖啡喝完了，所以吉姆和我最好能和他們坐了獨木舟一起去，買點咖啡回來。

我們一到那裡，不見有人來往，街上空空蕩蕩，簡直有點兒死氣沉沉，一片寂靜，彷彿是星期天似的。我們找到了一個有病的黑奴，他正在一處後院裡晒太陽。據他說，只要不是年紀太小或者病太重，或者年紀太老，全都去了露營布道會了。那是在林子裡，離這兒兩英里路。國王打聽清楚了怎麼個走法，說他要前去，把那個布道會好好利用一下。還說我也可以去。

公爵說他正在找的是一家印刷店。後來我們找到了一家，業務做得很小，在一家木匠鋪樓上營業——木匠和印刷工都參加布道會去了，門都沒有鎖。地方很髒，又零亂。床上到處是油墨和一些傳單，上面有馬和逃亡黑奴的圖畫。公爵把上衣一脫，說現今一切有辦法了。所以我和國王就去找布道會去了。

我們在半個鐘頭左右到了那裡，身上一身汗，因爲天氣很熱。足足有上千人從方圓二十英里的地方趕來參加布道會。樹林裡到處停著車輛，拴著牲口。這些牲口一邊吃大車上木盆裡的草料，一邊跺著蹄子趕蒼蠅，還有一些用幾根棍子支著、頂上蓋些樹枝的小棚子，裡面賣檸檬水和薑餅，還有一堆堆的西瓜和做菜吃的青玉米之類的食品。

就是在這樣的棚子裡，有人正在布道。只是棚子大一些，能容一群群的人。凳子是用劈開的原木外層做的，在圓的一面鑿幾個窟窿，安上幾根棍子，當作凳腿。這些凳子並無靠背的。布道的人站在棚子一頭的高台之上。婦女們戴著遮陽帽。有些婦女穿著毛葛連衫裙，有幾個穿著方格花布的，還有些年輕姑娘穿著印花布掛子。有些青年男子光著腳丫子，有些小孩除了一件粗帆布襯衣之外，幾乎什麼都沒有穿。有些老年婦女在做針線。有些年輕人在偷偷地談情說愛。

在我們走進去的第一個棚子裡，布道的人正在一行一行地唸讚美詩。他唸兩行，人家就跟著唱起來，聽起來頗有點莊嚴的味道。因爲人又多，唱得又很帶勁。隨後再唸兩行，大家又跟著唱——就這樣先唸後唱。會衆越來越興奮，唱得越來越宏亮，到後來，有些人低聲地哼，有些人使勁地吼。接下來，布道的人開始傳道，講得十分認眞，先在講台這一頭搖搖晃晃，然後到另一頭搖搖晃晃，再後來往台前向下彎著腰，胳膊和身子一直都在搖搖擺擺。他布的道是使出了全身力量喊叫出來的。每隔一會兒，他就把《聖經》高高舉起，攤了開來，彷彿是向左右兩邊遞著看的，一邊高喊著：「這就是曠野裡的銅蛇！看看它，就可以得著活命。」大家就接著喊，「榮耀啊，阿——門！」他就這樣布下去，會衆跟著又哼又哭著，還一個勁地說著「阿門」。

「哦，跪到悔罪凳上來吧！罪孽深重的人！（阿門！）來吧，有病和悲傷的人！（阿門！）來吧，瘸腿跛腳的和失明的人！（阿門！）來吧，貧窮困苦、飽受凌辱的人！（阿——門！）來吧，所有疲憊的、沉淪的、受苦的人！帶著你們受傷的靈魂來吧！帶著悔罪的心來吧！穿著你們的破爛衣裳、帶著罪惡和骯髒來吧！洗罪的聖水分文不取，天國的大門向你們敞開——哦，進來安息吧！」（阿——門！榮耀主，哈利路亞！）

我第一眼看到的是國王在朝前面擠，你能聽到他的聲音蓋過了所有人的喊聲，接下來便看到他衝上了講台，牧師請他對聽衆講幾句話，他就講開了。他對大家說，他是一個海盜——已有三十年歷史的海盜，遠在印度洋之上。在春天一次戰鬥中，他部下的人損失慘重。如今他已回了國，想招募一批新人。昨晚上，他不幸遭到了搶劫，被趕下了輪船，落得身無分文。他對這個遭遇倒是很高興，認爲該謝天謝地，看作是平生一大好事。因爲，如今嘛，他已經是變了一個人，平生第一回眞正感到了什麼叫做幸福。儘管他如今確實很窮，但是他主意已定，要立即設法返回印度洋，以此餘生，盡力勸導那些海盜走上正道。幹這樣的一件事，他能比任何人做得更好，因爲他和縱橫印度洋上的海盜全都非常熟悉。儘管他遠途前往，要花很多時間，加上自己又身無分文，他反正要到達那裡的。他不會放過每一個機會，對被他勸說悔改過來的每一個海盜說：「你們不必感謝我，你們不用把功勞記在我的名下，一切功勞歸於撲克維爾野營布道會的親人們，人類中天生的兄弟和恩人們——還應歸功於那裡親愛的傳教師，一個海盜們最最眞誠的朋友！」

說著說著，他哇哇地哭了，大家也一個個哭了。這時有人高聲叫喊：「給他湊一筆錢，湊一筆錢！」剛說過，就有五六個人搶著做這事，不過有一個人喊道：「讓他托一頂帽子轉一圈湊這筆錢吧！」接著一個個都這麼說，傳教師也這麼說。

所以國王就托著他的帽子在人群前走了一圈，一邊抹眼睛，一邊爲大夥兒祝福，並且感謝大家對遠在海上的海盜如此仁義。每隔一會兒，就會有最美麗的姑娘淚流滿面，走上前來，問他能不能讓她親親他，作爲對他的一個永久的紀念。他呢，有求必應。有些漂亮姑娘，他又摟又親了五六回之多——人家又邀請他多留一個星期，大家一個個都願邀請他到他們家住，還說，他們認爲這是一個光榮。不過他說，既然今天已是露營布道會的最後一天，他留下來沒有什麼用了。再說，他恨不得馬上到印度洋去，好勸說那些海盜改惡從善。

我們回到木筏上以後，他數了一數錢，發現他募得了八十七元七角五分。外加他撿來了一隻三加侖威士忌的酒罐，那是他在穿過林子回家的路上在一輛大車下面撿的。國王說，要算總帳的話，今天要算是他傳教生涯中收穫最大的一天了。他說，空講沒有什麼用，對不信教的蠻子，跟對海盜一樣，搞野營布道會那一套沒有什麼用。

公爵呢，本來自以爲他幹得很不錯。等到國王講了他怎樣露了一手以後，他這才不那麼想了。他在那家印刷店裡，自己排字自己印刷，爲農民幹了兩件小小的活——印了出售馬匹的招貼——收了四塊錢。他還代收了報紙廣告費十元。他還宣傳說，如果預付，四元即可，人家也就按此辦法付了錢。報費原是兩塊錢一年，他收了三個訂戶，按照他的規定，凡是預付，只收五角錢一年。訂戶原本想按老規矩，用木柴、洋蔥頭折現付款。可是他說，他剛盤下這家店，把價錢定得低而又低，無法再低了，所以貸款一律付現。他還寫了一首小詩，是他自己發了詩興寫的——一共三節——是那種既甜美又帶點兒悲涼的——詩的題目是：「啊，冷酷的世界，碾碎這顆傷透了的心吧」。他臨走前，把這首詩排好了鉛字，隨時可以印出，登在報上，分文不取。他一共得了九塊半，還說，爲了這點兒錢，他幹了整整一天。

隨後他給我們看了他印的另一件小小的活計，也不要錢，因爲這是爲我們印的。那是一幅畫，畫的是一個逃亡的黑奴，肩膀上扛一根木棍，上面挑著一個包裹。黑奴像下面寫著「懸賞兩百元」。這都是寫的吉姆，寫得一絲一毫也不差。上面寫道，此人從聖．雅克農莊潛逃，農莊在新奧爾良下游四十英里地，潛逃時間是去年冬天。說很可能是往北逃，凡能捉拿住並送回者，當付重酬云云。

「如今啊，」公爵說道，「在今晚以後，只要我們高興，就不妨在白天行駛了。見到有人來，我們就用一根繩子，把吉姆從頭到腳捆綁好，放在窩棚裡，把這張招貼給人家看看，說我們是在上游把他給抓住的，說我們太窮，坐不起輪船，所以憑我們的朋友作保，買下了這個木筏，正開往下游去領那個賞金。給吉姆戴上個腳鐐手銬，也許更像個樣子，不過和我們很窮這個說法不相符，就活像給他戴上珠寶首飾似的。用繩子，那是恰到好處——正如我們在戲台上說的，『三一律』非得遵守不可啊。」

我們全都說公爵幹得很漂亮，白天行駛從此不再會有什麼麻煩了。我們預料公爵在那個小鎮上印刷店裡幹的那一套，一定會引起一場軒然大波，不過我們當晚會走出去離鎮好幾英里路遠，那場吵鬧就跟我們無關了——只要我們高興，我們完全可以一帆風順向前開了。

我們躲起來，靜悄悄的，等到晚上近十點鐘才開動，然後輕手輕腳地離鎮遠遠地溜了過去。

早晨四點鐘吉姆叫我值班時，他說：

「哈克，你看我們往後還會遇到什麼國王嗎？」

「不，」我說，「我看不會了吧。」

「那，」他說，「那好。一兩個國王我還不在乎，不過不能再多了。這一位喝得爛醉，公爵呢，也好不了多少。」

我看到吉姆總想叫國王講法語，好讓他聽聽法國話究竟是什麼個樣子。不過國王說，他在這個國家已經很久很久了，而且又這麼多災多難，所以他已經把法國話給忘了。

21

這會兒天已經大亮了，可是我們一直往前開，並沒有靠岸把木筏拴好。到後來，國王和公爵走出棚來，臉色不大好。不過，他們跳下水游了一會兒，顯然高興多啦。早飯以後，國王在木筏一個角落坐了下來，把靴子脫掉，褲腳管挽了起來，兩腿在水裡搖著，舒服舒服。他點起菸斗，心裡默唸著羅密歐與茱麗葉的台詞。背得挺熟以後，他和公爵開始排練起來。公爵還得一遍又一遍地教他，教他每句話該怎麼講，教他該怎樣嘆氣，怎樣把手摁在心口上。隔了一會兒，他說他練得可以了。「不過，」他說，「你喊羅密歐的時候，可千萬別像一條公牛那樣吼叫——你務必說得那麼輕柔，那麼病懨懨的，有氣無力地叫他，就像這樣——『羅——密歐！』對了，就這口氣，因爲茱麗葉是那麼可親可愛，甜甜蜜蜜，還只是個孩子似的姑娘家，你知道吧，她絕不會像公牛般的粗聲粗氣地叫。」

接著他們取出了一雙長劍，是公爵用橡木條做成的。公爵和國王開始操練鬥劍——公爵自稱是理查三世。他們那樣打打鬧鬧，在木筏上跳過來，又蹦過去，那個神態叫人看得痴迷。國王後來摔了一跤。在這以後，他們便停下來休息了。他們談到了其他時候在河上那種種歷險的事跡。吃完飯以後，公爵說：「好，卡貝，你知道吧，我們要把這一場戲表演成第一流的精兵節目，所以我看不妨再添加點兒什麼。反正人們一聲『昂闊』，你總得應付應付才過得去啊。」

「畢奇華特，『俺渴』是怎麼一回事啊？」

公爵對他作了釋解，隨後說：「我就來上一段蘇格蘭舞，或是水手號笛舞，你呢——啊，讓我再想想——好，有了——你不妨唸一段哈姆雷特的獨白吧。」

「哈姆雷特的什麼？」

「哈姆雷特的獨白，知道吧，莎士比亞最有名的台詞。啊，這是多麼輝煌，多麼輝煌！每一回總是把全場給迷住啦。我這本書裡沒有這一段——我手頭只有一卷書——不過我看啊，我能憑藉記憶湊齊它。我只需來回走走台步，走個幾分鐘。看能不能從記憶的殿堂裡回想起來。」

於是他就來回踱起了台步，一邊思索。眉頭有時緊鎖，有時往上一聳。接下來，一隻手緊緊按住了額頭，踉踉蹌蹌倒退幾步，彷彿還哼了幾下，然後他長嘆一聲，再後來他裝作流下了熱淚。這種種表演，很是好看。慢慢地他回想起了什麼，於是他叫我們注意了，他擺出了一個最最高貴的姿勢，一隻腳朝前探，兩隻胳膊往上往前伸，腦袋向後仰，眼睛望著天。再接下來，他開始中了邪似的叫喊，磨他的牙。然後，在唸這段台詞時，從頭到尾吼叫著，兩手伸開，胸膛挺起，這樣就使我過去見過的表演，都爲之黯然失色。這段台詞是這樣的——他教國王唸的時候，我很容易地便記下來了。

活下去還是不活；正是這出鞘的短劍使漫長的人生成爲苦難；
因爲誰願意背負著沉重的包袱，直到伯南森林眞地
移到了頓西南，但是對身後事的恐懼，
殺害了無辜的睡眠，
大自然的第二條必由之路，
使我們寧肯拋擲出狂暴命運的矢石
而不願飛往我們陌生的異地。
一想到這點我們就不得不猶豫；
你敲門把鄧肯喚醒吧，但願你能做到；
因爲誰願意忍受人世的鞭撻和嘲弄，
忍受壓迫者欺侮，傲慢者凌辱，
法庭的拖延和他的痛苦所能帶來的死亡，
在荒涼死寂的午夜，墳場張開大口
鬼魅穿著禮俗規定的莊嚴的黑衣，
但是那個旅人一去就不復返的未發現的國土
正向人間噴出毒氣，
就這樣，決斷的本色，像諺語中所說的那隻貓，
蒙上了憂慮的病容，

所有低垂在我們屋頂上的烏雲，
因此偏離它們的方向，
失去了行動的名分。
這正是求之不得的大好結局。但是，且慢
美麗的奧菲莉婭：
別張開妳那冷酷無情的笨嘴；
妳到尼姑庵去吧——快去！

啊，那老頭呢，倒也喜愛這段台詞，很快便記住了，所以能夠作出一流的表演。那情景彷彿他生來就是爲了表演這段台詞似的。等他練熟了，激動起來了，他那瘋狂喊叫、哭哭啼啼的表演模樣，可眞美妙。一有機會，公爵就印好幾份演出的海報。在這之後，有一兩天的時間，我們在河上漂流，木筏上熱鬧得不得了，因爲木筏上整天在鬥劍啊，彩排啊——這是公爵用的詞兒——除此之外，沒有幹別的。一天清早，我們到了阿肯色州下游老遠的地方，遠遠看見前邊一個大的河彎處，有一個巴掌大的小鎮，我們就在離鎮上游大約五分之三英里的地方，把木筏繫好了。那是在一條小河溝出口處，兩邊有柏樹濃蔭覆蓋，彷彿一條隧道似的。除了吉姆以外，我們全都坐了獨木舟前往那個鎮子，看看在那裡能否有個機會好演出。我們可碰了好運。那邊下午恰好有一場馬戲演出，鄉下的人已經紛紛坐各種樣式的舊篷車或是騎著馬開始前來。馬戲團要在夜晚之前離鎮，這樣，就給了我們非常好的演出機會。公爵租下了法院大廳，我們便四處張貼演出海報。海報上面寫著：

莎士比亞名劇再現輝煌！！

驚人魅力！

只演一晚！

倫敦屈利港劇院小大衛・加里克，

倫敦皮卡迪里大街布丁巷白教堂皇家草市大劇院及皇家大陸劇院老愛德蒙・基恩演出莎士比亞戲劇

《羅密歐與茱麗葉》

中場面壯美富麗的陽台會！！！

羅密歐……………加里克先生

茱麗葉……………基恩先生

全團演員協同演出！

全新服裝，全新布景，全新道具！

同場演出

《理查三世》中之鬥劍

驚心動魄，演技嫻熟，令人膽寒！

理查三世……………加里克先生

里士滿……………基恩先生

特別加演

哈姆雷特不朽之獨白！！！

由著名演員基恩演出！

曾在巴黎連續演出三百場！

因應邀即赴歐獻藝！

只演一場！

票價：二角五分；兒童及僕役每人一角

然後我們在鎮上逛來逛去。所有商店、住家大多是乾木頭搭起的簡陋房子，東倒西歪的，也沒有刷過油漆。距地有三四英尺高，底下用木樁撐著，這樣，大水漲過來時，房子不會進水。屋子四周都有小園子，不過上面好像沒有栽種什麼東西，因此雜草叢生，只長些向日葵。此外便是灰堆、破舊的鞋靴、破瓶子、破布頭和用舊了的白鐵器具。圍牆是用各種木板拼湊的，在不同的時間裡給釘牢的，歪歪斜斜，很不美觀。圍牆上的門大都沒有合葉，只用一根皮帶拴著。也有些圍牆不知什麼時候刷過白灰，不過照公爵說，那是在哥倫布時代的事了，這倒很像。園子裡常有豬闖進來，人們就把牠們趕出去。所有的店鋪都開設在一條街上。各家門口都支著一個自家製成的布篷。鄉老們把自己的馬拴在布篷的柱子上，裝雜貨的空木箱堆在布篷下，一些遊手好閒的人每天坐在上面，或者用他們身邊帶的巴羅牌小刀，在箱子上削來削去，或者嘴裡嚼嚼菸草，或者張開嘴打打呵欠，伸伸懶腰——這群十足的無賴。他們通常戴著有傘那麼寬的黃色大草帽，他們不穿上衣，也不穿背心，彼此稱呼比爾、布克和漢克、喬、安迪。說起話來懶洋洋，慢吞吞，兩句不離罵人的話。往往有遊手好閒之徒，身子憑著布篷柱子，雙手老是插在褲袋裡，像要伸出手來拿一口菸嚼嚼，或是抓一下癢。人們總是聽到諸如此類的話：「給我一口菸嚼吧，漢克。」

「不行啊——我只剩一口啦。跟比爾去要吧。」

也許比爾會給他一口。也許這是他在撒謊，推說自己沒有了。這些無賴，有的人從來身無分文，也從沒有一口自己的嚼煙。他們嚼的菸都是借來的——他們對一個夥計說：「傑克，藉口菸嚼嚼，行嗎？我剛把我最後一口菸給了本．湯姆森了。」這樣的話十回就有十回是假的，除非是陌生人，這騙不了誰，但傑克並非生人，因為他說：「你給過他一口菸，眞是這樣嗎？你妹妹的漢子的奶奶還給了他一口呢。勒夫．布克納，你先把我借給你的那幾口還給我，隨後我借給你兩三噸，並且不收利息，怎麼樣。」

「可是我先前也還過你幾次啊。」

「不錯，你是還過——大約六口吧。可是你借的是鋪子裡的貨，你還的是黑奴嚼的。」

鋪子裡的菸是又扁又黑的板菸，不過這些傢伙抽時多半是把生菸葉擰起來嚼。他們借到一塊嚼菸的時候，往往並非是用小刀切開，而是放在上下的牙齒中間，用手撕扯，撕成了兩半——有時候這塊嚼菸的主人，在人家還給他的時候，不免哭喪著臉，帶著挖苦的口氣說：「好啊，把你咬下的那半塊給我，把這塊板菸拿去吧。」

大街小巷全是爛泥，除了爛泥，什麼都沒有——泥巴黑得像漆，有些地方幾乎有一英尺多深，其餘的地方，全都有兩三英寸深。豬到處走動，嘴裡咕嚕咕嚕叫喚著。有時你會看見一頭泥糊糊的母豬帶著一群豬崽子無憂地沿街逛蕩，一歪身就當著街上躺了下來，害得人們必須繞過牠走，牠卻伸展著四肢，閉上眼睛，搖搖耳朵，餵著小豬崽子，那悠然的神態，彷彿牠也是領薪水過活的。不用多久，你就會聽到一個遊手好閒之徒在叫：「嗨！小東西！去咬牠，老虎！」老母豬便一邊發出可怕的尖叫聲，一邊逃走，因爲牠左右兩旁都有兩三隻狗咬著牠的耳朵盪秋千，後面還有三四十條狗追了上來。這時還可見到那些懶漢一個個站起來，傻樂得哈哈大笑，一直到看不見豬的蹤影才算完事。那模樣彷彿在說，虧得有了這場熱鬧，然後他們又恢復了原狀，直到下一次又有狗打架的事，便再也沒有別的什麼事情，能像一場狗打架那樣讓他們全身振奮，讓他們全身痛快起來——除非是在一條野狗身上澆些煤油，點上一把火，或是把一隻白鐵鍋拴在狗尾巴上，眼看著這條狗瘋狂地奔跑到死爲止，他們才會覺得更有意思。

在河邊，有些房屋往外伸到了河面上，歪歪斜斜的，快塌到河裡了。裡面住的人都已經搬了出來。沿河有些房子的角落，下邊的土已經塌了，房子還懸在那裡，住的人卻沒有遷出，這是多麼危險啊。因爲有時候會有一大段土，有一所房子那樣大，突然塌了下來。有時候，一條四五百碼長的陸地開始塌陷，沿著河岸往下塌，往下塌，一個夏天就全部坍到河裡去了。這樣的小鎮得一次接一次不斷地往後挪才行，因爲河在不停地啃它。

每天越是靠近中午，街上大篷車啦，馬啦，就越擠，越是不斷地湧來。一家人常得從鄉下帶著午飯來，就在大篷車裡吃，威士忌也喝得不少。我見到過幾回打架的事。後來有人叫起來了：「老鮑格來啦——他從鄉下進城來過他一個月一次的酒癮啦！他來了，夥伴們！」

那些二流子一個個興致勃勃——我看他們習慣了拿鮑格開心。其中一個人說：「不知道這一回他要弄死誰，要是能把二十年來他說要收拾的人都收拾了，那他現今早就大大出名了。」

另一個人說：「但願老鮑格也能來嚇唬嚇唬我，那我就會知道，我一千年也死不了啦。」

鮑格騎著馬飛馳而來，一邊大喊大叫，彷彿印第安人的架勢，他吼道：「快閃開，我是來打仗的，棺材的價錢要看漲啦。」

他喝醉了，在馬鞍上搖搖蕩蕩的。已經五十開外的人了，一臉通紅。大家朝他吼叫，笑他，對他說些下流話，他也以同樣的話回敬人家。他還說，他要按計畫收拾他們，一個個要他們的命，只是現在還沒有時間，因爲他到鎮上來，是來殺掉謝本上校這個老傢伙的，並且他的信條是：「先吃肉，吃完了再來幾勺果子湯。」

他看到了我，他一邊騎著馬向前走，一邊說：「你從哪兒來的啊，孩子？你想找死嗎？」

說著就騎著馬朝前去了。我嚇得丟了魂似的。可有一個人說：「他是說著玩的，他喝醉了，便是這麼個胡鬧一番。他可是阿肯色州最和氣的老傻瓜了——從未傷害過人，不論是喝醉的時候，還是清醒的時候。」

鮑格騎著馬來到鎮上最大的一家鋪子的前面。他低垂下腦袋，好從篷布簾子底下往裡張望。他大叫：「謝本，有種的站出來！站出來，會一會你騙過錢的人。我就是要找你這條惡狗算帳，老子要找的就是你，就是要你的命！」

接著，他又罵下去，凡是他想得起來的罵人字眼，他全用上了。這時滿街都是人，一邊聽，一邊不時大笑。他就這樣罵下去。過了一會兒，一個神氣高傲、五十五歲左右的男子——他還是全鎮衣著最講究的人——從鋪裡走了出來，大夥兒從兩旁頻頻後退，給他讓道。他神態鎮定自若，有板有眼地說起話來——他說：「這一套讓我煩死了，不過，我還能忍到下午一點鐘。好好注意啊，到一點鐘——絕不延長。在這個時間以後，要是你再開口罵我，哪怕只一回，不管你飛到天涯海角，我一定會找你算帳的。」

說過，他一轉身，就走了進去。圍觀的大夥兒彷彿都清醒了，沒有人動一動，笑聲也猛停了下來。鮑格騎著馬走了，沿了大街，一路之上，不斷高聲用各種髒話大罵謝本。過不多久，他又轉了回來，在鋪子前面停下，還是不住地罵。有些人圍在他四周，企圖勸他就此收場，可他就是不聽，這些人對他說，離一點鐘只有二十分鐘了，因此他務必回家去——而且馬上得走。不過，說也無用，他使足了全身的力氣罵個不停，還把自己的帽子扔到了泥池裡，然後騎著馬，在他那頂帽子上踩過去。一會兒，他走開了，沿著大街，又一路咒罵起來，只見他一頭白髮，隨風飄揚，凡是有機會跟他說話的，都好言相勸，勸他跳下馬來，這樣好讓他們把他關在屋裡，使他清醒。可是，這一切都無濟於事——他會又一次在街上飛奔，再一次大罵謝本。過了一會兒，有人說：「去把他的女兒找來！快，快去找他的女兒。他有的時候還能聽她的。要是別的人統統不行，只有她才能辦到。」

因此便有人奔去找了。我在街上走了一會兒，然後停下來。在五分鐘到十分鐘之內，鮑格又回來了——不過倒不是騎著馬回來的。他光著腦袋，朝著我歪歪倒倒走過街，兩邊有他的朋友攙扶著，勸著他。這時候，他一聲不響，神色不安，並沒有賴著不走。倒是自個兒也有點兒快走的樣子。有人喊了一聲：「鮑格！」

我朝那邊張望，一看正是謝本上校。右手舉起了一枝手槍，他穩穩地站在大街中央，槍口朝外——並非瞄準著什麼人，不過是槍筒對著天空向前伸著。就在這瞬間，只見一位年輕姑娘正在奔跑過來，邊上有兩個男子。鮑格和攙他的人回身，看看是誰在叫他。他們一看到手槍，攙他的人便往邊上走去。只見槍筒慢慢地往下放，放平了——兩個槍筒都扣下扳機。鮑格舉起雙手說：「天啊，別開槍！」砰！槍聲響了，他腳步踉踉蹌蹌往後倒，兩手在空中亂抓——砰！又一槍響了，他攤開雙手，撲通一聲，仰面朝天，倒在了地上。那位年輕姑娘尖聲大叫，猛衝過來，撲在她父親身上，一邊哭泣，一邊傾訴：「哦，他殺了他，他殺了他！」圍觀的群眾緊圍著他們擠來擠去，伸長了脖子，想看個究竟。已經在裡邊的人使勁推開他們，叫道：「往後退，往後退！讓他透透氣！讓他透透氣！」

謝本上校呢，把手槍往地上一扔，一轉身走了出去。大夥兒把鮑格抬到了一家小雜貨店，四周圍的群眾還像原來那樣圍得水洩不通，全鎮的人都來了。我急忙衝上前去，在窗下占了個離他很近能看得清的好位置。他們把他平放在地板上，拿一本大開本的《聖經》放在他的頭下，並且還拿了另一本《聖經》，把它打開，放在他的胸上——他們先打開他的襯衫。我看到兩顆子彈中有一顆打中了他的胸膛。他長長地喘著粗氣。他吸氣時，《聖經》隨著胸膛向上升，呼氣時，《聖經》往下墜——這樣十幾次之後，他就躺著不動了，他死了。大夥兒把他女兒從他身上拉開。女兒一邊尖聲叫喚，一邊哭泣，他們把她拉走了。她不過十五六歲，長得又甜，又文靜，不過臉色很蒼白，一臉驚慌、懼怕的樣子。

沒過多久，全鎮的人都趕來了，大夥兒推搡著，扭著身子往前邊擠，想擠到窗下，看個究竟。已經占了好位置的人毫不相讓，後邊的人便不停地說：「喂，好啦，你們各位也算看得夠了吧，你們老占著好地方，不給別人一個機會，那就不仁義、不公道了嘛。別的人跟你們一樣有那個權利嘛。」

前邊的人就跟著還嘴，我就溜了出來，生怕鬧出麻煩來。凡是看到了怎樣開槍的人，一個個都在跟別的人講述當初事情的經過。在這樣的人四周，就各個圍著一批人，伸著腦袋，認真聽著。一個瘦高個子長頭髮的，一頂白毛皮禮帽推向腦門後面，正用一根彎柄手杖在地上畫出鮑格站在哪個位置上，謝本又站在哪個位置上。大夥兒就跟著他從這一處轉到另一處，看著他的比比劃劃，一邊點點頭，意指他們明白了，還稍微彎下了身子，手撐著大腿，看著他用手杖在地上標出有關的位置。接著，他在謝本站的位置上，挺起了自己的身子，瞪起眼睛，把帽簷拉到齊眼的地方，叫喊一聲「鮑格！」然後把手杖舉了起來，再慢慢放平；

接著喊一聲「砰！」踉踉蹌蹌往後退，又喊一聲「砰！」仰面朝天倒在地上。凡是目睹過了的人都說，他表演得十分圓滿，當初全部經過，就正是這個樣子。接著便有十來個人拿出酒瓶來，款待了他一番。又過了一會兒，就有人說，謝本這個傢伙，該用私刑殺了他。沒有多久，每個人都在這麼說了。於是他們大聲吼叫著，發了瘋似的走開了，還把路上見到的晾衣服的繩子扯了下來，好拿去絞死謝本。

22

他們湧上大街，朝謝本家奔去，一路上狂吼亂叫、氣勢洶洶，如同印第安人一般。無論什麼東西都得閃開，要不就給踩得稀巴爛，這情景可真嚇人。暴徒的出現嚇得孩子們像小鳥一樣飛散，尖聲喊叫，有的拼命躲開壓過來的人群。沿街一家家窗口，擠著婦女們的腦袋。每一棵樹上都有黑鬼小孩趴在上面，還有好多黑鬼男男女女從柵欄裡往外看。每次只要這群暴徒聚攏來，他們便倉皇逃跑，退到老遠老遠的地方。許多婦女和女孩子急得直哭，她們幾乎快要嚇死了。

人群湧到了謝本家柵欄前，擠擠嚷嚷，密密層層，吵得你連自己說話的聲音都聽不見了。這是個十幾英尺見方的小院子。有人喊道：「把柵欄推倒！把柵欄推倒！」緊跟著是一陣又砸又打、又搗毀，柵欄也就躺了下來。暴徒隊伍的前排排山倒海般湧向前方。正是在這個時刻，謝本從裡邊走了出來，在小門廊前一站，手中拿著一隻雙筒大槍，態度十分鎮靜，從容不迫，一句話也不說。原來那一片吼叫聲停了下來，那海浪般的隊伍往後退縮著。謝本一言不發——一直那麼站著，俯視著下邊。那一片沉默，叫人提心吊膽，毛骨悚然。謝本朝群眾的隊伍緩緩地掃了一眼，眼神所到之處，人群試圖把它瞪回去，可是他們辦不到。他們把眼睛向下垂著，好像做了虧心事似的。緊接著，謝本發出了一陣怪笑，那笑聲叫你聽了不寒而慄，彷彿像是你正吞下摻著沙子的麵包。然後他滿臉鄙夷的神氣，慢吞吞地說：

「你們竟然還想到了要把什麼人處以私刑！這眞夠有趣了。居然想到你們還膽敢給一個男子漢大丈夫處以私刑！難道就因爲你們敢於給一些不幸的無人顧憐的投奔到此而被趕出家門的婦女塗上瀝青，黏上雞毛，你們便自以爲有那個膽量，膽敢在一個男子漢大丈夫的頭上動手動腳？哈，只要是白天，只要你們不是躲在人家的背後——在成千上萬你們這一號的無賴手裡，一個男子漢大丈夫包準會太太平平、安然無事的。

「難道我眞的不了解你們？我對你們可了解得再透澈不過了。我生在南方，長在南方，我又在北方生活過。所以，各處各地，常人是怎麼回事，我全一清二楚。常人嘛，就是個膽小鬼。在北方，他聽任人家隨意在他身上踏過去，然後轉回家門，期盼上帝讓自己卑微的精神能忍受這一切。在南方呢，孤身一人，全憑他自己的本領，能在大白天，喝令裝滿了人的公共馬車停下來，他就把他們全都劫了。你們的報紙誇你們是勇敢的人民，在這麼誇獎之下，你們就以爲自己確實比哪一國的人都勇敢了——可事實上你們只是同樣的貨色，根本就不比他們勇敢多少。你們的陪審團爲什麼不敢把殺人凶手都判絞刑？還不是因爲他們懼怕，生怕人家的朋友會躲在暗處，朝他們背後打黑槍——事實上，他們就是會這麼做的。

「所以他們每回都宣判凶手無罪開釋。後來一條『好漢』身後領著一百個戴著假面具的膽小鬼在夜裡出動，把那個惡棍用私刑處死了。你們今天錯就錯在沒有帶一條好漢一同來，這是其一；其二是你們沒有等到天黑就來了，而且沒戴假面具。你們只帶來半條『好漢』——就是站在那邊的布克．哈克尼斯——要不是他領著你們來，你們早就一溜煙跑掉了。

「你們原本並不想來。常人嘛，總不喜歡惹麻煩、冒危險。你們可不願意惹麻煩、冒危險。不過只要有半個男子漢大丈夫——像那邊的布克．哈克尼斯那樣一個人——高喊一聲『用私刑處死他！用私刑處死他！』你們就不敢往後退啦——深怕因此給逮住，露出了自己的本相——膽小鬼——因此你們也就吼出了一聲，拖在了那半個男子漢大丈夫的屁股後，氣勢洶洶地跑來了，賭神罰咒說要幹出一番轟轟烈烈的事來。天底下最最可憐的就是一群烏合之眾——軍隊就是這樣一種東西——一群烏合之眾。他們並非靠了他們與生俱來的勇敢去打仗的，而是靠了他們從別的男子漢大丈夫和上級軍官那裡借來的勇敢打的仗。不過嘛，一群烏合之眾，沒有任何一個男子漢大丈夫在他們的前面，那是連可憐都說不上的。現在你們該做的事嘛，就是夾起尾巴，逃回家去，並且往一個洞裡鑽進去。如果眞要是動用私刑的話，那也得在黑夜裡幹，這是南方的規矩嘛。並且他們來的時候，還得戴上面具，還得帶上一個男子漢大丈夫。現在你們滾吧——把你們那半個男子漢大丈夫給帶走。」——他一邊這麼說，一邊把他的槍往上一舉，往左胳膊上一架，便扳上了槍機。

人群突然之間向後退，紛紛作鳥獸散，像是過街老鼠，那個布克．哈克尼斯也跟在他們後面跑，那樣子，眞是好狼狽。我如果願意，還可以在那兒多待一會兒，但是我不想待下去了。

我去了馬戲團那邊。我在場子後邊瞎轉了一會兒，等著警衛走過去了，然後從帳篷底下鑽進去。我身邊還有那塊值二十元的金幣和一些零錢，不過我尋思著最好還是把這錢省下來才是。因爲說不定哪一天會用得著的，既然如此這般遠離了家，又人地生疏，還是多加小心爲好。如果沒有其他的辦法，在馬戲團上面花點兒錢，這我並不反對，不過也不必爲了這一些，把錢浪費光啊。那可是貨眞價實技藝精湛的馬戲團。那個場面眞是最美妙不過了。只見他們全體騎著馬進場，兩個一對，一位男士，一位女士，一左一右，男的只穿短褲和襯衫，腳上不穿鞋子，雙手叉在大腿上，那神氣瀟灑大方、風流倜儻——總共有二十來個男的——女士呢，一個個臉色很好看，長得很嬌美，看起來彷彿是一群地地道道的皇后，身上穿的服飾價值好幾百萬元以上，鑽石一閃一閃地發著亮光。這情景美極了，我從沒有見過這麼好看的東西，接著他們一個個在馬背上站起來，繞場兜圈子，身子微微晃動，是那樣輕盈、優雅，男的挺著腰板，顯得很高、很直，逍遙自在，他們的頭一上一下地動著，好像擦著帳篷頂疾飛的燕子。女的穿著玫瑰花瓣似的衣裳，那一片片花瓣兒在她們屁股周圍輕柔地飄動，看上去像一把把很好看的陽傘。

然後他們越跑越快，一個個跳起舞來，先是一條腿翹在半空中，隨後翹起另一條腿，馬就越跑越往一邊斜，領班的圍著中央的柱子一圈圈地轉動，一邊揮起鞭子啪啪作響，一邊吼叫著，那個小丑便跟在他後面，說些逗笑的話。然後，所有的騎手脫開了韁繩，女的一個個把手臂貼在臀部上，男的一個個兩隻胳臂叉在胸前。這時候，只見馬斜著身子，弓起脊背，多麼美妙！最後，他們一個個縱身跳下馬來，跨進那個圈子裡，非常美妙地向全場一鞠躬，後來蹦蹦跳跳地退場。這時場地掌聲如同雷鳴般響，簡直像發了狂似的。馬戲團的表演，從開頭到結束，全都驚心動魄，那小丑從口的插科打諢，幾乎叫人笑死。領班每說一句，一眨眼間，他就能回敬他一些好笑透頂的話。他怎麼能想得出那麼多的笑話，又能說得那麼驚天動地，那麼恰到好處，眞叫我弄不明白；哈，如果那人是我，花費一年時間，我也想不出來啊。過了一會兒，一個酒鬼要闖進場子裡去——說自己要騎馬，還說自己能騎得跟別人一樣高明。人家就跟他爭辯起來，不想讓他進去。他偏偏拗著來，整個兒的演出便停了下來。大夥兒就對他起鬨，開他的玩笑，這下子可把他惹火了，惹得他亂蹦亂罵。這麼一來，大夥兒也惱了，便都從長凳上站起來，朝場上湧過去，一邊喊：「給我往死裡揍，然後從窗口扔出去摔死他！」有一兩個女的尖叫了起來。這時，領班出來說了幾句話，說他希望不要捅出亂子來。還說只要這個男子保證不鬧出亂子，他就可以騎馬，只要他斷定自己能騎在馬上坐得穩穩當當。這樣，在場的一個個都高興極了，說這樣也行。那個人便騎上了馬，他一騎上馬背，馬便亂衝亂跳、東奔西竄，馬戲班的兩個人用力拽住馬鞍子，想扶住他。那個酒鬼呢，使勁抓住了馬脖子。馬每跳一回，他的腳後跟便被拋向空中一回。全場觀衆激動得站立起來，大喊大笑，笑得眼淚直淌。臨了，儘管馬戲班的人想盡辦法，那匹馬還是掙脫開了，發瘋地繞著場飛馳起來，酒鬼伏在馬背上，使勁抓住馬脖子，一隻腳幾乎在一邊拖到了地上，接著另一隻腳也差點兒拖到地上了，觀衆就高興得幾乎發了瘋似的。對這一些，我倒並不覺得特別好玩。只是看到他那麼危險，我不由爲他捏了一把汗。不過並沒有多久，他就用力一掙，跨上了馬鞍，抓住韁繩，晃到這一邊，又晃到另一邊，坐立不穩。剛剛一會兒，他又一躍而起，撒開了韁繩，站立在馬背上了！

那隻馬呢，也彷彿像屋子著了火似的飛奔了起來，他筆直地站在馬背上，繞著圈子走，既輕鬆，又自在，似乎此人平生從沒有醉過似的——然後他把身上衣服脫掉，他一件接一件扔得快極了，一時只見空中盡是衣服在飛，他一共脫了十七件衣服。這時刻，只見他站在馬背之上，英俊、瀟灑，一身打扮華麗得見所未見。他這時馬鞭子一揮，在馬身上用力地抽打，逼著馬狠命地跑——最後他跳下馬來，一鞠躬，翩翩退場，回到更衣室去，全體觀衆又喜又驚，發狂地吼叫。

到了這時候，領班似乎才明白過來，發現自己怎樣被捉弄了。我想，彷彿他這時才知道自己成了世上最慘的領班。原來醉漢竟是他們自己的人！這一套把戲，都是他自個兒一個人動的腦筋設計了的，並且還從沒對任何人透露過。我讓他捉弄了一番，眞是夠丢人現眼的。不過呢，我可不願意處在那個領班的地位，即使給我一千塊我也不幹。世上有沒有比這個更棒的馬戲，這我並不知道，不過我從沒見過。反正對我來說，我已心滿意足，再好不過了，以後如果在哪裡遇見它，我一定會光顧不誤。哈，那晚上還有我們的一場好戲呢。不過觀衆只有十幾位，剛夠開銷。這些人從頭至尾哈哈地笑個不停。這叫公爵大爲惱火。反正戲全部演完之後，觀衆都走了，只留下了一個小孩，他睡著了。因此公爵就說，這些阿肯色州的壞小子才不配看莎士比亞的戲呢。他們要看的，是低級趣味的滑稽劇——據他猜測，也許比低級趣味的滑稽劇更低一個水準的吧。他說他已經能摸得準他們的口味了。這樣，到第二天，他弄到了一些大的包裝紙和一些油墨，他就塗抹了幾張海報，在全村各處貼了起來。海報上說：

在本鎮法院演出！
只演三晚！
馳名世界的悲劇演員
倫敦和歐洲大陸各大劇院的
小大衛・加里克！
暨
老愛德蒙・基恩！
演出驚心動魄的悲劇
《國王的鹿豹》
又名
《皇家稀世奇珍》！！

門票每張五角。

海報下面寫著一行字體最大的字：

婦幼不宜！

「好啦，」公爵說，「要是這幾個字不能把他們勾來，那就算我不了解阿肯色了！」

23

他和國王疲憊地忙碌了一整天，搭戲台，掛布幕，在台前安放一排蠟燭權當腳燈。這一晚，大廳裡一轉眼就擠滿了人。等到場子裡再也擠不下更多的人了，公爵從入口處走開，繞到後場，走到了台口，站立在布幕前面，作了一個短暫的演說。他對這次演出的悲劇十足地誇獎了一番，稱作從來戲劇裡最爲動人心弦的戲。他自吹自擂地把這個悲劇介紹了一番。還替老愛德蒙·基恩吹噓了一通，說他要演劇中的主角。最後，當他把觀衆的胃口調足，他把布幕向上一拉。不久，便見國王全身一絲不掛，四肢著地，跳上場來。他全身塗著紅紅綠綠的各種顏料，一圈一圈的條紋，就像天上彩虹那樣色彩鮮豔。並且……不過，他身上別的打扮也就不用再說了，總之是太放肆，卻又非常引人發笑。觀衆笑得前仰後合，幾乎笑得半死。國王蹦跳了一番，然後一跳，跳進了後台，只聽得全場又是狂叫，又是鼓掌，笑著，叫著，彷彿傾盆大雨的來臨，直至國王走回台前，把全部動作又表演了一番。在這以後，又鼓動著叫他再表演了一下。啊，看這個老傻瓜的這番精采表演，估計連一頭牛也會哈哈大笑。

接下來只見公爵拉下大幕，對觀衆一鞠躬，說這場偉大悲劇只能再演兩個晚上，因爲倫敦有約在先，在屈利港劇院裡的座位早已預先訂購一空。然後他又朝大夥兒一鞠躬，還說，如果這回演出，還能讓大夥兒滿意，給了他們以鼓勵的話，就請向親戚朋友多介紹介紹情況，叫他們也來看看。

有二十幾個人大聲喊道：「怎麼啦，這就算完了嗎？沒下文了？」

公爵說是這樣的。這一下，接下來可真是一場好戲。一個個都在大聲嚷：「上當了！」像瘋了似的跳起來，紛紛對著舞台和兩個悲劇演員撲過去。不過呢，有一個模樣長得漂漂亮亮的大個子男人一躍跳到了一張長凳上，大聲吼著：「先別動手！先生們，聽我說句話。」大家便停下來聽著，「我們是上了當啦——上當上得可不輕啊。不過，據我看，我們不會願意給全鎮人當作笑料吧，讓全鎮人開懷大笑一次多丟臉。不，我們下一步要幹的是，默不作聲地從這兒走出去，把這齣戲好好地捧它一場，讓鎮上其他的人都來捧場！這樣一來，我們全都成了一隻船上的人了。明白了嗎？」（「確實聰明！法官說的有道理！」大家都叫起來。）

「那就好，那就這樣——上當的事，一字也別說。回家去吧，勸說大家都來，來看看這場悲劇。」

到第二天，全鎮上傳來傳去的，盡是演出多麼絕妙這類的話。此外幾乎聽不到談論別的什麼事了。當天晚上，場子裡又一次爆滿。我們按老辦法，叫大夥兒又上了一當。我、國王和公爵回到木筏上以後，一起吃了晚飯。後來，大致半夜左右，他們要吉姆和我把木筏撐了出去，到了大河中心之後，順流往下漂，然後在鎮子下游兩英里處，找個地方藏起來了。到了第三個晚上，全場又一次擠得水洩不通——而且這一回啊，他們並非新面孔，而是前兩個晚上的看客。我站在門口旁的公爵身旁。我發現每一個進場的人，衣袋裡都是鼓鼓的，要不就是上衣裡裝著什麼東西——我斷定這些並非是香料，絕對不是的，一眼便知。我聞到了滿桶的臭雞蛋、爛白菜這類東西的味道。你要是問我是否有人把死貓帶了進來，我可以打賭說有。一共有五十四個人帶著東西進了場。我擠進去待了一會兒，但那種種氣味，叫我實在受不了。好，等到場子裡再也擠不下更多的人了，公爵把三角五分錢的一個金幣給了一個人，要他替他把一會兒風，隨後他繞著通往戲台的小門那邊走過去，我跟在他後面走。我們一繞過轉角，就來到了黑暗處，他說：

「快一點，等你跑過這些房子，到了沒人的地方，便拼命往木筏跑去，就好像有鬼在後面追你！」

我就跑開了，他也跟著往前跑著。我們幾乎在同一個時間上了木筏，一瞬間，我們便往下游漂去，四周一片漆黑，沒有一點兒聲音，只是斜對著河心划過去，也沒有人說一句話。我斷定，那可憐的國王肯定會被前來看戲的觀眾揍得半死，可是事實上卻並非如此。一會兒，他從窩棚裡爬了出來，說道：

「哈，我們那一套老戲法這一回是如何得手的，公爵？」原來他根本沒有到過鎮上。

在划離那個村子十英里路以前，我們沒有點燈。後來才點著了燈，吃完晚飯。一路之上，爲了他們如此這般捉弄了那些人，前仰後合地笑著、開心至極。公爵說：

「這群蠢貨、傻瓜！我早知道第一場的人不會聲張開，只會叫鎮上其他的人跟他們一起鑽進圈套。我也早知道他們想在第三個晚上在四下裡隱藏好收拾我們，自以爲這下子可該輪到他們露臉啦。好吧，是輪到他們來一三了。我會賞賜他們點兒什麼，好讓他們知道能得多少便宜。我倒眞想知道他們會怎樣利用這下子的好機會。只要他們喜歡，他們盡可以把它變成一次野餐會——他們帶了好豐盛的『食物』啊。」

這兩個無賴在三個晚上騙到手一共三百六十八塊錢。我從未見過這樣整車整車把錢往家裡拉的。後來他們睡了，打鼾了，吉姆說：「哈克，國王這樣的行徑，難道你不覺得奇怪嗎？」

「不，」我說，「不奇怪。」

「爲什麼不，哈克？」

「有什麼好讓人吃驚的，他們那個種就是這樣的料。以我看，他們都差不多。」

「不過，哈克，我們這兒的國王可是個貨眞價實的大流氓，就是這麼回事，頑固不化的大流氓。」

「是啊，我要說的也是這樣：天下的國王全都是大流氓，我看就是這麼回事。」

「眞是這樣子嗎？」

「是的。你只要學過一點兒有關他們的事——你就會明白。你看看亨利八世。咱們這一個要是和他比起來，那就可算是個主日學校的校長啦。再看看理查二世、路易十四、路易十五、詹姆士二世、愛德華二世、理查三世，還有其他四十個呢。而且還有撒克遜七王國的國王們，當年也是橫行霸道，到處搗亂。哎呀，你應該瞧瞧老亨利八世年輕時是個啥樣子就好了，他可眞是個花花太歲。他每天娶一個老婆，第二天早晨就把她的頭砍掉。他幹起這種事來滿不在乎，好像是吃飯時叫傭人端幾個雞蛋上來似的。他說，『給我把耐兒·格溫帶來。』人家就把她帶來了。第二天早上，『把她的腦袋砍下來。』人家便把腦袋砍了下來。他說，『替我把珍妮·旭爾帶來。』她就乖乖地來了。第二天早上，『砍掉她的腦袋。』——人家又把腦袋砍了下來。『摁一下鈴，把美人兒蘿莎曼給帶來。』美人兒蘿莎曼就接旨。第二天早上，『砍掉她的腦袋。』此外，他還叫她們每人每晚講一個故事，他把這些累積起來，這樣積累成一千零一個故事，並且把它們編成一本書，把這本《末日之書》——這書名起得好，名不虛傳。吉姆，你還不了解國王這幫子人哩，我可看透了他們。我們這兒的老廢物，還算是我在歷史書上見到的國王裡最清白的一個了。是啊，亨利閃過了一個念頭，要給咱們美國來點兒痲煩，他怎麼搞法呢——來個通知嗎？給咱們國家一個機會嗎？不。他突然之間把波士頓港船上的茶葉全都扔到了海裡去。還發表了一個《獨立宣言》，向人家挑戰。這就是他的作風——他可從來不爲人家的死活顧慮一下呢。他對他父親威靈頓公爵起了懷疑。啊，你可知道他怎麼辦？——要他露面說清楚嗎？不——把他推到一大桶葡萄酒裡給淹死了事，就像淹死一隻小貓一樣。假如有人把錢放在他附近一個地方——你說他會怎麼辦？他就把錢偷走。假如他訂了合同要做一件事，你把錢付給了他，然而你並沒有在旁邊，親自看他把事情做好——你說他又該怎麼辦？他幹的總是別的另外一件事。假如他一張嘴——下一步怎麼樣呢？要是他不是馬上把嘴閉上，他就會放出一句謊話來。這屢試不爽。亨利就是這麼一個害人蟲。若是一路之上和我們在一起的是他，而不是我們家的國王老子們，那他準把那個鎮子糟蹋得比我們家那位幹的還要厲害不知多少倍。我並不是說我們家的那兩位是羔羊，因爲他們並非羔羊，你只要認清殘酷的事實就清楚了。可是要和那些老混蛋相比，那就算不上什麼了。總之，國王就是國王那樣的貨色，這你得忍著點兒。總歸來說，這些人是非常難惹的貨色。他們就是這樣長大的嘛。」

「不過，這個人的身上有一種怪味，叫人忍受不了，哈克。」

「吉姆，他們這夥全都是這樣。國王發出這麼一種味道，叫我們有啥辦法？歷史書上也沒有說出一個解決方法啊。」

「說起那個公爵，有的地方倒還不是那麼令人討厭。」

「是啊，公爵不一樣。可是也並非完全不一樣。作爲公爵來說，他可說是個中等貨色。只要他一喝醉，視覺差的人也難說出他和國王有什麼區別。」

「總之我不希望再碰到這樣的人了，哈克。現有的已經使我受夠了。」

「吉姆，沒想到你跟我想法相同。不過，既然這兩個我們已經黏上了手，那我們就只好記住他們是怎樣的貨色，一切忍著點。有的時候，我但願能聽到說，有個國家是並沒有國王這種貨色的。」

至於這些傢伙並非是眞的國王和公爵，去對吉姆說明白，也沒有什麼用處，不會有任何好處的。並且，正如我說過的，你也看不出來他們和那些貨眞價實的有什麼兩樣。

後來我睡著了。該由我當班的時候，吉姆並沒有叫醒我。他總是這樣的。等我睜眼醒來，發現天竟然已經亮了，他坐在那裡，腦袋垂到膝蓋中間，不停在唉聲嘆氣。我並未十分在意，也沒有聲張。我知道那是怎麼一回事。他正在想念他的老婆孩子們，在那遙遠的地方。他情緒低落，思家心切，因爲他一生中還從沒有離開過家，並且我相信他跟白種的人們一樣，愛憐他的親人。這雖然不合乎情理，不過我看這是實情。他總是這樣唉聲嘆氣，那是在一個晚上，他以爲我已經睡著了，便自言自語：「可憐的小伊麗莎白！可憐的小強尼！命好苦啊！我可能再也見不到你們一面啦！」吉姆這個人啊，可眞是個善良的黑鬼啊。

不過這一回，我還是想辦法跟吉姆談到了他的老婆和他年少的孩子。他後來說：「這一回我這麼難過，是因爲剛才聽見岸上那邊『啪』的一聲，既像是打人的聲音，又好像關門的聲音。這不禁使我想起了自己當初對小伊麗莎白，自己的脾氣太壞。她還不滿三周歲，就害了一場腥紅熱，病得死去活來，不過後來終於好了。有一天，她在附近站著，我對她說著話。我說：

「『把門關上。』她根本沒動，只是站在原地對我微微一笑。我當時就火冒三丈，我又說了一遍，而且高聲地吼叫。我說：

「『聽見沒有——趕快把門關上！』她依舊站在那裡，對我笑咪咪的。我忍不住啦。我說：

「『我今天非叫妳聽我的話不可！』我一邊這麼說，一邊在她腦袋上扇一個巴掌，把她打倒在地上嗷嗷亂叫。接著我到了另一個房間去，去了大約十幾分鐘，我轉回來，看到門還是開著的，孩子正站在門坎上，朝下面張望著，眼淚直流。天啊，我眞是氣瘋了。我正要對孩子撲過去，可是就在這時候——門是往裡開的——就在這瞬間，颳起一陣風，砰的一聲把門關上了，恰好由後面打著了孩子，門『砰』的一聲，把孩子打倒在門外的地板上。天啊！

孩子從此動也不動啦。這下子，我的心快跳出嗓子啦——我難受得……難受得……我不知道我難受得到了何等程度。我全身哆嗦著摸了過去，一步步摸了過去，小心翼翼地把門輕輕打開，靜悄悄地探著脖子從後面看著孩子。我猛然間死命大吼了一聲：『哎！』她一動也不動。哦，哈克，我一邊嚎啕大哭，一邊把她摟抱懷裡：『哦，我可憐的兒啊！但願上帝寬恕可憐的老吉姆吧！我此生此世，永遠不會原諒自己！』哦，她完全聽不見、也不能說話了，哈克，再也聽不見、再也不能說話了——可是我一直這麼狠心對待她啊！」

24

第二天黃昏時分，我們在河心一個長滿柳樹的小沙洲靠岸了。大河兩岸各有一個村莊。公爵和國王開始設計一個方案，要到鎮上去施展一番。吉姆呢，他對公爵說，他希望能只去幾個小時，因爲不然的話，他得整天捆綁在窩棚裡，無所事事，又煩又悶。知道吧，我們每回留下他一個人的時候，就得把他捆起來，因爲，要是碰巧有人發現就只是他一個人、卻沒有捆綁著，他就會彷彿是個逃亡的黑奴似的，你知道吧。公爵就說，每天給捆綁著，這的確有點兒難受，他得想出一個辦法來，免得老受這個罪。

他這人腦子確實靈活，他一會兒就想出了一個辦法。他用李爾王的衣服把吉姆打扮了起來——那是一件碎花布長袍，一套黃馬尾做的假髮和大鬍子。他又取出了戲院裡化妝用的顏料，在吉姆的臉上、手上、耳朵上、頸子上，全都塗上了一層陰陽怪氣的藍色，看上去好像一個人已經淹死了幾天之久。這種從未見過的最怪異的模樣才嚇人呢。接下來，公爵拿出來一塊木板，在上面寫著：

有病的阿拉伯人——只要他不發瘋，就不會傷人。

他把木板釘在一根木樁上，這木樁就立在窩棚前面，離四五英尺左右，吉姆大爲滿意。他說，這比被捆綁住的時候，每天度日如年，只要聽到什麼動靜，就全身打顫，要強一些。公爵對他說，不妨自由自在一些。要是有什麼人來近處打擾，那就從窩棚跳將出來，裝模作樣一番，並且像一頭野獸那麼吼叫一兩聲。依他看，這樣一來，人家會溜之大吉，儘管讓他自由自在。這樣的判斷，理由倒很充分。倘若是個平常人，不必等他吼出聲來，就會撒腿便逃。因爲啊，他那個模樣，不只是像個死人，而且看起來比死人還要難看十分哩。

這兩個流氓又想演出一回《稀世奇珍》，因爲這能撈到大錢。不過他們也認定不安全，因爲直到現在，上游的消息傳聞，或許已經一路傳開了。他們一時想不出妥當的辦法，後來，公爵便說，暫時休息一下，給他幾個鐘頭，讓他再動動腦筋，看能否針對這個阿肯色州的村落，想出一個絕好的辦法來。國王呢，他說他準備到另一個村子去，不過心中倒並無什麼確切的計畫，單憑上天幫忙，指引一個撈錢的路子——據我看，這意思是說，靠魔鬼幫忙吧。我們都從上一站的鋪子裡增添了一些衣服，國王這會兒便穿戴起來。他還要我也穿起來。我自然而然就照辦了。國王的打扮是一身黑色的。看起來果然頗有氣派。我過去從未想到過服飾會把一個人變成另一個樣子。啊，實際上，他本像個脾氣最怪異的老流氓，可如今呢，但見他摘下嶄新的白水獺皮帽子，一鞠躬，微微一笑，他那種道貌岸然，又和善、又虔誠的模樣，你準會以爲他剛從諾亞方舟裡走出來，說不定他原本就是利未老頭兒本人呢。吉姆把獨木舟清理乾淨了，我也把槳準備好了。

大約在鎮子上游三英里的一個小岬下面，正停靠著一隻大輪船——大輪船停靠了好幾個小時了，正在裝貨。國王說：「看看我這身打扮吧。依我看，最好說我是從上游聖路易或者辛辛那提，或者其他有名的地方，最好是大些的地方來到這裡。哈克貝利，朝大輪船那邊划過去，我們要坐大輪船到那個村莊去。」

當聽到他說要去搭大輪船走一趟，我不用吩咐第二遍，便划到了離村子半英里開外的岸邊，然後沿著陡峭的河岸附近平靜的水面上快划。不大一會兒，就碰見一位長相很好、涉世不深、年紀輕輕的鄉巴佬。他坐在一根圓木上，正拭著臉上的汗水，因爲天氣確實很熱，並且他身旁還有幾件大行李包。

「船頭朝著岸邊靠，」國王說，我照著辦了。「年輕人，你要到哪裡去啊？」

「搭乘大輪船，要到奧爾良去。」

「那就上船吧，」國王說，「等一等，讓我的傭人幫你提你那些行李包吧。你跨上岸去，幫一下那位先生，阿道夫。」——我明白這是指我。我照著辦了，隨後我們一起出發了。那位年輕人感激萬分，激動地說大熱的天提著這麼重的行李眞夠累。他問國王往哪裡去。國王對他說，他是上游來的，今天早上在另一個村子上的岸，如今準備走多少英里路，去看看附近農莊上一個老朋友。年輕人說：「我一看見你，就對我自個兒說：『肯定是威爾克斯先生，一定是的，他來的正是時候。』可是我又對自個兒說：『不是的。依我看啊，那不是他。要不然，他不可能打下游往上划啊。』你不是他，對吧？」

「不是的。我的名字叫布洛蓋——亞歷山大・布洛蓋——亞歷山大・布洛蓋牧師。我看啊，我該說，我是上帝一個卑賤的僕人。不過嘛，不管怎麼說，威爾克斯先生沒有能準時到達，我還是替他惋惜。我希望沒耽誤什麼事才好。」

「是啊，他不會爲此丟失什麼財產，因爲他照樣可以得到它，但是他卻失去了在他哥哥彼得瞑目以前最後見上一面的機會啊——或許他哥哥不會在意。這樣的事，沒人說得清楚——不過他哥哥會爲了能在臨死之前見到他最後一面，付出他在世上的任何代價。最近幾個星期來，他談論的就是這件事了，此外沒有什麼別的了。他從小時候起便沒有和他在一起了——他根本從沒見過，他的兄弟威廉——威廉又聾又啞，三十來歲年紀，頂多不超過三十五歲。他們兄弟中，只有彼得和喬治移居到這裡。喬治是弟弟，結婚了，去年夫妻雙雙死了。哈維和威廉是兄弟中僅剩下來的人了。就像剛才說的，他們還沒有及時趕到那兒。」

「有沒有什麼人給他們捎去了信呢？」

「哦，送了的。一兩個月前，彼得剛生病，就捎去了信。這是因爲當時彼得說過，他這一回啊，怕是好不了啦。你知道吧，他很老了。喬治的幾個女兒陪伴他，她們還太年輕，除了那個一頭黃髮的瑪麗·珍妮。因此，喬治夫婦死後，他就不免覺得孤單，也就對人世很少依戀了。他心裡急切想的，是和哈維見上一面——爲了同樣的原因，也想見見威廉——因爲他是屬於那麼一類的人，這些人說什麼也不肯立什麼遺囑之類。他給哈維留下了一封信。他說他在信中說了他偷偷地把錢放在了一個祕密地方，也講了他希望怎樣妥善地把其餘的財產分給喬治的幾個閨女，好讓她們有碗飯吃——因爲喬治並沒給她們留下什麼東西。別人勸他寫份遺囑，但是他只寫了這樣一封信。」

「依你看，哈維爲何事沒有來？他住在哪裡？」

「哦，他住在英格蘭——在謝菲爾德——在那邊傳教，還從沒到過這個國家。他沒有很多空閒的時間，再說呢，也可能他根本沒有收到那封信啊，你知道吧。」

「太可惜了，可憐的人，不能在陰間見到我可憐的兄弟，太可悲了。你說你是去奧爾良的？」

「是的。不過這是我要去的一處罷了。下星期二，我要搭船去里約・熱內盧。我叔叔家在那兒。」

「那可是很遠的路途啊。不過，走這一趟是很有趣的。我恨不得也能去那裡。瑪麗・珍妮是最大的嗎？其餘的人有多大呢？」

「瑪麗・珍妮十八，蘇珊十四，瓊娜大概十二吧——就是專愛做好事的那個，她有豁嘴。」

「可憐的孩子們。孤孤單單地給拋在了這個無情的世界上。」

「啊，其實她們的遭遇還可能更糟呢。老彼得還有幾個朋友。他們不會聽任她們受到傷害。一個叫霍布森，是浸禮會的牧師；還有教堂執事羅特・霍維、本・洛克、艾納・謝柯福、律師萊維・貝爾、羅賓遜醫師、他們的妻子兒女、寡婦巴特萊——還有，總之還有好多人，剛才提到的是彼得交情最深的，他寫家信的時候，常常提到他們。因此，哈維一到這裡，會知道到哪裡去找朋友的。」

哈，那老頭一個勁地問這問那，差不多把那個年輕人肚子裡都掏空了。這個倒楣的鎮子上一個個的人，一件件的事，以及有關威爾克斯的所有的事跡和彼得的生意情況，他沒有詳細地問個徹頭徹尾，那才算是怪事一樁呢。彼得是位鞣皮工人。喬治呢，是個木匠。哈維呢，是個英國國教牧師。如此等等。那個老頭兒接下來又說道：「你爲什麼要走那麼遠的路去搭那條輪船呢？」

「因爲這是到奧爾良的一艘大船。我擔心它到那邊不肯停岸。這些船在深水行進時，你儘管打招呼，它們也不會肯停岸。辛辛那提開來的船肯定會停。不過現在這一艘是聖路易來的。」

「彼得．威爾克斯的家境還好吧？」

「哦，還興旺。他有房有地。人家說他留下了四五千塊現錢，不知道他把錢藏到了什麼地方。」

「你說他何時死的啊？」

「我沒有說啊，但是那是昨晚上的事。」

「明天出喪，應該是這樣吧？」

「是啊，大抵是中午時分。」

「啊，多麼淒慘。不過呢，我們一個個都得走的，不是這個時辰，便是另一個時辰。因此我們該做的事，便是做好準備，這樣，就不必擔憂了。」

「是啊，先生，這是最好的法子。我媽總是這麼說的。」

我們划到輪船邊的時候，它裝貨快裝好了，很快就要開了。國王一點也沒有提我們上船的事，所以我最終還是失去了坐輪船的運氣。輪船一開走，國王囑咐我往上游划一英里路，划到一個沒有任何人的地方，然後他上了岸。他說：「現在立刻趕回去，把公爵給帶到這兒來。還要帶上那些新買的手提包。要是他到了河對岸去了，那就划到河對岸去，把他找到。囑託他要丟下一切上這兒來。好，你就趕快去吧。」

我知道他心裡打啥主意，不過我自然不吭一聲。我把公爵接來以後，我們就把獨木舟藏了起來。他們就坐在一根原木上，由國王把事情的經過講給了公爵聽，跟那位年輕人說的完全一樣——簡直一字不差。在他講述的過程中，從頭至尾都在模仿英國人說話，而且學得唯妙唯肖，也眞難爲這個流氓。要學他那個派頭，我可學不起來，所以也就無心學了，不過他確實表現得很生動。接下來，他說：

「你打扮成又聾又啞的角色，感覺怎樣，畢奇華特？」

公爵說，這包在他身上就是了。說他過去在舞台上表演過又聾又啞的角色。這樣，他們便在那兒守候著輪船開過來。傍晚，開來了幾隻小輪船，不過並非從上游遠處開來的。最後開來了一艘大輪船，他們就喊船停下。大輪船放下一隻小艇，我們於是上了大輪船。它是從辛辛那提開來的。等到他們知道我們只要搭四五英里路就要下船，就氣極敗壞，把我們臭罵了一頓，還揚言說，到時候不放我們上岸。不過公爵倒很鎭靜。他說：「要是搭船的諸位先生花得起錢，走一英里給一塊錢，由你們用小划子送他們上岸，那你們也就吃得起這個虧，肯帶上他們吧，是不是？」

這樣，他們就心軟了，說好吧。剛到那個村子，大輪就派小艇把我們送上了岸。當時有二十來個人聚集在那裡，一見小艇開過來，就靠攏過來。國王說：「你們哪一位先生能夠告訴我彼得・威爾克斯先生住哪裡？」他們就你看著我，我看著你，點點頭，好像在說：「我說的怎麼樣？」然後其中一人輕聲而斯文地說道：「對不起，先生，我能對你說的，只能是他昨天傍晚曾經住過什麼地方。」

一眨眼間，那個老東西、下流胚就連身子也撐不住了，一下子撲到那個人身上，把臉頰貼在他肩膀上，衝著他的後背大哭起來，說道：「天啊，天啊，我們那可憐的哥哥啊——他走啦，我們竟沒能夠趕上見一面。哦，這叫人怎麼受得了啊！」

然後他一轉身，哽咽著，向公爵打了一些莫名其妙的手勢，於是公爵就把手提包往地上一丟，哭將起來。這兩個騙子要不是我看見過的最混蛋的傢伙，那才怪呢。人們爲了對他們深表同情，於是聚到一起來，說了種種安慰的話。還給他們提了手提包，送上山去。還讓他們靠著自己的身子哭。又把彼得臨終前的情況統統告訴他們。國王就做出種種手勢，把這些告訴了公爵。這兩個人對鞣皮工人之死那種悲哀啊，就好像他們失去了十二門徒一般。哼，我要是以前見過這碼事，那就罰我當一名黑奴吧。這種事眞是把全人類的臉都丟盡了。

25

只不過兩分鐘的間隔吧，消息就傳遍了整個村落。但見人們從四面八方飛也似的跑來，有些人還一邊跑一邊披著上衣。才一會兒，我們就被大夥兒圍在中間，大夥兒的腳步聲好像軍隊行軍時發出的聲音一樣。窗口、門口都擠滿了人。隨時都能聽到有人在隔著柵欄說：「是他們嗎？」

在這幫一溜小跑的人之中，就會有人說：「就是啊。」

等我們走到這所房子時，門前大街上人頭攢動，三位姑娘正站在大門口。瑪麗．珍妮確是紅頭髮，不過這沒有什麼，她美麗非凡，她的漂亮的臉蛋、她的炯炯的雙眼，都閃著光彩。她看到「叔叔」來了，十分高興。國王呢，他張開兩隻胳臂，瑪麗．珍妮便投進他的懷抱。那位豁嘴呢，她向公爵跳過去。他們著實親熱了一番。大夥兒看到他們團聚時的歡樂情景，差不多一個個都高興得為之落淚，至少婦女們都是這樣。然後國王偷偷推了一下公爵——這我是看到了的——接著向四周張望，看到了那口棺材，是在角落裡，放在兩張椅子上。國王和公爵一隻手擱在對方的肩膀上，一隻手擦去眼淚，神色莊嚴地緩步走過去，大夥兒紛紛為他們讓路。說話聲、嘈雜聲，都立刻停息了。人們在說「噓」，並且紛紛脫下帽子，垂下腦袋，就是針落地的輕微聲音也能被聽到。他們一走近，就低下頭來，向棺材裡望，只看了一眼，便呼天搶地大哭起來，那哭聲哪怕你在奧爾良也能聽到。接下來，他們把手臂勾著彼此的脖子，把下巴靠在彼此的肩膀上，抱頭痛哭了三四分鐘，我過去可從沒有見過別的男子漢像他們這樣號啕大哭的。請你注意，人人都在放聲大哭，鼻涕、眼淚把地都給弄濕了，這也是我從來沒有見過的。接下來，這兩人一個到棺材的一側，另一個到另一側，他們跪了下來，把額頭擱在棺材的邊上，裝作全心全意禱告的樣子。啊，到了這麼一步，四周人群那種大爲感動的情景，的確是從未見過的。人們一個個哭出了聲，大聲嗚咽——那三位可憐的閨女也是一樣。還有幾乎每一個婦女，都向幾位閨女走過去，吻她們的前額，手撫著她們的腦袋，眼睛望著天，眼淚嘩嘩直淌，隨後忍不住放聲大哭，一路嗚嗚咽咽、擦著眼淚走開，讓下一位婦女表演一番。這樣叫人噁心的事，我可是從來沒有見過。

隨後國王站了起來，向前走了幾步，醞釀好了情緒，哭哭啼啼作了一番演說，一邊直流眼淚，一邊胡話連篇，說他和他那可憐的兄弟，從四千英里外，風塵僕僕趕到這裡，卻失掉了親人，連最後一面也未見到，心裡很是難過，只是由於大夥兒的親切慰問和悲傷的眼淚，這樣的傷心事也就加上了一種甜蜜的味道，變成了一件莊嚴的事，他和他兄弟從心底感謝他們。因爲嘴裡說出的話無法表達心意，語言實在太無力、太冷淡了。如此等等的一類廢話，聽了叫人噁心。最後胡謅了幾聲「阿門」，又放開嗓子大哭一場。

他一說完，中間就有人唱起「讚美詩」來，大家一個個唱了起來，並且使出全身的勁直喊，聽了叫人來了興致，如同做完禮拜、走出教堂時的那種感受。音樂嘛，實在是個好東西，聽了一遍奉承的話和這些空話以後，再聽聽音樂，就讓人精神一振。並且聽到的是那麼悅耳的清脆的樂曲。

接下來國王又張開大嘴，胡謅起來，說如果這家人的好友中，有幾位能留下和他們一起共進晚餐，而且幫助他們料理死者的遺骸，他和侄女們會非常高興。還說如果躺在那一邊的哥哥會說話的話，他知道該說什麼人的名字。因爲這些名字對他是十分重要的，也是他在信上時常提到的。爲此，他願提下面的名字——霍布森牧師、羅特．霍維執事、本．洛克先生和艾納．謝柯福先生，還有萊維．貝爾律師、羅賓遜醫生，還有他們的夫人和巴特萊寡婦。

霍布森牧師和羅賓遜醫生正在鎮子的另一頭合演他們的拿手好戲去了，我的意思是，醫生正爲一個病人發送到另一個世界，牧師就做指路人。貝爾律師爲了工作去路易維爾了。不過其餘的人都在場，他們就一個個走上前來，和國王握手，謝謝他，並和他說話。然後他們和公爵握手，並沒有說什麼話，只是臉上始終露笑容，頻頻點點頭，活像一群傻瓜蛋。而他呢，做出種種手勢，從頭到尾一直在「咕咕——咕咕咕」地叫，宛如是個不會說話的娃娃。

這樣國王便信口開河起來，對鎮上每個人、每一隻狗，幾乎都問了個遍。還提到了人家的姓名。鎮上以及喬治家、彼得家，過去曾發生過的芝麻小事，也都提到了。而且裝作是彼得信上提到過的。不過這些都是謊話，這些全是他從那個年輕的笨蛋、也就是從搭我們的獨木舟上大輪船的人嘴裡套來的。然後瑪麗．珍妮拿出了她爸爸的那封遺書，國王大聲讀了一遍，一邊讀一邊哭。遺書規定把住宅和四千塊金元給閨女們，把鞣皮工場（這行業正當生意興隆的時候），連同土地和房屋（值七千元）和三千塊金元給哈維和威廉。遺書上還說，這六千塊現錢藏在地窖裡。這兩個騙子都說由他們去取上來，一切都是開誠布公，像清水一樣清澈可察。他還囑咐我帶兩根蠟燭一起去。我們隨手把地窖的門關上。他們一發現裝錢的袋子，就往地板上一倒，只見金燦燦的一堆堆，煞是好看。天啊，你看國王的眼睛裡怎樣閃閃發光啊！他向公爵的肩膀上一拍，說道：

「這太棒啦！天底下還有比這更棒的嗎？哦，不。我看沒有了！畢奇，這比《稀世奇珍》還強，是不是？」

公爵也承認是這樣。他們把那堆金幣東摸摸、西摸摸，讓金錢從手指縫裡往下掉，讓金幣叮叮掉到地板上。國王說：

「說空話無濟於事。作爲富裕的死者的兄弟，留在國外的繼承人的代理人，我們必須扮演的就是這麼個角色，畢奇。一切聽從上天的安排，我們這才有這樣一個機遇。從長遠來看，這才是最靠得住的一條路。一切我都試過了，沒有哪一個比得上這個。」

有了這麼一大堆錢，換了別的人，都會心滿意足了，不會懷疑它的數目對吧？可他們卻不，他們必須把錢一一數清楚。於是他們就數了起來。一數，發現少了四百十五塊錢。國王說：

「該死的傢伙，眞不知道他把幾百塊錢弄到哪裡去了？」

他們爲這些事煩惱了一會兒，把每個角落翻了個底朝天。然後公爵說：

「啊，他是個重病在身的人，很可能是搞錯了——依我看，就是這麼回事。最好的辦法是隨它去吧，不必張揚。這點虧我們還能夠吃得起。」

「哼，少幾個錢當然沒關係，我對這些根本不在乎——我如今想到的是我們數過了。我們要把事情就在這兒辦得公平合理、光明正大，你知道吧。我們要把這兒的錢帶到上邊，當著大家的面全部數清楚、查明白——好叫別人起不了疑心。既然死者說是六千塊，你知道吧，我們就不能……」

「等一等，」公爵說，「由我們來補足吧。」——說著就從口袋裡往外掏金幣。

「這可是個很了不起的好主意，公爵——你那個腦袋瓜可眞是夠靈活了，」國王說，「還是《稀世奇珍》這齣老戲幫了我們的大忙。」——一邊他也順手掏出了金幣，堆在一起。

這一來，兩人的口袋差不多掏空了，不過他們還是湊足了六千塊錢，一分不少。「聽我說，」公爵說，「我又有一個想法。咱們走上樓去，在那兒把錢數一數，然後把錢遞給姑娘們。」

「我的天，公爵，讓我擁抱你一下吧！你這個主意眞是妙絕了，誰也想不出來。你的腦袋瓜眞靈活得驚人。哦，這是一個頂呱呱的妙計，準沒錯。如果他們愛疑神疑鬼，就讓他們懷疑去吧——這一招準能讓他們上當。」

我們一上了樓，大夥兒全都圍著桌子。國王把金幣點過數了，然後隨手疊成一疊一疊，每三百元一疊——整整齊齊的二十小堆。大夥兒一個個眼饞得不知道怎樣才好，而且使勁舔嘴脣。隨後他們把錢重新扒進了袋子裡。我觀察到了國王正在憋著勁，準備再次發表演說了。他說：

「朋友們，那邊躺著我那可憐的哥哥，對我們這些留在陽間這傷心之處的人是慷慨大方的。他對他深愛的、他保護的、失去父母的這些可憐的羔羊是大方的。是啊，凡是了解他的人，我們都知道，如果不是他怕虧了他親愛的威廉和我本人，他準會對她們更加慷慨的。他到底會不會呢？依我的猜測，這絕對不會錯的。那麼，如果在這種時候，我還要妨礙他了卻自己的心願，那還算什麼兄弟？如果在這種時候，我還要搶——是的，是搶——這幾個他鍾愛的可憐的小乖乖的錢，那還算什麼叔叔！我要是了解威廉的話——我以為我是了解他的——他也會……還是先問問他吧。」他一轉身，對公爵做出種種的手勢藉以表達。公爵呢，有一陣子只是傻乎乎地瞪著眼睛望著，隨後好像突然懂得了是什麼個意思，一下子跳到國王面前，咕咕咕個不停，快活得不知怎樣才好，並且擁抱了他足足有十幾下左右，才放開手。接著，國王說：「我早知道了。我料想，他對這件事是什麼態度，從這一些看來，能叫大夥兒全都信得過。來，瑪麗、蘇珊、瓊娜，把錢拿去——全部拿去。這是躺在那邊的、身子涼了、心裡卻是高興的人贈送給妳們的。」

瑪麗．珍妮就向他走過去，蘇珊和豁嘴朝公爵走過去，分別和他擁抱、親吻，那麼熱烈，是我見所未見的。大夥兒也一個個含著熱淚，大部分人還和騙子們一個個握手，一路上還說：

「你們這些親愛的好人啊——多麼的可愛——眞沒想到啊！」

接下來一個個很快又講到了死者，說起他活著是個十足的大好人；他的死對大家來說是多大的一個損失；如此等等。這時候，有一個長著一副嚴酷面孔的大漢從外面擠了進來，站在那裡一邊聽，一邊張望，默不做聲，也沒有人對他說話，因爲國王正說著話，大夥兒都在聚精會神地聽著。國王正在說一件什麼事，這時已說到了一半了：

「他們都是死者最好的朋友。這就是爲什麼今晚他們被邀請到這裡。不過，到明天，我們希望所有的人都來——我說所有的人，因爲他平日裡是十分尊重每一個人的，對每一個人都很好。所以請大家參加他的殯葬酒宴是很恰當的。」

此人就是愛聽自己說話，所以嘮嘮叨叨沒有個完。每過一段時間，他就要提到殯葬酒宴這句話。後來，公爵實在受不了了，就在一張小紙片上寫了幾個字「是葬禮，你這個老傻瓜」，折好了，便一邊嘴裡咕——咕——咕，一邊從衆人頭上扔給他。國王看了一遍，之後把紙片朝口袋裡一塞，說道：

「可憐的威廉，雖然他害了病，他的心可一直是健康的。他要我請大家每個人都來參加葬禮——要我請大夥兒務必參加。可是他不用擔心——我說的正是這件事嘛。」

隨後，他不慌不忙，滔滔不絕地胡謅下去，時不時地提到殯葬酒宴這個詞，和剛才一個樣。他第三次這麼提時，他說：

「我說酒宴，其實並不是因爲通常有人這樣說，恰恰相反的——通常的說法是叫葬儀——我這樣說，因爲酒宴是正確的詞。葬儀這個詞，在英國是不再沿用了。酒宴這個詞更貼切些，因爲這意思是更正確地指明了你的意思。這個詞是由希臘文字頭 orgo 和希伯來文字尾 jeesum 構成的。orgo，指外面、露天、到處的意思；jeesum 有種植、掩蓋起的意思，因而就是埋的意思。你們知道吧，因此殯葬酒宴就是公開的或公衆的葬禮。」

我這一輩子從沒有見過這麼壞的傢伙。這時候，那個長著一副嚴酷面孔的漢子，衝著他哈哈大笑起來，大家都感到震驚，異口同聲地說：「怎麼啦，醫生！」艾納．謝柯福說：「怎麼啦，羅賓遜？你難道沒有聽到這個消息嗎？這位是哈維．威爾克斯呀。」

國王更是巴結地滿面堆笑，伸過手來說：「這位就是我那可憐的哥哥的好朋友、醫生吧？我……」

「你這雙手別碰我！」醫生說，「你說話像一個英國人嗎——可真是嗎？我還從來沒有聽到過學得這麼蹩腳的英國話。你是彼得．威爾克斯的弟弟！你是個騙子，貨真價實的騙子！」

哈，這下子可把大夥兒驚呆了！他們全部圍住了醫生，要叫他平靜下來，想給他作詳細解釋，告訴他哈維已經在幾十件事上表明他確實是哈維，他怎樣知道每個人的姓名，知道每一隻狗的名字。還一個個求他，求他千萬別傷害哈維、可憐的姑娘們的感情和大夥兒的感情。可是不論你怎麼勸說，都沒有用，他還是一個勁兒地大發脾氣。還說不論什麼人，裝作英國人卻又英國話說得那麼糟，一定是個騙人的傢伙。那幾位可憐的閨女偎著國王哭泣，醫生突然一轉身，衝著她們說：

「我是你們父親的朋友，我也是妳們的朋友，我作為一個朋友、一個忠誠的朋友、一個要保護你們免遭傷害的朋友，現在我警告你們，馬上別再理睬那個流氓，別再搭理他，這個沒知識的流浪漢。他滿口胡言亂語，亂扯所謂的希臘文和希伯來文。他是一眼就能被識破的詐騙犯——不知從什麼地方揀來一些空洞的名字和無聊的事，便把這樣的事情當作根據，還由這兒的一些本該明白事理的糊塗朋友幫著糊弄你們。瑪麗．珍妮．威爾克斯，妳知道我是妳的朋友，也是妳最好的朋友。現在聽我一句話，把這個讓人可憐的流氓給轟出去——我求妳做這件事，行嗎？」

瑪麗．珍妮身子一挺，我的天啊，她是多麼漂亮啊。她說：

「這就是我的回答。」她拎起那一袋錢，放在國王的手心裡，還說，「你就收下這六千元吧，為我和我的兩個妹妹放一條生路，隨便你願意怎麼處置我們都行，我們不反悔，用不著給我收據。」

隨後她用一條胳膊摟著國王，蘇珊和豁嘴摟著另一個。大夥兒一個個鼓掌，腳蹬著地板，好像掀起了一場風暴。國王呢，昂起了他的腦袋傲然一笑。醫生說：

「那好吧，我洗手不管這事了。不過我警告你們全體，總會有一個時刻來到，到時候你們會為了今天的做法感到羞愧的。」他說完便揚長而去。

「那好吧，醫生，」國王帶著幾分挖苦的口氣說，「我們會想辦法叫她們派人去請你的。」他的話令旁邊的人哈哈大笑。他們說，這句俏皮話說得棒極了。

26

等到大夥兒全都走了，國王問瑪麗．珍妮，有沒有空閒的屋子。她說有一間是空的，威廉叔叔可以住這一間。她呢，便把她自己那一間更大些的留給哈維叔叔住。她會搬到妹妹房間的帆布床上將就一下。上面頂樓有個小間，放著一張小床鋪。國王說，這可以讓他的隨從住——也就是說我。

瑪麗．珍妮領我們上樓，讓他們看了自己的房間。房間陳設簡單，可是倒也令人心中感到舒服。她說，如果哈維叔叔嫌礙事的話，她可以把她的一些衣衫和別的東西從她房間裡搬出去。不過國王說，不用搬了。那些衣衫是沿牆掛著的，衣衫前面有一片印花布的幔子從上面垂到地板上。一個角落裡，有一隻舊的毛皮箱子，另一個角落放著一隻吉他盒子，各種各樣的零星小擺飾、小玩意兒，散在各處，都是姑娘們喜歡點綴房間用的東西。國王說，這些家具使得房間裡增添了家庭氣氛，也更舒適，所以不必挪動了。公爵的房間小巧而舒適。我那個小間也是這樣。

那天晚餐很豐盛，男男女女，濟濟一堂，我站在國王和公爵坐的椅子後邊服侍他們，另外的人由黑奴們侍候。瑪麗．珍妮坐在桌子另一頭的主人席上，蘇珊坐在她的旁邊。她們的話題是說油餅的味道怎麼糟、果醬怎麼不好、炸雞怎麼炸老了、口味差——如此等等的廢話，都是婦女們搬出來的一套客氣話，用來逼客人說些恭維的話。客人都知道今天的飯菜全是上品，並且也這麼說了：「這油餅你是怎麼烤的，烤得這麼好吃？」「天啊，你哪裡弄來這麼可口的泡菜啊？」諸如此類的廢話，不一而足。你知道，人們在飯桌上就愛搬弄這些。

把大夥兒都侍候過了，我和豁嘴在廚房裡吃剩下的飯菜，另外一些人幫著黑奴收拾整理。豁嘴一個勁兒地要我給她講有關英國的事情、新聞。有的時候，我擔心快要露出破綻來了。她說：

「你見過國王嗎？」

「誰？威廉四世嗎？啊，我當然見過——他常去我們的教堂做禮拜。」我知道他幾年前死了，不過我沒有露出一點口風。我說他去過我們的教堂以後，她就說：「什麼——每星期都去嗎？」

「是的——每星期都去。他的位子正好在我的對面的座位——在布道台的那一邊。」

「我原認爲他住在倫敦啊，不是嗎？」

「哦，是的。他不住在倫敦還能住哪兒？」

「可是我原以爲你是住在謝菲爾德哩！」

我知道自己快招架不住了。我不得不裝作被一根雞骨頭卡住了喉嚨，好抓住時間想一個脫身之計。我說：

「我的意思是說，他在謝菲爾德時每個星期都要來教堂一兩次。這只是說夏季，他夏季來洗海水浴。」

「啊，看你說的——謝菲爾德不靠海啊。」

「嗯，我沒有說靠海啊。」

「怎麼啦，你剛說的嘛。」

「我可從來沒有說。」

「你說了的！」

「我沒有說。」

「你的確說過！」

「我從沒有說過這樣的話。」

「好，那你說了些什麼別的呢？」

「我說的是他來洗海水浴——我說的是這個。」

「好吧，假如不靠海，那麼他怎麼洗海水浴？」

「聽我說，」我說，「你看見過康格雷斯礦泉水嗎？」

「看見過。」

「好，你是不是必須到康格雷斯去才能拿到這種礦泉水？」

「當然不一定去。」

「那麼，威廉也不一定必須得到海上去才能洗海水浴啊。」

「那麼他怎麼洗的呢？」

「這裡的人怎樣弄到康格雷斯礦泉水，他們也就怎樣弄到海水——他一桶一桶把海水運來。在謝菲爾德的宮裡裝了好幾個鍋爐，國王要洗熱水澡。在海邊的人家沒有法子燒開這麼多的水，他們沒有那些設備。」

「哦，我現在明白了。你可以一開頭便說清楚嘛，還能節省些時間。」

聽到她這麼說，我想我總算得救啦。我突然覺得十分快活。接著她說：

「你也上教堂嗎？」

「是的——每個星期去。」

「你坐在什麼地方？」

「這還用問，當然是坐在我們的座位上唄。」

「誰的座位上？」

「哦，我們的——妳哈維叔叔的座位。」

「他的？他要坐位子嗎？」

「要座位坐呀。妳說他要坐位子嗎？」

「哦，我以爲他應該站在講壇上。」

糟了，我忘記他是個牧師了。心裡明白又露餡了，於是又假裝讓雞骨頭卡住了一回。想了一會兒，然後說：

「去妳的，妳以爲教堂裡只有一個牧師嗎？」

「多出來的牧師有什麼用？」

「什麼——就一個牧師給國王講道？我從沒見過象妳這樣不懂事的女孩。他們的牧師不少於十七個。」

「十七個！我的天呀！我才不願意坐在那裡聽完那麼一大群牧師講道哩，哪怕永遠上不了天堂，我也不聽。那得講一個星期呀。」

「怎麼會呢，他們又不是在同一天講道，一天只一個人講。」

「那別的牧師幹什麼呢？」

「哈，要他們撐門面唄。妳怎麼什麼都不知道？」

「哼，我壓根兒就不想知道這種蠢事。英國人對傭人怎麼樣？是不是比咱們對黑鬼好？」

「一點都不好！傭人在英國是無足輕重的，他們的待遇還不如狗。」

「他們難道沒有假日嗎？像咱們這樣，從聖誕節到新年放一個星期假，七月四日也放假？」

「嘿，妳聽聽！就憑妳這兩句話，人家就知道你妳沒有去過英國。豁……哎，瓊娜，他們從年頭到年尾哪裡見過假日？從沒有看過馬戲、沒有上過劇場、也不去看黑鬼表演，哪兒也不去。」

「也不到教堂做禮拜嗎？」

「不去。」

「可是你不是常去教堂嗎？」

唉，我又遇到難題了。我忘了我是那老頭的傭人，但是我靈機一動，很快就想出了一種解釋，我告訴她貼身的男僕如何同普通傭人不一樣，不管他願不願意，都得上教堂做禮拜，和主人一家子坐在一起，因爲法律上有明文規定。但是我解釋得不夠圓滿，說完後，我發覺她仍然不滿意。她說：

「老實告訴我，你是不是一直在對我說假話？」

「我說的都是眞的。」我說。

「你把手擱在這本書上賭個咒。」

我看到那只不過是一本字典，不是《聖經》，於是把手放在上面賭了個咒，這時候她才顯得稍微滿意了一點。她說：

「那好吧，其中有一些，我信。不過別的話，要我的命我也不信。」

「瓊，妳究竟不信什麼？」瑪麗・珍妮走進門來，蘇珊跟在她的後面。「他一個外地人，又遠離他的親人，妳這樣對他說話是不對的，也太不友好了，要是別人這樣對妳，妳高興嗎？」

「妳總是這麼個脾氣，瑪麗——怕人家受委屈，喜歡中途幫助別人。我並沒有得罪他啊。依我看，他有些事說得添油加醋的，我在說，我不能句句都囫圇全信。我就說了這麼幾句話。這麼小事一件，我想他是能夠受得住，不是嗎？」

「我才不論是小事還是大事哩。他是在我們家作客，妳說這一些是不對的。妳要是在他的位置上，這些話會叫妳難堪的，因爲這個原因，凡是能叫人家害臊的話，妳都不該對別人說。」

「可是，瑪麗，他好像在說……」

「他說些什麼，這不相干——問題不在這裡。問題是應該對他和和氣氣，所有讓人家感覺到自己是在異國他鄉、舉目無親的話，一概不要說。」

然後蘇珊也插了進來。你信不信，她把豁嘴狠狠地罵了一頓！

我對自個兒說：「恰好正是這樣一位姑娘，我卻聽任那個老流氓去搶劫她的錢財！」

我便對自個兒說，這是又一位姑娘，我卻聽憑那個老流氓搶劫她的錢財！

然後瑪麗·珍妮又責怪了一通，隨後又甜甜蜜蜜、親親熱熱地說起話來——她做人就是這樣——不過等到她把話說完，可憐的豁嘴就無話可說了，就一疊聲地央告起來。

「那麼，好吧，」另外兩位姑娘說，「妳就請他原諒妳吧。」

她也照著辦了。而且她說得多麼動人啊。她是說得如此動人，聽起來讓人多麼快樂。我眞是但願能給她講一千回的謊話，好讓她再給我貼一千回不是。

我對自個兒說，這是又一位姑娘，我正聽憑那位老流氓搶劫她的錢財。她賠了不是以後，她們便對我百般殷勤，讓我覺得是在自己家裡，是和朋友在一起。我呢，只感覺自己是那麼缺德、何等卑鄙、下流。我心中暗暗打定了主意，我寧死也要把那筆錢替她們收藏好。

於是我就溜走了——我嘴裡說是去睡覺，心裡的意思卻是說等一會兒再說吧。我一個人的時候，獨自把當時的事從頭到尾在心裡想了一遍。我對自個兒說，要不要由我私下裡去找那位醫生，把這兩個騙子都告發呢？不——這不妥。他說不定會透露出來是誰告訴他的。那麼，國王和公爵定會狠狠地收拾我。

我該不該私下裡去告訴瑪麗．珍妮呢？不——這個辦法不行。她臉上的表情準定會表現出一種暗示來。既然他們弄到了錢，他們便會立即溜之大吉，把錢帶走，不見蹤影。要是她找人幫忙，我想，在事情眞相大白以前，我會被捲了進去。不，除了一個辦法，其他的路子都行不通。不管怎樣，非得由我把錢偷到手不可。我非得找出一個辦法來，把錢偷到手，而又不致叫他們起疑心，認爲是我偷的。

他們在這裡正得意哩，他們是不會馬上就離開的，在把這家人家和這個鎭子油水擠乾以前，是不會走的。所以我還是有機會。我要把錢偷到手，藏起來。等我到了大河下游，我可以寫封信，告訴瑪麗．珍妮錢藏在哪裡。可是，只要做得到的話，最好今天晚上便能偷到手。因爲醫生不見得像他所說的眞的撒手不管這事了，他不一定眞會善罷甘休。他反倒也許會把他們嚇得從這兒逃走哩。於是我尋思，還是由我去房間裡找一找。

在樓上，過道裡是黑的。我先找到了公爵的那一間臥室，便用手到處摸著。不過我一想，按照國王的脾氣，不一定會肯叫別人照管好這筆錢，而是非得由他自己照管不可的，於是我去了他那間房間，到處找尋。可我發現，沒有一根蠟燭，我什麼也幹不成。我當然不敢點燃蠟燭。依我看，還是得走另一條路——躲起來，偷聽。正在這個時刻，我聽到有腳步聲。我想鑽到床底下較好，就伸手去摸床。但是我原以爲放床的地方，卻並沒有床。我摸到的是遮住珍妮小姐衣衫的布幔，我就縱身一躍，跳到了布幔後邊，躲在衣衫中間，一動也不動站在那裡。

他們進來了，然後把門一關。公爵幹的第一件事便是彎下身子，朝床底下張望。我眞是高興極了，剛才我本想摸到床，可並沒有摸到。但是嘛，你要知道，人想要幹什麼偷偷摸摸的勾當，便很自然地會想到要藏到床底下去。他們坐了下來。國王說：

「喂，你剛才是怎麼回事？怎麼把人家的話打斷，咱們在下面和大夥兒一起熱熱鬧鬧地討論喪事，不比待在這裡讓他們得著機會說咱們的閒話強得多嗎？」

「哎，是這麼回事，國王。我心裡不踏實，老感到不自在。那個醫生是我的一塊心病。我想知道你有些什麼打算。我有個想法，我覺得很穩當。」

「什麼想法，公爵？」

「今晨三點鐘以前，我們趁天亮之前偷偷離開這裡，帶了已經到手的，迅速地趕到大河下游去。特別是這樣，既然得來這麼輕易——又還給了我們，簡直可以說是當面扔給我們的。我們原本認爲非得重新偷到手裡才行哩。我主張就此罷手，來個逃之夭夭。」

這話叫我感到情況不妙。在幾個鐘頭以前，也許感覺會不一樣，可如今聽了，感到情況不妙，很是灰心失望。國王生氣了，吼道：

「什麼？別的財產還沒有拍賣掉就走？像兩個傻瓜蛋那樣就此跑開。扔下身邊值八九千塊錢的產業不要了？它正等著咱們順手帶走呢——多麼值錢、多麼容易脫手的東西呵。」

公爵嘟嘟囔囔地說，那袋金幣就足夠了，他可不願再冒什麼險啦——不願意把幾個孤女搶個精光。

「嘿，看你說的！」國王說，「除了這筆錢，我們並沒有搶劫她們啊。那些買家產的人們是要吃虧的，因爲只要一發現我們並非財產的主人——我們溜掉以後，不用多長時間便會查明的——我們的這樁買賣法律上不會生效，財產就會物歸原主。這些孤女就會重新得到這些財產，這對她們來說，就心滿意足啦。她們還年輕，手腳輕快，掙錢吃飯不一定是難事。她們並不會受什麼苦。啊，你只要好好想一想，世上比不上她們的，還有很多人呢。天啊，她們還有什麼好不滿意的呢。」

國王把公爵說得暈頭暈腦，他最後便屈服了，說那就這樣吧。可是他還說，這樣待下去，還有醫生威脅著他們，他確信只有傻瓜才會這麼幹。但是國王說：

「這該死的醫生！我們還在乎他嗎？鎮上所有的蠢貨不都是站到了我們這一邊嗎？有這麼多的人撐腰，難道還不算絕大多數嗎？」

於是他們準備重新到樓底下去。公爵說：

「我覺得咱們藏錢的地方不安全。」

這話我聽後精神爲之一振。我原本以爲我得不到什麼線索找到這筆錢啦。國王說：

「爲什麼？」

「因爲瑪麗．珍妮從現在起要守孝。她會讓黑奴來把房間打掃乾淨，把衣服裝進盒子裡收起來。難道你認爲黑奴發現了這筆錢，不會順手借一些嗎？」

「公爵，你的腦袋又聰明起來啦。」國王說。他在離我三四英尺的地方的布幔下邊摸了一會兒。我緊靠住牆，紋絲不動，但是身子不斷在顫抖。要是這些傢伙抓住了我的話，眞不知道他們會對我說些什麼。我就思忖著，要是他們眞的把我給抓住了，我該怎麼辦？但是我還來不及想好對策，國王已經把錢袋拿到了手。他根本沒有懷疑到我會在旁邊。他們拿過袋子，往羽絨褥子底下一張草墊子的裂縫裡使勁塞，塞了足足有三英尺深。還說，這樣一來，不會有什麼問題了，因為一個黑奴只會整理整理羽絨褥子，絕不會動草墊，草墊一年只翻兩回，把錢塞在裡面，就不會被偷了。

不過我比他們知道得更多一些。他們下樓還沒走到一半，我就把東西取到了手。我摸著上去，走進了我的小間，先去找個地方藏了起來，以後有時間再去找個更隱蔽的地方。據我判斷，放在屋子外面一個什麼地方較好。因為一旦這些傢伙發現丟了，肯定會在整個屋子裡搜個沒完，這我很明白。我便轉身睡了，身上的衣服一件未脫。但是要睡也睡不著，心裡著急，只想把事情辦了。不久，聽到國王和公爵走上樓來。我便從我的小床滾下來，趴在樓梯口伸出腦袋聽，等著看會不會發生什麼事情。不過什麼事也沒發生。

我就這樣等著。後來夜深了，所有的聲音全都靜了下來，而清早的聲音還沒有開始的時候，我就從梯子上溜下來了。

27

我爬到了他們房間的門前去聽，除了一陣陣呼嚕聲以外什麼也沒有再聽見，我就一路踮著腳尖，慢慢地下了樓梯。四周一點聲響也沒有。我從飯廳一道門縫裡往裡看，見到守靈的人都在椅子上睡著了。門向客廳開著，遺體放在客廳裡。兩間屋裡都各點了一根蠟燭。我走了過去。客廳的門敞開著。不過除了彼得的遺體外，我沒有見到那裡還有什麼別的人。於是我繼續朝前走，可是前門是上了鎖的，鑰匙不在上邊。正在這個時刻，我聽到有人從我背後的樓梯上下來。我便奔進客廳，急忙往四周張望一下，發現眼下唯一可以藏錢袋的地方只有在棺材裡了。棺材蓋移開了大約有一英尺寬，於是就可以看到棺材下面死者的臉，臉上蓋著一塊潮濕的布。死者穿著屍衣。我把錢袋放在棺材蓋下面，正好在死者雙手交叉著的下邊。害得我全身直發抖。死者雙手是冰涼涼的。接著我從房間的這一頭跑回到房間的另一頭，藏在門背後。

下來的是瑪麗·珍妮。她輕手輕腳地走到棺材邊跪了下來，向裡邊看了一下，然後掏出手帕掩著臉。我看到她是在哭泣，雖說我並沒有聽到聲音。她背對我，我看不見她的神情。我從客廳裡溜了出來，走過餐廳的時候，我想確定一下，看我有沒有被守靈的發現。所以我從門縫裡看了一下，見到一切正常，那些人根本就沒有動彈。

我一溜煙上了床，心裡有些不高興，因爲我費盡了心思，又冒了這麼大的風險，卻只能弄成這個樣子。我在心裡思忖，假如錢袋能在那裡安然無恙，我到大河下游一兩百英里遠以後，便可以寫個信給瑪麗·珍妮，她就能把棺材掘起來，把錢拿到手。但是嘛，事情不會是這麼簡單的。可能發生的情況是人家來釘棺材蓋的時候，錢袋給發現了。這樣，國王又會得到這筆錢。從這以後，要找個機會，從他手裡再弄出來，可就不是一天兩天就能得手的事了。當然，我一心想溜下去，把錢從棺材裡取出來，可是我沒有這樣做。天色每一分鐘都漸漸亮起來了，守靈的人有一些會很快醒來的，我說不定會給逮住啊——手中拿著六千塊錢被當場抓住，誰也沒有雇我來保管這筆錢，叫我怎麼說得清。我心裡想，我才不願意捲進這種事情裡面去哩。

早上我下樓梯的時候，客廳的門是關了的，守靈的人都回家了。四周沒有別的什麼人，只剩下家裡的人，還有巴特萊寡婦和我們這幫傢伙。我仔細察看他們的臉，看有沒有發生什麼情況，但是看不出來。快正午的時候，承辦殯葬的那些人到了，他們把棺材擱在屋子中央放在幾把椅子上，又放好了一排椅子，包括原來自家的和向鄰居借的，把大廳、客廳、餐室都塞得滿滿的。我看到棺材蓋還是以前見到的那個樣子，不過當著四周圍著這麼多人，我沒有往蓋子下面望一望究竟。

然後人們開始往裡擠，那兩個敗類和幾位閨女在棺材前面的前排就坐。人們排成單行，一個個繞著棺材慢慢走過去，還低下頭去看看死者的遺容，有些人還掉了幾滴眼淚，他們就這樣走了半個小時。屋子裡很安靜，氣氛很嚴肅，只有那三位姑娘兩個騙子用手絹捂住眼睛，低著頭，抽噎一兩聲。屋子裡聽不到別的聲音，只有腳擦地板聲和擤鼻涕的聲音——因爲人們在辦喪事的時候總愛擤鼻涕，擤得比教堂以外的任何別的地方都多。

屋裡擠滿了人的時候，承辦殯葬的人戴著黑手套、輕手輕腳地到處張羅，作一些最後的安排，把人和事安排得有條有理，他走起路來，像隻貓似的，不發出一點聲音。他一聲不吭，指揮調度著滿屋子的來客，把遲到的客人硬往裡面塞，他點頭、打手勢讓大家給他們讓出一條道來。然後他走過去，靠牆站好，我以前從沒見過像他這樣輕手輕腳、走起路來無聲無息像做賊一樣的人，他的臉跟火腿一樣，上面沒有一絲笑容。

他們借來了一架小風琴——一架有毛病的風琴。等到一切安排妥當，一位年輕的婦女就坐在風琴前彈起來。風琴像害了疝氣痛那樣吱吱吱地呻吟，大夥兒全都隨聲唱起來。依我看，只有彼得一個人落得個悠閒。隨後霍布森牧師語氣緩慢而莊重地開了個場。也正是在這個時候，地窖裡有一隻狗高聲嗥叫，這可大殺風景。光只有一條狗，大夥兒卻已吵得六神無主，而且狗總叫個不停。鬧得牧師不得不站在棺材前邊一動不動，在原地等著——那叫聲使人什麼也聽不到。這情景著實叫人難堪，可誰也不知道該怎麼辦才好。可是沒過多久時間，只見那個腿長長的承辦殯葬的人朝牧師做個手勢，好像在說：「一切有我呢，不用擔心。」

隨後他彎下腰來，沿著牆滑過去，人們只見他的肩膀在大夥兒的腦袋上面移動。他就這麼溜出去。與此同時，狗叫聲越來越刺耳。後來，他從屋裡兩邊的牆滑過，消失在地窖裡。然後，一瞬間，只聽得「啪」的一聲，那條狗最後發出了一兩聲十分淒涼的叫聲，就一切死一般的寂靜了。牧師在中斷的地方重新一本正經地接下去。幾分鐘以後，再次看見承辦殯葬的人，他的背和肩膀又在大夥兒的腦袋後面移動。他就這麼滑動，滑過了屋子裡面三堵牆，隨後站直了身子，手掩住了嘴巴，伸出脖子，向著牧師和大夥兒的腦袋，用他低沉的嗓音對周圍的人說：「牠逮住了一隻耗子！」隨後又彎下身子，沿著牆滑過去，回到了自己的位子上。我看得很清楚，大夥兒都很滿意，究竟是什麼個原因，他們自然都想知道。這麼一丁點兒小事，本來說不上什麼，可正是在這麼一點點兒小事上，關係到一個人是否受到尊重和喜愛。在整個這個鎮子上，再也沒有別的人比這個承辦殯葬的人更受歡迎的了。

啊，這回葬儀上的布道說得非常好，就是說得太冗長，叫人不耐煩。接下來國王擠了進來，又搬出一些陳腔濫調。到最後，這一些總算完成了，承辦殯葬的人拿起螺絲起子，輕手輕腳地朝棺材走去，我渾身是汗，著急地仔細看著他怎樣動作。可是他一點都沒有多事，只是輕輕把棺材蓋子一推，緊緊地擰上螺絲。這下子我可傻眼了！我根本不知道那袋錢是不是還在裡邊。我自個兒心裡在想，萬一有人暗中偷走了這袋錢，那怎麼辦！如今我怎麼才能決定究竟該不該給瑪麗．珍妮寫信呢？假定棺材被她挖掘了起來，結果一無所獲——那她又會怎樣看我呢？天啊，說不定我會遭到追捕，關進監牢哩。我最好還是不吱聲，瞞著她，根本不給她寫信。事情如今搞得越來越複雜啦。本想把事情做圓滿，不料反把事情弄糟了，比原來糟一百倍！我當初要是沒插手這件事就好了，讓它見鬼去吧。

大家把彼得下了葬，我們回到了家，我又再一次仔細察看所有人的臉——這是我自個兒由不得自己的，我還是心裡不安啊。可是，結果仍然一無所獲，從人家的臉上什麼也沒有看出來。

傍晚時分，國王到處去串門子，叫每個人都感到舒服，也叫他自己到處受人歡迎。他是要給人家有個印象，就說他在英國的那個教堂急需要他，因此他非得加緊行事，馬上把財產的事解決掉，及早回去。他這樣地急促，連他自己也是過意不去。大夥兒呢，也都是一樣。他們原希望他能多住一些日子。不過他們說，他們也明白，這是做不到的。國王又說，當然嘍，他和威廉會把閨女們帶回家去，這叫大夥兒聽了每個人都歡喜，因爲這樣一來，閨女們可以安排妥當，又跟親人們生活在一起。姑娘們聽了也很高興——逗得她們高興得不得了，以致根本忘掉了她們在人世間還會有什麼煩惱。她們還對他說，希望他能趕快把東西拍賣掉，她們隨時準備出發。這些可憐的孩子感到如此快樂和幸福，我眼看她們這樣被愚弄、被欺騙，實在萬分心痛啊。可是我又看不到有什麼可靠的辦法能幫上一把，使整個局面能扭轉過來。

啊，天啊，國王果眞貼出單子，說要把屋子、把黑奴、把所有的家產統統立即拍賣——在出殯後的第三天拍賣。不過，如果有人願意在這之前個別來買也可以。

於是出殯後的第二天，大約中午時分，這幾個女孩子的高興情緒受到了第一次打擊。她們家裡來了兩個黑奴販子，國王按公道的價錢把黑奴賣給他們了，拿到了他們所說的三天後支取的銀行匯票，黑奴們就這樣走了，兩個兒子賣到上游的孟菲斯，他們的母親賣到下游的奧爾良。我想那三個可憐的姑娘和那些黑奴痛苦得心都要碎了吧？他們互相抱頭痛哭，悲傷得不得了，我見了心裡也很難受。姑娘們說她們做夢也沒有想到這一家子會被活活拆散，賣到遠離這個鎮子的外地去。那幾個苦命的姑娘和黑鬼們抱頭痛哭的情景，我一輩子也忘不了。我想如果不是早知道這筆買賣會泡湯，那幾個黑鬼過一兩週就會回來的話，我一定會忍耐不住，跑去告發這群騙子。

這件事在全鎮也引起了很大的轟動，很多人直接了當說這樣拆散母子是造孽。騙子們聽到這樣的議論有些招架不住了，不過那個老傻瓜不管公爵怎麼個說法，或者怎麼個做法，還是一直堅決要幹下去。我可以告訴你一句話，那個公爵現在可是提心吊膽，坐立不安哩。

第二天是拍賣的日子。早晨天大亮以後，國王和公爵上閣樓來，我也被他們喊醒了。我從他們的臉色就猜到已經出事了。國王說：

「前天晚上你到我的房間裡去過沒有？」

「沒有啊，陛下。」在沒有旁人只有我們這幾個人的時候我經常這樣稱呼他。

「昨天或者昨晚上，你沒有去過嗎？」

「沒有去過，陛下。」

「事到如今，要說老實話——不要撒謊。」

「說老實話，陛下。我說的是真話。在瑪麗小姐領你和公爵看了房間以後，我就從沒有走近過你的房間。」

公爵說：「那麼你有沒有看到別人進去呢？」

「沒有，大人，我記不起有什麼人進去過。」

「你仔細想想。」

我考慮了一下，想到我的機會來了，於是說：

「啊，我看見那幾個黑奴進去過好幾回。」這兩個傢伙聽了都吃了一驚，那神氣好像說，這是他們沒有猜想到的；一會兒以後，那神氣又彷彿早就料到了這個似的。然後公爵說：

「什麼，他們全都進去過嗎？」

「不——至少不是全部一起進去的。我是說，除了有一回，我從沒有看見他們同時從房裡一起走出來過。」

「啊——那是在什麼時候？」

「就是殯葬那一天，是在早上，不是很早，因為我醒得太晚，我剛要從樓梯上下來，我見到了他們。」

「好，說下去，說下去——他們幹了些什麼？他們有什麼動靜？」

「他們也沒有幹什麼。反正，拿我看到的來說，他們並沒有做什麼事，也沒有什麼大動作。他們踮著腳尖走了。我當然認爲他們是進去整理陛下的房間的。他們原認爲你已經起身了，結果看到你還沒有起來，於是又悄悄溜出去，如果你還沒被他們吵醒的話，免得把你吵醒，惹出麻煩來。」

「碰上大扒手了，這事可不好辦了！」國王說。兩人的臉色都很難看，有點兒傻了眼的樣子。他們站在那裡不知想些什麼，直抓腦袋。然後公爵怪模怪樣地笑了幾聲說道：

「黑奴們這一手多麼漂亮。他們還裝作因爲要離開這片土地而傷心得什麼似的！連我也信以爲眞？，你也信了，大家都相信了。以後別再告訴我說黑奴沒有演戲的天才啦。哈，他們的表演眞是夠精采的，完全可以糊弄任何一個人。依我看，在他們身上，可發一筆財。我要是有資本、有一座戲院的話，我不要別的班子，就要這個班子——可現在我們把他們賣了，等於是白送人。我們沒這份福氣，只會白送人啊。喂，那幾個子兒……那張匯票在什麼地方？」

「正在銀行裡等著收款呢。還能在哪兒？」

「好，謝天謝地，那就沒問題了。」

我這時插了話，好像膽小怕事地說：

「是出了什麼岔子？」

國王突然一轉身，十分生氣地對我說：

「不關你的事！不許你管閒事。你要是有什麼事的話——就管好你自己的事吧。只要你還在這個鎭子上，這句話，你可別給忘了，聽見沒有？」

接著他對公爵說：「我們只有把這件事硬往肚子裡嚥，什麼也別提了。千萬別聲張出去。」

在他們下樓梯的時候，公爵又偷偷地笑起來，說：

「薄利多銷！這筆生意眞不賴——眞不賴。」

這時國王回過頭來對他吼著：

「我把他們趕快賣出去，也是想把事情辦好。如果到頭來一無所獲，不但帶不走任何東西，而且還要賠上老本，難道全是我的錯？你的錯也不比我小。」

「哼，當時要是能聽從我的勸告，那他們就會還在這屋子裡，而我們早就走了。」

國王強詞奪理地回敬了他幾句，轉身把我當成出氣筒。他責怪我看見過黑奴從房間裡那樣走出來的時候沒有過來告訴他——說再傻也會知道是出了事啦。然後又轉過去對自己罵了幾句，說全怪自己沒有遲一點兒睡，早上就自然可以多歇一會兒，他以後再也不會幹這種傻事了。他們就這樣嘮嘮叨叨走了，我呢，高興得快死了，我把事情推在黑奴身上的辦法生了效，黑奴呢，也沒有受到什麼傷害。

28

沒過多久，到了該離開的時候。我就下了梯子到樓下去。我走過姑娘們的房間，發現門是開著的。我見到瑪麗・珍妮正坐在她那隻舊皮箱的旁邊。箱子蓋是打開著的，她正在整理行裝——準備前往英國去。不過此時她住了手，膝蓋上放著一件疊好的襯衫，雙手捂著臉，正在哭泣。見到這個景象，我心裡十分難過——自然人人都會難過的。我走了進去，說道：

「瑪麗・珍妮小姐，妳生來見不得人家不幸的境地，我也是一樣——幾乎每次都這樣。妳有什麼傷心的事，就告訴我吧。」

她就對我說了，是由於黑奴的事——不出我所料。她說，她美妙的英國之行差點兒給毀了。她說，既然知道了母子從此分離，再也見不到一面，她不知道以後怎麼會高興得起來——說著說著又哭得更加難過，雙手往上一抬說：

「哦，天啊，多麼悲慘啊，今生今世不能再見面啦！」

「不過他們會相見的——不出幾個星期——這我可知道！」我說。

天啊，我還沒有仔細想一想，就這麼輕易說出口——她呢，不顧我往後退，就兩條胳膊緊緊圍住了我的脖子，讓我再說一遍、再說一遍、再說一遍！

我發現自己說得太突然了，也說得太多了，突然間感到左右爲難。我讓她等我想一會兒，她便坐在那裡，那麼漂亮、激動又不耐煩，但神情有些快樂、輕鬆，好像一個人剛把壞牙拔掉。我於是又思索了起來。我跟我自己說，當一個人處境困難的時候，勇於站出來，把眞相給說出來，那是要冒風險的。我雖然沒有經驗，不能說得十分肯定，不過依我看，事情是這麼樣的。可是，我總認爲眼前這件事說實話比撒謊好得多，也可靠得多。我非得把這件事放在心上，有時間時多多琢磨琢磨。這委實是件怪異的事，不是尋常可比。我可從沒有見過這樣的事。最後我打定了主意，去碰碰運氣。這回我乾脆把實情都告訴她，哪怕像是坐在火藥桶上，自己把火藥點著，看會把你轟到哪兒去。於是我說：

「瑪麗．珍妮小姐，有沒有什麼辦法可以在離這個鎭子不太遠的地方，找到一個什麼去處，去住那麼四五天？」

「能啊——可以住在羅斯洛普先生家。爲什麼要這樣做？」

「妳先別問問爲什麼吧。要是我對妳說，我知道這些黑奴是會重新團聚的——不出幾個星期——就在這間屋子裡相聚——而且我證明我是怎麼知道的——那妳願不願到羅斯洛普家去住四天？」

「四天？」她說，「我願意住一年哩！」

「那好，」我說，「我要妳說的就是這句話，咱們不用再說別的了——妳這句話比人家吻了《聖經》起的誓還管用哩。」她微微一笑，臉紅了起來，甜甜的。我說：「要是妳不介意的話，我要把門關上——把門閂好。」

掐上掐銷後　我轉身走了回去，坐下來對她說：

「妳不要大喊大叫，安安靜靜坐著，像一個男子漢那樣聽我說。我得把眞相告訴妳，妳呢，得鼓點兒勇氣，瑪麗小姐，因爲這是一件不幸的叫人難以忍受的事，但是已經這樣了，是無可奈何的了。妳們的這些叔叔啊，他們根本不是什麼叔叔——他們是一群騙子——地地道道的大流氓。啊，現在妳已經知道了最可怕的眞相——其餘的話妳便能受得住了。」

不消說，這些話當然使她十分震驚。不過我現在好像魚游過了淺灘，於是就滔滔不絕地說下去了。她的雙眼閃閃發光，而且越來越亮。我把那些混帳事一樁樁一件件都告訴她了，從我們最初遇到那個往上游去搭輪船的傻小子說起，一直講到她在大門口撲向國王懷裡，國王親了她十六七次爲止——她聽到這裡，突然跳起來，滿臉像落日一樣燒得緋紅，她說：

「這畜生！來——別再耽誤一分鐘……一秒鐘——我們要給他抹上柏油、黏了雞毛鴨毛，把他投進到河裡去。」

我說：「那當然。但是，妳難道是說，在妳到羅斯洛普家去以前要動手嗎？……」

「哦，」她說，「你看我在想些什麼啊！」一邊說，一邊又坐了下來。「別在意我所說的——請別見怪——如今你不會見怪，不會了是吧。」她把那纖細的手溫柔地放在我的掌心，這份情意就是叫我去死我也是願意的。「我從沒想到我會這麼激動，」她說，「好吧，說下去，我不會再這樣激動了。我該怎麼辦，你儘管說。不管你怎麼說，我一定照著辦。」

「唉，」我說，「他們這兩個騙子十分蠻不講理，我現在很爲難，不管自己願意不願意，不得不跟他們再往前走一程——我不想告訴你爲什麼要這樣做。你要是去告發他們，鎮上的人會把我從他們的魔掌中救出來，我是沒事了，但是還有一個你不認識的人就得遭殃。唉，我們得把他救出來呀，你說對不對？當然得救。那麼，咱們暫時就別急著去告發他們吧。」

說這些話的時候，我心生一計。我想到了我和吉姆應該擺脫掉那兩個騙子，而且讓他們在這裡就給關進牢獄。不過我不想在大白天就划木筏，因爲這樣的話，除了我之外，就沒有別的人在木筏上回答盤問的人，所以我打算等今晚深夜再按計畫行事。我說：

「瑪麗．珍妮小姐，我會告訴妳我們該怎麼做——妳也不用在羅斯洛普家待那麼長時間。他家離這裡有多遠？」

「四英里路不到——就在後邊那個鄉下。」

「好，這就行了。現在妳可以到那邊去，待到今晚九點，或者九點半，不要聲張，然後請他們送妳回家——對他們說是妳想起了一件什麼事這才要回去的。要是妳在十二點以前到，在窗子上放一根蠟燭，到時候我如果沒有露面，等我等到十二點，隨後如果我還沒有出現，那就是說我已經脫身啦，已經遠走高飛啦，已經平安無事啦。然後妳就可出場了，可以把信息在各個方面傳開來，這些敗類就可以被送進牢獄。」

「好，」她說，「我會照著辦的。」

「如果我沒有能走掉，跟他們一起被抓住，妳必須挺身出來，說我是怎樣把事情的全盤經過在事前就告訴了妳的，妳必須竭盡妳的全力站在我的一邊。」

「站在你的一邊，當然我會的。他們絕不會動你一根毫毛。」她說。只見她的鼻翼微張，眼睛閃著亮光。

「我要是成功逃走了，就不能在這兒證明那兩個惡棍不是妳的叔叔，」我說，「但是即使待在這兒，我也拿不出確實的證據來。我只能賭咒發誓，說他們倆確實是騙子、是流氓，我就只能做到這一點，儘管這也可以起些作用。不過有些人做起證人來比我更好，他們不像我容易引起別人的懷疑。我可以告訴妳怎樣去找那些人。妳給我一枝鉛筆、一張紙吧。妳瞧——『皇家稀世奇珍，布利克斯維爾』。把這張字條收好，別弄丟了，要是法院想了解這兩個人的情況，妳就讓他們派人上布利克斯維爾去，說演《皇家稀世奇珍》的那兩個人已經被他們抓起來了，至於證明人嘛——嘿，瑪麗小姐，只要一眨眼的工夫，那個鎮上的人就都會跑來作證，而且一個個都會火冒三丈。」

依我看，我們已經把所有的事情安排好了。我因此說：「不如讓拍賣就這樣進行下去，不用擔什麼心。拍賣以後，人家在整整一天之內，不用爲了買下的東西付現款，因爲通告的時間太倉促了，如果沒有收到錢，他們是沒辦法付款的——依照我們布下的方案，拍賣不會作數，他們也就拿不到錢。黑奴的事和這沒有什麼兩樣——這不是買賣，黑奴過不了多久也就會回來。哈，黑奴的錢，他們是弄不到手——他們可陷進了最糟的處境啦，瑪麗小姐。」

「好啊，」她說，「我現在先下去吃早飯去，隨後徑直往羅斯洛普家去。」

「啊喲，那不成啊，瑪麗．珍妮小姐，」我說，「那絕對不行啊。在吃早飯以前走。」

「爲什麼？」

「照妳看，妳知道我爲何要妳去，瑪麗小姐？」

「嗯，我從來沒想這樣的事——讓我想想。我不明白啊。是什麼原因呢？」

「這還不知道呀，這是因爲妳不是那種喜怒不形於色的人呀。妳臉上的表情比書本上寫的還清楚。一個人只要坐下來瞧一瞧，就像讀一本大字印刷的書一樣，把妳的心事都看透了。妳以爲妳去見妳的那兩個叔叔，他們親妳問妳好的時候，妳能夠不動聲色，不會……」

「好啦，好啦，別說了！我不吃早飯就去吧——我很高興去。是不是要把我兩個妹妹同他們一起留在這兒？」

「是的——根本不用爲她們擔什麼心。她們還得忍耐一會兒。假如妳們都走了的話，他們說不定會起疑心。我也不要妳見到妳的妹妹，和這個鎮上的任何別的人——如果今天早上一個鄰居問起妳叔叔，妳的臉啊，就會說出點兒什麼來。不行，妳還是直接去吧，瑪麗．珍妮小姐。我會一個個安排好其餘的人。我會讓蘇珊小姐替妳向叔叔們問候的，還讓她們說，妳要走開五六個鐘頭，好好休息一下，換一換環境，或者是去看一個朋友，今晚或者明早就會回來的。」

「說我去看朋友倒沒什麼，但是我不想讓她代我向他們問好。」

「好，那就不問候。」對她這樣說一下，那就夠了——這樣說不會有什麼壞處。這是小事一樁，不會惹什麼麻煩。可往往只憑一些小事，便能掃除人們路上的障礙。這樣一件小事能叫瑪麗．珍妮小姐感到舒服，卻又不用花費什麼代價。隨後我說：「還有一件事——關於那袋錢的事。」

「啊，他們拿到了手啦。一想到他們是怎麼樣弄到手的，我覺得我是多麼傻啊。」

「不對。妳可不知情況。他們並沒有弄到手。」

「怎麼啦，那會在誰手裡？」

「我想我知道就好了，可我並不知道。錢曾經在我的手裡。因爲我從他們那兒偷了過來。我偷來是爲了給妳們的。我也清楚我把錢藏在一個什麼地方，不過我怕現在不在那裡了。我非常難過，瑪麗．珍妮小姐。我實在難過得沒有辦法形容，不過能做到的我都做過了，我都做過了，這是說的實在話。我差一點兒被逮住了。我不得不隨手一塞，塞好，拔腿就跑——可沒塞到個理想的地方。」

「哦，別責怪自己了——這樣做太不好了，我不准許你老責怪自己——你也是不得已才這樣做啊，這不是你的錯。你把它藏在哪裡啦？」

我不想惹起她再去想她那些倒楣的事。如果告訴她錢藏在什麼地方，就會使她想到躺在棺材裡的那具屍體的肚子上還壓著一袋錢，因此我覺得說不出口。所以足足有一分鐘我沒說一句話，後來才說：

「瑪麗．珍妮小姐，假如妳能不追問我的話，我暫時不告訴妳我把錢放在哪裡。不過我可以把它寫在一張紙片上。只要妳願意，妳可以在去羅斯洛普家的路上拿出來看。妳看這樣做行嗎？」

「哦，好。」

我就寫了下來：「我把錢袋放進棺材裡了。昨天深夜，當妳在那兒哭的時候，錢還在棺材裡。當時我躲在門背後，我也替妳非常難受啊，瑪麗．珍妮小姐。」

那天深更半夜，她一個人孤零零地在那兒哭，那兩個惡棍卻成了她家的座上客，使她丟盡了臉，還要搶她的錢財，我一想到這裡，寫著寫著眼眶就濕了。我把字條折好交給她的時候，看見她的眼眶也濕了。她使勁握住我的手說：

「再見了——你剛才對我說的話，每一件事，我都會照著做。要是我再也見不著你了，我也永遠不會忘掉你，我會經常想你，我會爲你祈禱。」——說完，她飄然而去了。

爲我祈禱！我看啊，要是她知道我是怎樣一個人的話，她對待我的態度會更符合她自己的身分的。不過我敢打賭，話雖這樣說，她還是會爲我祈禱——她就是這種人。只要她拿定了主意，她就有膽子甚至敢爲猶大祈禱哩——我看到，她渾身沒有軟骨頭。你愛怎麼說，就怎麼說，不過按我的看法，在我見到的姑娘中，她是最有膽量的人了，她渾身是膽。這話聽起來彷彿是過於奉承的話，其實並非這樣。要是說到美——以及善——她比任何人都更美、更善。自從我親眼看到她走出這道門以後，就沒有再見到過她了，不過我想念到她的次數，我看恐怕有千百萬次了吧。我時刻記著她說的那句要爲我祈禱的話。要是我認爲，我爲她祈禱會有點兒好處的話，我就肯定會去做的！

是啊，依我看，瑪麗·珍妮是從後門溜走的，因爲並沒有人看到她走開。當我見到蘇珊和豁嘴時，我說：

「妳們有時候到河對岸的那戶人家去串門子，他們姓什麼呀？」

她們說：「有好幾家哩。我們多半去普洛克托家。」

「正是這個名字，」我說，「我幾乎把這忘了。瑪麗·珍妮小姐要我告訴妳們，她急急忙忙到哪裡去了？」「有人生病了。」

「誰？」

「我不知道。恐怕是我忘啦，不過我想是……」

「天啊，希望不是漢娜？」

「眞對不起，」我說，「正是漢娜。」

「天啊——上個星期我見她還很健康呢！她病得厲害嗎？」

「是說不出名字的病。瑪麗．珍妮小姐說，整整一個晚上，人家陪著她，還深怕她拖不過多少時間了。」

「到了這種地步啊！她到底得的什麼病呢？」

我一時間想不出一種合理的病，就說：「流行性腮腺炎。」

「流行性腮腺炎，別瞎扯啦！得了流行性腮腺炎，也沒有必要要人整夜守護著啊。」

「不用守著，是嗎？你不如打個賭，對這樣的流行性腮腺炎，人家是要整夜守著的。瑪麗．珍妮小姐說這是新的一種。」

「什麼新的一種？」

「因爲跟別的病一起發的。」

「什麼別的病？」

「嗯，痲疹、百日咳，還有一種非常厲害的皮膚病，還有癆病、黃疸病、腦膜炎等等，還有另外一些，連我也說不清。」

「天啊！還把這個叫做什麼流行性腮腺炎！」

「瑪麗．珍妮小姐就是這麼叫的。」

「啊，他們爲什麼要把這個叫做流行性腮腺炎呢？」

「爲什麼？因爲，這病開頭就從流行性腮腺炎開始的。」

「哈，這就沒有道理了。一個人也可能最早先碰痛了腳趾頭，隨後吃了毒藥，又掉進了井裡，扭壞了脖子，摔壞了腦子，有人出來問起此人怎麼死的，可是一個蠢傢伙卻說『啊，他碰傷了腳趾頭。』難道這樣的說法有什麼道理嗎？不，毫無道理。這是傳染病嗎？」

「傳染嗎？哼，你怎麼問這樣的問題？放在暗處的耙子扎不扎人？妳不被這個齒扎到，就準會被那個齒扎到，對不對？妳要是繼續往前走，就非得把整個耙子帶走不可，妳總不能只帶一個齒走開吧，是不是？唉，妳可以說這種流行性腮腺炎就像一個耙子，而且還是一個很不賴的耙子，妳一被它掛上了，這輩子就別想脫身。」

「我看啊，這太嚇人，」豁嘴說，「我要到哈維叔叔那裡去……」

「哦，是啊，」我說，「我要是妳的話，當然我得去。我要一刻也不耽誤。」

「嗯，一刻也不耽誤，爲什麼？」

「妳只要稍稍想一想，妳就會明白的。妳的叔叔們不是得盡快回英國老家去嗎？妳難道以爲他們會那麼卑鄙，自己說走就走，而讓妳們單獨走這樣遠的路程嗎？妳們知道他們準會等妳們一起走的。到此爲止，一切還順當。妳叔叔哈維不是一位傳教師嗎？既然是這樣，一個傳教師會欺騙一艘輪船上的夥計嗎？他會欺騙一隻船上的夥計嗎——就爲了讓他們同意瑪麗．珍妮小姐上船？現在妳明白了，也是不會這樣做的。那麼，他又會怎麼幹呢？啊，他會說，這實在沒有辦法。教堂的事只好讓它去了，因爲我的侄女接觸了那可怕的綜合流行性腮腺炎，我有義不容辭的責任留在這裡，等四個月，看看她有沒有得這個病。不過不用擔心，要是妳認爲最好是告訴哈維叔叔的話……」。

「別胡說了。放下我們能在英國過快活日子，卻要耽在這兒鬼混，光爲了看看瑪麗．珍妮是不是染上了這個病？你在說傻話嗎？」

「無論怎麼說，也許妳最好還是跟妳們鄰居中哪一位先說一說。」

「你聽我說吧。你可以說是生來就比任何什麼人都要笨。你眞的不明白，他們就會去告訴其他人？現在只有一條路可走，那就是根本不向任何人說這件事。」

「啊，也許妳是對的——是的，我看妳的話不錯。」

「不過依我看，我們應該最起碼告訴一下哈維叔叔，說她要離開一會兒，好叫他不必爲她擔心。」

「是啊，瑪麗．珍妮小姐要妳這麼辦。她說，『對她們說一下，讓她們向哈維叔叔和威廉叔叔問候，說我到河對面去看……妳們的彼得大伯經常唸叨著的那一戶有錢人家叫什麼來著——我是說那一家——我突然忘記了名字。」

「哦，你一定是指艾樸索普家，是不是？」

「當然是的，眞是煩死人，他們這種姓名啊，讓人家怎麼也記不住，多半記不住。是的，她說她要過去求艾樸索普家務必到拍賣的現場來，而且買下這座房子，因爲她認定，彼得大伯寧願由他們家而不是別的人家把這座房子買下來。她準備纏著他們不放，直到他們答應爲止。如果能說通，並且她還沒有累倒，她就會回家來。假如那樣的話，她會回家來的。如果這樣，至少她在早上會回家來的，她還說，別說關於普洛克托家任何事，只提艾樸索普家便可以了——這是完全實實在在的話，因爲她去那裡是爲了講他們買下房子的事。這我清楚，因爲是她親口對我這樣說的。」

「好吧。」她們說。她們馬上就去找她們的叔叔，向他們問候，給他們傳口信。現在一切順利。姑娘們不會說什麼，因爲她們想去英國。至於國王和公爵呢，他們寧願瑪麗·珍妮出面爲拍賣出一把力，而不願意她們就在身邊，讓羅賓遜醫生一找就能找到。我呢，也感覺良好，感覺自己幹得眞漂亮——依我看，就是湯姆·索耶也不一定能幹得更漂亮些。當然嘍，他會搞得更有氣派些。我因爲從小缺少這方面的鍛鍊，便不能那麼得心應手。

那天下午他們在廣場上拍賣，一直賣到天快黑的時候，人來人往川流不息。東西賣出一批又一批，國王那老頭也到場了，他高高地站在拍賣人身邊，臉上顯出很不高興的樣子，有時候引一點《聖經》上的話插上幾句嘴，或是假仁假義說點什麼。公爵也到處咕咕叫，想方設法騙取大家的同情，簡直做得太過火了。

後來拍賣好不容易搞完了，所有的東西都賣出去了，只剩下墳地裡一小塊巴掌大的地。但是他們非把它賣掉不可——我可是從沒見過像國王這樣貪婪的傢伙，他要把所有的東西都呑下肚去才肯罷休。嘿，正當他們爲賣這塊地講價錢的時候，一隻小火輪靠岸了，還不到兩分鐘時間，就上來一大群人，他們大呼小叫，嘻嘻哈哈，吵吵鬧鬧，有人嚷著：

「現在來了你們的對頭啦！老彼得・威爾克斯家，如今有了兩套繼承的人馬啦——你們只要掏出錢來，至於押哪一家，隨便你們挑！」

29

那夥人帶來了一位漂亮的老先生和一位漂亮的年輕人，年輕人右胳膊用繃帶吊著。天啊，大夥兒吼啊、笑啊，沒完沒了。可我看這可不是好笑的事。我還料想，公爵和國王如果看出了什麼，一定會神情緊張起來。我猜想他們的臉一定會嚇白了。可是我錯了，他們的臉才沒有變色呢。公爵絲毫沒有流露出他擔心出了什麼意外，而是繼續在咕咕地到處叫喚，顯得又得意、又高興，好像一把咕嘟嘟倒出牛奶來的奶壺。至於國王呢，他只是可憐地兩眼朝下望，望著那兩個剛來的人，好像在心裡哀嘆世上竟然會有這樣的騙子和流氓，把他肚子都氣痛了。哦，他這種表演，可算精采極了。國王的身邊圍著不少有身分的人，爲了讓他知道他們是站在他這一邊的。那位剛來的老先生彷彿給搞得丈二金剛摸不著頭腦。沒過多長時間，他就開了口。我立即覺得，他像一個英國人那麼樣發音，和國王可大不一樣，如果國王能模仿成那樣，也算挺不錯的了。我就不會說老先生說的那些話，並且要學也學不來。他轉過身來，朝著大夥兒，說了下面這些話：

「目前的情況眞讓我大吃一驚，是我做夢也沒有想到的。坦白地說，我承認我還沒有作好準備該怎樣對待這樣的事。因爲我的兄弟和我剛遭到了無妄之災。他的胳膊摔壞了，我們的行李因爲昨晚上天黑給錯放在這兒上游一個鎮上。我是彼得．威爾克斯的兄弟哈維，這位是他的兄弟威廉，他又聾又啞，連做手勢也做不了，現在又只有一隻手可用了。至於我們是否是像我們自己所說的那樣的人，等兩三天後，行李一到，我就能夠拿出證據。但是，在這以前，我不準備說什麼了，只準備上旅館裡去等著。」

這樣，他和新來的聾啞人就走了。國王呢，他大笑了一聲，就又胡話連篇了：「摔壞了胳膊——很可能，不是麼——說起來方便得很嘛。一個騙子就必須打手勢不可，可是又沒有學到手。丟了行李！這有多巧啊——這個主意妙極啦——特別在目前的情況下！」

說著，他又大笑了起來，旁人也一個個笑了起來，只除了三四個人，也許六七個人。其中的一個就是醫生，另外一個是一位目光銳利、手裡提著一隻用毛氈做的老式手提包的先生。他剛從輪船上下來，正和醫生在低聲說話，時不時用眼睛瞟一眼國王，還點點他們的腦袋——此人就是萊維．貝爾，之前去了上游的路易維爾剛回來。另外還有一個粗壯的漢子，又高又大。他走過來，聽完了老先生的話，現在正聽著國王在說話。國王的話剛說完，這位粗壯大漢就挺直了身子說道：「喂，聽我說，假如你是哈維．威爾克斯，那你到這個鎮上來是什麼時候的事？」

「在殯葬的前一天，朋友。」國王說。

「在那一天的什麼時候？」

「黃昏時分——過了兩三個鐘點，太陽就落山了。」

「那你怎麼來的呢？」

「我搭了從辛辛那提開來的蘇珊·鮑威爾號輪船來的。」

「那好啊，那麼爲什麼你會在那天早晨——坐了一條獨木舟——在上游的那個小岬呢？」

「那天早晨我沒去那兒呀。」

「你在撒謊。」

有幾個人走到他跟前，求他別以這樣的態度對一位老人和傳教師說話。

「什麼傳教師，見他的鬼去吧，他是個撒謊的傢伙，是個騙子，那天早晨，他就去過小岬那兒。我就住在那兒，不是嗎？啊，我在那兒見著他了。他是和蒂姆·柯林斯，還有一個小男孩一起坐獨木舟去的。」

醫生就站出來，開始說話了。

「那個孩子，你要是看到了，能認出來嗎，海恩斯？」

「我看我能，不過我說不準。啊，那邊那個不就是他嗎？我一清二楚地看見他。」

他指著的正好是我。醫生說：

「衆鄉親，我不知道新來的一對是不是騙子，不過，如果這兩個不是騙子，那麼我就是個白痴了，就是這麼一句話。我認爲，我有這個責任不讓他們從這兒逃跑，一直到我們把事情弄清楚爲止。來吧，海恩斯，大夥兒都來吧。我們帶這些人到旅館裡去，去和另外那一對人對質。據我估計，不用我們盤問到底，就可以發現些什麼了。」

儘管國王的朋友們不一定這樣想，大夥兒這下子可來了勁啦。於是我們都過去了。這是在日落前後的事。醫生呢，他手牽著我　態度還是挺和氣的，可就是從沒有放開我的手。我們全都集中在旅館一間大房間裡，點起了蠟燭，還把新來的一對人也帶了進來。由醫生首先說話：

「我不想太難爲這兩個人，不過我認爲他們是騙子，他們還可能有我們不知道的同夥。要是有的話，那些同夥會不會攜帶彼得・威爾克斯留下的那袋現金潛逃呢？這不是不可能的。假如這些人並不是騙子，那他們就同意去把錢取來，由我們保管，直到他們能證明自己沒有什麼問題爲止——是不是這樣？」

大夥兒一個個都表示贊成。所以我猜想，我們這幫人一開頭就被大夥兒弄得無處逃生了。不過國王呢，只是顯得傷感而已。他說：「先生們，我也但願錢還在那裡，因爲我一點也不想阻礙大夥兒對這件不幸的事進行一次調查，公正、公開、澈底的調查。可不幸的是，錢不在那兒了。如果你們願意的話，不妨去查看。」

「那麼，錢在哪裡？」

「啊，你侄女兒把錢給我，讓我替她保管好以後，我就收下了，藏在我床上的草墊子裡。我想可以不必往銀行裡去存放了，因爲我們在這裡待不了幾天；還認爲放在床下是放到了一個好地方，靠得住。我們對黑奴又不熟悉，以爲他們是老老實實的，就好像在英國的傭人一樣。可是在第二天早上，我們下樓以後，黑奴就偷走了錢。我把他們賣掉的時候，我還沒有發現錢已經不見了，所以他們就全數帶走了錢。這裡有我的僕人可以把情況告訴諸位先生。」

醫生和別的幾個人「噓」了一聲。我想啊，沒有一個人相信他的話。有一個人問我有沒有看見黑奴偷那袋錢。我說，沒有。但是我看見他們輕手輕腳從臥室走出來，當時我並沒有在意，只以爲是他們怕吵醒了我的主人，在他對他們生氣以前就溜掉。他們問我的就只有這一些。隨後，醫生猛然一轉身，對著我說：

「難道你也是英國人嗎？」

我說是的。他和其他幾個人就笑了起來說，「扯淡！」

好，接下來他們開始詳細的調查。我們就被他們翻來覆去問個沒完，一個小時又一個小時，誰也沒有提過吃晚飯的事，連想也沒有誰想到這一點——他們就這樣追問來、追問去，追問的是從未有過的一筆糊塗帳。他們要國王講自己的經歷。他們又要老先生講自己的經歷。除了一些懷有成見的傻瓜以外，誰都看得清清楚楚，那老先生講的是實話，而另外兩個是在撒謊。然後他們要我把我所知道的講出來。國王偷偷地給我遞眼色暗示我，所以我便懂得了該怎樣說才是對的。我開始講到謝菲爾德，講到我們在那兒是怎樣生活的，還講到在英國的威爾克斯一家人的所有一切，如此等等。但是我還沒有說多少，醫生便大笑了起來，萊維・貝爾律師就說：「坐下來吧，我的孩子。如果我是你，才不費這麼些力氣呢。依我看，你也不像撒謊的人，說起謊來還不怎麼順口。你需要的是多練習。你說得一點也不順溜。」

對這樣的恭維話我倒並不在意。但是我高興的是他們到底放過了我。醫生開始在說些什麼了。他轉過身來說：

「萊維・貝爾，如果你起先在鎮上的話……」

這時候國王插了進來，伸出手去，說：

「啊，是我可憐的哥哥信上常常提起的老朋友吧？」

律師和他握了手。律師微微一笑，樣子好像挺高興，他們兩人便談了一會兒，然後轉到一旁去，低聲說起話來。最後，律師開腔說：

「就這樣定奪吧。我接受委託，把你們的狀子遞上去，這樣，他們就知道一切沒什麼問題。」

於是他們找來了幾張紙，一枝筆，國王坐了下來，腦袋歪到一邊，咬了咬舌頭，潦潦草草塗了幾行字。他們隨後把筆遞給了公爵——公爵第一次露出了不舒服的表情。但是他還是接過了筆，寫了字。於是律師轉過身來對剛來的老先生說：「請你和你的兄弟在這下邊寫上幾行字，而且簽一下你們的名字。」

老紳士就寫了，只是寫的字沒有人能認得清。律師顯得很吃一驚的樣子，並且說：

「啊，這下子可把我難倒了……」一邊從他口袋裡掏出一疊子的舊信件來，並且仔細地看，隨後仔細地看了老頭的筆跡，然後又細細看了舊信，接著開了腔：

「這些舊信是哈維．威爾克斯寄來的。這裡還有那三個人的筆跡，誰都能看得一清二楚，這些信可不是他們寫的。（我對你們說，國王和公爵露出了這樣的神色：我們上當了，被他們捉弄了，知道是律師對他們設下了圈套。）還有，這兒是這位老先生的筆跡，誰都能一下子便認出來，他並不是寫這些信的人——事實上，他塗的這些玩意兒根本不像在寫字。請看這一些信，是從……」

那位剛到的老先生說：「請你讓我解釋一下。我寫的東西，沒有人能看出來，只除了正在那裡的我的兄弟——是他給我抄寫的。所以你們收到的那一些，是他的筆跡，而不是我的。」

「啊，」律師說，「原來是這樣。我接到過威廉的一些信。所以假如你能讓他寫一兩行，那我們就能比……」

「他可不能用左手寫啊，」老先生說，「假如他能用右手寫，那麼你就能認出他寫的信和我的信。請把這兩種信對照一下——這兩種信都出自同一個筆跡。」

律師對照了一下，接著說：「我相信你的情況是符合事實的——即使不是這樣，反正比我早先注意到的，有一大堆相同的地方。啊，啊，啊，我原以為我們正朝著解決疑案的方向前進，不過我們是部分地失敗了。但是還有一件事已經得到了證實——這兩個人，都不是威爾克斯家的人。」——他一邊說，一邊向國王和公爵搖了搖頭。啊，你猜怎麼著——那個死不認帳的老笨蛋竟然還不肯認輸呢！

是啊！

他還不肯認輸。說什麼這樣一個測試不公平。說他的兄弟威廉是天下最愛開玩笑的人，但他從沒想過要為此寫什麼——他看威廉拿起筆在紙上寫，就知道他存心要開個玩笑了。就這樣，他越說越有精神，滔滔不絕地胡謅一通，到後來，說得連他自己也信以為眞了——但是，沒有多長時間，那位剛來的老先生插話說：

「我剛想到了一件事。在場的有沒有誰幫忙裝殮我哥——已死的彼得·威爾克斯？」

「有啊，」有人說，「我和亞伯．特納幫過忙。我們兩人都在這兒。」

隨後老人向國王轉過身去，說道：「也許這位先生能告訴我們在他的胸膛上刺了些什麼吧？」

啊，如果這下子國王不能在一時間便鼓足勇氣來立刻作答，那他就會像給河水淘空了的河岸一樣，一下子突然塌下去——請注意，像這樣猝不及防而又硬碰硬的問題，定能叫十個人有九個招架不住——因為他不知死者的身上究竟刺了些什麼呢？

他臉色有點兒發白啦，這可是由不得他自己的。這時在場的人一片肅靜，大夥兒一個個都往前傾，注視著他一個人。我對自個兒說，這下子他會認輸了吧——也掙扎不起來了嘛。啊，他眞認輸了嗎？但是誰也不會相信，他硬是沒有認輸。依我看，他的思路是要把事情頂下去，把人家搞得精疲力盡，自然會慢慢走開，他和公爵就能脫身溜之大吉。但是他還是穩坐在那兒，不多久，就看見他開始笑了起來，並且說：

「啊，這可是個十分棘手的問題，不是嗎？是的，先生，我能夠告訴你他胸膛上刺了些什麼。刺的就是一枝小小的、細細的、藍色的箭——就是這樣。並且只有你貼近地仔細看，才會看得見。這下子啊，你還有什麼要說的——嗯？」

嘿，我可從沒見過，像這樣一個死皮賴臉的老東西。那位剛來的老先生立即轉過身來，面對亞伯．特納和他的夥伴，他的眼睛裡閃著亮光，彷彿他已經斷定這回可終於抓住國王了。他說：

「好——他剛才說了些什麼，你們都聽到啦！在彼得．威爾克斯的胸口可有這樣的記號嗎？」

這兩人都開口，說：「我們並沒有看見這樣的記號。」

「很好！」老先生說，「啊，你們在他胸膛上眞正看到的是一個小小的不很清楚的P，還有一個B（這是他姓名中的第一個字母，可他年輕時就不用了），還有一個Q，字母的中間有破折號，所以是P－B－Q」——他一邊說，一邊在一張紙上照樣子記了下來。「你們看——你們看到的是不是這樣的？」兩個人又開了腔，說：

「不，我們沒有看到。我們從沒見到過什麼標記。」

啊，這會兒大夥每個人都非常憤怒了，他們喊道：

「這一群東西全都是騙子！來，把他們按到水裡去！把他們淹死！讓他們騎著杠子去遊街！」大夥兒都在齊聲狂叫，亂成一片。不過，那位律師呢，他跳上桌子，大聲吼道：

「先生們——先生們！只聽我的一句話——只是一句話——謝了！還有一個辦法——讓我們去把屍體挖出來，看一看。」

大夥兒都接受了這個辦法。大家高呼「好啊」，立刻就出發了。可是律師和醫生突然大聲反對道：

「等一等，等一等！要抓住這四個人，還有那個孩子，把他們一路帶著走！」

「就這麼辦！」他們這樣大叫，「要是找不著那些記號，我們把這些傢伙送上絞刑架！」

我告訴你吧，這下可把我嚇壞啦。可是又無路可逃，你知道吧。他們把我們全都抓住了，一路上押著我們一起走，直衝墓地，那是在大河下游二英里半路。全鎮所有的人都跟在我們的後面，一路之上我們大聲叫嚷，那時還只是當晚九點鐘。我走過我們那間屋子時，我心裡想的是，當時我不該叫瑪麗·珍妮離開鎮子的。因爲只要如今我對她使個眼色，她就會想盡辦法，把我解救出來，並且會把那兩個死皮賴臉的無賴的醜行，一樁樁、一件件都揭發出來。

啊，我們沿著河邊的路湧去，吵吵嚷嚷，活像一大群動物似的。這會兒，天空便暗起來了，電光在空中劈啪閃著，風吹得樹葉簌簌發抖，這情景就更令人害怕了。這可是我一生中最嚇人的大災大難，也是最危險的一回啦。我簡直給嚇呆了。情況跟我當初想像的完全不一樣。我原以爲，只要我高興，我能一旁看笑話玩玩，愛看多久就看多久，背後會有瑪麗·珍妮當我的靠山，萬一情況緊急，她會出來搭救我、恢復我的自由，而不是像現在這樣一切聽任人家擺布。在這個世界上，在生命和突然死亡之間，只隔著那刺著的標記了。可要是他們找不到那些刺的標記……

我簡直連想都不敢再想了。不過，除了這個呢，我又什麼也不能想。天越來越黑了，要從人群裡溜走，這應該是最好不過的機會了，可是那個彪形大漢——哈恩斯——緊緊抓住了我的手腕，要從他手裡逃掉，就好像想從巨人歌利亞手裡逃掉一樣難。他一路上拖著我往前走。他又是那麼激動，我必須一路小跑才跟得上他。

大夥兒一到，就湧進墓地，像洪水漫過了堤壩。大夥兒到了墳場，就發現他們帶的工具，比需要的多出了一百倍，可偏偏誰也沒有提著燈來。不過不論怎麼說，他們憑了電光一閃一閃，還是挖掘了起來，並立即派了一個人到半英里路外最近的一家去借一盞燈。他們就挖啊挖啊，一個勁地挖。天黑漆漆一片，雨開始下起來了，風在呼嘯，電閃得更急了，雷聲在隆隆作響，可是大夥兒對這些理也不理，全力以赴地挖掘。這一大群人中間每一樣東西、每一張臉，一剎那間都看得清清楚楚。只見鏟子把一鏟鏟泥巴從墳上挖出來。可是再一剎那，一片黑暗又把挖出的東西全給吞掉了，你面前一片漆黑，什麼都看不見。最後，他們終於把棺材挖掘了出來，並且開始擰開棺材蓋上的螺絲釘，隨後人擠著人，肩擦著肩，推推搡搡，都想鑽進去看一眼，這景象是你見所未見的。而且天又是這麼黑漆漆的。也就是說，這樣子真叫人害怕。哈恩斯呢，他把我的手腕弄得疼痛萬分，又拉又拖的。照我看，在這個世界上還有我這樣一個人，他恐怕已經忘得一乾二淨了。他是那麼樣的激動，直喘著粗氣。突然，一道閃電好像打開了一道閘門，只見一片白光奔瀉下來，有一個人這時高叫：

「老天爺啊，那袋金幣原來就在他的胸膛上啊。」

和在場每一個人一樣，哈恩斯不禁歡呼跳躍起來，他放開了我的手腕，使出渾身的勁，很想擠進去看上一眼。我乘機一溜煙乘著黑，直奔到大路上，我當時那個情景，誰也沒有辦法加以形容。

大路上只有我一個人，我簡直像飛一般奔去——只有我這麼一個人，奔走在這大路之上，此外便是黑漆漆伸手不見五指，電光偶爾一閃一閃，雨嘩嘩地下，風颼得使人發疼，雷一聲聲炸裂開來，而我呢，就飛也似的朝前衝去。

我到了鎮上，發現在暴風雨中，鎮上一個人也沒有，我就沒有走後街小巷，而是彎著身子徑直穿過那條大街。走近我們的房子時，我刻意看了一眼。沒有燈光，房子裡一片漆黑——這讓我很難過、很失望，連我自己也說不上來，爲什麼有這樣的感受。但到後來，正當我快在那間房子前面跑開的時刻，瑪麗·珍妮那間房間的窗口，突然閃出一道亮光，我的心啊，猛然膨脹得像要爆裂開一樣。再一剎那間，那座房子，連同其他一切，都被拋到了一片黑暗之中，今生今世，所有的一切都不會浮現在我眼前了。她是我遇見過的最好的姑娘，也最有膽量。

我走到了離市鎮相當遠的地方，能看清到沙洲的路了，我就仔細尋找，看能不能找到一隻小船。電光一閃，我見到有一隻沒有栓住的小船。我一跳上去，就划起槳來。這是隻獨木舟，除了有一根繩子繫著，此外並沒有被拴住。那個沙洲還在河中央，離得還遠呢。但我並沒有白白耽誤時間，而是使勁地划去。等我最後靠到木筏邊的時候，累得只想就地一躺，而且喘得不行。可是我沒有躺下來。我一跳上木筏，就高聲大叫：

「吉姆，快快出來，我們把木排放開！謝天謝地，我們終於擺脫了他們啦！」

吉姆馬上跑了出來，朝我張開了兩隻胳臂，高興得什麼似的。不過，電光一閃，我瞥見了他一眼，我的心可一下子湧到喉嚨。我倒退了幾步，一跤跌到了水裡。因爲我突然忘了他是李爾王又身兼一位淹死了的阿拉伯人這樣兩位一體的角色，可把我嚇得靈魂出竅。不過吉姆馬上把我打撈了上來，擁抱著我，替我祝福，如此等等。我能平安回來，我們又擺脫了國王和公爵，實在是萬分高興。不過我說：

「不過現在還不是時候——到吃早飯時再說！解開繩子，讓它漂吧！」

二話不說，我們就向下游漂下去了。能再一次自由自在，在大河之上由我們自個兒主宰一切，沒有旁人打擾，這是多麼美好啊。我不由自主地亂蹦帶跳了一陣子，縱身跳起來，把腳後跟跳得蹦蹦直響。可是才只跳了幾下子，就聽到了我非常熟悉的聲音——我屏住呼吸用心聽著那響聲，等著下一個響聲——又一道閃電，照亮了河面，果然是他們來啦——而且正在使勁搖槳，把他們那隻小船弄得吱吱作響！正是國王和公爵。這時我一下子癱倒在木板子上。只能聽天由命啊。我費了好大的勁兒才忍住沒哭出聲來。

30

他們剛剛上了木筏，國王便向我走過來，揪住了衣領，使勁搖我。還說：「好啊，想把我們給甩了，你這狗東西！我們在一起待膩了——是不是？」

我說：「不，陛下，我們沒有——請別這樣，陛下。」

「那好，馬上說出來，你到底安的是什麼心？不然的話，我把你的五臟六腑全給挖出來！」

「說實話，我把一切經過從實說出來，實話實說，陛下。那個揪住我的人對我體貼入微，十分友好，還老是說，他有一個孩子，跟我一樣大，不幸去年死了。還說，看到一個孩子身處險境，他也十分難過。後來他們發現了金幣，很是驚訝，向棺材衝過去的時候，他放開了我的手，還輕聲地說，『開溜吧，要不然的話，他們會絞死你，肯定會的！』所以我就趕緊溜了。我看我待下去，可不會有什麼好果子吃——我幹不了什麼事，並且如果能逃掉，那麼我也不想被絞死嘛。所以我就不停地奔起來，直到後來找到了一隻獨木舟。我一到這裡，就叫吉姆趕緊划，要不然他們會抓住我，把我給絞死。我還說，你和公爵，也許死期都快到了，活不了了，我也爲此感到難過，吉姆也萬分難過。現在看到你們回來了，我們又萬分高興，你不妨問問吉姆，事情是不是這樣？」

吉姆說是這樣的。國王對他說，叫他閉嘴。還說：「哦，是啊，也很可能是這樣的！」一邊說，一邊又把我使勁地搖。又說，要把我扔到河裡淹死。可是公爵說道：

「放了孩子，你這個老蠢貨！要是換了你的話，你還不是一樣這麼幹，有什麼不一樣？你逃跑的時候，你打聽過他的下落沒有？我可記不清你曾問過。」

於是國王放開了我，並且開始咒罵那個市鎮和鎮上每一個人。不過公爵說：

「你最好還是罵你自己吧，因爲你是最罪有應得的人。從最初，你就從沒有幹過一件在理的事，除了那一件事算是除外，那就是既態度穩重、又老臉皮厚地憑空編了個藍顏色箭頭標記這碼事。這下子高明──確實頂呱呱，只是這下子，才救了我們一命。要不是這下子啊，他們早就把我們關在看守所裡了，要等到英國人的行李運到後處置我們──那就是坐看守所，這我敢跟你打賭！

「正是這個妙計把他們引到了墳地去，那袋金幣更是幫了我們的大忙。如果不是那些激動的傻瓜鬆開了他們的手，湧上前去看一眼，那我們今晚恐怕就要戴上大領帶好好睡覺啦──這個大領帶還保證經久耐用，但我們只要戴上一次就完啦。」

他們停了一會兒沒有說話──我猜他一定在想自己的心事──隨後國王開了腔，好像有點兒心不在焉的模樣。

「哼，可我們還認爲是那些黑奴偷走的呢！」

這一下可讓我擔心啦！

「是啊，」公爵慢條斯理地說，聲音低沉，還帶著挖苦的味道，「我們是這麼想的。」

大概一分鐘以後，國王慢慢地說：「至少——我是這麼想的。」

公爵說了，用了同一種腔調：「不見得吧——我才這麼想。」

國王氣憤地說：「聽我說，畢奇華特，你這到底是什麼意思？」

公爵回答得乾淨俐落：「講到這個嘛，也許該我問你一下，你這是什麼意思？」

「哼！」國王語帶譏誚地說，「但是我並不知道——也許你是睡著了吧，連你自己幹的什麼事，你也搞不清楚了吧？」

公爵這下子可生氣了，他說：

「嘿，別講這一套廢話——你把我當成一個大傻瓜？你有沒有想到，我早就知道是誰把錢藏在棺材裡的？」

「是啊，先生，我知道你是明白的——因爲是你自己幹的嘛！」

「撒謊！」公爵向他撲了過去。國王高聲叫道：

「把手鬆開！——別卡住我的喉嚨！——我把這些話全都收回！」

公爵說：「好吧，那你必須向我保證，第一，你的確把錢藏在那裡，打算有朝一日把我甩掉，然後你回轉去，把它挖掘出來，全都歸你一個人。」

「等一下，公爵——回答我一個問題，老老實實、公公道道地說。假如你並沒有把錢放在那兒呢，你也就照實這麼說，我就相信你，把我說過了的話全部收回。」

「你這個老流氓，我沒有，你也明知道我沒有。我想說的就是這些話。」

「那就好吧，我相信你。但是只要你回答另外一個問題——不過別發火，你心裡有沒有想過要把錢給拐走、然後藏起來呢？」

公爵沉默了一會兒，沒有吱聲，隨後說：

「哼——要是說我曾想過吧，反正我沒有這麼做過，我也並不在乎。可你呢，不光是心裡想過，並且還幹過。」

「公爵，要是我幹過的話，我就不得好死，這是大實話。我不是說我一定正要這麼幹，因爲我是正要幹，但是你——我是說有人——趕在了我之前。」

「你在撒謊！你幹了的，你得承認你是幹了的，不然……」

國王喉嚨咯咯地直響，然後喘著粗氣說：

「饒了我吧——我招認！」

聽到他這麼一說，我高興得跳了起來，我覺得比先前舒服得多啦。公爵這才放開了手，說道：

「如果你再否認的話，我就淹死你。你活該光只坐在那兒抹你的眼淚，活像一個嬰孩——在你幹了這些事以後，你只配這樣——可我過去卻一直信任你，把你看做像我的父親一樣呢。你那麼樣站在一旁，聽憑人家給可憐的黑奴栽贓，自己卻一言不發，你不害臊嗎？

「想想看，我竟然那麼軟心腸，相信了你的那些胡話，這有多可笑。我現在才明白，你這個混蛋，爲什麼你那麼著急把那筆缺的數目給補足——是你存心要把我從《稀世奇珍》和別處弄到的一筆筆錢財都拿出來，好全都歸你一個人所有。」

國王有點膽怯，可憐兮兮地說：「怎麼啦，公爵，那是你說的該把缺數補上，可不是我說的嘛。」

「給我閉嘴！我再也不願意聽到你說的話了！」公爵說，「現在你看到了，你落得個什麼樣的下場。他們把他們自己的錢全都討了回去啦，還把我們自己的錢，除了零零星星的以外，也都帶走了。滾到床上去吧——從這以後，不管什麼地方錢不夠數，你今生今世別再想到我這兒來找補！」

這樣，國王偷偷鑽進了窩棚，拿起了酒瓶，自我慰勞一番。沒多久，公爵也抓起了他的酒瓶。這樣，兩個鐘頭以後，兩人又親熱得什麼似的。並且越是醉得厲害，也就越是親熱，結果抱在一起大打起呼嚕來。兩人都非常高興，不過我注意到，公爵還沒有高興到忘掉這件事，就是不許他否認是他把錢藏起來的。這叫我非常放心，非常滿意。他們大打呼嚕的時候，我和吉姆當然就有機會聊了好長時間，我把全部的經過一樁樁、一件件都告訴了吉姆。

31

從那以後的日子，我們沒有在任何一個鎮上停留過。隨著日子悄悄地流逝，一直往大河的下游漂去。如今我們到了氣候暖和的南方了，離家已經很遠很遠了。我們逐漸見到了生著長長苔蘚的樹木，苔蘚從樹椏上垂下來，好像長長的白鬍子似的。我有生以來第一回見到這樣生長的樹木，這樣，樹林子就帶上了莊嚴、慘淡的色彩。這兩個騙子以為他們現在已經擺脫了危險，又想到了要到村子裡去表演一番了。

他們的第一個活動就是舉辦戒酒演講。不過他們從中撈到的錢還不夠他們喝一回酒的。隨後在另一個村落，他們辦了一所跳舞學校，不過他們對舞蹈的知識並不比一隻袋鼠高明多少。他們剛開始練舞步，公衆就跳將進來，把他們轟出了鎮子。還有一次，他們想教朗誦，不過他們教了沒有多長時間，聽衆便起來把他們痛罵了一頓，他們只好逃之夭夭。他們也曾幹過傳教、講道、治病、催眠、算命，樣樣都幹了一下，可就是時運不濟。因此到後來不得不快要窮死了，整天躺在木筏上。木筏一路往下漂去，他們一路想啊，想啊，有時候整整半天，一聲不吭，神情暗淡而絕望。

後來，他們起了一點變化，兩個傢伙把腦袋靠在一起，在窩棚裡交頭接耳、談機密的話，有時一談就是兩三個鐘頭。吉姆和我開始不安起來。這樣的情景，可不是我們所喜歡的。我們斷定，他們這是正在策劃什麼比往常更加狠毒的主意。我們猜來猜去，最後我們斷定他們是想闖進什麼一個人家的家裡，或者哪一家店鋪裡，或是想搞僞鈔的生意，或是其他什麼東西。我們嚇壞了，我們商量好了，走遍天下，也絕不跟這樣的胡作非爲沾上一點點兒的邊。並且講定，只要一有機會，我們便給他們一個冷不防突然溜開不管他們，把他們甩在身後。

一天清早，我們在離一個又小又破、叫做比克斯維爾的村落兩英里路的地方，找到了隱藏木筏的安全地方。國王上了岸。臨走時說，他到鎮上去，去到處看看情況，看有沒有人得到過《稀世奇珍》的風聲。還告訴我們在他走後躲起來，（我默默心想，「你是說，去看有哪家人家好下手去搶吧。等到一搶完，你們轉回來的那個時刻，可就不知道我和吉姆、還有那木筏哪裡去啦——那時候，你就只有乾瞪眼，無計可施啦。」）他還說，要是中午時分他還沒有回來，那我和公爵就應該知道，那就是一切平安無事，我們就可以去會合了。

於是我們就在木筏上等著。公爵焦躁不安，脾氣不好。他總是責怪我們，彷彿我們一無是處，連一點點兒小事他都要挑毛病。很明顯，他們正在醞釀著什麼玩意兒。到了中午，還不見國王的影子，這讓我非常快樂。我們的生活好歹能有點兒變化了——也許是有個機會搞點兒盼望著的變化吧。於是我和公爵朝村子裡走去，四處尋覓國王的蹤跡。後來在一家下等酒館的後邊房間裡找到了他。他已經喝得酩酊大醉，一些遊手好閒之徒正在拿他取笑。他呢，正使勁一邊罵人、一邊唬人，醉得路也走不了，對人家更無還手之力。公爵呢，就罵他是個老傻瓜，國王也馬上還嘴，乘他們鬧得不可開交的時候，我便溜出了酒館，活像一隻小鹿沿著河邊大路往前飛奔，撒開腿就跑——因為我看到機會來啦，便下定了決心，從此以後，他們要是想再見到我和吉姆，那就不知道是何年何月啦。我奔到了那裡，差一點連氣都喘不過來，但是我從心底往外高興。我大聲地叫：「放開木筏，吉姆，我們這回可好啦！」

但是沒有人應聲。窩棚裡也並沒有人鑽出來。吉姆已經離開啦！我又一次大叫一聲——又叫——再叫，又奔到林子裡，一邊使勁吆喝，一邊尖聲叫喚，可是一點用也沒有——老吉姆已經不在啦。於是我坐了下來，一邊哭喊。這是我無可奈何的。不過我不能老是坐等啊。我立即走到了大路上，一邊思量該怎麼辦才好。我遇見一個男孩正在路上走，我問他有沒有見到一個外地來的黑奴，穿著是怎麼樣。他說：「見到過。」

「在哪裡？」我問。

「在下面西拉斯．費爾貝斯那邊，離這裡只有兩英里地。他是個逃亡的黑奴，後來人家把他給逮住啦。你是想找他嗎？」

「我才不要尋找他呢！我是在兩個鐘頭以前在林子裡遇見他的。他說，要是我叫喊起來，他就開我的膛——還叫我躺著別動，待在原地，我按他的話一五一十地做著。就這樣，一直待在那一邊，不敢出來。」

「啊，」他說，「你不用再害怕啦，因為他已經被別人抓住了。他是從下邊南方什麼地方逃出來的。」

「人家把他抓住，這可是一筆利潤豐厚的買賣啊。」

「是啊，我看是這樣！人家懸賞三百元呢。這正是如同在大路上撿到的一筆錢啊。」

「是啊，眞是這麼一回事——如果我要是大人的話，這筆錢就屬於我了，我是第一個看到他的呢。到底是誰把他抓住的？」

「是一個老傢伙——一個外鄉人——他才只要了幾十塊錢，就把得賞金的機會賣給了人家，說是因爲他有事非得往上游去不可，不能多等了。你想想看吧！如果要是我的話，等十年我也幹啊。」

「我也是這樣，一點兒也不差，」我說，「不過，既然他以這麼便宜的價錢就賣掉了，可見他的這個機會也許只值這個價罷了。也許裡邊有什麼我們不知道的祕密吧。」

「可是這是實情——事情清清楚楚。我親眼看到了那張傳單。傳單上把他的所有情況都說得詳詳細細——把他描繪得簡直是給他畫了一幅畫，還說了他是從哪一家莊園逃出來的，是在新奧爾良下游那邊的。不，絕對錯不了，這筆投機買賣不會出差錯，不用擔心。喂，給我一口菸葉嚼嚼，行不行？」

我沒有給，他也就走開了。我走到了木筏上，在窩棚裡坐著前思後想起來。但是總想不出個主意來。想得頭也發疼了，可就是找不到擺脫困境的辦法。經過了這麼一段長途跋涉中的種種辛苦，在這一段時間裡，我們又如此這般地爲這兩個流氓殫精竭慮，卻落得個白辛苦一場，什麼樣的打算都砸了鍋，全都給毀了。這全只是因爲這些人心狠手辣，竟然使出了這樣的狡計，叫他再一次成爲了終身的黑奴，並且一個人孤單地飄泊在他鄉。而一切就只是爲了四十塊錢。

我曾經心裡想，吉姆要是註定做奴隸的話，在家鄉做要比在外地幹強一千倍。在家鄉，他有家啊。爲此，我曾經想，不如由我寫封信給湯姆·索耶，讓他把吉姆目前的情況告訴華森小姐。不過我很快就放棄了這個念頭。原因有兩個。她肯定會發火，又氣又恨，認爲他不該如此忘恩負義，竟然從她那兒逃跑。這樣，她會乾脆把他賣掉，再一次把他賣到下游去。如果她不是這麼幹，大夥兒自然會一個個都瞧不起忘恩負義的黑奴，他們勢必會叫吉姆時刻意識到這一點，搞得他狼狽不堪、無地自容。

並且再想想我自己吧！很快便會授人以柄，說哈克·芬恩出力相助一個黑奴重獲自由。這樣，要是我再遇見這個鎮子上的隨便哪一個人，我肯定會羞愧得無地自容，願意趴在地上求饒。一般的情況往往是這樣的嘛。一個人如果做了什麼下流的勾當，但是又並不想承擔什麼責任，自以爲只要把事情遮蓋起來便萬事大吉，這多麼丟人現眼啊。這正好是我的情況。我越是想到這件事，我的良心越是受到折磨，我也就越是覺得自己邪惡、沒出息。到後來，我突然之間猛然醒悟了，認識到這明明是上帝的手在打我的耳光，讓我知道，我的種種邪惡，始終逃不開上天的眼睛。

一個可憐的老婦人一生從沒有損害過我一根毫毛，我卻把她的黑奴拐到別處，爲了這個，上帝正指引著我，讓我自己清楚什麼都逃不過「祂」那高懸的明鏡，「祂」絕不允許這類不幸的事再發展下去，只能到此爲止。一想到這一些，我差一點兒就立刻摔倒在地，我的確嚇得不得了。於是我就想方設法，試圖爲自己解脫。我對自個兒說：我從小就是在邪惡的環境中長大的，因此不能過於怪罪我啊。可是，在我的心裡，潛意識有另外的一種想法，

「還有三日學校哩。尔本該到那兒去啊。假如你早去的話，他們會在那兒教導你的嘛，教導你說，誰要是像我一樣爲了黑奴幹下這一切，是要下地獄受到熊熊的烈火的煎熬的。」

想到這兒，我不由得打了個冷顫。我正要立意跪下祈禱，但願能和過去那個孩子的所作所爲一刀兩斷，重做一個新人。於是我雙膝跪下。但是偏偏話到了口邊卻說不出口。爲了什麼，話出不了口啊？企圖瞞過「祂」，那是做不到的。要想瞞過我，那也是做不到的哩。我深深地明白，爲什麼那些話說不出口來。這是因爲我的這心還不正啊；因爲這顆心還有私心啊。這全是因爲我在玩兩面倒的把戲啊。我一面裝作要改邪歸正，可是在私下裡、在心裡，我卻黏住了其中最最大的邪惡不放。我試圖讓我的嘴巴說什麼我要幹正當的事、乾乾淨淨的事，還打算給這個黑奴的主人去信，告訴她他如今在那裡。但是在我心底深處，我知道那是在撒謊——而上帝也知道。你可不能對上帝撒謊啊——這個道理，我現在算是弄清楚啦。

我因此就心裡亂糟糟，可說亂到了極點，不知道該怎麼辦才好。到後來，我產生了一個想法，我對自個兒說，我要把信寫出來——然後再看我到時候能不能祈禱。這有多奇怪啊！我這麼一想，就好像立時立刻自己身輕得如一片羽毛，我的痛苦和煩惱都在這時候飛到九霄雲外去了。於是我找來了紙和筆，既高興，又激動，坐下寫了起來：

親愛的華森小姐，妳的在逃黑奴吉姆現正在比克斯維爾下游兩英里地被費爾貝斯先生逮住了，妳如把懸賞金額給他，他會把他交還給妳。

哈克·芬恩

我覺得很舒坦，覺得已經把沉重的罪惡從身上卸下來了，這是我有生以來第一回有這樣的感覺。我知道，如今我能祈禱啦。不過我並沒有立刻就祈禱，而是把紙放好，坐在那裡想來想去——想到了這種種的一切終於能變成現在這個樣子，這該多麼值得高興啊，而我又怎樣差點兒迷失路途，掉進地獄裡去。我又繼續地想。想到了我們沿大河下游漂去的情景。我見到吉姆正在我的眼前，片刻不離，在白天，在深夜，有時在月夜，有時在暴風雨中。我們漂啊漂，說話啊，唱啊，笑啊。可是呢，不管你怎麼說，我總是找不到任何事，能叫我對他心腸硬起來。並且情況正好相反。我看到他才值完了班就替我值班，不願意前來叫我，好讓我繼續睡大覺。我看到，當我從一片濃霧中回來，當我在世仇械鬥那兒，在泥塘裡又見到了他，在所有類似的時刻裡，他是多麼高興，總要叫我乖乖，總要寵我，總要想盡一切方法為我設身處地著想，他對我始終如一這麼好啊。最後我又想起了那一回的事：我對划船靠近我們的人們說，我們木筏上有害天花的人，因而搭救了他，這時他是多麼地感激，說我是老吉姆在這個世上最好的朋友，也是他如今唯一的朋友。正是這時，我碰巧朝四周張望，一眼看到了那一封信。

這可是個讓人左右為難的事啊。我把信紙揀了起來，拿在手裡。我在發抖。因為我得在兩條路中選擇一條，而且永遠也不能反悔。這是我深深知道的。我仔細考慮了一分鐘，而且幾乎屏住了氣考慮的，隨後我對自個兒說：

「那好吧，就讓我去下地獄吧。」——隨手把紙撕了。這可是可怕的念頭，可怕的話語啊，不過我就是這麼說了。並且我既然說了出來，我就從沒有想過要改邪歸正。我把整個兒這件事從腦袋裡統統趕了出去。我說，我要重新走上邪惡這一條路，這是我的本行，從小我就這樣長大的嘛。走別的路反而不在行了。作爲開頭第一件事，我要想辦法把吉姆從奴隸的境地給救出來。如果我能想出更好的雖然有些邪惡的辦法，我也會照幹不誤。因爲既然我想做了，那麼，只要有辦法，我就要幹到底。

隨後我就尋思著該怎樣下手。我在心裡盤算過好多條路子，最後決定了一個最適合於我的計畫。接下來，我認準了大河下游一處林木森森的小島，等到天一黑，我就把木筏偷偷划到那一邊去，把木筏就藏在那裡，然後鑽進窩棚去。我睡了整整一夜，天剛亮前爬了起來，吃過了早飯，穿上了我那套現成的新衣服，把一些零星東西綁成一捆，坐上獨木小舟，就划到對岸去了。我在我估計是費爾貝斯家的下邊上了岸，把我的東西藏在林子裡，接著把獨木舟灌滿了水，裝滿了石塊沉到了水裡去。沉下去的地方是我需要時能夠找到的地方，離岸上那家小小的機器鋸木廠，有三分之一英里地那麼遠。

隨後我就上了路。我走過鋸木廠的時候，看到了一塊牌子「費爾貝斯鋸木廠」。又走了幾百碼，就走到農莊了。附近沒有見到什麼人，雖然天已經快亮了。不過我對這些並不在意，因爲我暫時還不想見到什麼人——我只想看看這一帶的地形。按照我原來的計畫，我本來應該是從下游不遠的一個村子來的。所以我只是隨便看了一眼，就往鎭子裡走過去。啊，一到那裡，我第一個遇見的人卻是公爵。他正在張貼一張《稀世奇珍》的海報——只演三個晚上——和早先一個樣。他們還是這麼死不要臉——這群騙子！我剛好跟他面對面，躲也躲不及了。我大吃一驚。他說：

「哈——囉！你從哪兒來啊？」隨後他好像很高興、很關心的樣子說，「木筏在哪裡啊？——把它藏在一個好地方了嗎？」

我說：「哈，這正是我早就想問你的，大人。」

他就顯得不那麼高興了，他說：

「你怎麼問起我來了？」

「唉，」我說，「昨晚上，我在小酒館裡看到國王的時候，我自己在自言自語道，在他醒過來以前，在幾個鐘頭內，我們是無法把他弄回家的了。所以我就在鎭上到處閒逛，一邊消磨時間，一邊等。有一個人找到我，願出一角錢，讓我把一條小船划到河對岸去，把一隻羊給趕回來，於是我就去了。我們把羊拖到船邊，那個人讓我一個人抓住繩子，他在羊的後面把羊往船上推，可是羊力氣太大，我頂不住，一鬆手，牠就掙脫掉了，我們就在後面追。我們身旁沒有帶狗，於是只能在四野裡到處追趕，一直到羊累得跑不動爲止。天快黑了，我們這才把牠捉住，然後把牠帶過河來。我呢，就去下游找我們的木筏。可是到了那個地方一看，木筏不見了。我心裡想，『一定是他們遇到了麻煩，不能不溜之大吉吧。』可是他們把我的黑奴也帶走了，那是我在世上唯一的一個黑奴啊。現在我流落他鄉，身無分文，連生計也沒有著落，因此我就趴在地上嗚嗚地哭了起來。我在林子裡睡了整整一個晚上。不過，木筏到底怎麼樣啦？——還有吉姆呢，那可憐的吉姆？」

「該死的，我怎麼會知道？——我是說，我不清楚木筏哪裡去了。那個老傻瓜做了一筆買賣，得了四十塊錢。我們在小酒館裡找到他的時候，那些遊手好閒的人正跟他賭錢，賭一塊錢的賭。除了他付威士忌酒帳的錢以外，他們把他所有的錢騙個精光。到了十二點，我把他弄回家，一看，木筏不見了。我們說：『那個小流氓把我們的木筏偷走啦，他撇下我們不管，往大河下游去啦。』」

「我絕不會撇下我自己的黑奴吧，難道不是嗎？那是我在世上唯一的一個黑奴，唯一的財產啊。」

「這一點我們倒是沒有想到。事實是，依我看，我們已經把他當成我們的黑奴啦，是啊，我們就是這麼對待他的——他給我們惹的麻煩也夠多啦。這樣，發現木筏不見了，我們已經窮得精光了，沒有別的生路，只好把《稀世奇珍》再演上一次。爲了這個，我一直忙得不亦樂乎。我已經好久沒有潤喉嚨，乾得像火藥筒一樣。你那個一角錢哪裡去了？給我吧。」

我身邊還有一角錢，就給了他一角。不過我央求他要把錢用在吃食上，並且分給我一些，說我就只這點兒錢了，從昨天起，我滴米未進，肚子還是空的。他沒有吭一聲。再一會兒以後，衝著我怒氣沖沖地問：「依你看，那個黑奴會告發我們嗎？他要是敢這麼幹啊，我們一定要剝他的皮、抽他的筋。」

「他怎麼會告發？他不是逃跑了嗎？」

「不！那個老傻瓜把他給賣啦，連錢也沒有分給我，如今錢也光啦。」

「賣了他？」我一邊說，一邊哭了起來。「啊！他可是我的黑奴啊，他可是我的錢啊。他在哪裡——我要我的黑奴。」

「嘿，你一定要不回你的黑奴啦，就是這麼一回事——所以你哭哭啼啼也沒什麼用。聽我說——你也曾想要告發我們嗎？我要是相信你，那才怪呢。嘿，你要是想告發我們的話……」

說到這裡，他沒有說下去，可是他眼色裡露出的凶相，是我從來沒有見到過的。我繼續抽抽嗒嗒地哭著說：「我誰也不想告發，而且我也沒有時間去告發哪一個，我得跑去把吉姆給找回來。」

他那個神情好像有點兒為難似的，就站在那裡，一邊胳膊上搭著的海報隨風飄動，一邊在左思右想，眉頭緊鎖。最後才說：「我來點撥你一下吧。我們得在這裡待三天。只要你保證不告發我們，也不讓那個黑奴告發我們，那麼我就會告訴你，哪裡能找到他。」

我作了承諾，他就說：

「有一個農民，叫做西拉斯．費……」說到這裡停住了。你可以看得出來，他一開始是要對我說實話的，可是如此這般一打住，他又仔細一想，我猜想他就變卦了。事實正是這樣。他不願信任我，他想的是要想方設法，在這三天中，不讓我當他的絆腳石，壞了他的好事。所以很快便接著說：

「把他買下來的那個人，名字叫阿伯拉姆．福斯特——阿伯拉姆．格．福斯特——住在去拉菲特的路上一個鄉下，離這裡三四十英里的地方。」

「那好，」我說，「我走三天的路就可以走到。我今天下午就走。」

「不，你不用等，你現在就得動身。千萬別耽誤時間，一路上也不准你隨便亂說。只許你把嘴巴緊緊封起來，趕你的路，否則你就會給我們惹麻煩了，你聽清楚沒有？」

這正是我期盼的一道命令，是我求之不得的。我就是盼望能自由自在地實現自己的計畫。

「那就趕快走吧，」他說，「不論你心裡想要些什麼，你可以對福斯特先生直說。說不定你能說服他吉姆是你的黑奴——世界上是有些傻瓜並不要求人家提出什麼條件——至少我聽說過，在這一帶下游南方地區就有這樣的人。只要你告訴他那張傳單和懸賞都是假的，以及爲什麼要這套把戲，也許人家會相信你的話。好，現在就動身吧，你愛怎樣對他說就怎麼對他說，不過要記住，從這兒到那兒的一路上，可不許你多嘴。」

這樣我就走了，向內地鄉間走去。我並沒有回頭望，不過我感覺到他正密切監視著我。但是我知道我有辦法叫他盯得不耐煩。我在鄉間一直走到一英里左右才停下來，然後一轉身，加快穿過林子，朝費爾貝斯家而去。我思量，最好還是別再遲疑，馬上按照我原來的計畫幹起來。因爲我要想辦法在這兩個傢伙溜走之前封住吉姆的嘴。我不願意跟這幫人再打什麼交道。他們的那套把戲我已經看得厭了，我要的是跟他們一刀兩斷。

32

我到了那裡，只見四下裡靜悄悄的，好像到了週末一樣悠閒自在。天氣又熱，陽光熱辣辣的——幹活的人都到田裡去了。空中隱隱約約響起了甲蟲或者蒼蠅的嗡嗡聲，分外叫人感到沉悶，彷彿這兒的人都已離去或者死光了。偶爾一陣微風吹過，樹葉在風中沙沙地響著，使人格外傷感，因爲你彷彿感到是鬼魂在低訴——那些死了多年的鬼魂——你並且覺得他們正在議論著你呢。總之，這一切叫人滋生著一個念頭，覺得自己生不如死，可以一了百了。

費爾貝斯家是一個小小的棉花種植園，這類種植園看上去都差不多。一塊兩英畝大小的地，圍著一個柵欄。有一排梯磴，是用鋸斷的圓木搭成的，好像高矮不等的木桶一樣，從這裡可以跨過柵欄，婦女們可以把它們當作上馬的墊腳石，跳上馬去。這個大場院裡，還有些枯黃的草皮，不過大多數地面光光滑滑的，十分像一頂磨光的絨毛舊帽子。給白種人住的是一座帶廂房的大木頭屋子——全是用砍好了的圓木搭成的。圓木縫隙裡，都用泥或者灰漿堵上了，之後那一道道泥漿上或先或後給刷白了。用圓圓的原木搭成的廚房，邊上有一條上面蓋有頂的寬敞走廊，和那座房子連接起來。在廚房後邊有一座圓木搭成的燻肉房。燻肉房的另一邊，有一排三間圓木搭成的小間，是給黑奴住的。離這裡稍遠，靠後邊的柵欄，有一間別致的小木屋隱藏在柵欄的後邊。在另一側，有幾間小屋。小屋旁邊，放著一個裝鹼液的儲水槽，還有一把大壺，是熬肥皀的。廚房門口有一只長凳，上面放著一桶水和一只瓢。一隻狗在那兒躺著晒太陽。有許多的狗分散在各處睡大覺。在一個角落，有三棵遮蔭大樹。柵欄旁邊，有一處是醋栗樹叢。柵欄外面是一座花園和西瓜地，再過去就是棉花田了。從棉花田再往前走不遠，就是樹林子了。

我繞到了後面，踩著裝鹼液的儲水槽旁邊的後梯磴，朝廚房走去。我走近了一點兒，就隱約聽見紡紗車轉動的聲音，像在嗚嗚地哭泣，那哭聲忽高忽低。聽著這種聲音啊，我當時心裡但願我死了的好——因爲這是普天之下最凄涼不過的聲音了。

我只管往前走，心裡也並沒有什麼確切的打算，只是聽憑老天安排。要我這張嘴巴說些什麼，我就說些什麼。因爲我已經體會到，只要我能順其自然，老天總會叫我的嘴巴說出合適的話來。

我走到半路，遇到兩隻狗先後站起，朝我撲來。自然，我就停了下來，對著牠們，一動也不動。於是狗又汪汪汪亂叫一陣。一時間，我彷彿成了一個車輪子的軸心——一群狗——一共十五六隻，把我團團圍在中間，對著我伸著脖子、鼻子，亂叫亂嗥。又另有些狗往這邊竄過來，只見牠們紛紛跳過柵欄，從四面繞過轉角朝我圍上來。

一個女黑鬼從廚房飛快地奔出來，手裡拿著一根擀麵棍，使勁叫道，「你給我滾開，小虎！小花，你給我滾開！」她給了這個一棍子，又給另一個一下子，把牠們趕得一邊汪汪直叫，一邊逃跑，其他的也就跟著逃跑。一會兒之後，有另外一半的狗又竄了回來，圍著我搖尾巴，跟我友好起來。狗畢竟不想傷人。

在女黑鬼後邊有一個黑女孩和另外兩個黑男孩，身上僅穿了粗夏布襯衫，此外什麼都沒有穿。他們拽住了媽媽的衣衫，害羞地躲在她身後，偷偷地張望我。黑孩子一般總是這個樣子。這時只見屋子裡走出來一位白膚色女人，年紀在四十五到五十左右，頭上沒有戴女帽，手裡拿著紡紗棒，在她身後是她的幾個孩子，那動作、神情同黑孩子一樣。她正笑逐顏開，高興得幾乎連站也站不穩了似的——她說：「啊，你終於來啦！——不是嗎？」

我來不及細想，馬上回答道：「是呀，大娘。」

她一把抓住了我，緊緊地抱住了我，隨後緊緊地握住我兩隻手，搖了又搖，眼淚奪眶而出，淚流滿面，抱著我，握住我，沒有個完，不停地說：「你長得可不像你媽，跟我想像的不一樣。不過嘛，我的天啊，我管你像不像你媽。能見到你，我是多高興啊。親愛的，親愛的，我眞想把你一口吞進去！孩子們，這是你們表哥『湯姆』——快向他問好呀。」

可是他們急忙低下頭，把手指含在嘴裡，躲在她身子後面。她又接著說下去：「莎莉，快，馬上給他做一頓熱騰騰的早飯——告訴我，你在船上吃過飯沒有？」

我說在船上吃過了。她就往屋子走去，握住了我的手，領著我進去，孩子們跟在後頭。一進屋，她把我按在一張藤條織成的椅子上，自己坐在我對面的一張矮凳子上，緊緊握住了我的兩隻手說：「現在讓我好好看看你，我的天啊，這麼久的年月裡，我眞盼著你啊，如今總算盼來啦！我們等著你來到，已經有很長時間了。再說，是什麼事把你陷住——是輪船擱淺了？」

「是，大娘　船……」

「別說，是的，大娘——就叫我莎莉阿姨。船在哪裡擱的淺？」

我不知道怎麼說才好，因爲我根本不知道船順流還是逆流。但是我全憑直覺說話。我的直覺在告訴我，船是逆流開到的——是從下游奧爾良一帶開來的。不過，這也幫不了我多大的忙，因爲我不知道那一帶的淺灘叫什麼名字。我看我得發明一個淺灘的名字才行，要不然就說把擱淺的地方的名字給忘了——要不然——這時我想到了一個念頭，於是脫口說了出來：

「倒不是因爲擱淺——這只是耽誤了我們不長時間。我們船上一隻汽缸蓋炸了。」

「天啊，傷了什麼人沒有？」

「沒有，只是死了一個黑奴。」

「啊，這眞是好運氣。有的時候會傷人的。兩年前，聖誕節，你姨丈塞拉斯搭乘拉里・羅克號輪船自新奧爾良上來，一隻汽缸蓋爆炸，炸傷了一個男子。我看啊，後來他就死了。他是個浸禮會教徒。你的姨丈塞拉斯認識在巴頓・羅格的一家人，他們對他那一家人很熟。是啊，我記起來了，他現在確實死了。傷口爛了，長大瘡，醫生不得不給他截肢。但是這沒能救他的命。是的，是因爲傷口爛了——是這麼個原因。他渾身發青，臨死還盼望光榮復活。人家說，他當時那個樣子慘不忍睹。你的姨丈啊，他每天到鎭上去接你的。他現在又去了，去了不過個把鐘點，現在就快回來了。你一定在路上碰到過他的，不是嗎？——一個上了歲數的人，帶著……」

「沒有啊，我沒遇見什麼人啊，莎莉阿姨。船到的時候天剛亮。有條船停在碼頭，我把行李放在上面，到鎮上四周和鄉下蹓躂了一番，好打發時間，免得到這裡來得太早，所以我是打後街繞過來的。」

「你把行李交給哪一個了？」

「沒有交給哪一個啊。」

「怎麼啦，孩子，不會被偷嗎？」

「不，我藏在了一個地方，我肯定不會被偷走的。」

「你怎麼這樣早就在船上吃了早飯？」

這下子可要露出馬腳啦。不過我說：「船長見我站著，對我說上岸以前最好吃些東西。這樣，他就把我帶到船頂上職員餐廳上去，把我要吃的都弄了來。」

我心神不定，連聽人家說話也聽不大清楚。我心裡總是在孩子們身上打主意。我打算把他們帶到一邊去，套些話出來，好弄明白我究竟是誰。可是我總是不得手。費爾貝斯太太不斷地說話，滔滔不絕。沒有多久，她說了幾句話，我聽了好像冷水澆背，渾身冰涼：

「只是我們在這兒說了半天，你可還沒有跟我說起有關我姊姊，或是他們當中任何哪一個人的一個字啊。現在我要把我的話頭收住，由你來說。要把所有的事情，一樁樁、一件件都告訴我——所有的事全對我說一說。他們的情況怎樣啦，如今在幹些什麼呢，他們又要你同我說些什麼啦，凡是你能想到的，都說給我聽。」

啊，我心裡明白，這下子可把我爲難住了——毫無退路。到目前爲止，都靠老天爺保佑，一切順順當當，不過如今可擱了淺。動彈不得啦。我看得清楚，想往前闖，那是辦不到了——我只能舉起雙手投降了。我自言自語，這是又一次走上了非說實話不可的絕路了。我剛想張嘴說話，可是她一把抓住了我，推到了床的後頭。她說：

「他來啦！把你的腦袋低下去——好，這樣行了，人家看不見你了。別露出一點兒口風說你已經來了。我拿他開開心。孩子們，你們什麼也別說。」

我知道我如今是進退兩難了。但是急也沒有用，我毫無辦法，只好一聲不響地待在那兒，等電閃雷鳴過後，隨時準備站起來。

老先生進來時，我只能瞥到一眼，隨後床把他擋住了。費爾貝斯太太呢，她跑過去問他：

「他來了沒有？」

「沒來。」她丈夫說。

「我的天啊，」她說，「他會出了什麼事嗎？」

「我也想不出來，」老先生說，「我得承認，這叫我心裡極其不安。」

「我知道不安！」她說，「我都快發瘋了。他一定是已經到了。你一定是路上將他給錯過了。我知道一定是這樣的——我算得是這麼回事。」

「怎麼啦？莎莉。我不可能在路上錯過他的——這妳也明白。」

「不過，啊，天啊，我姊會怎麼說啊！他肯定已經到啦！你一定錯過他了。他……」

「哦，別再叫我難受啦。我已經夠難受啦。我眞不知道該怎麼做才好。我實在不知所措啦。我不能不承認，我已經嚇得不知道如何是好。他不可能已經到了，他要是到了，我卻錯過了他，這是根本不可能的事嘛。莎莉，眞糟糕——簡直糟透了——那條船準出了什麼事，一定是的。」

「啊，塞拉斯！往那邊瞧瞧——往大路上看！看是不是有人正在走過來？」

他立刻跳到床頭窗口，這就給了費爾貝斯太太一個絕好的機會。她趕緊彎下身子，一把拉住了我，我就出來了。當他從窗口轉過身來，看見她笑咪咪地站在那裡，臉上紅紅的，彷彿房子著了火似的，我則恭順地站在她身旁，渾身直冒汗。老先生呆住了，說：

「啊，這是誰啊？」

「你猜是誰？」

「我可猜不出。誰啊？」

「是湯姆．索耶啊！」

天啊，我差點兒沒栽到地板底下去。但是這時已不由人分說，老人一下抓住了我的手握個不停，與此同時，他的老伴呢，正手舞足蹈，又哭又笑。隨後他們兩人連珠炮似的問到席德和瑪麗還有那家子其餘的人來。

不過要說高興的話，恐怕沒有人能比我更高興的了，因爲我彷彿重投了一次娘胎，終於弄清楚了我原來是誰。啊，他們向我東打聽、西打聽，一連問了兩個鐘頭，最後我的下巴也說累了，連話也說不下去了。我講給他們聽有關我家——我是說湯姆．索耶家——的種種情況，比起實際的情況多出六倍還不止。我還說了，我們的船怎樣到了白河口，汽缸蓋炸了，又如何花了三天時間才修好。這樣的說明只會有什麼問題，而且效果也是頭等的，因爲爲什麼要三天才修好，他們一竅不通。如果你說有一隻螺絲帽飛上了天，他們也照樣會相信的。

現在我一方面覺得很舒暢，一方面又感到不自在。當個冒牌的湯姆·索耶倒挺舒服、挺自在的，可是沒過多久，我聽到一條小火輪從上游噗、噗、噗地開過來了，我心中那種舒服、自在的感覺馬上就沒了。我心裡嘀咕著，萬一湯姆·索耶搭了這條輪船來了呢？——萬一他突然走進來，在我給他遞去一個眼色，示意他別聲張之前，就喊出了我的名字呢？

啊，一定不能讓這樣的情況發生——這樣就糟啦。我必須到路上去攔住他。我便告訴他們，我得到鎮上去，把行李取來。老先生本想跟我一起去，但是我說不，我自己可以騎馬去，就不用他老人家費神了。

33

於是我趕著馬車前往鎮上去。半路上，我見到有一輛車正從對面而來，那肯定是湯姆．索耶無疑了。我就停下車來，等他過來。我說了聲「停車！」馬車就停了，靠在了一邊。他見到我嘴巴張大了半天合不攏，他嚥了兩三口口水，然後說：

「我可從來沒有害過你，這你是自己知道的。你幹嘛要回到陽世纏我呢？」

我說：「我並沒有還陽啊——我又沒到陰間去過。」

他一聽清是我的聲音，神志便清醒了些，不過還是不很放心。他說：

「別作弄我了，我也不作弄你。你說老實話，你到底是不是鬼？」

「說實話，我不是。」我說。

「那好——我……我……那好，當然，這樣就不成問題了。不過，我實在不明白。聽我說，你不是已經給害死了嗎？」

「不，我根本沒有被害死——是我作弄了他們。要是你不相信的話，你過來摸一摸我好了。」

他就過來，摸了摸我，這才放了心。再次見到了我，他非常高興，只是他不知道下一步該做些什麼。他急於想馬上知道一切的眞相，因爲這可是一次轟轟烈烈的冒險，又那麼神祕，這正合他的口味。不過我說，這可以暫時放一邊，且等以後再說，還招呼他的車夫在邊上等一會兒。我們就把車往前趕了幾步，隨後我把當前爲難的處境對他說了，問他該怎麼辦才是。他說，讓他想一會兒，別打攪他。他就絞盡腦汁拼命地想，沒多久，他就說：

「不要緊，我有啦。把我的行李搬到你的車上去，假裝是你的。你就往回走，慢吞吞地走，挨到原該到的時候才到家。我呢，往鎭上那個方向走一段路，我從頭開始，等你到家後一刻鐘或者半個鐘點才到。在開頭，你不必裝成認識我。」

我說：「那可以。不過等一下。還有一件事——這件事，除了我之外，沒有一個人知道。那就是，還有一個黑鬼，我在想辦法把他偷出來，好不讓他再做奴隸——他的名字是吉姆——華森老小姐的吉姆。」

他說：「什麼！怎麼是吉姆……」

他說到一半就停住不再說下去了，便尋思了起來。我說：

「我可知道你要說些什麼。你會說這是一樁骯髒下流的事，不過那又怎麼樣呢？——我是下流的，我準備把他偷出來，我希望你守口如瓶，別說出去。行吧？」

他的眼睛一亮。他說：

「我會幫你將他偷出來！」

啊，這句話可叫我大吃一驚，好像一聲青天霹靂，恰好打在我身上。這可是我有生聽到的最叫人吃驚的話了——我不能不說，在我眼裡，湯姆．索耶的分量，大大地下降了許多。

打死我也不相信湯姆·索耶竟然會是一個偷黑奴的人。

「哦，去你的吧，」我說，「你這是在開玩笑吧。」

「我可沒有在開玩笑。」

「那好，」我說，「開玩笑也好，沒開玩笑也好，如果你聽到什麼關於一個逃亡黑奴的任何什麼事情，別忘了，你對這個人什麼也不了解，我呢，也什麼都不知道。」

隨後我們把行李放到了我的車子上。我趕我的車，他就走他的路。不過我把應該慢些走的話全部忘得一乾二淨，因爲實在高興得不得了，有一肚子的事得考慮一番。這樣一來，我到家便比這段路該花的時間快得太多了些。這時老先生正在門口。他說：

「哈，眞了不起。誰會想到母馬會跑得這麼快。可惜我們沒有對準了瞧一下時間。牠連一根毛都沒有汗濕——連一根毛都沒有。這多了不起。啊，如今人家出一百元的價買我的馬我也不肯賣啦。以前我十五塊錢就肯賣了，我認爲牠只值這麼個價。」

他說的就是這些話。他是我見到過的最天眞最善良的老人了。這也並不稀奇，因爲他不光是一個農民，而且他還是一個傳教士。在他農莊後面，他還有一個小小的由圓木搭成的教堂呢。那是他自己出資並親自建成的，作爲教堂兼學校。他傳教從來不收錢，講道也講得好。像他這樣既是農民又兼傳教士的人，在南方可多的是，爲人行事都跟他一樣。

大約半個小時左右，湯姆的馬車趕到大門的梯磴前。莎莉姨媽從窗戶裡就看見了，因爲相距只有五十碼。她說：「啊，有人來啦！不知道是誰哩？啊，我相信一定是個外地人，吉姆（這是她其中一個孩子的名字），快去對莉絲說，午餐多放一副餐具。」

大夥兒一個個朝大門口湧去 因爲有一個外地的客人來到了，這可並非每年都有的事。他一來，比黃熱病更加引人注意。湯姆跨過了門口的梯磴，正朝屋裡走來。馬車順著大道回村裡去了。我們都擠在大門口。湯姆身穿一套新買的衣服，眼前又有一幫觀衆——一有觀衆，湯姆．索耶就來勁。在這種情況下，不用費力，他就會表現出氣派來，而且表現得很體面。他可不是一個卑躬屈膝的孩子，像一隻小綿羊那樣怯生生地從場院走過來。不，他神情鎮靜，態度從容，彷彿一隻大公羊那個樣兒。一走到我們大夥兒的面前，他把帽子往上那麼提了一提，態度高雅，風流倜儻，彷彿是一只盒子上的蓋子，裡面裝著蝴蝶，他只是不願驚動牠們。他說：

「我想您就是阿基波德．尼古爾先生吧？」

「不是的，我的孩子，」老先生說，「非常抱歉，是你那個車夫把你騙了，尼古爾的家在下面三英里地。請進。」

湯姆向身後望了一下，說：「太遲了——他走得看不見了。」

「是啊，他走啦，我的孩子，你務必進來，跟我們一起吃頓午飯，隨後我們會套車把你送到下邊尼古爾家去。」

「哦，我不能太打攪你了。這不行。我能走——這點子路我不在乎。」

「只是我們不會讓你走了去——這可不合乎我們南方人禮貌待客的禮節。請進吧。」

「哦，請進吧，」莎莉阿姨說，「這對我們談不上什麼麻煩，一點也談不上。你務必請留下來。這三英里路不短，一路上塵土飛揚。我們絕不能讓你走著去。我已吩咐添一份菜盤子啦。見你進來的時候就吩咐下去了，可別叫人失望了。請進來吧，就像在自己家裡一樣。」

湯姆便熱情道謝了一番，接受了邀請，進了屋裡。進來時，說他自己是一個外地人，是俄亥俄州希克斯維爾的人。說他的名字叫威廉．湯普森——一邊說，一邊鞠了一躬。

嘿，他就口若懸河地講了許多經歷過的事情，講到希克斯維爾和每一個人的事，只要能編到哪裡就講到哪裡，可我倒有些忐忑不安，不知道這些話能否幫我擺脫目前尷尬的處境。到後來，他一邊談下去，一邊把頭伸過去，對著莎莉阿姨的嘴巴吻了一下，隨後又在椅子上舒舒服服地坐了下來，準備繼續高談闊論。可是莎莉阿姨卻突然跳將起來，用手背抹了抹嘴巴說：

「你這個不要臉的狗崽子！」

他滿臉委屈的說：

「眞沒有想到您會這樣，夫人。」

「你眞想不到——嘿，你把我看成什麼樣的人了？我眞想好好……你說，你吻我，你是什麼居心？」

他彷彿低聲下氣地說：

「沒有什麼意思啊，夫人。我並沒有壞心眼。我……我……以爲妳會樂意我親一下。」

「什麼，你這個天生的笨蛋！」她拿起了紡紗棒，那模樣好像她使勁克制自己這才沒有給他一頓打似的。「你怎麼會認爲我會樂意你親我？」

「這我可從來不知道，不過，他們……他們……告訴我您會樂意的。」

「他們告訴你我會樂意？誰告訴你，誰就是一個瘋子。我從沒有聽到過這樣的神經病。他們是誰？」

「怎麼啦——大家全都這麼說呀，夫人。」

她簡直要忍不住了，眼睛裡一閃一閃，手指頭一動一動，彷彿恨不得要抓他似的。她說：「誰是『大家』？你給我說出他們的名字來——要不然，世界上就會少一個白痴。」

他站起身來，彷彿很難受似的，笨手笨腳地摸著帽子，他說：

「眞對不起，我沒想到會這樣。是他們叫我親妳的，他們都叫我這麼幹。他們都說『親親她』，還說『她會喜歡的』，他們都這麼說——每個人都這麼說，可是，眞對不起，夫人。我以後再也不會這麼做了——眞的，再也不會了。」

「你不會了，你敢嗎？嘿，料想你也沒這個膽！」

「不會了，說實話。以後不再犯啦，除非妳要我親妳。」

「除非我要你親！我活了一輩子也沒有聽說過這種神經病的話。我敢跟你打賭，你就是再等上幾百年，活到創世紀中瑪士撒拉那個老笨蛋那麼大的歲數，我也不會要你、或像你這一類的傢伙來親我的。」

「唉，」他說，「我眞沒有想到，我實在弄不明白，他們說妳會的。我呢，也認爲妳會的。可是……」他說到這裡，把話收住，往四下裡慢慢地掃了一眼，好像他但願有什麼人能投以友好的眼色。他先是往老先生看了一眼，並且說，「你是不是認爲，她會歡迎我親她，先生？」

「嗯，不，我……我只是……啊，不。我想她不會。」

然後他還是照他那個老法子，往四周張望，他朝我看了一眼——隨後說：「湯姆，你難道認爲莎莉姨媽不會張開臂膀說『席德．索耶』……」

「我的天啊，」她一邊打斷了話頭，一邊朝他跳過去，「你這個調皮的小壞蛋，這麼糊弄人啊……」她正要擁抱他，然而他把她擋住了，並且說：「慢點，妳得先求我一下才行。」

她立刻眞的求了他。她摟住了他，親他，親了又親，然後把他推給老人，他就接著親他。等到大家稍稍定下神以後，她說：「啊，天啊，我可從沒有料想到。我們根本沒有指望著你會來，只指望著湯姆。姊姊在信上只說他會來，沒有說到會有別的人來。」

「這是因爲，原來只打算湯姆一個人來，不會有別的人。」他說，「可是我求了又求，最後她才放開我，從大河往下游來。我和湯姆商量了一下，認爲由他先到這個屋裡，我呢，慢一步跟上來，裝作一個陌生人撞錯了門，好叫你們喜出望外。可是，莎莉阿姨，我們可錯了。陌生人上這兒來可不大保險哩。」

「不——只是對調皮的小壞蛋不保險，席德。本該給你一個耳光呢。我不知已經有多少年沒有冒這麼大的火啦。不過我才不在乎哩。什麼條件我都無所謂——就是開一千個玩笑我也願意承受，只要你能來。試想一想剛才的情景眞叫人覺得好笑。我從心底承認，你剛才那『嘖』的一下，眞是把我都給驚呆啦。」

我們在屋子和廚房間寬敞的走廊上吃了中飯。桌子上東西可豐富啦，夠六家人家吃的——而且全都是熱騰騰的，所有的菜都又香甜可口又鬆嫩適宜，沒有一道吃起來像是隔夜菜——像是在潮濕的地窖的廚房擱了一夜的冰涼老牛肉。塞拉斯姨丈在飯桌上做了一個很長的感恩禱告，不過這倒是值得的，飯菜也並沒有因此涼了。有好多回我看見別人這樣打岔，等他們禱告完，飯菜都涼了。

整整一個下午，談話沒完沒了。我和湯姆，一直在留神聽，可是無濟於事，沒有人有一句講到逃亡的黑奴的。我們呢，又不敢把話引到這件事上。不過到晚上吃晚飯的時候，有一個小孩說：「我可以同湯姆、席德一塊去看戲嗎？」

「不行，」老人說，「依我看，也演不起來了。就是有戲，你們也不可能去。因爲那個逃亡黑奴已經把那個騙人的演戲這回事，原原本本對我和伯頓都說了。伯頓說，他想向大夥兒公開這件事。所以啊，依我看，這時候，他們已經把兩個混帳流氓給轟出這個鎮子啦。」

原來這樣！——而我卻無能爲力。湯姆和我要在一間房一張床上睡。這樣，既然睏了，我們剛吃了晚飯，便說了聲晚安，上樓去睡了。後來又爬出窗口，順著電線杆滑下來，朝鎮上奔去，因爲我料想，不可能有誰給國王和公爵報信的。所以，要是我不能趕緊前去，給他們報個信，他們肯定會遭難了。

在路上，湯姆告訴了我，當初人家怎樣以爲我是被謀害了，我爸又是怎麼在不久以後失蹤的，從此一去不回；吉姆逃走的時候是怎樣引起了震動的；一樁樁、一件件，原原本本都如實講了。我呢，對湯姆講了有關兩個流氓演出《稀世奇珍》的事和在木筏上一路漂流等等的全部經過。因爲時間不多，所以有的因時間的緣故，只能不講了。我們到了鎮上，直奔鎮子的中心——那時是八點多鐘——只見有一大群人像潮水般湧來，手拿火把，一路吼啊、叫啊，使勁地敲起白鐵鍋，吹起號角。我們跳到了一旁，讓大夥兒過去。隊伍走過時，只見國王和公爵給繫在一根横木上——實際上，那只是我認爲是國王和公爵，因爲他們遍身給塗了柏油，而且黏滿了雞毛，簡直已經不成人樣——乍一看，簡直像兩根軍人戴的猙獰可怕的粗大的盔翎。啊，看到這個模樣，眞叫人噁心。這兩個可憐的流氓，我也眞爲他們難過，好像從今以後，我再也對他們恨不起來了。這情景看起來眞是怕人啊。爲什麼人與人之間凶殘到如此地步，怎麼能這麼殘酷啊？

我們知道我們已經來遲了——已經無能爲力了。我們向旁邊看熱鬧的人打聽了一下。他們說，大夥兒都去看演戲，好像什麼也沒發生過。大家沉住氣，不露一點兒風聲。後來當那個倒楣的老頭國王在台上起勁地又蹦又跳的當兒，有人發出了一聲信號，全都湧上前去，把他們給逮住了。

我們慢慢呑呑地走回家，心裡也不像原來那麼亂糟糟的了，只是覺得心裡有愧，對不起人——雖然我自己並沒有做過什麼對不住人的事。世上的事往往如此，不論你做得對也罷，錯也罷，根本無關緊要。一個人的良心反正不知好歹。如果我有一條黃狗，也像一個人的良心那麼個樣子，分不清好歹，我就會把牠毒死拉倒。一個人的良心占的地方比人的五臟六腑還多，可就是沒有優點。湯姆．索耶也是這樣說。

34

我們停止了談話，都思索起來。後來湯姆說：

「聽我說，哈克，我們多傻啊，開始連想也沒有想到這一點。我保證，我知道吉姆在哪裡了。」

「不會吧？會在哪裡呢？」

「在裝鹼液的儲水槽旁邊那間小屋裡。你聽我說，我們吃中飯的時候，你沒有看見一個黑奴拿著食物走了進去嗎？」

「看到啦。」

「你看食物是餵給誰吃的？」

「給一隻狗唄。」

「我一開始也這樣想。哈，實際上這可不是給狗準備的。」

「怎麼啦？」

「因爲吃的東西裡面有西瓜。」

「是這麼回事——我也注意到了這一點。啊，這可眞是件怪事。我竟然沒有想到狗是不吃西瓜的。這說明，一個人是會視而不見的。」

「是啊，那個黑奴進去的時候把門上的鎖打開，出來時再鎖上。我們吃完飯站起身來的時候，他從我們姨丈那裡取了一把鑰匙——我敢打賭，那就是同一把鑰匙。西瓜表明了那是一個人，鎖表明了那是一個罪犯，而且一個小小農莊對人又和氣善良，因而也不會有兩個囚犯。那個囚犯便是吉姆。好啊——我們按偵探的那個路子——查清了這回事，這讓我很高興。我是不會按別的路子去查了。現在你來開動腦筋，設想出把吉姆給偷出來的方案來，我呢，也要設想出我的方案來，然後我們從中挑選一個最好的方案。」

一個小孩子居然有這麼聰明的腦袋瓜！我要是有湯姆．索耶那樣的腦袋，我絕不會把它拿去換一個公爵當，也不會拿去換輪船上的大副或馬戲團的小丑當，凡是我想得起來的東西我都不換。我開始動腦筋，想琢磨出一個辦法來，但是那只不過是白費勁。我心裡很清楚好辦法會從哪兒冒出來。不一會兒湯姆就說：

「想好了沒有？」

「想好了。」我說。

「好啊——說來聽聽看。」

「我的計畫是這樣，」我說，「吉姆在不在裡面，我們不費吹灰之力便能夠查出來。然後我們在明晚上便把我的獨木舟找出來，再從小島那邊把木筏弄到手。等到哪一天夜很黑，我們在姨丈睡了以後，從他褲袋裡把鑰匙偷出來，就同吉姆一起坐木筏朝大河的下游漂去，大白天躲起來，晚上走，就像往常我和吉姆幹的那樣。這個方案行不行？」

「行不行？哈，當然嘍，能行。就象耗子打架一樣，清清楚楚。但是，毛病是簡單了，搞不出什麼名堂來。一個方案，執行起來不用費任何周折，這有什麼勁？味道淡得像水。啊，哈克，這樣叫人家談論起來，不過像談到搶劫一家肥皀廠，如此罷了。」

我一句話也不說，因爲跟我預料的一點也不錯。我心裡知道的很清楚，只要他想出了一個辦法，那是肯定挑不出一點毛病的。事情果然如此。他對我說了他的方案，我馬上看出了他的計畫，論氣勢，長處勝過我的計畫十五倍，如同我的計畫一樣能叫吉姆得到自由，而且可能叫我們都把性命賠上。所有的我都滿意，並且說我們該說幹就幹。至於他的計畫，在這裡，我沒有必要講出來，因爲我很清楚，他不會按部就班。我知道執行時，一路之上，會隨機應變。只要一有機會，就會動動腦筋添些新點子上來。這可是他的一貫作風。

啊！有一點是肯定無疑的。這就是，湯姆．索耶是全心全意的，是在切切實實想方設法把吉姆給偷出來，不再當奴隸。而正是這一點，讓我百思不得其解。一個體體面面、有教養、有身分的孩子，家裡人也有身分，他自己很聰明，一點都不笨，懂事、不糊塗，不下作，心腸也好。可現在，竟然不顧自己的體面，不顧是非，不顧人情，降低身分幹起這樣子的事，在衆人面前，丟盡自己的臉面，丟盡他一家人的臉。這我實在弄不懂，百思不得其解。這眞是荒唐極了。而且我心裡明白，我應該站出來，把這些告訴他，這才算是他的眞朋友，讓他立刻到此爲止，立刻洗手不幹，免得毀了自己。我剛開口勸他，可是他馬上叫我閉嘴，還說：

「難道你不知道，我對我自己在做些什麼，頭腦裡清清楚楚嗎？我現在正要幹些什麼，難道我不是肚子裡雪亮嗎？」

「你當然知道。」

「我不是說過，要把那個黑奴偷出來嗎？」

「你說了。」

「嘿，這不就結了。」

他說的就是這些，我說的也是這些。這樣就不用再說什麼了，因爲只要他說要幹什麼，他總是幹什麼。不過我委實不明白爲什麼他會甘心攪在這件事裡面，所以我只有隨它去，不再爲此操什麼心。要是他非這樣幹不可，我也沒有辦法。

我們到家時，屋子裡黑漆漆的，一片寂靜。於是我們便朝裝鹼液的儲水槽旁邊的小屋走過去，察看了一番。我們在場院裡走了一遍，看看狗會有什麼反應。因爲這些狗已經認得了我們，所以就像一般鄉下的狗夜間遇見什麼事的時候一樣會發出些聲響以外，並沒有別的什麼反應。我們走到了那間小屋，對小屋的正面和兩側都察看了一番。在沒有察看過的一側——那是朝北的一側——我們發現了一個四方形的窗洞，十分高，只有一塊很厚的木板釘在窗洞的中間。我說：

「這就好了，窗洞的大小剛好能叫吉姆鑽出來。只要我們撬開木板就行。」

湯姆說：「這就跟下五子棋一樣，未免太簡單了，也跟逃學一樣容易。我寧願我們能找到一種比這個更複雜的路子，哈克·芬恩。」

「那麼好，」我說，「把它鋸斷，像前次害死我那樣，行不行？」

「這就多少好一些，」他說，「要來個眞正神祕兮兮的、曲曲折折的，而且夠味兒的。」他說，「不過我們準保還能找到需得花一倍以上時間的方案。不用著急，讓我們再找找看。」

在後邊的那一側，在小屋和柵欄的中間，有一個木板做成的披間，它接著小屋的屋簷。跟小屋一般長，只是窄窄的——只有七英尺寬。門開在南頭，門上了掛鎖。湯姆走到煮肥皂的鐵壺那兒，到處搜尋，拿來人家開壺蓋的東西，用它撬開了一隻鏈環。鏈子隨著掉下來。我們隨手開了門，走了進去，關上門，點起一根火柴，發現披間只是靠著小屋搭的，不是連起來的。地上也沒有地板，披間裡只放了用壞了的生鏽的鋤頭、鐵鍬、尖鎬和一張壞了的犁。火柴熄了，我們便走了出來，重新安上鏈環。門像剛才一樣鎖得好好的。湯姆特別高興，他說：

「這下子事情就好辦了。咱們可以挖條地道讓他鑽出來，那大約要一個星期吧！」

隨後我們往屋子走去，我從後門進——只消拉一下用鹿皮做的門閂繩子就可以，他們的門是不鎖的——不過這樣還不夠浪漫，不合湯姆．索耶的胃口，他硬要爬那根避雷針上樓才算夠味。不過他大致有過二回爬到了半中間，一失手滑了下來。最後一次，腦袋差點兒被摔破。他尋思，他非得放棄不可了。可是一休息後，就又要試一試運氣。這一次啊，他終於爬了上去。

第二天早晨天剛亮，我們就下去到黑奴住的小屋去，摸摸狗，跟那個給吉姆送飯的黑奴套套交情——如果是吉姆關在裡面的話。那些黑奴剛吃過早飯，要到田裡去。給吉姆送飯的那個黑奴呢？他正在把麵包、肉等等東西放在一隻白鐵盆裡。別的一些人正走開的時候，屋裡送來了鑰匙。

這個黑奴的臉看上去是一副脾氣好、傻乎乎的樣子。他把一頭烏黑的鬈髮用細繩子紮成一撮一撮的。那是爲了避邪。他說，這幾天晚上妖魔作祟，把他害得好苦。他見到了種種異象，聽到了種種怪聲怪調，他一生中還從沒有被作祟得時間這麼長。這些搞得他神魂不定，坐立不安，害得他連平日裡該做些什麼事也記不起來了。湯姆就說：

「這些是送給誰的食物啊？是餵狗的嗎？」

這個黑奴臉上漾開了笑容，好像一塊碎磚扔進了一個泥塘。他說：「是的，席德少爺，餵一條狗。你想去看看嗎？」

「好的。」

我把湯姆捅了一下，小聲對他說：「你一大清早就去嗎？咱們原來可不是這樣合計的呀。」

「沒錯，當然不是這樣——不過，現在的方案就是這樣。」

唉，管它呢，我們一起去了，可是我心裡卻老大不以爲然。我們一進去，四周什麼也看不見，小屋裡太黑了，可是吉姆確確實實在裡面，他能看清楚我們，他叫了起來：

「啊，哈克！我的天啊！這難道是湯姆少爺嗎？」

這一切，都跟我預料的那樣，早在我意料之中。我也不知道該怎麼辦，就是知道，也辦不到，因爲那個黑奴冷不防地插嘴說：

「啊，我的天，難道他認識你們這兩位先生？」

這時我們能把四下裡看得相當清楚了。湯姆呢，他定神地看了黑奴一眼，好像莫名其妙地說：

「你說誰認識我們？」

「啊，這個逃跑的黑奴啊！」

「我看他並不認識。不過，是什麼叫你腦子裡竟會有這麼個想法呢？」

「有這麼個想法？他剛才都喊了聲，彷彿認識你們嘛？」

湯姆彷彿大惑不解似的說：

「啊，這眞是太稀奇古怪啦。有誰喊啊？什麼時候喊的？喊了些什麼？」他轉過身對著我，態度非常地安詳鎮定地說：「有誰在喊，你聽到了嗎？」

當然沒有什麼好說的，答案只有這麼一個。我就說：

「沒有啊，誰說話我沒有聽到啊。」

隨後他就向吉姆轉過身來，把他看了一眼，那神情彷彿他從來沒有見到過他。他說：

「你叫了嗎？」

「沒有，少爺，」吉姆說，「我什麼都沒說啊！少爺。」

「沒有說一個字？」

「沒有，少爺，一個字也沒有說。」

「你過去見過我們嗎？」

「沒有，少爺，曾在哪兒見過你我記不清了。」

湯姆就轉過身來對著那個黑奴，這時他竟然有點兒神經錯亂的模樣了。湯姆厲聲地說：

「你究竟是怎麼回事啊？你怎麼會想得出來，說有人在叫喊啊？」

「唉，少爺，全是妖魔在搗鬼啊，我寧願死了的好，說眞的。他們老是跟我搗蛋，我快被折磨死了，嚇得我魂不附體。請你別對任何人說，少爺，要不，塞拉斯老爺會把我狠狠刮一頓。因爲他說，根本沒有什麼妖魔鬼怪。我寧願他現今就在這裡——看他有什麼好說的！我看啊，我能打賭，這一回他自己都說不圓啦。可是，說來也總是如此，人就是這個樣子，人一傻，就傻到底，從來不肯仔細看一看，自個兒把事情看個明白，人家即使把眞相告訴他，他也不肯信。」

湯姆給了他二角錢，還說，我們不會對別人說什麼。還說，他不妨多買幾根繩線，紮起頭髮。然後他對吉姆看了一眼說：

「我不知道塞拉斯姨丈會不會把這個黑奴給吊死。如果我抓住了這個忘恩負義逃亡的黑奴，那麼我可不會放掉他，我就會吊死他。」

這時趁那個黑奴走到門口認一認清那個銀幣，咬一咬，看是眞是假，他就低聲對吉姆說：

「別流露出認得我們。要是你晚上聽到挖地的聲響，那是我們，我們打算把你救出去。」

吉姆只能匆匆地抓住了我們的手，緊緊握了握，後來那個黑奴回來了。我們說，只要那個黑奴要我們再來，我們準會來。他就說，他會要的，最好在夜晚，因爲妖魔多半在黑夜裡作怪，這時如果能有人陪伴他，那就太好了。

35

這時離吃早飯還有幾個鐘頭，我們就離開了那裡，到了林子裡去。因爲湯姆說，挖地道時最好能有點兒光亮，能看得見，而燈呢，又太亮，我們怕惹出麻煩。我們最好能找到一些爛木頭，被人們稱做「狐火」的，擱在黑洞洞的地方，可以看到幽幽的光。我們在林子裡找到了一些，堆放在草叢裡，然後停下來休息。湯姆以一種不大滿意的口氣說道：

「眞該死，這件事嘛，整個兒說來，有多容易就多容易，有多彆扭就多彆扭。要弄出個曲曲折折的方案，可眞是不容易啦。又沒有一個看守理該毒死的——本來就應該有這麼個看守嘛。甚至連應該下蒙汗藥的狗也一隻都沒有。吉姆呢，也就銬上了一副一丈長的腳鐐，一頭拴住了一條腿，一頭拴在床腿上，你只要那麼一提床，腳鐐就往下掉了。再說，塞拉斯姨丈這人啊，他對誰都一概信任，把鑰匙給那個傻乎乎的黑奴，也不派一個人在旁邊監視他。在這樣的情況下，其實吉姆早就能從窗洞裡爬出來，只不過腿上綁了一丈長的鐵鐐，不能走路。眞是糟透了，哈克，這樣一類頂頂愚蠢的安排我從來沒有見過。所有的艱險曲折，一樁樁、一件件都得憑空製造出來。啊，實在無法可想，我們只能憑眼前的資料能怎麼做就怎麼做。可有一件事是確定無疑的。必須經過千難萬險才能搭救他出來，這才稱得上光榮。可這樣的千難萬險，原本應該有人有這個責任提供的，如今卻一無著落，必須由你憑空編造出來。現在就拿燈這一件事來看一看吧。面對眼前無情的現實，我們就必須裝作那是一件多麼危險的事。其實呢，據我看，只要我們高興，我們原本不妨來個火炬大遊行也礙不了事啊。哦，我現在又想起了一件事來了，咱們一有機會就找些材料做一把鋸子。」

「要一把鋸子幹什麼用？」

「我們得鋸斷吉姆那張床的腿，好叫腳鐐脫下來啊。」

「哈，你不是說，只要有人把床往上一提，腳鐐就可以往下掉嗎？」

「啊，哈克·芬恩，你這話眞是活像你這種人說的。遇到一件事，就只會像一個上幼稚園的小孩子那樣對待它。難道你從來沒有唸過那些書？——關於特倫克男爵、卡桑諾瓦、班溫努托·契里尼、亨利四世，還有許多別的英雄豪傑的書你都沒讀過嗎？誰聽說過用這種婆婆媽媽的辦法把囚犯救出來的？絕對不行。凡是赫赫有名的人，他們都是這麼幹的，把床腿給鋸成兩截，讓床照原樣放在那裡，然後吞掉鋸下的木屑，這樣人家就看不出來了。在鋸過的地方，塗上泥和油，好叫眼睛最尖的人也看不出一點兒鋸過的痕跡，還以爲床腿是好好的。隨後，到了夜晚，你準備好了一切，就對準床腿這麼一踢，床腿的一截被踢到了一邊，那腳鐐就脫落了，就大功告成了。此外不用忙別的事，只要把你的繩梯拴在城垛上，順著它爬下去，然後在城牆裡摔壞了腿——因爲，你知道吧？那繩梯短了十八英尺——好，你的馬、你忠實可靠的親隨正守在那裡，他們連忙把你從壕溝裡打撈起來，扶你跨上馬鞍，你就飛馳而去，去到你的老家朗格多或者納瓦拉，或者別的什麼地方。這才叫有聲有色哩，哈克，我多麼渴望小屋下面有個城牆啊。到了逃亡的那個晚上，如果時間允許，讓我們挖出一個城壕來。」

我說：「我們要個城壕幹什麼？我們不是要從小屋下面讓他像蛇一樣偷偷爬出來嗎？」

可是他壓根兒沒有聽到我說的話。他把我以及其他的一切都忘得一乾二淨。他手托住了下巴，陷入了沉思。沒多久，他嘆了一口氣，搖搖腦袋，隨後又嘆起氣來。他說：

「不，這個辦法不行——沒有必要這麼做。」

「幹什麼？」我說。

「啊，鋸斷吉姆的腿。」他說。

「我的老天！」我說，「怎麼啦？壓根兒不需要這麼幹嘛。你要鋸斷吉姆的腿，究竟又爲的什麼呢？」

「嗯，有些頂出名的人物便是這麼做的。他們無法掙脫鎖鏈，便乾脆把手砍斷了逃走。砍斷腿相比起來要更好一些。不過我們得放棄這個。拿這回的事來說，還沒有必要這樣幹。再說，吉姆是個黑奴，對必須這樣幹的原因也無法懂得。這是在歐洲流行的習慣，所以我們只得放棄。可有一件事必須辦——他必須有一根繩梯才行。我們不妨把我們的襯衫撕下來，便能不費事地給他弄一根繩梯。我們可以把繩梯藏在餡餅裡給他送去。人家多半是這麼做的。我曾吃過比這還難吃的餡餅。」

「啊，湯姆．索耶，你說到哪裡去了啊，」我說，「吉姆根本用不著繩梯啊。」

「他必須用繩梯。看你說的。你倒不如說，對這個你還一竅不通。他非得有一根繩梯不行，人家都是這麼幹的嘛。」

「你說一說，他用這個能幹些什麼？」

「幹些什麼？他不妨把這個藏在褥子底下，不是嗎？他們都是這麼幹的。他也必須這麼幹。哈克，你啊，好像總不願意按照規矩辦事。你總喜歡搞些新花樣。就算這個他派不上用處吧，在他逃走以後，這個留在床上，也就成了一條線索嘛，你以爲他們不是都需要線索嗎？當然，他們都需要。你怎麼可以不留下點線索呢？要不，豈不是叫人急得不知道該怎麼辦才好嗎，你說是不是啊？這樣的事，我可從沒有聽說過。」

「好吧，」我說，「如果這是規矩，那他就必須有一根繩梯。那就讓他有一根吧。因爲我並不退回到不按規矩辦事的境地，不過嘛，還有一件事呢，湯姆．索耶——要是撕下我們的襯衫來，給吉姆弄一根繩梯，那莎莉姨媽肯定會找我們算帳，這是可以確定的。照我看，用胡桃樹皮做成一掛繩梯，既不用花什麼錢，也不用糟蹋東西，也一樣可以包在餡餅裡，藏在草墊子底下，跟布條編的繩梯一樣好。至於吉姆，他並沒有什麼經驗，所以他不會在乎到底是怎麼一種……」

「哦，別瞎說了，哈克．芬恩，我要是像你那樣缺乏知識的話，我寧可不作聲的——我就會這麼做。可有誰聽說過，一個囚犯竟然從一根由胡桃樹皮做的繩梯逃跑的？啊，這簡直荒唐極了。」

「那好吧，湯姆，就按你自己的意思辦吧。不過嘛，要是你肯聽我一句話，就讓我從晒衣繩上借條床單吧。」

他說這也行。而且這把他另一個想法引發了，他說：「順便借一件襯衫吧。」

「要一件襯衫有什麼用，湯姆？」

「爲了讓他把日記寫在上面。」

「記你奶奶的日記——他連字也不會寫啊。」

「就算他不會寫吧——他可以在襯衫上做些標誌，不是嗎？只要我們用一只舊白鐵皮調羹，或者用一片箍桶的舊鐵條爲他做一枝筆就可以了。」

「怎麼啦，湯姆，我們不是可以從鵝身上拔一根毛，就能做成一枝更好的筆，而且更快便能做成筆嗎？」

「可是囚犯在地牢周圍沒有鵝讓他拔毛做筆啊，你這個笨蛋。他們總是用最堅硬、最結實、最費勁的東西，像舊燭台啊，或是能弄到手的別的什麼東西，拿來做筆。這就得花好幾個星期、好幾個月才能做成筆，因爲他們必須在牆上銼。就算是有一枝鵝毛筆吧，他們也不會用，因爲這不合乎規矩嘛。」

「好吧，那麼，我們拿什麼來給他做成墨水呢？」

「很多人是用鐵鏽和眼淚做的。可那是平庸之輩和娘兒們用的辦法，那些赫赫有名的人物用的是他們自己身上的鮮血。這是吉姆可以做的。他要是想送點又普通又神祕的小消息到監獄外面去，讓世人知道他關在什麼地方，他就可以用叉子刻在一隻白鐵盤子背後，並且從窗子裡扔出來。鐵面人就是這麼幹的，這個辦法很妙。」

「可吉姆並沒有白鐵盤子啊，他們是用平底鍋給他送飯的。」

「這沒什麼，我們可以給他幾個。」

「他在盤子上寫的啥也沒人能認識。」

「這無關緊要，哈克·芬恩。重要的是他必須在盤子底上寫好了，然後把它扔出來。你根本不必非得讀懂不可。囚犯寫在白鐵盤子上或者在別的什麼東西上，你多半認不出來。」

「這樣說來，把盤子白白扔掉有什麼用處呢？」

「啊，誰管這些閒事，盤子又不是囚犯自己的。」

「可盤子總是有主的，不是嗎？」

「好吧，有主又怎麼樣？囚犯哪管它是誰的……」

他說到這兒就停住，因爲我們聽到了吃早飯的號角聲了。我們就跑回家來。那天一個上午，我借了晒衣服繩子上一條床單和一件白襯衫。我又找到了兩只舊口袋，裝進這些東西。我們又下去找到了狐火，也放到了裡面。我把這個叫借，因爲我爸爸一向這麼個叫法。可是湯姆說，這不是借，是偷。他說他是代表了囚犯的，而囚犯並不在乎自己究竟是怎樣把一件東西弄到手的，反正弄到了手就行了，誰也不會爲這個怪罪他。一個囚犯，爲了逃跑而偷了什麼，這不叫犯罪。因此，只要我們是代表了一個囚犯的，那麼，爲了叫我們逃出監牢，凡是有用處的，都可以偷，並不犯什麼罪。湯姆這麼說。說這是他的正當權利。所以，當我們是代表了一個囚犯時，爲了能夠逃出牢獄，那我們就完全有這個權利偷這裡任何有一點點兒用處的東西。他說，要是並非囚犯的話，那就大不一樣了。一個人偷東西如果不是囚犯，那他便是一個卑鄙下流的人。因此我們認爲，這裡任何一樣東西，我們都可以偷。可是在這麼講了以後，有一天，他和我庸人自擾地吵了一架。那是我從黑奴的西瓜地裡偷吃了一個西瓜，我被他逼前去，還給了黑奴一角錢，付的什麼錢也沒有對他們說明。湯姆說，他的意思是說，我們能偷的，是指我們需要的東西。我說，那好啊，我需要西瓜嘛。然而他說，我需要這個並非爲了逃出牢獄，而不同之處，恰恰正是在這裡。他說要是我要一個西瓜，以便把小刀子藏在裡面，偷偷送給吉姆，殺死監獄看守會用到的，那就是完全正當的了。所以，我也就沒有多說什麼，儘管要是每次有機會能飽餐一頓西瓜，卻硬要我這麼坐下來，仔細分辨其中像一根頭髮絲那樣的差別，那我就看不出代表罪犯有什麼好處了。

好，我剛才說了，我們那個早上在等著大夥兒一個個開始幹活去了，也看不到有人影在場院周圍了，湯姆就把那個口袋帶進了披間。我呢，站在不遠的地方，替他把風。沒過多久他出來了，我們就跑到木材垛上，坐下來說話。「眼下把一切都搞得順順當當的，除了工具一項。那也是容易解決的。」

「工具？」我說道。

「是的。」

「工具，做什麼用？」

「怎麼啦？挖地道啊。總不能讓我們用嘴巴去啃出一條道兒來讓他出來，不是嗎？」

「那兒不是有一些舊的鐵鎬等東西，能挖成一個地道嗎？」我說。

他把身轉過來看著我，那神情彷彿是在可憐一個哭著的娃娃似的。他說：

「哈克．芬恩，你難道聽說過有囚犯用鐵鏟和鎬頭，和衣櫃裡的所有現代工具，用來挖地道逃出來的嗎？我現在倒要問問你——如果你頭腦還清醒點兒的話——這樣一來，他還怎麼可以轟轟烈烈表演一番，把他的英雄本色顯示出來？哈哈，那還不如叫人家借給他一把鑰匙，靠這個逃出來算了。什麼鐵鏟、鎬頭——人家才不會給一個國王這些呢。」

「那好吧，」我說，「既然我們不要鐵鏟和鎬頭，那我們究竟要些什麼呢？」

「要幾把小刀。」

「用小刀去挖那小屋的牆基？」

「是的。」

「啊喲！這有多蠢呢！湯姆。」

「蠢不蠢沒關係，反正該這麼做——這是規矩。此外沒別的辦法了，反正我從沒聽說過。有關這些事，能提供信息的書，我全都看過了。人家都是用小刀挖地道逃出來的——你可要注意挖的可不是土，而是堅硬的石頭。得用連續好幾個星期的時間哩，硬是沒完沒了。就拿其中一個囚犯爲例吧，那是在馬賽港迪弗堡最深一層地牢裡的囚犯。他就是如此挖了地道逃出來的。你猜猜，他用了多少時間？」

「不知道。」

「那就想一想吧。」

「我猜不出。兩個半月吧？」

「三十七年——他逃出來時發現自己到了中國，這才是好樣的。我但願現今這座地牢底下是硬邦邦的石頭。」

「吉姆在中國沒有一個認識的人啊。」

「那有什麼關係？那個人在中國也沒有熟人嘛。不過，你總是說著說著就偏到枝節問題上去。為什麼不能緊緊抓住主要的問題？」

「好吧——他從哪裡出來我並不在乎，反正他是出來了，可吉姆還沒有。可是有一點可不能忘了——要吉姆用小刀子挖了逃出來，年紀太大了。他活不了這麼長時間。」

「不，他會活這麼久的。如果挖土質的地基，用不了三十七年，對吧？」

「那要多久呢，湯姆？」

「嗯，我們不能冒時間太長的風險，因為塞拉斯姨丈也許用不了多長時間便能從新奧爾良得到下游的消息。他會知道吉姆不是從那裡出來的。那他第二次便會登廣告，招領吉姆，或者採取其他類似的行動。所以那種風險我們不能冒，也就是按常理，該挖多久便挖多久。按理說，我看啊，我們該挖好多年，可是我們辦不到啊。既然前途難卜，我建議這麼辦：我們還是馬上挖，或者盡快挖。從這以後，我們不妨只當是我們已經用了三十七年才挖成的。隨後，一旦發生緊急情況，我們就把他給拖出來，趕緊送走他。是啊，依我看，這是最好的辦法。」

「好，這話有點道理，」我說，「『只當是』不費什麼勁，『只當是』不會惹出什麼麻煩來。如果這是必要的話，我並不在乎『只當是』已經挖了幾百年。而且一旦動手以後，我也不會覺得太累人。我這就去，去偷出來兩把刀子。」

「偷三把，」他說，「得用一把做成鋸子。」

「湯姆，也許我這麼說有點兒不合規律、犯忌諱，」我說，「在那個燻肉房後邊防雨板下面，有一根生了鏽的鋸條哩。」

他的臉色有點兒難看，連精神都鼓不起來。他說：「哈克啊，要想教你多學一點東西，可就是沒效果啊。快去吧，去把小刀偷來——偷四把。」我便按照吩咐去偷了。

36

那天晚上，估計大家都熟睡了，我們便沿著避雷針滑了下來，躲進那個披間，拿出那堆爛木頭狐火，就動手幹了起來。我們搬開牆根底下那根橫木的中段前面的東西，清出了四五英尺寬的一塊空地。湯姆說，他現在正好位於吉姆床鋪的背後，我們就該在下面挖起來，等到我們一挖通，在小屋裡的人誰也不會想到下面有個洞，因爲吉姆的被單快要垂到地上了，你得提起被單來仔細地看，才能看到地洞。所以我們便挖了又挖，用的是小刀，一直挖到了半夜。到那個時辰，我們要累死了，兩手也起了泡，可是還見不到有什麼進展。最後，我說：

「這可不是要三十七年完工的活。這活要三十九年完工，湯姆。」

他什麼也沒有說。不過他嘆了一口氣，沒多長時間，便停挖了。隔了一會兒，我知道這是他在思索了，他才說：

「這樣不行，哈克，這樣行不通。如果我們是囚犯，那就行得通。因爲我們要幹多少年便有多少年，不用著急。每天，趁著監獄看守換班的時候，只能有幾分鐘的時間挖掘，因此我們的手也不會起泡，我們就可以一直挖下去，一年年地挖，挖得又合乎規矩。不過如今我們可拖不得，得抓緊時間，我們沒有時間好浪費的了。如果我們再這麼幹一個晚上，我們就得歇上一個星期，養好手上的傷——不然的話，我們的手連這把小刀也都不敢碰一碰了。」

「那我們該怎麼做，湯姆？」

「我來告訴你吧。這當然是不對的，也不道德，我也不喜歡靠了這個逃出去——不過現在也只有這一條路了。我們只可以用鎬頭挖，弄他出去，『只當是』用小刀挖的。」

「你這才像句話！」我說，「你的腦袋瓜水準越來越高啦，湯姆・索耶。」我這樣說，「鎬頭才能把問題解決嘛，合乎道德也罷，不合乎道德也罷。對我來講，我才不管道德不道德呢。我偷一個黑奴，或者偷一個西瓜，或者主日學校的一本書，我並不擔心該怎樣偷，反正偷就是了。我要的是我的黑奴，或者是我的西瓜，或者是我的主日學校的書。如果鎬頭是最容易弄到手的東西，我便用它來挖那個黑奴，或者那個西瓜，或者那本主日學校的書。關於那些赫赫有名的人物怎麼個看待，我才不問呢。」

「嗯，」他說，「拿這樣一件事情來說，鎬頭和『只當是』是情有可原。要不是這樣，我就不會贊成，也不會站在一旁，眼看規矩被破壞——因為對就是對，錯就是錯。一個人要是有知識，還懂點道理，就不該明知故犯去做錯事。拿你來說，你用鎬頭，把吉姆挖掘出去，又並沒有『只當是』什麼的，那行，因為你不知道道理嘛。可是換成是我，那就不行了，因為我懂道理嘛。給我一把小刀。」

他自己有一把，可是我還是把我的小刀遞給了他。他把小刀往地上一扔，並且說：

「再給我一把小刀。」

我不知道怎麼辦才好——不過我當時便思索起來了。我翻了一下那堆破爛的農具，找到一把鶴嘴鋤，遞給了他。他接過去就挖起來了，一句話也沒說。

他總是那樣一絲不苟，滿腦子都是原則。

於是，我找到了一把鐵鍬。我們兩個就一鋤一鍬地挖了起來。有時把工具調換一下，挖得很快。我們使勁挖了大約一個鐘頭左右，就再也堅持不下去了，不過挖的地方倒也有了個洞的模樣。我上樓以後，朝窗外一看，只見湯姆拼命抱住避雷針往上爬，可是怎麼也爬不上來。他的雙手都是泡。後來他說：

「不行啊，爬不上啊。你看我該怎麼幹才好？你還有別的法子嗎？」

「有辦法，」我說，「不過依我看，怕不合規矩。走樓梯上來嘛，『只當是』爬避雷針上來的。」

他就這麼上來了。第二天，湯姆在屋裡偷了一只調羹和一座銅燭台，是給吉姆做筆用的。還偷了八根蠟燭。我呢，在黑奴小屋四周亂晃，等待機會，把三隻白鐵盤子偷來。湯姆說這些還不夠用。可是我說，不會有誰看見吉姆摔出來的盤子，因爲盤子落到窗洞下面野茴香和曼陀羅草叢裡面——我們可以撿回來，他可以再用。這樣，湯姆認爲滿意了。然後他說：

「眼下該解決怎樣能把東西送到吉姆手裡。」

「洞一挖通，」我說，「就從洞裡送進去吧。」

他表現出不屑一顧的架勢，還說，可有誰曾聽到過這樣的餿主意。接下來，他自個兒思索起來了。後來他說，幾種方法他都想過了，不過暫且還不忙決定哪一種好。他說，還得先告知吉姆一下。

當天晚上剛過十點，我們就順著避雷針滑了下去，帶上一根蠟燭，跑到木屋的窗口下面聽，只聽得吉姆在打呼嚕，我們就一抬手把蠟燭扔了進去。可是這並沒有把吉姆弄醒。然後我們掄起鶴嘴鋤和鐵鍬猛挖了起來，大約兩個半鐘頭以後，大功便告成了。我們爬到了吉姆的床底下，這樣進了小屋。摸了半天，才摸到了蠟燭，點了起來。我們在吉姆邊上站了一會兒，看到他那樣子還挺健康。隨後我們輕輕地、慢慢地叫醒他。他見到我們，高興得快要哭出來，叫我們乖乖、寶貝等等，凡他能想出來的親熱的稱呼都叫遍了。他要我們立刻找一根鑿子，打開腿上的鐐銬，而且不要耽誤時間，馬上逃出去。不過湯姆對他說那樣不合乎規矩，又坐了下來，把我們的計畫一五一十都告訴他。還說明，萬一情況有變，我們會怎樣對計畫進行改變，完全不用害怕，因為準會想盡辦法，保證他逃出去。吉姆便說這樣很好。我們就坐在那裡，談了一陣過去的事，湯姆也詢問他一些問題。後來吉姆說，塞拉斯姨丈每隔一兩天來一次，跟他一起作禱告，莎莉阿姨也來看他過得是不是舒服，吃得飽不飽，兩人都和善得沒有辦法形容。湯姆說：

「現今我知道該怎樣安排了。我們要通過他們送給你一些東西。」

我說：「這樣可不行，這種辦法可是最笨不過的辦法。」不過我的話他只當耳邊風，他還是幹他的。他要是打定了主意，就總是這樣的。所以他就對吉姆說了我們準備怎樣通過給他送飯的黑奴奈特，偷偷送進來繩梯餡餅等等東西，讓他隨時注意，千萬不要大驚小怪。他把這些東西打開時，別叫奈特看見。我們還打算把一些小玩意兒塞進塞拉斯姨丈的口袋裡，他務必把這些東西偷到手。我們還計畫一有機會，拴一些東西在莎莉阿姨的圍裙帶子上，或者放進圍裙口袋裡，還會想辦法告訴他，那是些什麼東西、有什麼用途。他還對吉姆說，該怎樣在他的襯衫上，蘸著他自己的血寫日記，以及所有這一類的事情，他把一切都告訴了吉姆。他說的這些吉姆多半聽不明白是什麼道理，但我們是白人，他認為我們懂得比他多，所以也就滿意了，說一定按湯姆所說的去做。

吉姆有得是棒子芯菸斗和菸葉，所以我們在那裡快快活活地聊了一陣，隨後爬出了洞，回屋裡睡覺。我兩隻手被磨破了好幾處，乍一看，好像被什麼東西啃過似的。湯姆興高采烈，說這是他平生最開心也最用腦筋的一段時間。還說，只要他能想出個法子，我們便能一輩子幹到老死，讓兒輩搭救吉姆出去。因為按照他的想法，吉姆會越來越習慣這樣的生活，也就越來越喜歡這樣的生活。他說，這麼一來，便可一拖拖到七十年，從而成為歷史上的最高紀錄。他還說，這能叫我們這些有關的人全成為赫赫有名的人物。

第二天早上，我們走出去，到了木材垛那邊，那座黃銅燭台被我們砍成幾截，湯姆把這一些和一只錫調羹放進了自己的口袋。然後我們到了黑奴的小屋，奈特的注意力被我引開，湯姆把一小截燭台塞在給吉姆送飯的鍋裡一塊玉米餅中間。我們和奈特一起去小屋，看這辦法靈不靈。果然這辦法棒極了。吉姆一口咬下去，差一點把他滿嘴的牙都崩掉了，世上也許沒有比這更靈的辦法了，湯姆自己也這麼說。吉姆呢，他裝作若無其事，好像只是吃到了一粒小石子之類的東西。你知道的，難免有夾在麵包裡的小粒石子。不過，在這以後，吉姆吃東西時，總是先用叉子戳個四五處地方，才放心去咬。

我們在昏暗的光線中站著的時候，突然在吉姆床底下有幾條狗鑽了出來，並且越聚越多，後來一共有十三隻之多，擠得連呼吸的餘地都快沒有了。天呀，我們忘了關上披間的門了。黑奴奈特呢，只聽得叫了一聲「妖魔」，便昏倒在狗群裡，像一個臨終的人那樣痛苦地哼起來。湯姆砰地把門推開了，把給吉姆的肉往門外扔了一塊出去，狗紛紛去搶，湯姆緊跟著出去，一會就回來，把門關上。我知道披間的門也被他關上啦。隨後他又去對付那個黑奴，好言安慰他，親熱地拍拍他，還問他是否自以為又看到了什麼。他站起身來，朝四周眨了眨眼睛說：

「席德少爺，你又要罵我是個傻瓜了。不過，如果我不相信自己確實見到了一百萬隻狗，或是魔鬼，或是別的什麼，那就叫我當場死在這兒。我的確看到了的，千眞萬確。席德少爺，我覺著它們——覺著它們在我眼前，它們撲到了我身上。該死的東西，我要是有一回能抓住這些妖魔中的一個那才好呢——哪怕只一回——那就好啦。不過，最好還是它們別來纏我，那就更好了。」

湯姆說：「好吧，我來跟你講講我是怎樣看的吧。它們在逃亡的黑奴吃早點的時候到這兒來的原因是什麼呢？這是因為它們餓了，這就是原因所在。只要你能給它們做一個妖魔餡餅就可以了。你該做的就是這個。」

「可是天啊，席德少爺，叫我怎樣做一個妖魔餡餅呢？該怎麼做我根本不知道啊！我以前連聽也沒有聽說過這麼一種東西啊。」

「那好吧，讓我來替你做。」

「眞的嗎，我的好少爺——你肯了？我會給你磕頭！」

「好吧，看在你的面上，我來做。你對我們這麼好，還帶我們來看這個逃跑的黑奴。可是你得特別小心才好。我們過來時，你就該把身子轉過去。無論我們把什麼東西放到鍋子裡去，你看見了也不許跟人家說。吉姆把鍋子打開的時候，你也不准看——看了怕會出什麼事，這連我也說不準。最最要緊的是，你別去碰那些妖魔鬼怪的東西。」

「我哪敢碰，席德少爺？瞧你說的。就是給我一百萬億元，我也不敢用指尖碰一碰哩。」

37

事情就這樣都安排妥當。我們便走了出來，到了場院裡的垃圾堆那裡。這家人的舊皮靴啊、爛布頭啊、碎瓶子啊、舊白鐵什物啊這類破爛都扔在那兒。我們翻了一陣，找到了一隻白鐵做的舊洗臉盆，盡可能堵好盆子上的洞，準備用來烤餡餅。我們到地窖裡去，偷偷裝了一盆麵粉，隨後去吃早點，又找到了幾根小釘子。湯姆說：「這些釘子，囚徒可以用來在地牢牆上把自己的名字和苦悶刻下。」他把一根小釘子放到了搭在椅子上的莎莉姨媽圍裙口袋裡。另一根塞在櫃子上擱著的塞拉斯姨丈的帽箍裡。這是因爲我們聽到孩子們說，他們的爸爸媽媽今早上要到逃亡黑奴那間屋去。隨後我們去吃早飯。湯姆又把另一只調羹放到塞拉斯姨丈的上衣口袋裡。莎莉姨媽還沒有到，我們不得不等一會。

她一來到飯廳，便滿臉氣得通紅，一肚子火，幾乎連感恩禱告都沒耐心聽完。然後她一隻手端起咖啡壺嘩嘩地給大家倒咖啡，另一隻戴著頂針的手在緊挨著她坐著的那個孩子頭上「啪」地敲了一下，說：

「我到處都找遍了，就沒見你另外那件襯衫，這眞是從來沒有發生過的怪事。」

我的心往下一沉，沉到了五臟六腑底下去了。一塊剛掰下的玉米餅皮剛被送進我的喉嚨，可在半路上一聲咳嗽，啪地被噴了出來，正好打中了對面一個孩子的眼睛，疼得他弓起身子像條掛在魚鉤上的蚯蚓，他哇地大叫一聲，可與印地安人打仗時的吼叫聲相比。湯姆的臉色馬上變得發青，大約有十五秒鐘這麼久，情勢可稱非常嚴重。這時候啊，我恨不得鑽進地縫去。不過在這以後，一切重歸於平靜——剛才是事出突然，嚇得我們慌了神。塞拉斯姨丈說：

「這太過於離奇啦，我確實弄不懂。我明明記得我把它脫了下來，因爲……」

「因爲你就是穿了一件襯衫。你們聽聽這個人說的什麼話！我知道你脫了下來，知道得比你那個暈暈沉沉的腦袋還清楚些。因爲我親眼看到昨天還在晾衣繩上的，突然卻不見啦——總歸一句話，事情就是這樣，現在你只好把那件法蘭絨紅襯衫換上，等我有工夫再給你做一件新的。等做好的話，那就是兩年當中給你做的第三件了。爲了你有襯衫穿，就得有人不停地忙碌。你這些襯衫是怎麼穿的，我實在弄不懂。這麼大年紀，你也該學著點管管自己吧。」

「這我懂，莎莉，我何嘗不願意。但這不能只怪我嘛。你知道，除了穿在身上的以外，我既見不到，也管不著嘛。再說，就是從我身上脫下來的，我看我也從來沒有丟掉過啊。」

「好吧，塞拉斯，要是你沒有丟過，那就不是你的過錯了——我想，要是你能丟的話，你早就把它丟了。再說，丟的也不光是襯衫啊。還有一只調羹不見了，原本是十只，如今卻只有九只。我看，襯衫是被小牛叼走了，不過小牛可絕不會叼走調羹啊，這是肯定的。」

「唉，還丟了什麼，莎莉？」

「怎麼六根蠟燭不見啦。耗子能叼走蠟燭，我想是耗子叼走的。我一直奇怪，牠們怎麼沒有把這兒全家都給叼走——憑你那套習性，說什麼要全堵死耗子洞，可就是光說不做。耗子也眞蠢，要不，耗子眞會在你頭髮窩裡睡覺了。塞拉斯——而你也不會發覺。可是你把調羹弄丟了，總不能怪老鼠偷了吧，這我是知道的。」

「啊，莎莉，是我的錯，這我承認，我太疏忽大意了。不過我明天準會堵死老鼠洞的。」

「哦，我想不用急，明年還來得及嘛。瑪蒂達·安吉琳娜·阿拉明特·費爾貝斯！」頂針叭地一敲，那個女孩趕緊縮回了伸向糖罐子的爪子。正在這時，一個黑女奴走上了迴廊說：

「太太，有條床單不見了。」

「床單不見了？啊，老天啊！」

「我今天就去塡死耗子洞。」塞拉斯姨丈愁眉苦臉地說。

「哦，閉上你的嘴！——難道你認爲是耗子叼走床單嗎？你說那床單丟到哪裡了，莎茜？」

「天啊，我實在不知道，莎莉太太。昨天還掛在晒衣繩子上，今天就不見了，已經不在那兒啦。」

「我看是到了世界末日啦。我一生當中，這樣的日子我從未見過。一件襯衫，一條床單，還有一只調羹，還有幾根蠟……」

「太太，」一個年輕的混血兒丫頭跑進來，「一座銅燭台不見了。」

「妳們這些娘兒們，都給我滾，要不，妳們可要挨一頓罵啦。」

她正在火頭上。我想找個機會，偷偷溜出去，一頭鑽進林子裡，等風頭過去。可她卻一直在發作個不停，只她一個人幾乎鬧翻了天，大夥兒一個個縮頭縮腦，不出一聲。後來，塞拉斯姨丈，那樣子傻乎乎的，從自己口袋裡東摸摸、西摸摸，摸出了一只調羹。但馬上停住了，嘴巴張得大大的，舉起了雙手。我呢，恨不得有個地縫讓我鑽進去。不過，沒過多久就沒事了，因爲她說：

「果然不出我所料。啊，調羹一直在你的口袋裡，這麼說來，別的一些東西也在你手裡吧。調羹怎麼會到你的口袋裡呢？」

「我的確不知道啊，莎莉，」他帶著道歉的口氣說，「不然的話，我早就會說了。早飯以前，我正在研讀新約第十七章。我想可能是無意之中放了進去，還以爲把《新約》放進去了呢。肯定是這樣，因爲新約不在這裡。不過我倒要去看一下，看新約在不在我原來放的地方。我想我並沒有把調羹放進口袋裡。這樣就表明，我把新約放在了原地，拿起了調羹，隨後……」

「哦，天啊，讓人家清靜一下吧！走吧，走吧，你們老老少少都給我走開，別再靠近我，先讓我心裡靜一靜。」

即使她暗暗在心裡嘀咕，我也可以聽到她在說什麼，更不用說她明明白白地講出來了。我這會兒哪怕是死了，也會聽從她的吩咐，從地上爬起來走開。我們穿過客廳的時候，老頭兒從櫃子上拿起帽子，那根長釘就從帽箍裡滑出來，掉到地上了，他沒在意，只把它撿起來，放在壁爐架上，一句話也沒說就出去了。湯姆看見他一撿一放，就想起了那只調羹，他說：

「啊，看來不能通過他送東西了，他靠不住。」然後又說，「不過嘛，他那調羹的事，無意之中幫了咱們的忙。所以咱們也要幫他一回忙，並且不讓他知道——幫他堵住那些耗子洞。」

在地窖裡，耗子洞可眞不少啊，我們花了整整一個半鐘頭才堵完。不過我們堵得嚴嚴實實，堵得又好，又整齊。隨後梯子上有人下來的聲音傳過來，我們便把蠟燭吹滅，躲了起來。這時老人下來了，一手舉著一根蠟燭，另一隻手裡拿著堵耗子洞的東西，那神情有點兒心不在焉的模樣，好像心思根本就不在這兒。他無精打采地轉來轉去，一會兒看看這個老鼠洞，一會兒又瞧瞧那個，最後把所有的洞都看了一遍。他一邊看一邊想心事，隨後他站在那裡，有足足五分鐘，一邊掰掉了蠟燭滴下的燭油，一邊在思索。然後他慢吞吞地、好像在睡夢中似的走上梯子，一邊在說：

「啊，天啊，我可記不得曾在什麼時候堵過了。現在我能跟她表明，那耗子的事可不能怪我。不過算了——隨它去吧。我看啊，說了也沒什麼用。」

這樣，他就自言自語上了梯子，我們也就走開了。他可是個老好人啊。他從來都是這樣的。

湯姆爲了再找一只調羹，可花費了不少心思。不過他說，我們必須找只調羹，於是他想了一會兒。等他一想出了辦法，他就把我們該如何辦如何辦對我說了。隨後我們等在放調羹的籃子邊上，等到莎莉姨媽走過來。湯姆走過去數數調羹，隨後把調羹放在一邊，我呢，隨機偷偷地拿了一只，放在袖口裡。湯姆說：

「啊，莎莉姨媽，只有九只。」

她說：「玩你的去吧，別打擾我，我有數，我已親自數過了。」

「嗯，我數了兩遍了，姨媽，我怎麼數來數去只有九只。」

她那神氣顯得很不耐煩。不過，她當然走過來又重數了一遍。誰都會這麼做的。

「哎呀。是只有九只呀！」她說，「啊，天啊，這到底是怎麼回事啊——難道被瘟神拿走啦。讓我再數一遍。」

我把我剛拿走的一只偷偷放了回去。她數完以後說道：

「這些破爛貨，盡搗蛋，滾它的，如今明明是十只啊。」她顯得又惱火，又煩躁。不過湯姆說：

「啊，姨媽，我可不信會有十只。」

「你這糊塗蟲，你剛才不是看著我數的嗎？」

「我知道，可是……」

「好吧，我再數一遍。」

我又偷掉了一只。結果是九只，跟剛才的一樣。啊，這一下眞把她弄火了——簡直渾身直抖。她氣壞了。不過她還是數了又數，數得頭昏眼花，甚至把那隻籃子也數作一只調羹，數來數去，有三回數對了，另外三回卻又數錯了。隨後她伴手抓起那隻籃子，向屋子對面一扔，正好扔在那隻貓身上，打得牠魂飛魄散。她叫我們走開去，她要安靜一會兒。她說要是從現在起到吃飯這段時間裡，我們敢來打擾她，她要剝我們的皮。這樣，我們就得了那只作怪的調羹，趁她向我們發出開路的命令時，讓調羹進了她圍裙口袋裡。吉姆也就在中午以前得到了調羹，還連同那根小釘子。這一次的事讓我們非常滿意。湯姆認爲再花一倍的麻煩也值得，因爲他說，如今啊，她爲了自己保命起見，從此再也不會數調羹啦。因爲她再也不相信自己會數對了。往後幾天裡，她還會再數，數得自己暈頭轉向，從此便不會再數了。如果誰還要讓她再數一遍，她準會殺了他。

所以我們就在那天夜裡，把床單放到晒衣繩子上，另外在衣櫃裡偷了一條，就這樣放放偷偷，有好長時間。到後來，她也不知道她究竟有幾條床單，還說反正她也不操這份心了，也不想爲了這個白費勁啦。爲了多活幾天，也不願再數啦，就是要她的命也不肯幹了。這樣，我們現在就太平無事啦。襯衫啊，床單啊，調羹啊，還有蠟燭啊什麼的，靠了小牛、耗子和點數目的一筆糊塗帳，就這樣全都混了過去。至於蠟燭台，也沒什麼要緊，慢慢也會混過去的。

不過餡餅倒是難解決的事。爲了餡餅，我們可受累無窮。我們在下邊很遠的樹林子裡做好了，隨後在那裡烘焙，最後總算做成了，而且叫人非常滿意。不過，事情不是一天幹完的。我們整整用了滿滿四面盆麵粉才做成的，並且烤得我們傷痕累累，眼睛都快要給濃煙燻瞎了。因爲，你也知道，我們要用的只是那張酥皮，可這酥皮總是撐不起來，老是往下陷。

不過，後來我們終於找到了解決的辦法，那就是把繩梯放在餡餅裡一塊兒烘。於是在第二天晚上，我們到了吉姆的屋裡，把床單全撕成一小條一小條，搓在一起，趕在天亮前就搞出了一根美美的繩索，足夠用來絞死一個人。我們「只當是」花了十個月時間才做成了的。

第二天上午，我們把這個帶到了下邊的樹林裡，不過餡餅是不能包住這繩索的。既然是用整整一張床單做的，繩索就夠四十個餡餅用的，假如我們眞要做那麼多的話。此外還有大量剩餘的，可以用來做湯、做香腸或者別的你愛吃的東西都可以。總之做出一頓筵席也夠用了。

可是我們並不需要這些。我們所需要的，就光只是放在餡餅裡的，所以我們把多餘的都扔掉了。我們卻沒有在洗衣盆裡烘餅，害怕盆的焊錫被火化掉。塞拉斯姨丈有一把珍貴的銅炭爐，是他心愛之物，因爲那是他祖先傳給他的東西，是當年「征服者威廉」乘坐「五月花號」或別的什麼古船大老遠從英國帶過來的。它和其他珍貴的古物被藏在頂樓上。珍藏的原因也不是因爲有什麼價值，它們並無什麼價值，只是因爲這些是古董。我們把它偷偷弄了出來，帶到下邊的樹林裡。開頭烤幾次餡餅時失敗了，因爲我們開頭不得法，不過最後還是成功了。我們先把爐底和爐邊鋪了一層生麵團，把爐子放在煤火上，再在裡面放上一團布繩，上面加一層麵團，把它罩住，蓋上爐蓋子，上面放一層滾燙的煤炭。我們站在七英尺之外，握著炭爐的長把，既涼快，又舒服。

十五分鐘以後，餡餅就成了，看起來也叫人很滿意。可是，吃這個餡餅的人得帶好幾桶牙籤才行，因爲餡餅要不把他的牙縫塞得結結實實，那就是說我是在胡說八道了。再說，一吃以後，準會叫他肚子疼得忍不住。

我們把魔法般的餡餅放在吉姆的鍋裡時，奈特並沒有看一眼。我們又把三隻白鐵盤子放在鍋底上飯食下面。這樣，這一切吉姆都拿到了手。當只剩他一個人的時候，他立即把餡餅掰開了，把繩梯塞在草墊子裡。還做了一些記號在洋鐵皮盤子底上，然後從窗洞裡扔了出去。

38

做筆眞是個又苦又累的活計，做鋸子也一樣。吉姆認爲刻字是各種活計中最苦最累的，但是當犯人的都免不了要在牆上七顛八倒地畫一些字，所以他就得寫，湯姆說他非寫不可，沒有一個政治犯不胡亂題些字，並且留下他的紋章就跑了的。

「看看簡．格雷郡主吧，」他說，「看看吉爾福特．達德利吧；看看諾森伯蘭老公爵吧！啊，哈克，就算這事挺難辦——你又有什麼辦法呢——你能繞過它嗎？吉姆非得留下下字和紋章。人家都是這樣幹的嘛。」

吉姆說：「啊，湯姆少爺。我什麼蚊帳都沒有，只有你的這件舊襯衫。你知道，我得在上面寫下日記。」

「哦，你沒明白我的意思，吉姆！紋章和蚊帳根本就不是一回事。」

「啊，」我說，「反正吉姆說的也沒錯。他說他沒有紋章，他確實是沒有嘛。」

「我想，這一點我還知道吧，」湯姆說，「不過，你不妨打賭，在他從這裡出去以前，他會有一個紋章的——因爲他要堂堂正正地出去，絕不能讓有關他事跡的紀錄有半點汙點。」

這樣。我和吉姆各自用碎磚頭磨筆，吉姆磨的是銅燭台，我磨的是調羹。這時，湯姆就爲了紋章在動腦筋。後來他說，好多圖樣已經印在他的腦子裡，不知道挑中哪一個，可是其中有一個他可能選中，他說：

「在這盾形紋章的右側下方，畫一道金黃斜線，然後在紫色中帶之上，刻一個斜形十字，再加上一條揚著腦袋蹲著的小狗，當作普通的圖記。狗的腳下是一條城垛形的鏈子代表奴役。在盾的上部成波紋的圖案中是一個綠色山形符號。在天藍底色上畫三條曲線。紋章中心偏下的地方畫一道鋸齒形飾紋。盾形上部的飾章是一個渾身漆黑逃跑的黑奴。在左橫杠上，是他肩扛著的行李包。橫線下是兩根朱紅柱子，它們代表你和我。紋章的箴言是Maggiore Fretta, Minore Otto。這是我曾經在一本書上看到的——意思是『欲速則不達』。」

「我的老天爺，」我說，「那麼別的又是什麼意思呢？」

「我們現在答不了這麼許多，」他說，「別人越獄，都得拼命地幹，我們也得不要命地幹。」

「那好吧，」我說，「你多少也得說一些嘛。中線是什麼玩意兒？」

「中線是……中線是……你不必知道中線是什麼。等到他刻的時候，我會告訴他怎麼刻的。」

「去你的，湯姆，」我說，「我看你說一說也可以嘛。什麼是左方橫杠啊？」

「哦，我也不知道。總之他一定得有。只要是貴族都有嘛。」

他這人就是這樣，要是他認爲沒有必要向你解釋一件事情的原委，那他就怎麼也不會解釋。你哪怕釘著他問上幾個星期也沒有用。他已經把紋章的事都定下了，所以如今便開始要把其他的事幹完。那就是設計好一句令人傷感的題詞——他說，吉姆非得留下一句，人家全都這樣嘛。他寫下許多他們的留言，都寫在一張紙上。他一句一句唸道：

1．一顆被幽囚的心在這裡完全破碎了。

2．一個不幸的囚犯，遭到了人世和朋友們的背棄，熬過了他悲苦的一生。

3．這裡一顆曾經孤單的心破碎了，飽經磨難的靈魂，熬過三十七年淒涼的鐵窗生涯後，在此地安息了。

4．一個無室無友的異鄉貴族，路易十四的私生子，飽嘗三十七年的監禁之苦，死於此地。

湯姆在唸的時候，聲音在發抖。幾乎快哭出來了。他唸過以後，覺得無法選定哪一句由吉姆刻在牆上，因爲每句都好得很。吉姆說，要他用一根釘子把這麼多的東西刻在圓木上，得用一年的工夫才行。再說他又不會寫字母啊。湯姆說，吉姆不用幹別的，他可以替他畫個底子，只要照著描就行了。

隨後他接著說：「想起來，這木頭可不行。地牢裡不會有木頭的牆吧。我們得刻在石頭上才行。我們得弄一塊石頭來。」

吉姆說石頭比木頭還糟。他說在石頭上刻字得花費很長的時間才行，那他就不用想出去啦。不過湯姆說，他會叫我幫他把這事做好的。隨後他看了一下我和吉姆磨筆磨得怎麼樣了。這實在是又累又苦又慢的活兒，我的兩隻手，泡一直就沒有消過，看情況，不會有什麼大的進展。所以湯姆說：

「好，我有辦法了。爲了刻紋章和傷感的題詞，我們得弄一塊石頭來，這樣，我們可以利用這塊石頭來個一舉兩得。鋸木廠有一塊又大又棒的磨刀石，我們可以把它偷來，在上面刻東西，又可以在上面磨筆和鋸子。」

這個主意倒不賴，只是要搬動磨刀石，那可是夠糟的了。但是我們還是決定要這麼幹。天還沒有到午夜，我們就出發往鋸木廠去，留下吉姆幹他那份活兒。我們偷出磨刀石，開始往家滾，可是這活兒多艱難啊，尤其有的時候，即使我們使出了全身的勁，還是阻止不住磨刀石往後滾，差點兒把我們給壓扁了。湯姆說，在滾到家以前，我們兩人中，看來有一個準定會吃它的虧哩。我們滾了一半的路，就筋疲力竭，出的汗簡直能把我們淹死。我們眼看不行了，就去把吉姆給找來。他就把床一提，從床腳下脫出了腳鐐，把腳鐐一圈又一圈地套在脖子上。然後我們從洞口爬了出來，到了下面。吉姆和我把磨刀石一推，毫不費力，就叫它往前滾動著。湯姆呢，他在場指揮。他督導起來，就我所知，能勝過任何一個孩子。他什麼事都知道怎麼辦。

我們挖的洞，本來已經很大了。可是要把磨刀石給滾進去，就不夠大了。吉姆舉起了鏟子挖起來，一會兒就挖大了，能容磨刀石滾過。然後湯姆用釘子把那些東西畫在磨刀石上，讓吉姆照著幹起來，用釘子當鑽鑿，然後用從披間廢料堆裡拾到的一根鐵門閂給他當錘子用。湯姆叫他不停地鑿，要一直幹到蠟燭熄滅爲止，就可以上床睡了，臨了得把磨刀石藏在床墊下面，人就睡在上面。最後我們幫著把吉姆的腳鐐放回床腿上。我們也準備睡覺去了。

可是湯姆又動起了什麼念頭。他說：

「你這裡有蜘蛛嗎，吉姆？」

「沒有，湯姆少爺，我這裡沒有蜘蛛，謝天謝地。」

「那好，我們給你弄幾隻來。」

「多謝你啦，老弟，我可是一隻也不要。我怕蜘蛛。我寧願要響尾蛇，也不要蜘蛛。」

湯姆想了一兩分鐘，然後說：「這是個好主意。依我看早有人家幹過。一定有人這麼幹過，有道理。是啊，這是個很好的主意。你打算把牠養在哪裡？」

「湯姆少爺，養什麼啊？」

「怎麼啦，響尾蛇啊。」

「天啊，湯姆少爺。要是這裡來了一條響尾蛇，我就立刻把腦袋朝圓木牆上撞去，我會眞的這樣幹的。」

「啊，吉姆，隔不了多長時間，你就不會害怕牠了。因爲你能馴服牠嘛。」

「馴服牠！」

「是啊——容易得很嘛。動物嘛，只要你對牠和善，對牠親熱，牠總是感恩的。只要你親熱地對牠，照顧牠，牠是不會想到要加害於你的。任何一本書上都會把這些道理告訴你的。你不妨試一試——我要求你的，不過如此而已。只要試牠個兩三天就行了。啊，不用多長時間，你就能養馴了，牠也許就會愛上你了，就會跟你一起睡了，會一時一刻也離不得你了，會讓你把牠在你脖上圍成一圈又一圈，還能把牠的腦袋伸進你的嘴巴裡。」

「求求你，湯姆少爺——別這麼說！我可受不了了。牠會讓我把牠的頭塞進我的嘴巴裡——作爲對我的情意，是嗎？我敢說，牠就是等上我一輩子，我也不會這麼請牠。而且，我根本不願意牠跟我睡啊。」

「吉姆，別這麼傻嘛。一個囚犯，就得有個不會說話的心愛的寵物。假如過去還沒有人養過響尾蛇，那你就是破天荒第一個，除了其他辦法，用這樣的方法解救自己的人，那就更加了不起啦。」

「啊，湯姆少爺，我可不要這樣的光榮啊。蛇一進來，就會把吉姆的下巴咬掉，還說什麼光榮？不，我也不願意這麼幹。」

「眞該死，你爲什麼不試一試呢？我只是要你試一試嘛——要是試得不靈，你就可以不養下去嘛。」

「不過，若我剛一試養牠的當兒，蛇就咬我一口，那我不就遭殃了嗎？湯姆少爺，無論什麼事，只要是合情合理的，我全都願幹。可是，如果你和哈克把一條響尾蛇弄到這裡來，我便離開這裡，這是一定的。」

「那好吧，那就算了吧，要是你這麼死心眼兒的話。我可以給你弄幾條沒有毒的花蛇來，你可以在蛇尾巴上繫上幾個釦子，只當是響尾蛇，我看這該行了吧。」

「這樣的蛇我消受得了，湯姆少爺。但是我跟你說，假如說沒有這些玩意兒，我就會活不下去的話，那才是怪事一樁呢。做一個囚犯，不幸的事可眞不少啊。」

「嗯，按照規矩，總是如此這般的吧。你這裡不會有耗子吧？」

「沒有。我可沒見到過一隻耗子。」

「好吧，我們給你弄幾隻耗子來。」

「怎麼啦，湯姆少爺，我一點也不想要耗子啊。這些東西最討厭。你想睡覺，牠就在你身邊竄來竄去，咬你的腳，我見到的都是這樣。不，要是一定要有的話，我寧願要花蛇，也不要耗子。耗子對我一點用處也沒有。」

「不過吉姆，你總得有耗子啊——人家都有嘛。凡是囚犯，沒有耗子，那是不行的。以前都是要有耗子，沒有沒耗子的先例。人家馴養耗子，對耗子親親熱熱的，教耗子各種各樣的把戲。耗子變得像貓兒那樣隨和。但是你需要爲牠們奏起音樂來。你有什麼樂器能演奏嗎？」

「我什麼都沒有，只有一隻粗木梳子，一張紙和一隻果簧琴。不過照我看，這果簧琴嘛，牠們是看不上的哩。」

「不，牠們會喜歡的。牠們並不在乎是哪一種的音樂。對一隻耗子來說，口簧琴就不錯了。只要是動物，都是愛好音樂的——在牢房裡，牠們愛音樂愛得入了迷。尤其愛悲愴的音樂，而口簧琴呢，除了這個，別的音樂它也奏不出來。耗子對音樂興趣很大，牠們就是喜歡出來看一看你究竟是怎麼了。哦，你原來沒出什麼事，一切都是好好的。你晚上睡覺前，還有清早起床後，都要坐在床上彈彈你的口簧琴。奏一曲〈最後一環斷了〉——這曲子能馬上把耗子招來，比什麼都有效。你只消奏它個幾分鐘，你就會見到耗子啦、蛇啦、蜘蛛啦、還有其他別的小動物，都會開始爲你擔憂，牠們會一齊向你靠攏來，爬滿你一身，高興地玩上一會兒。」

「是的，湯姆少爺，我想牠們是會這樣的。但是，吉姆怎麼樣呢？我要是能懂得其中的道理才怪呢。不過如果必要的話，我會幹的。我想，我得想法叫這些動物開開心心的，免得在屋子裡惹是生非。」

湯姆等了一會兒，想了一下，看有沒有什麼別的事要解決。沒多久，他便說：

「哦——有一件事我忘記。你能不能在這兒種一朵花，你看呢？」

「我不知道，不過或許能吧，湯姆少爺。不過這裡挺黑的。再說，我養花也沒有什麼用，養花可麻煩哪。」

「嗯，反正你好歹試一下。別的囚犯也曾經養過花的。」

「一種像貓尾巴的大毛蕊花，我看在這裡大概活得了，湯姆少爺。可是養活它，得花很大力氣，只怕划不來。」

「千萬別信這一套。我們會給你弄一株小的。你就栽在那邊角落裡，把它養起來。不要叫它毛蕊花，你得叫它『伴囚花』——這是在牢房裡邊給它取的名字。並且你得用眼淚來灌溉它。」

「怎麼啦，我有得是充足的泉水呀，湯姆少爺？」

「不許用泉水澆，你得用你的眼淚去澆，人家向來就是這樣做的。」

「啊，湯姆少爺，我敢打賭，別人用眼淚澆的花剛存活，我用泉水澆的那些就已經開過兩次花了。」

「這個想法不對。你一定得用眼淚澆灌不可。」

「那花就會死在我手裡，湯姆少爺，必死無疑，因爲我沒什麼機會哭。」

這一下子可把湯姆給難倒啦。但是他考慮了一下，然後說，吉姆只好用一個洋蔥來對付著擠出眼淚來。他答應要到黑奴的房間裡去，在早上偷偷把一個洋蔥放進吉姆的咖啡壺裡。吉姆說他寧可在他咖啡壺裡放點兒菸葉子的。然後他牢騷一大串，說又要栽毛蕊花，又要給耗子奏口簧琴，又要對蛇、蜘蛛之類獻殷勤。而且作爲囚徒，論麻煩、論煩惱、論責任，難上加難的，而在這些活兒以外，還得題詞、磨筆、寫日記，如此等等，從沒料想到做囚徒須得幹這麼多事。這麼一說，湯姆可火了，對他失去了耐性。他說，吉姆空有這麼好的機會，可以比世上任何一個囚徒更能揚名天下，卻不知好歹，眼看這些好機會正在他手裡給白白浪費。於是吉姆急忙賠不是，說他從此再也不這樣了。隨後我們就跑回去睡覺了。

39

隔天早上，我們到鎮上買了一隻鐵絲編的老鼠籠，拿了回來，又把另外的一個耗子洞重新挖開了。才只一個鐘頭左右，就捉到了十五六隻噁心的大耗子。我們把籠子放到了莎莉姨媽床底下一個最安全的地方。可是，我們去捉蜘蛛的時候，那個叫小湯姆斯．富蘭克林．班傑明．傑佛遜．費爾貝斯的小傢伙發現了老鼠籠子。他打開了籠子，想試試耗子會不會出來，結果耗子一隻隻都溜出來了。後來莎莉姨媽走了進來，等我們回到屋裡時，只見她正站在床頭大叫大喊，而耗子正在表現牠們的拿手好戲給她解悶。所以她一見我們，便抄起木棍，揍了我們一頓。我們不得不重新花了兩個鐘頭才另外捉到了十五六隻。那個淘氣的小鬼就是這麼跟我們搗亂。並且這回捉到的又趕不上第一批那樣帶勁。像第一批那麼棒的，我從沒見過哩。

我們又弄到了很棒的一大批各式各樣的蜘蛛、蟑螂、毛毛蟲、癩蝦蟆，還有許多別的動物。我們原想摘一個馬蜂窩，後來沒有弄成，因爲那一窩馬蜂大大小小全在窩裡呢。但是我們沒有就此罷手，而是盡量耐著性子守候在馬蜂窩旁邊，因爲我們想不是牠們熬不過我們，就是我們熬不過牠們，從窩邊跑開；結果還是牠們鬥贏了。我們找了點草從窩裡飛出來；

藥，在被蜂子螫過的地方塗了塗，就好得差不多了，不過坐下來的時候還是不怎麼舒服。

於是我們去捉蛇，共捉到了二三十條花蛇和家蛇，放進了一隻袋子裡，隨後放到了我們的房間裡。這時已是該吃晚飯的時候了，忙忙碌碌苦幹了一整天，肚子餓不餓呢？──哦，不，我想是沒有感到餓！等到我們吃完飯回來一看，一條蛇都不見了──我們沒有把袋口紮緊，蛇全溜跑了。不過問題還不大，因爲牠們總還在這房子裡的什麼地方。所以我們估計可以捉回一些。可不是嗎，有好一陣子，這間屋裡可眞是成了蛇的天下。時不時的，你能看見房椽子上和別的一些地方突然掉下一條蛇來，往往掉到了你的菜盤子裡，或是掉到了你的背上、你的脖子上，並且多半總是在你不願見到牠的時候掉下來。說起來，這些蛇還長得挺漂亮，身上一條條花紋。這些蛇，即使是一百萬條也害不了人。可是在莎莉姨媽眼裡，蛇就沒有什麼好歹之分了。她討厭蛇，無論牠是哪一種、哪一類。不管你怎麼說，只要是蛇，她就害怕。每逢有一條蛇跌到她身上，不管她正在幹著什麼，她就一概丢下活兒往外跑。這樣的女人我從未見過。而且你能聽到她大聲叫喊。你就是告訴她用火鉗就能把蛇給夾住，她也不幹。要是她睡覺時一翻身，看見一條蛇盤在床上，那她就馬上滾下床來，拼命嚎叫，好像房子著了火。她還把那位老人吵得六神無主，弄得他只好說，他但願上帝創造萬物時沒有創造蛇才好。啊，即使最後一條蛇在屋裡消失了已經有一個星期了，對莎莉姨媽來說，這事還未了結，也談不到快了結這樣的話。只要她坐著想些什麼，你用一根羽毛在她頸背後輕輕一碰，她會立時跳將起來，嚇得魂不附體。這也眞怪。不過據湯姆說，女人一概如此。他說，她們生來便是這樣，不知道是什麼原因。

每次有蛇驚擾她，我們就得挨一回揍。還說，要是再搞得滿屋是蛇，她會揍得叫我們覺得這一回的挨揍簡直就算不上什麼。我並不在乎挨揍，因爲那確實算不上什麼，我怕的是再去捉一批蛇，那可是麻煩事。可是我們還是去捉蛇，還捉了其他別的東西。每逢這些東西在吉姆的小囚間裡擠在一起聽著吉姆的音樂，圍著吉姆打轉，那個熱鬧啊，我可是從來沒有見過的。吉姆呢，他不喜歡蜘蛛；至於蜘蛛呢，也不喜歡吉姆。所以牠們和吉姆打起交道時，搞得吉姆眞是夠受的。他還說，他這樣再在耗子、蛇和磨刀石的中間，在他那張床上，他簡直沒有容身之地了。他說，即便是可以容身的時候，他也無法入睡，因爲在那個時候，這兒可熱鬧得很呢。而且這裡總是這麼熱鬧，因爲這些東西從來不是在同一個時間入睡的，而是輪流著睡的。蛇睡的時候，耗子出來上班。耗子睡了，蛇就出來上班。所以，這麼一來，他身子下面總有一群東西，而此時另一群則在他身上開演了馬戲。要是他起身想尋覓一處新的地方，蜘蛛就會在他跨過去的時候，找個機會螫他一下。他說，要是這一回他能出得去，他再也不想成爲一個囚犯了，即使發給他薪水，他也不幹了。

這樣，一直到第三個星期的末了，一切進行得非常有條不紊。襯衫早就放在餡餅裡送了進去。每一次耗子咬他一口，吉姆便起身，趁血水未乾，在日記上寫上些什麼。筆也磨好了，題詞等等已經刻在磨刀石上了。床腿已經一分爲二。鋸下的木屑，我們已經吃了——結果肚子痛得要命，我們原以爲這下子要送命了，可是沒有；這種木屑這麼難消化，是我見所未見的了。湯姆也是這麼說。不過，正如我所說的，這些活兒如今都終於完成了。我們都吃盡了苦頭，最苦的還是吉姆。那位老人寫了好幾封信到奧爾良的那家農場，要他們把逃跑的黑奴領回去。不過信去後沒有收到回信。因爲根本沒有這個農場。所以他表示，要在聖路易和新奧爾良兩地的報紙上爲招領吉姆登廣告。這個消息，我聽後嚇得全身直發抖。我看，我們不能再耽誤下去了。湯姆因此說，寫匿名信的機會如今到啦。

「匿名信是什麼呀？」我說。

「是警告人家，以防發生什麼意外的。警告的方式有時用這樣一種方式，有時是用另外一種方式。不過總會有人暗中察訪，告訴城堡的長官。當年路易十六準備逃出杜樂麗宮時，一個女僕就去報了信。這個辦法很好，寫匿名信也是個好辦法。我們可以兩種方法都用用。通常是囚徒的母親換穿他的服飾，打扮成他，她留下，而他改穿上她的衣服溜之大吉。我們可以照著做。」

「不過你聽我說，湯姆，我們爲什麼要警告別人，說什麼會有意外發生呢？讓他們自己發現不好嗎——這本來是他們的事嘛。」

「是啊，這我知道。可是光靠他們是靠不住的。事情從一開始起，就是這麼一回事——什麼事都得由我們來幹。這些人啊，就是喜歡輕信謠言，他們呆頭呆腦，根本不注意發生了什麼事。所以嘛，如果沒有我們給他們報個信，那就不會有人來干涉我們。這樣一來，儘管我們吃了千辛萬苦，這場越獄，定會變得平淡無奇，沒一點意思——什麼都談不上。」

「那好啊，就我自己來說，湯姆，我倒願意這樣幹。」

「去你的。」他說，彷彿不耐煩的樣子。我就說：

「不過我不想埋怨什麼。只要你認爲合適，我都依你。關於那個女僕的事，你有什麼計畫呢？」

「你就去當那個角色好了。你半夜裡偷偷溜進去，把那個黃臉丫頭的長衫偷出來。」

「爲什麼？湯姆，這樣一來，第二天早上便麻煩了。因爲她也許只有這一件長衫。」

「這我知道。不過嘛，你送那封匿名信，把信塞到大門底下，最多十幾分鐘嘛。」

「那好，我來幹。可我穿自己的上衣，也一樣可以送。」

「那樣的話，你就不像女僕了，不是嗎？」

「是不像。但是反正不會有人看見我是個什麼樣子嘛。」

「問題不在這裡。我們該做的是：盡到我們的責任，而不是擔心是否有什麼人看見我們。難道你沒有絲毫原則觀念嗎？」

「好了，我不說了。我是女僕。那麼誰是吉姆的媽媽呢？」

「我是他的媽媽。我要偷莎莉姨媽的一件衣服穿上。」

「那好吧，我和吉姆走了之後，那你必須留在小屋裡嘍。」

「也留不了多久。我要在吉姆的衣服裡塞滿稻草，放在床上，算是他那喬裝改扮了的母親。吉姆要穿上從我身上脫下來的莎莉姨媽的袍子，我們就一起逃跑。一個囚徒從監獄逃跑，就稱作逃亡。舉例說，一個國王逃走的時候，就稱作逃亡。國王的兒子也這樣，不論是否是私生子，一概如此。」

湯姆就寫下了那封匿名信。我呢，按照湯姆的吩咐，在那天晚上，偷了那黃臉丫頭的衫子穿上，把匿名信塞到了大門下面。信上說：

小心！即將出亂子。嚴防為妙。

無名友

隔天夜裡，我們把湯姆蘸血畫的骷髏底下交叉著白骨的一幅畫貼在大門上。再過一個晚上，把畫了一副棺材的畫貼在後門口。一家人這麼恐慌，我可是第一次見到。他們嚇得魂飛魄散，好像他們家到處是鬼，在每一樣東西的後面，在床底下，在空氣裡，影影綽綽的都是鬼。門砰的一聲，莎莉姨媽就跳將起來，叫一聲「啊唷！」什麼東西掉了下來，她就跳將起來，喊一聲「啊唷！」她沒有留意的時候，你偶然碰了什麼東西，她也會這樣子。不管她的臉朝那個方向，她總是不放心，因為她認為在她身子背後，每一回都有什麼妖怪之類——因此她不停地突然轉身，一邊說「啊唷」。還沒有轉到三分之二，就又轉回來，又說一聲「啊唷」。她雖然怕上床，卻又不敢坐著熬夜。湯姆說，可見我們那套辦法很靈驗。他還說他從沒有見過比這更讓他滿意的事情。由此可見這件事幹得很得法。

對他來說，壓軸戲如今該上場啦！因此第二天，天剛濛濛亮時，我們把另一封信準備好了，並且正在考慮怎樣送去最好，因為我們在吃晚飯時聽到他們說，他們要整夜在前門後門都派黑奴看守。湯姆順著避雷針滑下去，在四周偵察了一番。後門口的黑奴睡著了，他就把信貼在他頸子背後，然後就回來了。這封信是這樣寫的：

你們千萬別洩漏我的祕密，我是有心做你們的朋友的。現下有一幫匪徒，是從印第安人保留地那邊過來的，要在今晚盜走你家的黑奴。他們一直在試圖嚇唬你們，好叫你們待在屋裡，不敢出來阻攔他們。我是這夥匪徒中的一個，但是由於受到宗教的感化，有心脫離這個幫派，重新做人，因此願意揭露這個罪惡陰謀。他們定在半夜整沿著柵欄，從北邊偷偷摸進來，帶著私造的鑰匙，打開黑奴的小屋，將他盜走。他們要我在稍遠處把風，如果危險，便吹起白鐵皮號筒。不過我現在決定不按照他們說的做，只等他們一進那間小木屋，我便裝羊咩咩叫的聲音，望你們趁他們在給他打開腳鐐時，溜到小屋外，把他們反鎖在裡面。一下子工夫，就可把他們殺掉。你們一定要按我的話去做，如果不照辦，他們就會起疑心，惹出一場滔天大禍。我不想獲得什麼報酬，只願知道自己是做了一樁好事。

無名友

40

吃了早飯以後，我們十分高興，便坐了我的獨木舟，去河上釣魚，還帶了中飯，玩得很高興。我們還看了一下木筏，見到木筏好好的。我們很晚才回家吃晚飯，發現他們惶惶不安，不知道前途吉凶。他們囑咐我們一吃好晚飯便上床去睡覺，並沒有告訴我們會有什麼樣的災難。對那封剛收到的信，他們也一字不提。不過那也是不必要的事了，因爲我們比任何人都清楚信的內容。我們走到樓梯中間，莎莉姨媽一轉身，我們就溜進了地窖，打開食櫃，把中午的午餐食品裝得滿滿的，帶到了我們的房間裡，隨後就睡了。到晚上十點半左右，我們離開了。湯姆就穿上了他偷來的莎莉姨媽的衣服，正要帶著食品動身。他說：

「黃油在哪裡？」

「我弄了一大塊，」我說，「放在一塊玉米餅上。」

「那就是你忘了拿，擱在那兒啦——我並沒有找到。」

「沒有黃油，咱們也能過日子。」我說。

「有黃油，咱們也能過日子呀，」他說，「你趕快溜到地窖裡去把它拿來。然後再順著避雷針溜下去，你要快點來呀。我這就去往吉姆的衣服裡塞稻草，充當他那個喬裝打扮的媽媽，只等你一到，我就學羊咩咩叫幾聲，隨後就一起跑掉。」

說完他就出去了，我也去了地窖。一大塊黃油，像拳頭一樣大，正在我剛才忘了拿的地方。我就拿起放了黃油的大塊玉米餅，吹滅了蠟燭，偷偷走上樓去，安全地到了地窖上面那一層。不過莎莉姨媽手持蠟燭正往這邊走過來。我趕快把手裡的東西往帽子裡一塞，把帽子往頭上一扣。過了一會，她看到了我。她說：

「你剛才在下面地窖裡嗎？」

「是的，姨媽。」

「你在下面做些什麼？」

「沒幹什麼。」

「眞的？」

「沒幹什麼，姨媽。」

「天這麼晚了，誰叫你這個樣子下去，是你中了邪嗎？」

「我不知道，姨媽。」

「你不知道？湯姆，別這樣回答我的問題。告訴我你在下邊幹了些什麼。」

「我什麼事都沒做，莎莉姨媽。要是能做點什麼那倒好了。」

我以爲這樣她會放我走了。要是在平時，她是會放我走的。不過，如今家裡出了這麼多稀奇古怪的事，弄得她每件芝麻大的事都要問個清楚明白，不然的話，她就不放心。所以她斬釘截鐵地說：

「你給我到客廳裡面去，坐在那兒等我回來。你捲進了與你絲毫不相關的事。我決意要把這個弄清楚，不然的話，我就跟你沒個完。」

於是她走開了，我把門打開，走進了客廳。老天，這麼一大群人在這兒！一共有十五個莊稼漢，一個個都帶了槍。我怕得要死，便輕手輕腳走了過去，在一張椅子上坐下。這些人圍坐在一起，其中有些人偶然談幾句話，聲音放得輕輕的。一個個心神不寧，坐立不安，可又裝得若無其事。然而我清楚他們眞正的心理，因爲你可以看到，他們一會兒把帽子摘下來，一會兒又戴上，一會兒抓抓腦袋，一會兒換個座位，一會兒摸摸鈕釦，如此等等。我自己也心神不寧，但是我自始至終沒有把帽子摘下來過。

我眞希望莎莉姨媽快來，跟我說個清楚，高興的話，就揍我一頓，然後放開我，讓我好告訴湯姆，我們怎樣把事情搞得太大了，怎樣已經一頭撞上了一個天大的馬蜂窩了，怎樣該在這些愚蠢傢伙失去耐性找到我們以前，就和吉姆溜之大吉，一逃了事。她終於來了，便開始盤問我，不過我沒法直接了當地回答。已經慌得六神無主的我，不知如何是好。因爲這夥人現在已是焦躁不安，其中有些人主張立時立刻馬上就動手，去埋伏好，等候那些亡命之徒。還說現在離半夜整只有五六分鐘了。有些人則力圖勸說他們暫時按兵不動，靜候羊叫的信號。姨媽呢，偏偏盯著我問這問那。我呢，全身發抖，嚇得要暈過去了。房間裡又悶又熱，牛油開始融化，流到了我的頸子裡和耳根的後邊。這時，有一個人在喊：「我主張先到小屋裡去埋伏，現在立刻就去，等他們一到，就把他們全部抓住。」我聽了差點兒昏過去，同時一道黃油從額頭上往下流淌，莎莉姨媽一見，臉色馬上白得像一張紙。她說：

「天啊，我的孩子怎麼啦——他肯定是得了腦炎，準沒錯，腦漿正向外流啊！」於是大夥兒都跑過來看，她一把摘下了我的帽子，麵包啦、剩下的牛油啦，都掉了出來。她突然把我一把抓住，摟在懷裡。她說：「哦，你可嚇壞了我啦！你原來沒病啊，我太高興了。謝天謝地！我們近來運氣不好，我就怕接二連三地出亂子。我一看見你頭上流下來的東西，猜想這下子你的命可要保不住了。你看那顏色，分明和你的腦漿一個樣啊——親愛的，親愛的，爲什麼不告訴我一聲，說你到地窖裡去是爲了拿這些東西，我根本不會和你計較啊。好了，去睡覺吧，天亮以前，不要讓我再看見你。」

我立刻就上了樓，又一眨眼便抱住了避雷針滑下來。我在黑地裡如飛一般衝往那個披間，心裡急得連話也差點兒說不出來了。不過我還是趕快告訴了湯姆說，大事不好，必須馬上就逃，立時立刻就逃，一時一刻也不容耽擱——那邊屋裡已經擠滿了人，都拿著槍哩。他的眼睛亮了一下。他說：

「不會吧！——眞是這樣！多棒啊！啊，哈克，如果能再從頭來一次的話，我打賭，準能招來兩百個人！只要我們能拖到……」

「快！快！」我說，「吉姆他在哪裡？」

「就在你眼皮底下。只要手一伸，就能摸得到他。他衣服穿好了，什麼都準備好了。我們現在就溜出去，發出羊叫的暗號。」

不過我們那時已經聽到大夥兒的腳步聲，正向門口一步步逼近。接著就聽到摸弄門上那把掛鎖的聲音，只聽得其中有人在說：「我早就對你們說了，咱們來早啦，他們還沒有來呢——門是鎖著的。好吧，我現在把幾個人鎖在小屋裡，你們就在黑洞洞裡等候著，他們一進來，就把他們殺死。其餘的人分散開來，仔細聽著，看能不能聽到他們摸過來的聲音。」

有些人便進了小屋，只是黑漆漆的看不見我們，還差點兒踩到了我們。這時我們立刻往床底下鑽。我們順利地鑽到了床底下，從洞中鑽了出來，行動敏捷，輕手輕腳——吉姆在前，其次是我，湯姆最後，這都是按照了湯姆的命令的。現在我們已經爬到了那間披間，只聽見外面不遠的腳步聲。我們便爬到了門口。湯姆要我們就地停下來，他從門縫裡張望，可是什麼也望不見，天太黑了。他低聲說，他會聽著，聽腳步聲有沒有走遠。要是他用胳膊從後面捅我們一下，吉姆就必須先走，由他壓陣最後走。隨後他把耳朵貼在門縫上，聽啊，聽啊，聽啊，可是四周一直有腳步聲。到最後，他用胳膊肘捅了捅我們，我們溜了出來，弓著腰，屏住了呼吸，不發任何一點點兒聲音，一個跟著一個，輕手輕腳，向柵欄走去，平平安安地走到了柵欄邊，我和吉姆跨過了柵欄，可是湯姆的褲子被柵欄頂上一根橫木裂開的木片給掛住了，他聽到腳步聲在靠近，他使勁扯，啪的一聲木片被扯斷了。他跟在我們後面跑。有人喊了起來：

「是誰？快回答，不然我要開槍了。」

不過我們並沒有答話，只是拔腿飛奔。接著有一群人追了上來。砰，砰，砰，子彈在我們四周飛過！只聽得他們在喊：

「他們在這裡啦，他們在向河邊跑啦！夥計們，追啊！把狗放出來！」

於是他們在後邊緊追不捨。我們能聽到他們的聲音，因爲他們腳上穿的是靴子，又一路喊叫。我們呢，沒有穿靴子，也沒有喊叫。我們走的是通往鋸木廠的小道。等到他們追得近了，我們就往矮樹叢裡一躲，讓他們從身邊衝過去，然後在他們後面跟著。爲了不至於把強盜嚇跑，他們把狗都關了起來。到了此時此刻，有些人把狗放了出來，這些狗便一路奔來，汪汪直叫，好像千百隻一齊湧來，不過這些畢竟是我們自家的狗，我們一停住腳步，等牠們趕上來，一見是我們，並非外人，沒什麼好大驚小怪的，便和我們打了個招呼，朝呼喊聲和重重的腳步聲那個方向直衝過去。

接著，我們便打起精神，在牠們的後面跑著追上去，來到鋸木廠後，就改道穿過矮樹叢，到原來拴獨木舟的那邊，跳了上去，爲了保住性命，使勁往河中心划，一路上盡量不發出聲音。隨後舒舒服服、自由自在地到了藏著我那個木筏的小島，這時還聽得見沿河從上邊到下邊一路之上人喊狗叫，亂作一團。到後來，離得越來越遠了，聲音越來越低，最後終於消失了。我們一跳上木筏，我就說：

「吉姆啊，現在你再一次成了個自由人啦。我敢打賭，你不會再一次淪爲奴隸啦。」

「這一回也眞幹得漂亮，哈克。計畫得太巧妙了，幹得也巧妙。誰也弄不出一個這麼複雜又這麼棒的計畫啦。」

我們都高興極了，但是湯姆是最高興的，因爲他腿肚子上中了一槍。我和吉姆一聽說這事，便沒有剛才那樣的興致了。他傷得很厲害，一直在流血，所以我們讓他在窩棚裡躺了下來，把一件公爵的襯衫撕了給他包紮，可是他說：「把布條給我，我自己可以包紮。現在我們還不能停留啊，別在這兒磨磨蹭蹭了。這一回逃亡搞得多麼漂亮。順水放木排，划起長槳來！夥計們，我們幹得多棒——確實如此。這一次啊，要是我們是帶著路易十六出奔，那該多有意思。這樣的話，在他的傳記裡便不會寫下什麼『聖路易之子，請你升天』之類的話啦。不會的，我們會哄著他跑到國外去——如果是他，咱們會那樣幹的——而且幹得十分巧妙。划起槳來，划起槳來！」

不過這時我和吉姆正在商量——正在考慮呢。想了一分鐘以後，我就說：

「吉姆，你說吧。」

他就說了：「那好。據我看，事情就是這樣的。哈克，要是這回逃出來的是他，夥計們中間有一個吃了一槍，那他會不會說，『爲了救我，朝前走吧，別爲了救其他人惹麻煩，找什麼醫生啊。』湯姆少爺是那樣的人嗎？他會這麼說嗎？你可以打賭，他才不會呢！那麼吉姆呢，我會這樣說嗎？不，先生，要是不找醫生，我一步也不走，即使要等四十年也行！」

我知道他心裡是顆白人的心，他剛才說的話我也料到了——因此現在事情就好辦了。我就對湯姆說，我要去找個醫生。他爲了這事大鬧了起來，不過我和吉姆始終堅持，寸步不讓。後來他要從窩棚裡爬出來，自己放木筏，我們就不允許他這麼幹。隨後他對我們發作了一通——不過，那仍然沒有用。他見到獨木舟準備好了，就說：「那好吧。即使你執意要去，我告訴你到了村子裡怎麼辦：把門一關，把醫生的眼睛用布給綁個嚴嚴實實，要他宣誓嚴守祕密。然後把一袋金幣放在他手心裡。接著在黑地裡帶他在大街小巷裡轉來轉去，然後帶他到獨木舟上，在各處小島那裡兜圈子。還要搜他的身，把粉筆拿下來，在他回到村子裡以前，不要發還給他。不然的話，他準會在這個木筏上做上標誌，以便往後找到它。這樣的方法是人家都這麼做的。」

我就說，我一定照著辦，就出發了。吉姆打算遠遠看見醫生過來，就往林子裡躲一躲，等醫生走了再出來。

41

醫生被我從床上叫了起來。醫生是位老年人，爲人和藹、慈祥。我對他說，我和我的一個兄弟昨天下午到西班牙島上去打獵，就在我們找到的一個木筏上露宿。大約十一點裡，他做了一個夢，在夢裡一腳踢到了槍，槍走了火，他被打中了腿。所以我們請他到那邊去看一看，診治一下，還要他不必聲張出去，不讓任何人知道，因爲我們準備當晚回家，好讓家裡人驚喜一下。

「你們是誰家的孩子？」

「是住在下邊的，費爾貝斯家。」

「哦，」他說。隔了一分鐘又說：「你剛才說的他是如何受的傷啊？」

「他做了一個夢，」我說，「就挨了一槍。」

「奇異的夢。」他說。

於是他點了燈籠，拿起藥箱，我們就出發了。可是他一見到那隻獨木舟，就不喜歡這條獨木舟那個模樣——說船只能乘一個人，坐兩個人恐怕不大安全。我說：

「哦，先生，你不用害怕，這條船坐三個人，還綽綽有餘。」

「怎麼三個？」

「啊，我，席德，還有……還有……還有那枝槍，我的意思是指槍。」

「哦。」他說。

不過他在船邊上晃了一晃，踩了踩，然後搖了搖頭，說最好由他在附近找一條大一些的船，不過，附近的船都是鎖上、拴好了的，因此他只得坐我們的那條獨木舟，要我在這裡等他，我也可以在附近繼續找一找，或者最好是到下邊家裡走一走，好讓他們對驚喜有個準備——要是我願意的話。可是我沒有這個意思。我把怎樣能找到我們的木筏對他說清楚了，他就划船走了。

我馬上想到了一個念頭。我心裡想，萬一他不能像俗話所說的那樣「藥到病除」，很快就把腿治好，那怎麼辦？萬一得花三四天呢？那我們怎麼辦？——難道就躺在那兒，任由他把祕密洩漏出去嗎？不，先生；我知道我該怎麼做。我要等在這裡，等他回來。如果他說他還要再去，我就跟他去，就是我得泅水過去也得去。然後我們就要抓住他，把他綁起來，不放他走，鬆了木筏往下游漂去。等他把湯姆治好了，我們會重重地酬謝他，把我們的所有東西掏給他都行，然後送他回到岸上。

主意打定以後，我就鑽到一個木材堆裡，本打算只睡一會兒，可是等我一覺醒來，太陽已經到我的頭頂上了！我立刻朝醫生家奔去，人家說他晚上某個時辰出診的，至今未歸。我就想，這樣看來，湯姆的病情恐怕很不好，我得馬上回島上去。於是我轉身便跑，剛到街角轉彎的時候，差一點和塞拉斯姨丈撞了個滿懷。他說：

「嘿，是你呀，湯姆！這麼久沒見你，你小子到哪裡去了？」

「我什麼地方也沒有去啊，」我說，「只是追捕那個逃跑的黑奴啊——我和席德兩個。」

「你究竟去了哪兒？」他說，「你姨媽擔心得不得了。」

「她不用擔心嘛，」我說，「我們不是好好的嗎。我們跟在大夥兒和狗的後面。不過他們跑得太快，把我們扔下了。我們好像聽到他們下了河，我們就弄了一隻獨木舟，在後面追上去，划過河去，可就是不見他們的蹤影，我們就沿了對岸慢慢划往上游，到最後，划得累了，沒有力氣了，就繫好獨木舟，睡了過去，一覺睡到一個鐘頭前才醒來，然後划到了這邊來，好聽聽消息。席德到郵局去了，看看能否聽到什麼消息，我呢，四處走走，給我們買些吃的，我們正要回家呢。」

我們便朝郵局走去，去找「席德」，不過正如我意料中的，沒找著。老人呢，他從郵局收了一封信。我們等了很久，可是席德並沒有來。老人說，走吧，讓席德玩夠後步行回家吧，或是坐獨木舟回去，我們可要騎馬回去。我要他答應讓我留下來，等等席德，可就是說不通。他說，不必等了。還說我得跟他一起回去，好叫莎莉姨媽看看我們安然無恙。

我們一到家，莎莉姨媽高興得摟住了我，又笑又哭，把我不疼不癢地揍了幾下子。還說，等席德回來，也要揍他一頓。

家裡可擠滿了農民和他們的老婆，是來吃飯的。他們七嘴八舌說個沒完沒了，我可是從沒見過這麼愛嘮叨的人呢。霍其契斯老太太特別饒舌，她那根舌頭一直沒停過。她說：

一啊，費爾貝斯妹子，我把那間小屋裡裡外外搜了一遍，我確信，那個黑奴肯定是瘋啦。我對丹瑞爾妹子就是這麼說的——丹瑞爾妹子，我是這樣說的吧？——妹子啊，他是瘋啦——這就是我說過的話。我說的話你們全都聽到了：他是瘋啦，我說。一切的一切說明了這一點，我說。你看看那磨刀石吧，我說。有誰能告訴我：一個腦子清醒的人會在磨刀石上刻下那麼多的瘋話。這兒刻著什麼一個人的心破碎了。那裡又說在這兒苦熬了幾十個年頭，諸如此類的。還說路易的私生子之類的，都是這些胡話。他準是瘋啦，我說。我一開頭就是這麼說的。在中間是這麼說，到最後也還是這麼說，一直是這麼說——那個黑奴是瘋啦——瘋得跟尼布甲尼撒一樣，我說。」

「還是看看那個破布條做成的繩梯吧，霍其契斯大姊，」丹瑞爾老太太說，「天知道他想用這個幹什麼……」

「我剛才跟厄特拜克大姊說過的，就是這些話，不信妳可以問問她。只要看一看那個破布條繩梯，她，她，我說，是啊，妳只要看一看這個，我說——他能用來幹什麼，我說。她，她，霍其契斯大姊，她，她……」

「可是，天知道他們是怎樣能把這塊磨刀石弄進去的？這個洞又是誰挖的？又是誰……」

「我恰恰正是說的這些話，潘諾德大哥！我剛才說的——把那碟子糖漿遞給我，行不行？——我剛才對鄧奈普大姊說的正是：磨刀石他們如何弄進去的？我說。別忘了，還沒有人幫忙——沒有人幫忙！怪就怪在這裡！別跟我這麼說，我說。一定有人幫忙的，我說。而且有很多很多的人幫忙，我說。有十來個人幫那個黑鬼的忙。我非得把那邊每一個黑奴的皮剝掉不可，不過我先得查清楚到底是誰幹的，我說，而且，我說……」

「你說有十來個人幫他！——那麼多事情就是四十個也幹不完呀。瞧瞧那些小刀做的鋸子什麼的，他們做起來有多費事？再看看這個鋸斷的床腿吧，需得六個人幹七八天才幹得了！再看看那用稻草裝成的在床上的假人吧，再看看……」

「你說得不錯，海陶兄弟！我剛才對費爾貝斯大哥他本人說的，正就是這個事，知道吧？霍其契斯大姊，妳怎麼看？他說。費爾貝斯大哥，你怎麼想的？我說。看到了這床腿竟然會這樣被鋸斷，你有什麼想法？他說。你問我有什麼想法？我說。我敢說，床腿不會自己斷的——是被人鋸斷的，我說。我就是這麼個看法，信不信由你，這也許不重要，我說。可是，既然情況如此，我就是這麼個看法，我說。要是有誰能提出一個更好的說法，那就說出來吧，我說。這些就是我要說的。我向鄧普奈大姊說了，我說……」

「說來眞見鬼，要做完所有這些活兒，須得一屋子擠得滿滿的黑奴，用四個星期，每晚每晚地幹，費爾貝斯大姊。看看那件襯衫吧——上面密密層層地蘸著血寫滿了非洲神祕的字母。肯定是有一木筏的黑奴幾乎夜夜在幹這個。啊，誰能把這個讀給我聽，我寧願給他兩塊大洋。至於那批黑奴呢，我保證要揍他們……」

「我說有人幫他們忙，瑪坡斯大哥！啊，依我看，要是你在這間屋裡待過一陣，你肯定這麼想的。啊，他們凡是能偷到手的都偷了——你別忘啦，我們還一直在提防著呢。他們乾脆在晾衣繩上把襯衫偷走。比如他們用來做繩梯的床單，他們已經偷了不知多少次啦。還有麵粉啊，蠟燭啊，燭台啊，調羹啊，舊的暖爐啊，還有我現在已經記不起來的上千種東西，還有新的印花布衣服啊等等的。而我和塞拉斯，還有我的席德和湯姆，還成天看守著、提防著呢，這些我都對你說過了。可是我們沒有一個人能抓住他們的一根毛，或者見到過他們的人，或者聽到過他們的聲音，結果呢，你看吧，他們竟然能溜之大吉，就在我們的鼻子底下；還竟然敢於作弄我們，而且還不只作弄了我們，還作弄了印第安人保留地的強盜，並且終於把那個黑奴太太平平地弄走了，即使立即出動了十六個人、二十二條狗拼命追蹤也毫無作用！我告訴你吧，這樣破天荒的事，我確實是聞所未聞。啊，就是妖魔鬼怪吧，也做不到這麼巧妙、這麼漂亮。依我看，肯定是妖魔怪鬼在施展法術——因爲，我們的狗，這你是知道的，是世上最機靈的了，可是連他們的蹤跡也沒有嗅出來！你有本事的話，不如把這個解釋給我聽聽。要是你有本事的話！——隨便哪一位都行！」

「啊，這眞的賽過了……」

「老天爺啊！我從未……」

「天啊！我可還不……」

「毛賊和……」

「哎喲，老天爺呀，我可不敢住在這樣一個……」

「不敢住……是啊，我嚇得簡直既不敢上床，又不敢起床，躺下也不是，坐著也不是，李奇薇大嫂！啊，說不定他們還會偷——天呀，昨晚上十點左右，把我嚇成了什麼樣子，你們連想也想不出來哩。如果我說，我不怕他們把家裡的什麼人都偷走，那只有天曉得了！我簡直到了這麼個地步啦。我已經神志不清了。現在大白天說這種話，顯得傻里傻氣的；可是在昨晚上，我對自個兒說，我還有兩個可憐的孩子睡在樓上那間冷冷清清的房間裡呢。老天在上，如今我可以說了，當時我驚慌到了極點，我偷偷上了樓，將他們鎖在房間裡面！我就是這麼幹了的。換了別人，誰都會這麼幹啊。因爲，你知道，人要嚇成這個樣子，並且嚇得越來越厲害、越來越糟，你的腦袋給嚇懵了，你就做出各種荒唐事。到了後來，你會自個兒尋思，如果我是個男孩，獨自在那裡，門又沒有上鎖，那你……」她說到這裡停住了，神情顯得有點兒驚慌，慢慢地轉過頭來，當眼光移到我身上時——我站了起來，到外面蹓躂去了。

我想，關於那天早上我爲什麼沒有在房間裡的事，要是我能走出去，找個地方，好好想一想，我就能解釋得更圓滿些。於是我就這麼辦了。但我走得很近，不然的話，她會找我的。到了傍晚，大家都走了，我就轉回家，對她說：當時喧鬧聲、槍聲把我和席德吵醒了，門又是上了鎖的，我們想要看一看這場熱鬧，便順著避雷針滑了下來。我們兩人都受了傷，不過這樣的事，我以後再也不會幹了。然後我把先前對塞拉斯姨丈說過的那一套話重複了一遍。她就說，她會饒了我們的，也許一切都不是什麼大不了的事。又談到了人們對男孩子該如何看，因爲據她說，男孩子，全都是冒失鬼，所以只要沒出亂子，我們都活得好好的，一個也沒丟，她就覺得萬事大吉了，與其爲那些過去了的事情煩惱生氣，還不如花點時間來感謝老天爺保佑。所以她親了親我，拍拍我的腦袋，又自個兒沉思幻想起來了。沒多久，她跳起來說：

「啊喲，天啊，天快黑了，席德還沒有回來喲！這孩子出了什麼事啊？」

我看到機會來了，便站起身說：

「我立刻到鎮上去，將他找回來。」

「不，你不能去，」她說，「你不要動。一回丟一個，就夠麻煩的啦。要是他不能回來吃晚飯，那你姨丈會去的。」

果然，吃晚飯時還沒見他回來。剛一吃過晚飯，姨丈就出去了。姨丈十點鐘左右回來的，顯得有些神情不安。他連湯姆的蹤影都沒找到。莎莉姨媽就大大不安起來，塞拉斯姨丈說，不用擔心——男孩嘛，又不是女孩，明早上，你準定會看到他，身體壯壯實實，一切平安無事。這樣一說，她也就勉強放了心。不過她又說，她要等他一會兒，還要點起燈來，好讓他能看到。

隨後我上樓睡覺時，她跟著我上來，替我掖好被子，像母親一樣親熱，這讓我覺得自己太卑鄙了，不敢正視她的臉。她在床邊上坐了下來，和我說了好一陣子的話。還說席德是一個多麼了不起的孩子。她好像說到席德時就是愛說得沒有個完。她再三再四問我，要我說說，認爲席德會不會死了，或者受了傷，或者落水了，這會兒說不準躺在什麼個地方，或者受了傷，或者死了，可她卻不能在邊上照顧他。說著說著，暗暗淌下了眼淚。我就對她說，席德是平安無事的，肯定會在早上回家來的。她就緊緊握著我的手，或者親親我，要我再說一遍，說了一遍後還要不停地再說一遍，因爲說了她就會好受一些。她實在是太苦啦。要走的時候，低頭望著我的眼睛，目光和藹而溫柔。她說：

「我沒有鎖門，湯姆。反正鎖了也是白搭，還有窗、還有避雷針讓你爬。不過你準會聽話的，對吧？你不會往外面跑吧？就算是爲了我吧。」

天知道我心裡是多麼急於見到湯姆，多麼急於出去。可是，在這以後，我就不打算出去了，無論如何也不出去了。

可是我心裡一面惦記著她，一面又惦記著湯姆，所以怎麼也睡不安穩。在夜晚，我兩次抱住了避雷針滑了下去，輕手輕腳繞到前門，從窗子裡看到她在蠟燭亮光下眼睛向著大路，眼淚差點流下來。我但願我能爲她做點兒什麼，但是我做不到，只能暗暗發誓以後絕不再做什麼叫她傷心的事了。到清晨我第三次醒來，便溜了下來。她還在那裡。蠟燭快要燒完了，她那飄著白髮的頭枕在手上，她睡著了。

42

老人在早飯前又去了鎮上，可就是找不到湯姆的蹤影。兩人在飯桌上想心事，彼此一句話也不說，神色淒涼。咖啡涼了，飯也沒吃。後來老人說：

「我把信給了你嗎？」

「什麼信？」

「我昨天從郵局取回來的信啊。」

「沒有，你沒有給我什麼信。」

「哦，那一定是我忘了。」

於是他掏了掏口袋，然後走到他放信的地方，找到信，遞給了她，她說：

「啊，是聖彼得堡來的——從姊姊那兒來的信。」

我想這時候再出去蹓躂一會兒會對我有好處，可是我就是挪不動腳步。啊，這時，她信還沒拆，便把信一扔奔了出去——因爲她看到了什麼啦，我也看到了。是湯姆．索耶睡在床墊上。還有那位老醫生。還有吉姆，身上穿著她的那件印花布衣服，雙手綁在身後。還有很多人。我一邊把信藏在近旁一樣東西的後面，一邊往門外衝。她向湯姆身上撲去，哭著說：

「哦，他死啦，他死啦，我知道他死啦。」

湯姆呢，他把頭微微地轉過來，口中喃喃有詞，這些表明他如今已神志不清。她把雙手舉起說：

「他活著呢，謝天謝地！這下好啦！」她輕輕吻了他一下，飛奔進屋裡，鋪好床鋪。一路上舌頭轉得飛快，對黑奴和所有的人一個個下了命令，跑一步，下一個命令。我在人群後邊跑，看人家準備怎樣對待吉姆。老醫生和塞拉斯姨丈跟在湯姆後面走進了屋裡。人群裡怒氣沖沖，其中有些人主張要將吉姆絞死，好給這兒周圍的黑奴做個榜樣，叫他們從此不敢像吉姆那樣逃跑，惹出這麼天大的禍來，多少個日日夜夜，嚇得全家人半死。但也有些人說別這麼幹，這麼幹不妥，他可不是我們的黑奴啊。他的主人會出場，肯定會為了這件事叫我們賠償損失。

經過他這麼一說，大夥兒冷靜了一些，因為那些急著要絞死那做錯了事的黑奴的人，往往是最不願意為了出氣拿出賠償金的。儘管如此，他們還是惡狠狠地怒罵吉姆，還時不時地給他一個巴掌。可是吉姆絕不吭一聲。他裝作不認識我。他被押回原來那間小屋，把他自己的衣服穿在他身上，再一次用鏈子把他銬了起來。這一回可不是在床腿上拴了，而是綁在牆腳那根大木頭上釘著的騎馬釘上，把他的雙手和兩條腿都用鐵鏈拴住了。還對他說，只有麵包和水吃，別的什麼都不給，一直要到他的原主人來，或者在過了一定期限原主人還不來，就把他給賣掉。他們把我們當初挖掘的洞填好了。還說每晚上要派幾個農民帶上槍在小屋附近巡邏守夜。白天拴幾條惡狗在門口。正在這時，正當他們把事情安排得差不多，要最後罵幾句作爲告別的表示時，老醫生來了，四周看了一下說：

「對待他嘛，別太過分了，因爲他是一個好黑奴。我一到那個孩子住的地方，發現必須有一個助手，不然，我就沒辦法取出子彈。按當時的情況，我無法離開，到別處去找個幫手。病人的病情越來越糟。又過了很久，他神志不清了，又不允許我靠近他身邊。要是我用粉筆給木筏上寫下記號，他就要殺死我。他這類傻事幾乎沒有個完，我簡直給弄得一點辦法也沒有。所以我自語自語，我非得有個助手不可，怎麼說也非有不可。我剛說完，這個黑奴不知從什麼地方爬了出來，說他願意幫助我。他就這麼做了個助手，並且做得非常出色。當然我斷定他準是個逃亡黑奴。我實在不知如何是好！可是我不得不盯在那兒，整整一個白天，又整整一個夜晚；我對你們說吧，我當時實在左右爲難！我還有四五個正在發燒發冷的病人，我自然想回鎮上來，給他們診治，但是我沒有回來。這是因爲這個黑奴可能逃掉，那我就會推卸不掉那個責任。加上過往的船隻離得又遠，沒有一隻能連絡得上的。這樣一來，我得盯住在那裡，一直到今天早上大白天。這樣善良、這樣忠心耿耿的黑奴，我從來沒有見過。而且他是冒了喪失自由的危險這麼幹的，並且幹得筋疲力竭了。再說，我清清楚楚地看看，在最近一些日子裡，他做苦工也做得夠辛苦了。先生們，我對你們說吧，爲了這一些，我挺喜歡這個黑奴。像這樣的一個黑奴，值兩千塊大洋——並且值得好好對待他。我要他做什麼，他就做什麼，所以那個孩子在那裡養病，就跟在家裡養病一個樣——可能還要勝過在家裡呢，因爲那地方實在太清靜了。只是只有我一個人，手頭要管好兩個人，並且我非得盯在那裡不可，一直到今天清早，有四五個人坐著小船在附近走過。也是活該交好運氣，這個黑奴正坐在草褥子旁邊，頭放在膝蓋上，呼呼睡著了。我就不聲不響地向他們打了招呼，他們就偷偷走過來，抓住了他，在他還莫名其妙的時候，用繩子將他綁了。凡是這一切，都沒有遇到過什麼麻煩。那個孩子當時正昏昏沉沉睡著了，我們就把槳用東西裹上，好讓聲音小一些，又把木筏拴在小船上，悄悄地把它拖過河來。這個黑奴始終沒有吵鬧，也不說話。先生們，這絕不是一個壞的黑奴，這就是我對他的看法。」

有人就說：「也對啊！醫生，聽起來還不錯，我只能這麼說。」

別的一些人態度也緩和了些。這位老醫生對吉姆做了件大好事，我眞是非常感激他。這也表明了，我當初對他沒有看錯人，我感到很高興。因爲我一見他，就認爲他心腸很好，是個好人。後來大夥兒一致承認吉姆的所作所爲非常好，人們應該看到這一點，並給以獎勵。於是大夥兒一個個都當場眞心實意地表示，此後永遠不責罵他了。

隨後他們出來了，而且將他在屋裡鎖好。我本來希望大夥兒會說，不妨把他身上的鐐銬去掉一兩根，因爲實在太笨重了。或者有人會主張除了給他麵包和水外，還會給他吃點肉和蔬菜。不過這些人並沒有想到這一些。我想我最好還是不要多嘴。不過據我判斷，等我過了眼前這一關，我不妨想法把醫生說的這番話告訴莎莉姨媽。我是說，解釋一下，說明我怎樣忘了說席德中了一槍的事，也就是指那個嚇人的黑夜，我們划了小船去追那個逃跑的黑奴，忘了提席德中槍的那回事。

不過時間我有得是。莎莉姨媽整天整夜待在病人的房間裡。每次碰到塞拉斯姨丈無精打采走過來，我立刻就躲到一邊去。

第二天早上，我聽說湯姆已經好了很多。他們說，莎莉姨媽已經去睡覺去了。我就偷偷溜進了病房。我心想，如果他醒了，我們就可以編好一個美麗的故事給這家子人聽。不過他正睡著哩。而且睡得非常安穩。他臉色發白，可已經不像剛回家時那麼燒得通紅的了。所以我便坐了下來，等著他醒轉來。大約一個鐘頭光景，莎莉姨媽輕手輕腳走了進來。這樣一來，我又一次不知道怎樣辦才好啦。她對我擺擺手，讓我不要說話。她在我旁邊坐了下來，低聲說起話來。說現在大家都可以高高興興了，因爲一切跡象都是最好的。他睡得這麼久，看起來病不斷往好處發展，病情也平靜，醒來時大概會神志清醒。

於是我們就坐在那兒守著。後來他微微動了一下，很自然地睜開眼睛看了看。他說：

「哈囉，我怎麼會在家裡啊？到底怎麼回事？木筏在哪裡？」

「木筏還好好的。」我說。

「吉姆怎麼樣了？」

「他也是好好的。」我說，不過沒能說得爽快。他倒沒有注意到，只是接著說：

「好！精采！現在一切對我們來說都平安無事啦！你跟姨媽說過了嗎？」

我正想講，可是她插進來說：「講什麼？席德？」

「啊，講這件事情的整個經過啊。」

「整個經過？」

「對，就是這件事的前前後後啊。就只是一件事啊，就是我們怎麼把逃亡的黑奴放走，恢復自由啊——由我和湯姆一起。」

「天啊！放……你在說什麼呀！哎呀，不得了，他又在說胡話了！」

「不，我神志清楚得很。我此時此刻說的話，我都是一清二楚的。我們確實把黑奴放走了——我和湯姆。我們是有計畫地幹的，而且成功了，並且幹得非常漂亮呢。」他只要一開始說話，她也一點兒不想阻攔他，只是坐在那裡，眼睛越睜越大，讓他一股腦兒倒出來。我呢，也知道不用我插嘴。「啊，姨媽，我們可費了大勁兒啦——幹了好幾個星期呢——每天夜裡當你們全熟睡的時候，我們就一連幹上幾個小時。而且我們還得偷蠟燭、偷床單、偷襯衫、偷妳的衣服，還有調羹啊、盤子啊、小刀啊、暖爐啊，還有磨刀石，還有麵粉，還有其他的一些東西。而且你們也想像不到我們幹的活多麼艱難：做幾把鋸子，磨幾枝筆，還有刻字什麼的，費了好大力氣，不過幹這活兒也挺好玩的，這妳就很難想像得到了。並且我們還得畫棺材和一些別的東西。還要寫那封強盜的匿名信，還要抱著避雷針上上下下。還要挖洞直通到小屋裡邊。還要做好繩梯，並且裝在烤好的餡餅裡送進去。還要把需要用的調羹之類的東西放在妳圍裙的口袋裡帶進去……」

「天哪！」

「還在小屋裡裝滿了耗子、蛇等等的，好讓牠們給吉姆作伴。還有湯姆被妳拖住了老半天，害得他帽子裡那塊黃油都化掉了，幾乎把整個兒這回事給弄糟了，因爲那些人在我們從小屋裡出來以前就來到了，所以我們急切想衝出去。他們一聽到我們的聲響便追趕我們，我就中了這一槍。我們閃開了小道，讓他們過去。那些狗呢，牠們追了上來，牠們對我們沒有興趣，只知道往最熱鬧的地方跑。我們找到了獨木舟，划出去找木筏，終於一切平安無事，吉姆也自由了。如此種種，都是我們自己幹出來的，難道不是棒極了嗎，姨媽？」

「啊，我這一輩子從來沒有聽到過這樣的事。原來是你們啊，是你們這些壞小子掀起了這場禍害，害得大夥兒顛三倒四的，差點兒嚇死我們。我恨不能在這時這刻就狠狠地把你揍一頓。你想想看，我怎樣一個晚上又一個晚上在這裡——等你病好以後，你這個小調皮鬼，我不用鞭子抽你們兩個，揍得你們叫爹叫娘，算我沒說。」

而湯姆呢，既得意，又高興，就是不肯就此收場，他那根舌頭啊，總是收不住——她呢，始終是一邊插嘴，一邊火冒三丈，兩個人一時間誰也不肯罷休，好像一場野貓打架。她說：

「好啊，你從中快活得夠了，現在我告訴你一句話，要是我抓住你再管那個人的閒事啊……」

「管哪一個人的閒事？」湯姆說。他停止微笑，顯得非常驚訝的樣子。

「管哪一個？當然是那個逃跑的黑奴嘍。你認為指的哪一個？」

湯姆神色嚴肅地看著我說：「湯姆，你不是剛才對我說，說他平安無事嗎？難道他又被抓住了嗎？」

「他喲，」莎莉姨媽說，「那個逃跑的黑奴嗎？他當然跑不掉。他們把他給活活抓回來啦，他又回到了那間小屋，只能靠麵包和水活命，鐵鏈子夠他受的，這樣要一直等到主人來領，或者給拍賣掉。」

湯姆猛然從床上坐了起來，兩眼直冒火，鼻翼好像魚腮一般一開一閉，朝我叫了起來：

「他們沒有這個權把他給關起來！快去啊——一分鐘也別耽誤。快把他給放了！他不是個奴隸啊！他和全世界有腿走路的人一樣自由啊！」

「這孩子講的是些什麼話？」

「我沒說謊，莎莉姨媽。要是沒有人去，我去。我對他的一生清清楚楚，湯姆也一樣。三個月前，華森老小姐死了。她爲了曾想把他賣到下游去感到羞愧，而且這樣明明白白說過了。她在遺囑裡宣布他是個自由人。」

「天呀，既然你知道他已經自由了，那你爲什麼還要讓他逃走呢？」

「是啊，這個問題很重要，這我必須得承認，只要是女人，都會問的。啊，我要的是藉此過過冒險的癮，哪怕是須得淌過齊脖子深的血跡——哎呀，波莉姨媽！」

可不是，波莉姨媽站在那裡，站在進門口的地方，一副甜甜的、知足樂天的模樣，眞像個無憂無慮的天使。眞沒想到啊！

莎莉姨媽向她撲了過去，把她摟緊，幾乎掐掉了她的腦袋，我就在床底下找到了一個地方，往床底下一鑽，因爲對我來說，房間裡的空氣把人憋得喘不過氣來。我偷偷朝外張望，湯姆的波莉姨媽一會兒從懷裡掙脫了出來，站在那裡，透過眼鏡，眼睛打量著湯姆——那神情好像要把他蹬到地底下去似的，這你是知道的。然後她說：

「是啊，妳最好還是把頭別過去——換了我，湯姆，我也會轉過去的。」

「哦，天啊，」莎莉姨媽說，「難道他變得如此壞？怎麼啦，那不是湯姆啊，是席德——是湯姆的……啊喲，湯姆去哪裡了？剛剛還在呀。」

「妳是說哈克．芬恩上哪兒去了吧——妳說的準是他！我看，我還不至於養了我的湯姆這壞小子這麼些年，卻見了面還認不出來。這就太難了。哈克．芬恩，快從床底下出來！」

我照她說的做了，可覺得挺不好意思的。莎莉姨媽那種給搞得顛顛倒倒、莫名其妙的神態，並不多見。無獨有偶的是塞拉斯姨丈來了；他進來，人家把所有的情況向他一講，他就成了那個樣子。你不妨說，他就像個喝醉了酒的人。後來的一整天裡，他簡直不知道該做什麼事。那天晚上，他布了一次道。他這回布道，使他得到了大出風頭的名聲，因爲他布的道，就連世界上年紀最大的老人也不知道他在說什麼。後來波莉姨媽把我到底是怎樣一個人原原本本說了一通。我呢，不得不告訴他們我當時的難處。當時費爾貝斯太太用湯姆．索耶的名字來稱呼我——她就插嘴說：「哦，罷了，罷了，還是叫我莎莉姨媽吧，我已經聽慣了，就不用改個稱呼了。」——我接著說，當時莎莉姨媽把我當作湯姆．索耶，我就只得認了——沒有其他方法。而且我知道他不會在乎的，因爲這種神祕兮兮的事，正中他的下懷，他會就此演出一場冒險的事來過過癮。結果也眞是這樣。所以他就裝作是席德，盡量讓我的日子變得好過一些。

他的波莉姨媽說，湯姆沒瞎說，華森老小姐在遺囑裡寫明解放吉姆的話是實情。這樣一來，那湯姆．索耶的確吃了不少苦，費盡周折，爲的是釋放一個已經釋放了的黑奴！憑他的教養，他怎麼可能會幫助釋放一個黑奴，這是在這之前我始終想不通的，現在總算弄明白了。

波莉姨媽還說，她收到莎莉姨媽的信，說湯姆和席德都已經平安到達，她心裡就想：

「這下子可糟啦！我早就該料到這一點的，這樣放他出門，卻沒有一個人照看好，準會出岔子。後來我一直沒有收到妳的回信，所以只好長途跋涉，順流而下，走一千一百英里的路，才好弄明白這個小傢伙這一回到底在搞些什麼名堂。」

「啊，妳可從未給我寫信啊。」莎莉姨媽說。

「啊，這可怪啦。我給妳寫了好幾封信，問妳信上說的席德已來這裡是什麼意思。」

「啊，我連一封也沒有收到啊，姊。」

波莉姨媽慢慢地轉過身來，對湯姆厲聲說：「是你嗎，湯姆！」

「嗯——怎麼啦。」他有點兒不滿意地說。

「不准你對我『怎麼啦』、『怎麼啦』的，你這淘氣鬼——信快交給我。」

「什麼信？」

「那些信。我已經下定了主意。要是讓我查了出來，那我就……」

「信在箱子裡，這總行了吧。我從郵局領取的，至今原封未動。我沒有拆開看，連碰都沒碰。不過我知道，信肯定會引起麻煩。我心想，如果妳不著急，我就……」

「好啊，你這小子就是剝掉你一層皮，我看也不冤。老姊姊，後來我又給妳寫了一封信，告訴妳我要上這兒來，我想他也許……」

「不，那是昨天到的，我還沒有看，不過沒有關係，信我是拿到了。」

我願意跟她打十塊錢的賭，我肯定她沒有拿到。不過我想了一下，還是不打這個賭保險一些。所以我就沒有吱聲。

最終章

一有機會和湯姆獨處，我就問他當初搞逃亡的時候到底在想什麼？他的計畫到底是什麼——如果逃亡計畫成功、並且讓這位原本已經自由的黑奴順利重獲自由的話？他說，從一開始，他心裡的計畫是，一旦能平安無事地釋放掉吉姆，就由我們用木排送他到大河的下游，在大河入海口來一番貨眞價實的歷險，然後告訴他成了自由人，於是叫他風風光光地坐了輪船，回到上游家裡來。至於這段耽誤了的工夫，我們照樣付給他可觀的一筆錢。並且還準備事前寫個信，招來四下裡所有的黑奴，讓他們組成一個火炬遊行隊伍，再來個吹吹打打的軍樂隊，在一片狂歡中，送他回到鎭上。這樣一來，他就會成爲一名英雄，而我們也會成爲英雄。可是依我看，目前這個情況，也應該算是可以滿意了。

我們趕忙將吉姆身上的鐐銬卸掉。波莉姨媽、塞拉斯姨丈和莎莉姨媽知道了他怎樣忠心地幫助醫生照看湯姆以後，就大大地把他誇獎了一番，重新把他安頓好，他愛吃什麼就讓他吃什麼，還讓他玩得開心，不用做任何事。他被帶到樓上的病房裡，痛痛快快地聊了一回。此外，湯姆還給了他五十塊大洋，作爲他爲了我們耐著性子充當囚犯，並且表現得這麼好的酬勞。吉姆開心得要死，禁不住高聲大叫：

「你看，哈克，我當時就對你說的——在傑克森島上，我是怎麼對你說的？我對你說，我胸上有毛，命中就會有些什麼。我還對你說，我已經發過一次財，以後也一樣。如今可不是都應了驗，運氣已經來啦！別再跟我說啦——命相就是命相，我說的是實話，我知道得一清二楚，我就是會再發，就好像我此時此刻站在這裡一樣確切、一樣眞實。」

接下來是湯姆沒完沒了的講話。他說，讓我們三人挑最近的一個夜晚從這兒溜之大吉，備齊了行裝，然後到「印第安人保留地」去，在印第安人中間待上三四個星期，來一番轟轟烈烈的歷險。我說，行啊，這很適合我的口味。不過我沒有錢買行裝。依我看，我也不可能從家裡弄到錢，因爲我爸爸很可能現在早已回去了，並且從柴契爾法官那裡把錢都要了去，花在喝酒上。

「不，他沒有，」湯姆說，「錢都還在那裡——八千多塊錢。你爸爸從此就沒有回去過。反正我出來以前，他還沒有回去過。」

吉姆嚴肅地說道：「他不會再回來了，哈克。」

我說：「爲什麼呢，吉姆？」

「沒有必要問原因，哈克——不過他再也不會回來了。」

可是我盯住他不放，他最後還是說了：

「你還記得大河上漂下來的那個房子嗎？還記得屋裡有個人全身用布蓋著的嗎？我進去，揭開來瞧了瞧，還不讓你進去，你還記得嗎？所以說，你需要的時候，能拿到那筆錢的，因爲那就是你爸爸。」

現在湯姆快好了，還把子彈用鏈子拴好，繫在頸子上，用它當表鏈，時不時拿在手裡，看看時間。所以現在已經沒有什麼可寫的了。我也爲此萬分高興，因爲我要是早知道寫書要費多大的勁，我當初就不會寫，以後自然也就不會寫了。不過嘛，依我看，我不會比別人落後，我要先到「印第安人保留地」去。這是因爲莎莉姨媽要認我做兒子，要教我學文明規矩，這可是我受不了的。我先前已經禁受過一回啦。

當讀者碰上愛米粒

線上回函
QR Code

掃回函 QR Code 線上填寫回函資料，即可獲得晨星網路書店 50 元購書優惠券。

得獎名單會於愛米粒臉書公布，敬請密切注意！
愛米粒 FB：https://www.facebook.com/emilypublishing

更多愛米粒出版社的書訊

晨星網路書店愛米粒專區
https://www.morningstar.com.tw/emily

愛米粒的外國與文學讀書會
https://www.facebook.com/groups/emilybooks

愛經典 016

哈克歷險記
ADVENTURES OF HUCKLEBERRY FINN

作　　者　馬克．吐溫 Mark Twain
譯　　者　郭庭瑄
出 版 者　愛米粒出版有限公司
地　　址　台北市10445中山北路二段26巷2號2樓
編輯部專線　（02）2562-2159
傳　　真　（02）2581-8761

【如果您對本書或本出版公司有任何意見，歡迎來電】

總 編 輯　莊靜君
特約編輯　金文蕙
印　　刷　上好印刷股份有限公司
電　　話　（04）2315-0280
初　　版　二〇二〇年（民109）五月一日
定　　價　299元
總 經 銷　知己圖書股份有限公司　郵政劃撥：15060393
（台北公司）台北市106辛亥路一段30號9樓
電話：（02）23672044／23672047
傳真：（02）23635741
（台中公司）台中市407工業30路1號
電話：（04）23595819
傳真：（04）23595493
法律顧問　陳思成
國際書碼　978-986-97892-9-5　CIP：874.57/109003255

因為閱讀，我們放膽作夢，恣意飛翔——

在看書成了非必要奢侈品，文學小說式微的年代，愛米粒堅持出版好看的故事，讓世界多一點想像力，多一點希望。